Melanie Meier

Ein Blick

Besuchen Sie uns im Internet:

www.talawah-verlag.de
www.facebook.com/talawahverlag

TALAWAH
VERLAG

erschienen im Talawah Verlag

1. Auflage 2018

Text: Melanie Meier
Umschlaggestaltung: Marie Graßhoff,
www.marie-grasshoff.de
Lektorat: Sandra Florean
www.sandraflorean-autorin.blogspot.com
Gestalterin Filii Iani-Wappen: Petra Meier
Satz: Grittany Design
www.grittany-design.de
unter Verwendung von:
© Adobe Stock - schab / sunflake
© VectorStock - Drekhann

Printed by Booksfactory

ISBN: 978-3-947550-15-9

MELANIE MEIER

Ein Blick

TALAWAH
VERLAG

Für Natalie und Petra

INTRO

Sie konnte nicht perfekt zeichnen, war aber keinesfalls schlecht. »Ich nehme ein T«, murmelte sie und vertiefte mit gezielten feinen Strichen die Schattierungen der Hand, die den blutigen Eierlöffel aus Perlmutt hielt.

Die Zeichnung bewies ein fundiertes Wissen über die Anatomie des Menschen – die Proportionen beider Personen waren mustergültig, genauso wie die Sehnen- und Muskelanordnungen der Hand –, ließen allerdings zu wünschen übrig, was die Authentizität anging. Alles besaß eine zu starke Kontur, weshalb die komplette Skizze ins Comichafte tendierte.

Sie fuhr sich mit der Linken über die Stoppeln ihrer bis auf drei Millimeter kurz geschorenen Haare, hielt beim Zeichnen inne und schlug die Lider nach oben, ohne den Kopf zu heben.

»Bitte ein I«, wisperte sie, während sie die Blicke kreisen ließ wie ein Habicht, der sich schlafend stellt und durch die schmalen Schlitze zwischen seinen Lidern doch alles mitbekommt, was um ihn herum geschieht.

Sie sah einen Teil des weißen Kittels und der weißen Hose, in der ein recht fetter Hintern steckte, drüben bei der Fensterfront durch ihr Blickfeld gleiten. So schön weiß, dachte sie. Weißer als Schnee, weißer als Haut und Haar eines Albinos, weißer als Kreide, weißer als Weiß.

Auf weißem Hintergrund machte sich Blut am besten.

Sie schlug die Augen nieder, nahm die Linke vom Tisch und presste sich die Hand zwischen die Oberschenkel. Mit schiefgelegtem Kopf musterte sie die Zeichnung. Viel Bleistift auf Papier, viel Grau auf Weiß.

»Jetzt nehme ich ein Z«, flüsterte sie, griff nach dem roten Filzstift und nahm den Deckel herunter.

Das Musikstück endete, das sie sich über Kopfhörer und MP3-Player anhörte, und begann von vorn. Es war das einzige Stück, das sich auf dem Gerät befand, und sie hörte es seit vierzehn Tagen immer und immer wieder.

Sie überlegte. Es durfte nur einen einzigen roten Eyecatcher im Bild geben, nur einen, und der musste bedachtsam gesetzt werden. Da war so viel Blut, so viel davon, so viele Spritzer, Lachen und Tropfen standen zur Auswahl.

Es war nicht einfach.

Jemand schlug ihr gegen die Schulter, gerade als sie sich mithilfe der Musik fast in Trance versetzt hatte. Sie ließ sich gern in ihre Bilder fallen, tief hinein, tiefer und tiefer in die Szenen, bis es sich anfühlte, als sei sie mitten im Geschehen. Manchmal konnte sie in diesem Zustand sogar das Blut riechen …

Doch jetzt störte sie jemand, und sie riss den Kopfhörer herunter, schnellte hoch in eine kerzengerade sitzende Haltung und drehte dem Störenfried das Gesicht zu. Dieses Gesicht sah alles andere als erfreut aus.

Sie starrte die Frau mit der unreinen, pickligen Haut, den geröteten Wangen und dem Tattoo über dem rechten Auge an. Das Tattoo mochte irgendwann einmal etwas dargestellt haben, lange bevor es zur Unkenntlichkeit verblichen war, doch selbst das war zweifelhaft. Es war ein unförmiges Gebilde, ein Netz aus schwarzen Flächen und Hohlräumen, undefinierten Linien und Punktierungen, das sich von der Braue bis hinauf zum Haaransatz und von der Stirnmitte bis zur Schläfe zog.

»Malst'n da?«, fragte die Frau namens Agnes, und sie sprach so schnell und undeutlich, dass man die einzelnen Wörter oftmals nicht voneinander unterscheiden konnte. »Darfste nich, weißte doch, nich so was da, kein Fall, geht gar nich, nene, wenner das sieht, biste dran, weißte doch.« Der Blick aus ihren vor Einfalt hohl schimmernden Augen zuckte zur Fensterfront hinüber. »Wirfstes wech, bevorer kommt, sonst haste Problem. Malst lieba Regnbogn und Ponys und Bilda von Strand un Meer, weißte scho, so Schwuchtlkram. Isn das?« Sie tippte mit einem eingerissenen, gelblich verfärbten Nagel auf eine bestimmte Abbildung. »N Auge, ha? Bekloppt! Das biste! Völlig bekloppt! Wasn das? N Löffl? Tut der mit den Löffl etwa de Augn …«

Sie hob den Bleistift mit der Rechten an und hielt ihn mit der Spitze voraus Agnes hin, auf Höhe ihrer Kehle. »Halt die Schnauze!«, sagte sie ruhig und leise. »Dreh dich wieder zu deinem lächerlichen Bild um und sprich heute kein einziges Wort mehr mit mir. Hast du das verstanden?«

Einen Moment lang saßen sie da und sahen sich an, dann nickte Agnes und wandte sich langsam und vorsichtig ab. Sie murmelte irgendetwas vor sich hin, halb ängstlich, halb wütend, wobei die Angst eindeutig überwog. Sie hörte erst damit auf, als der Bleistift gesenkt wurde.

»Dämliches Rindvieh«, sagte sie und setzte sich den Kopfhörer wieder auf. Der Lärm von Gelächter, Gesprächen und Stühlerücken wurde schlagartig von der Musik verdrängt.

Ihr Blick suchte den fetten Hintern in der weißen Kluft. Der Mann, der darin steckte und dem die gemütliche Sitzfläche gehörte, war am Ende der Tischreihe an der Fensterfront angekommen und machte sich nun daran, die nächste abzuschreiten. Er hielt die Hände auf dem Rücken verschränkt, als mache er einen gemütlichen Spaziergang, und er nickte immer dann anerkennend, wenn er die Motive für akzeptabel hielt, die die vor ihm sitzenden Frauen malten. War das nicht der Fall, rückten seine Brauen in die Höhe, und die Malerin würde nach der Therapiestunde zu einem nicht sehr witzigen Gespräch gebeten werden. Zur nächsten Malstunde würde sie nicht mehr erscheinen, zur übernächsten ebenfalls nicht, auch zur überübernächsten nicht – für einen sehr langen Zeitraum würde sie nicht mehr an dieser illustren Runde teilnehmen dürfen.

»Ich hätte gern ein weiteres I«, murmelte sie, senkte den Blick auf ihre Zeichnung und versuchte, sich ein letztes Mal zu konzentrieren. Den Rotstift hielt sie noch immer in der rechten Hand.

Es dauerte eine halbe Minute, bis sie den tranceähnlichen Zustand erreichte. Die Zeit eilte, dennoch genoss sie das Gefühl, Teil eines so himmlischen Szenarios zu sein. Sie roch das Blut, roch den Schweiß des Mannes, roch den ungewaschenen Körper der Frau und die Ausdünstungen ihrer Verzweiflung und Angst, die sie auch während ihrer Bewusstlosigkeit verströmte. Sie hörte den aufgeregten Atem des Mannes, aufgrund seiner Erregung eine Spur zu laut und zu schnell, hörte das Perlmutt des Löffels über Fleisch schaben, hörte die Schreie, die nach dem Erwachen der Frau ertönen würden, hörte ihr inständiges Flehen …

Inmitten all dieser Empfindungen setzte sie den Filzstift aufs Papier und malte ein dünnes Rinnsal Blut, das der Frau aus dem Augenwinkel und die Wange hinunterfloss.

Ihr Blick klärte sich, sie kehrte in die Gegenwart zurück. Als sie das Bild betrachtete, lächelte sie zufrieden.

Erneut zuckten ihre Lider nach oben und suchten das Zimmer ab. Der Mann war bei ihrer Reihe angekommen, er war nur noch fünf Frauen und fünf Bilder von ihr entfernt. Das tat ihrem glücklichen Lächeln jedoch keinen Abbruch.

Gemächlich faltete sie das Bild zusammen, einmal, zweimal, bis es Briefgröße hatte, griff sich unter das blaue Baumwollhemd und ließ die Hand zur ihrer linken Brust wandern. Die Finger schlüpften unter den Büstenhalter. Sie zog ein gefaltetes Stück Papier daraus hervor, das gerade eben gemalte verschwand stattdessen zwischen Büstenhalter und nackter Haut.

»Nun brauche ich ein A«, murmelte sie, und keine Sekunde darauf legte sich die Hand des Mannes im weißen Gewand, das ihn als Seelenklempner der Forensischen Psychiatrie auswies, auf ihre Schulter.

Sie nahm den Kopfhörer ab, blickte zu dem dicken Gesicht auf und lächelte.

»Was haben Sie gesagt?«, fragte der Mann freundlich, während er die Hand von ihrer Schulter nahm, das gefaltete Papier vom Tisch pflückte und sie ernst ansah, in etwa so, wie ein Vater sein Kind ansehen mochte, das in der Vergangenheit ein außerordentlich beunruhigendes Verhalten an den Tag gelegt hat, mit dem er jederzeit wieder rechnet.

»Nichts von Bedeutung«, antwortete sie. »Ich bin nur sehr stolz auf das da.« Sie zeigte auf das Bild, das er auseinanderfaltete.

Ein paar Sekunden lang betrachtete er das, was sie in der letzten Stunde gezeichnet hatte, als sie ausreichend Zeit für zwei Bilder gehabt hatte. Beide Motive hatten keinerlei Konzentration erfordert. Die gelungene Zeichnung zeigte ein kleines Kätzchen, das auf der Seite lag und mit einem Wollknäuel spielte.

Der Psychiater maß sie noch einmal. Sein Blick war entspannter, die Skepsis war allerdings nicht gänzlich gewichen. Er gab ihr das Blatt zurück und nickte. »Gut gemacht.« Damit ging er zur nächsten Frau weiter.

Sie setzte sich den Kopfhörer wieder auf und wartete, bis er drei Frauen weit entfernt war, ehe sie flüsterte: »Als letztes gebt mir bitte ein N.«

Daraufhin grinste sie breit und vergnügt.

Erster Teil

Haben Sie das Bild schon einmal gedreht?

1

Der Neuankömmling bestellte eine Flasche stilles Wasser, ungeöffnet, ungekühlt, ohne Zitrone und ohne Strohhalm. So sagte er es: »Eine Flasche stilles Wasser bitte, ungeöffnet, ungekühlt, ohne Zitrone und ohne Strohhalm.«

Der Barkeeper hätte von seinem grandiosen Ausblick keine Sekunde lang Abstand genommen, aber bei dieser Bestellung tat er es doch. Sein Blick glitt von dem freizügigen Dekolleté zum Neuankömmling. Und dieser wiederholte seine Bestellung, dabei sah er nun anstelle des Barkeepers zu der Brünetten hinüber.

»Schmeckt Ihnen Ihr Drink?«, fragte der Neuankömmling sie, während der Barkeeper murrend an die andere Seite der Theke ging, um von dort eine ungekühlte Flasche Wasser zu holen.

Die Brünette wandte sich von ihrer Freundin ab und dem Störenfried zu. Sie musterte seine ungekämmten Haare, die schiefe Nase, seine Lederjacke. Ihr gefiel offenbar, was sie sah, jedenfalls brachte das ihr Lächeln zum Ausdruck.

»Danke der Nachfrage«, erwiderte sie. »Er könnte tatsächlich etwas mehr Wodka vertragen. Aber wann bekommt man in einer Bar schon ein Mischgetränk mit ausreichend Alkohol?«

Er lächelte ebenfalls, und es war ein warmes, ein vertrauenswürdiges Lächeln. Er sah ihr weiterhin in die Augen, während er wie nebenbei fragte: »Wo haben Sie die Mordwaffe versteckt, Frau Rusonal?«

Es vergingen dreißig Sekunden. In diesen dreißig Sekunden blickten sie sich durchgehend an, wobei sie sichtlich mit ihrer Mimik kämpfte und sich recht tapfer schlug. Den verwirrten Ausdruck, den sie aufsetzte, hätte man ihr abnehmen können.

Sie sagte etwas, irgendetwas, das ihr Unverständnis ausdrücken sollte, aber er hörte ihr nicht zu. Er griff in die Hosentasche, klappte ein ledernes Mäppchen auf und hielt es der Brünetten hin.

»Tizian Wolff von der Mordkommission München, ausgeliehen an die hiesige MoKo«, sagte er. »Frau Elvira Rusonal, Sie sind wegen Mordes an Werner Bauer, Urs Weiland und Jens Friedrich verhaftet.«

Er hatte noch nicht fertig gesprochen, da tauchten aus dem Menschenmeer der Bar drei weitere Männer auf. Einer von ihnen, ein Hüne von beinahe zwei Metern Größe, griff nach Elviras Arm und zog sie von dem Barhocker, ein anderer legte ihr ohne Umschweife Handschellen an.

Tizian Wolff wandte sich dem Hünen zu. »Ihr findet die Mordwaffen unter den Andenken an ihren ersten Ehemann. Das ist auch ihr Motiv: abgrundtiefer Hass auf Männer, ausgelöst durch die Seelenwunden, die er gerissen hat. Der Ex symbolisiert für sie das Geschlecht Mann im Allgemeinen. Dieses Bild projiziert sie auf alle Männer. Sie hat die Andenken irgendwo eingelagert, wahrscheinlich an einem sicheren Ort, der nur ihr zugänglich ist und den sie bei Bedarf aufsuchen kann, der aber weit genug von ihrer Wohnung entfernt liegt, damit sie nicht unablässig an die Gräuel erinnert wird.«

Tizian griff nach der Wasserflasche, überreichte dem starrenden Barkeeper fünf Euro und drehte sich wieder zu dem Hünen um.

»Ihr verfallenes Elternhaus am Stadtrand von Bielefeld vielleicht?«, fragte dieser.

Wolff zuckte die Schultern. »Gut möglich. Ihr wisst, dass ihr richtig seid, wenn ihr eine Art Schrein findet. Sie will nicht an ihre Taten erinnert werden, trotzdem hat das alles eine abnorme Anziehungskraft auf sie.« Er drehte die Wasserflasche auf und nahm einen Schluck. »Deshalb der Schrein.«

»Alles klar«, sagte der Hüne. »Danke.«

Tizian Wolff winkte ab, machte kehrt und verließ die Bar. Draußen an der frischen nächtlichen Luft zückte er sein Smartphone. Während er die Straße hinunterging, rief er die eingegangene Kurznachricht auf.

Was würden Sie davon halten, in Ihre Heimatstadt beordert zu werden?, stand darin.

Ein Serienmörder in Regensburg?, schrieb Tizian.

Die Antwort kam fünf Sekunden später: *Bis jetzt noch keine Serie, aber ein sehr brutaler Mord. Exakt Ihre Kragenweite. Den leitenden Ermittler werden Sie mögen. Sind Sie bereit, nach Regensburg zurückzukehren?*

Tizian blickte auf die Uhr. Kurz vor Mitternacht.

Ich bin morgen früh da, antwortete er.

2

Tizian Wolff betrachtete die Tatortfotos schon seit dreißig Minuten. Er stand mit verschränkten Armen und breitbeinig vor der Flipchart und bewegte nur den Kopf, während sein Blick von Bild zu Bild wanderte.

Hinter ihm an einem der Schreibtische saß David Hedock mit übergeschlagenen Beinen und beobachtete den Neuen. Der Rest der Hedock unterstellten und ad hoc einberufenen Mordkommission, an die vierzig Beamte, tummelte sich in dem Großraumbüro und machte dabei einen nicht unerheblichen Lärm. Es wurde telefoniert, debattiert, auf Tastaturen eingetippt, Drucker spuckten unentwegt Papiere aus, Handys klingelten … Das störte den Sonderermittler vor der Flipchart aber nicht.

David hatte noch nie etwas von Tizian Wolff gehört, und diesen Namen hätte er sich bestimmt gemerkt. Von oben hieß es, Wolff sei eine Koryphäe in Sachen Mordserien und würde deshalb unter gewissen Umständen zu Fällen hinzugezogen, wie etwa, wenn sie besonders brutal waren, so wie der vorliegende. Wenn er nicht an einem aktuellen Fall arbeite, hatte man David wissen lassen, löse er alte, offene Fälle. Cold Cases. Darin sei er ein Ass.

Nach guten fünfundvierzig Minuten drehte sich Tizian endlich zu David Hedock um, richtete den Blick aus seinen tiefdunklen Augen auf ihn und lächelte leicht. Es war ein freundliches, weiches Lächeln.

»Was halten Sie davon, wenn wir uns etwas besser kennenlernen, nun, da wir in den nächsten Tagen eng zusammenarbeiten werden?«, fragte er. »Lassen Sie uns dafür in die Cafeteria ums Eck gehen. Kommen Sie, ich lade Sie auf einen kräftigen Kaffee ein.«

Tizian ging voraus, ehe David antworten konnte.

Auf ihrem Weg zum besagten Café schwiegen sie, und Tizian ging verwirrenderweise unablässig einen guten Schritt hinter David. Wenn David langsamer wurde, damit der Sonderermittler aufholen konnte, wurde auch Tizian langsamer. Sah David ihn auffordernd an, lächelte der andere nur zurück. Schließlich gab sich David geschlagen und marschierte voraus, ohne sich noch einmal nach Tizian umzudrehen.

Im Café, das zu dieser frühen Stunde leer war, übernahm Tizian jäh die Führung. Er war es, der den Tisch in der hintersten Ecke des großen Raumes auswählte, und er war es, der den Stuhl an der Wand in Beschlag nahm, mit Blickrichtung ins Café hinein, sodass David mit dem Gesicht zur Wand sitzen musste. Noch immer sprachen sie nicht.

David griff nach der Getränkekarte und überflog die verschiedenen Kaffeesorten. Sein Blick huschte dabei immer wieder zu Tizian Wolff, der ihn jedes Mal lächelnd erwiderte. David legte die Karte zur Seite.

»Sie sind spezialisiert auf Serienmörder?«, fragte er.

Tizian nickte.

»Wie ist das, wenn man durch ganz Deutschland gereicht wird wie ein ausgeliehener Gegenstand?«, hakte David nach, im Versuch, den wortkargen Mann ein bisschen aus der Reserve zu locken.

»Einen Moment Geduld«, erwiderte Tizian. »Bestellen wir erst einmal.« Er deutete hinter David.

Die Bedienung, eine junge Frau mit schwarzen Locken und einer guten, beinahe übergewichtigen Proportionierung, trat an ihren Tisch und begrüßte sie freundlich. David bestellte einen großen Kaffee mit Sojamilch und ein Glas Leitungswasser, Tizian bat nach einer Flasche stillem Wasser, ungeöffnet, ungekühlt, ohne Zitrone und ohne Strohhalm. Danach saßen sie erneut da und sahen sich an.

»Wie Sie wissen, heiße ich Tizian Wolff«, sagte Tizian schließlich und setzte zu einem überraschend langen Vortrag an. »Ich bin in Regensburg geboren, wurde von einem kinderlosen Ehepaar adoptiert und wuchs als Einzelkind auf. Mein gebürtiger Name lautet Titus Lupardus, aber den benutze ich nur selten. Es ist ein alberner Name. Niemand weiß, ob sich meine leibliche Mutter nicht einfach einen etwas skurrilen Scherz erlaubt hat. Aufgrund gewisser Fähigkeiten, die ich besitze, wurde ich nach dem erfolgreichen Abschluss des Abiturs – ich war bayernweit der beste Absolvent – vom Bundeskriminalamt rekrutiert und einer speziellen Ausbildung unterzogen. Diese Ausbildung erhalten nur wenige Auserwählte, wobei Sie den Begriff ›Auserwählter‹ bitte nicht glorifizieren dürfen. Wir sind nichts Besonderes. Wenn überhaupt, dann sind wir höchstens charakterlich so formbar, wie es die Behörde eben gerne hat. Nach neunjähriger Ausbildung, die ich hauptsächlich in Israel in der Negevwüste und in Ägypten im Sinai absolviert habe und die aus mir eine kalte Maschine hätte machen sollen, was nicht so wirklich geglückt ist, was Sie schon daran erkennen können, dass ich keinen biederen schwarzen Anzug trage, sondern immer noch gekleidet bin wie mit zwanzig, kehrte ich nach Deutschland zurück und trat in den Dienst als Sonderermittler ein. Bisher ist keiner der Fälle, die ich in die Finger bekommen habe, ungelöst geblieben. Ich habe einen hervorragenden Riecher«, Tizian tippte sich auf die schiefe Nase, »was das angeht. Ein krummer Riecher. Er wurde dreimal zu oft gebrochen. Als Jugendlicher war ich etwas reizbar und zu provokant. Ich bin ein einsamer Wolf, wenn Sie das Wortspiel erlauben, habe aufgrund meiner Neigung, nachtragend zu sein, keinen Kontakt mehr zu meinen Adoptiveltern und auch ansonsten kaum Freunde. Um genau zu sein, habe ich nur einen Freund, und den sehe ich so gut wie nie. Mein Job macht das Aufrechterhalten von Beziehungen schwierig. Sehen Sie es mir also bitte nach, falls ich mich bisweilen etwas schräg benehmen sollte. Ich habe keine Kinder, bin und war nicht verheiratet und habe keine Freundin. Frauen haben mich immer nur enttäuscht und hintergangen, weshalb ich eine ausgeprägte Bindungsangst entwickelt habe.«

Tizian machte eine winzige Pause und senkte dabei kurz den Blick, ehe er weiterredete.

»Sie werden im Laufe unserer Zusammenarbeit feststellen, dass ich recht schnell im Aufstellen von Hypothesen bin, die sich allerdings bis auf sehr, sehr wenige Ausnahmen auch bestätigen werden. Zweifeln Sie nur an ihnen, wenn Sie handfeste Beweise gegen sie haben, ganz egal, wie absurd sie Ihnen im ersten Moment auch erscheinen mögen. Auf diese Weise werden wir effizient und zügig vorankommen. Nichtsdestotrotz bin ich nicht Ihr Vorgesetzter, jedenfalls nicht inoffiziell. Offiziell schon. Es hat sich aber herausgestellt, dass ich kein guter Vorgesetzter bin, deshalb ziehe ich es vor, mit den Kommissaren vor Ort in partnerschaftlicher Verbindung zu stehen. Erwarten Sie also bitte keine Befehle von mir, arbeiten Sie stattdessen eigenverantwortlich.«

Tizian unterbrach sich, als die Bedienung mit den dunklen Locken ihre Getränke vor ihnen abstellte. Er bedankte sich, zwinkerte der Frau zu und sah ihr nach, als sie davonging. Dann nahm Tizian die Flasche Wasser, schraubte sie auf und beobachtete dabei, wie David ein Päckchen braunen Zucker aufriss und in seinen Kaffee gab.

David machte gerade den Mund auf, da fuhr Tizian unbeirrt mit seinem Monolog fort.

»Wenn ich mit einem Fall nicht vorankomme, wenn meine Gedanken und meine Intuition feststecken wie ein Haarbündel im Siphon, das sich um eine heruntergespülte Haarklammer gewickelt hat, betrinke ich mich zumeist, bis ich die Besinnung verliere«, sagte er. »Im Anschluss falle ich mindestens einen Werktag lang aus. Verwechseln Sie die Zuhilfenahme von Alkohol bitte nicht mit Hilflosigkeit oder Verzweiflung. Ich eliminiere mithilfe des Deliriums lediglich festgefahrene Gedanken und Gedankengänge, spüle sie gewissermaßen durch wie besagten Siphon, auf dass es danach flutscht. Diese

Arbeitsweise hat mir bereits mehrmals weitergeholfen und zur Ergreifung von Mördern geführt, ehe diese erneut zuschlagen konnten.«

Wieder eine Pause. Diesmal wirkte Tizian nachdenklich, so als überlege er, ob er etwas vergessen hätte. Nach ein paar Sekunden klärte sich sein Blick, das Lächeln kehrte zurück.

»Ach ja!«, fügte er an. »Und ich liebe Hard Rock, guten alten, amerikanischen Rock `n´ Roll und echten Rhythm and Blues – nicht dieses neumodische, hohle Gefiedel – und spiele Schlagzeug.« Er hob die Hände und bewegte sie, als hielte er Drumsticks und säße vor einem Schlagzeug. »Aber nur für mich selbst, nicht in einer Band, das habe ich hinter mir. Meine Eitelkeit befriedige ich mittlerweile durch den Job, nicht mehr durch das Stehen im Scheinwerferlicht. Beim Schlagzeugspielen kann ich hervorragend nachdenken.« Tizian griff erneut nach seinem Wasser und nahm einen tiefen Schluck. Danach wischte er sich den Mund am Handrücken ab. »Jetzt sind Sie an der Reihe. Was möchten Sie mir über sich mitteilen? Was muss ich über Ihre Arbeitsweise wissen?«

David blinzelte den Sonderermittler an. Seit einer geraumen Weile stand ihm ein breites Grinsen im Gesicht, das konnte er nicht unterdrücken. So ein schräger Vogel von Kommissar war ihm noch nicht begegnet! - jedenfalls keiner, der seine Marotten gleich zu Beginn der Kooperation bei einem Kaffee ausbreitete … und dabei so delikate Fakten wie Bindungsängste, Alkoholkonsum oder die Neigung zu Handgreiflichkeiten offenbarte.

Das erste, was David über sich einfiel, war das: »Ich bin Fußball-Fan.« Er lachte leise und machte damit weiter, einfach zu sagen, was ihm in den Sinn kam. »Ich habe eine langjährige Freundin, liebe meinen Job, auch wenn er mir manchmal schlaflose Nächte bereitet, stamme ursprünglich aus einem Kaff bei Neumarkt in der Oberpfalz, was sich in meinem Dialekt durchschlägt, und meine Freundin und ich haben einen eineinhalbjährigen Sohn, mein Ein und Alles.« David zuckte die Schultern. »Sonst fällt mir gerade nichts ein. Aber ich werde

Sie nach und nach über meine Vorzüge und Defizite aufklären, versprochen.« Wieder lachte er.

Tizian Wolff nickte. »Wunderbar. Dann erzählen Sie mir bitte nun alles von dem Moment an, in dem Sie mit dem Fall beauftragt wurden. Schildern Sie alles so exakt und lebendig wie möglich, lassen Sie nichts aus, egal wie belanglos es erscheinen mag. Ich werde selbst filtern.«

Unvermittelt hob Tizian die Hand und schnippte mit den Fingern, woraufhin sich die Bedienung an der Theke zu ihnen umdrehte.

»Behalten Sie uns bitte im Auge«, bat Tizian. »Sollte eines unserer Getränke leer werden, bringen Sie bitte unaufgefordert Nachschub. Aber stören Sie uns nicht, bis wir uns wieder an Sie wenden. Ich darf in den nächsten Minuten auf keinen Fall aus der Konzentration gerissen werden.«

Die Bedienung machte ein etwas verdutztes Gesicht, nickte aber, und letztlich lächelte sie scheu, als Tizian ihr zum zweiten Mal zuzwinkerte.

Tizian blickte wieder David an. »Legen Sie bitte los. Beginnen Sie am Anfang und lassen sie nichts aus.«

David Hedock dachte einen Moment lang nach. »Der Tatort«, setzte er an, wurde aber von Tizian unterbrochen.

Der Sonderermittler schüttelte nachdrücklich den Kopf. »Nein. Nicht so. Fangen Sie früher an. Wo waren Sie, als Ihr Telefon klingelte? Wer rief an? Wie stehen Sie zu diesem Anrufer? Wie spät war es? Wer war bei Ihnen? Et cetera ... Beginnen Sie da, als Sie zum Tatort gerufen wurden, und erzählen Sie, als würden Sie einen Roman schreiben.«

Die Aufforderung löste in David erst einmal Empörung aus. Was ging es diesen schrägen Vogel an, wo er sich befunden hatte und in welchem Verhältnis er zu seinen Arbeitskollegen stand? Doch dann lächelte Tizian Wolff ihn abwartend, ja auffordernd an, und sein Lächeln besaß etwas geheimnisvoll Entwaffnendes.

David hätte den Sonderermittler niemals als gut aussehend beschrieben, dafür waren seine Haare zu ungepflegt, hatten zu lange

Zeit keine Schere – und wahrscheinlich keinen Kamm – mehr gesehen, seine Nase war zu schief, die Augen einen Tick zu groß. Trotzdem war er sich sicher, dass Wolff mit diesem Lächeln und der Weichheit, die in den tiefdunklen Augen lag, keine Schwierigkeiten hatte, sich in Frauenherzen einzunisten.

Auch er spürte Sympathie für den Sonderermittler. Die Empörung verpuffte unter dem Lächeln und verwandelte sich in … nun ja, nicht in Vertrauen, David war durch seinen Job bestimmt nicht naiv, aber doch in etwas, das nahe darankam.

Also fing David Hedock zu erzählen an.

3

Am Samstagmorgen gegen acht Uhr dreißig, einen Tag, bevor er Tizian Wolff begegnete, klingelte David Hedocks Diensthandy.

Im gleichen Augenblick begann das Wasser im Topf zu kochen, das er für die Frühstückseier aufgesetzt hatte, und Emil, den er mit einer Hand am Kragen festhielt, griff sich den Weichspüler, der neben dem Herd auf dem Boden stand.

»Emil!«, mahnte David, nahm ihm den Weichspüler weg und wischte die kleinen Hände am Geschirrtuch ab. Er deutete mit dem Kopf in Richtung Hausflur. »Hörst du mein Handy?«

Der Junge nickte mit glänzenden Augen.

»Hol es«, forderte David auf. »Bring es Papa, sei so lieb.«

Während der Junge auf krummen Beinen hinauswackelte, nahm David den Topf von der Platte und schaltete den Herd aus. Das war's dann wohl mit dem gemeinsamen Frühstück, dachte er und stellte den Weichspüler zurück auf seinen Platz in einem der Hängeschränke über der Anrichte, weit oben, damit Emil nicht herankommen konnte.

Er folgte seinem Sohn durch den Flur und ins Wohnzimmer, wo er sein Diensthandy auf dem niedrigen Tisch vor der Couch abgelegt hatte. Emil hielt das Gerät ungeschickt in den Händen und drückte irgendeine Taste, sodass das Klingeln jäh abbrach. Als Emil seinen Vater neben sich auftauchen sah, grinste er freudig zu ihm auf.

»Bimbam aus«, sagte er glucksend.

»Ja, du hast aufgelegt«, erwiderte David, nahm ihm das Smartphone ab und rief die eingegangenen Anrufe auf. Oliver, sein Partner, hatte angerufen. »Gut gemacht, Kleiner.« David tätschelte Emils Kopf und setzte sich auf die Couch, tätigte den Rückruf, während Emil auf seinen Schoß kletterte und ihm dabei einen unsanften Stoß mit dem Knie in die Weichteile verpasste.

»Jesses!«, keuchte David.

»Auch hallo«, sagte Oliver aus dem Handylautsprecher. »Frohen freien Tag, Hedock! Rate mal.«

»Ihr sucht nach einer falsch abgelegten Akte, richtig?« David wich Emils Hand aus, mit der er ihm die Nase zuhalten wollte. Der Junge kicherte dabei vergnügt vor sich hin.

»Schön wär's. Vor einer Stunde haben die Kollegen bei ihrer Streife eine Leiche im Osthafen entdeckt«, sagte Oliver. »Möglicherweise Fremdverschulden. Erkennungsdienst ist unterwegs, ich auch, fehlst also nur noch du, Herr Kriminalpolizist.«

David schenkte seinem Sohn ein Lächeln, weil dieser die väterliche Nase endlich erwischt hatte, drückte sanft seine Arme nach unten und ließ sich leicht zur Seite fallen, sodass Emil von seinem Schoß rutschte. Der Junge lachte fröhlich und strampelte mit den Beinen.

»Bin unterwegs«, sagte er ins Handy, legte ohne Verabschiedung auf und hob Emil hoch. »Planänderung, mein Großer. Du wirst Oma besuchen. Na, was hältst du davon? Pfannkuchen mit viel Sahne bei Oma, bis Papa von der Arbeit zurück ist?«

»Sahne!«, jauchzte Emil.

Mit dem Kind auf dem Arm – die Nase befand sich erneut in Gefangenschaft – verließ David die Wohnung und sprintete die Stufen ins Erdgeschoss hinunter. Er öffnete die Tür zum großelterlichen Domizil, übergab Emil und kehrte in die eigene Wohnung zurück, um Autoschlüssel, Jacke und Dienstwaffe zu holen.

Fünf Minuten nach Beendigung des Telefonats mit seinem Kollegen saß er in seinem Kombi und fuhr in Richtung Osthafen los.

Auf der Fahrt rief David seine Freundin Marlies an, die samstags in der kleinen Boutique für italienische Mode in der Innenstadt arbeitete. Marlies besaß den Laden seit nunmehr fünf Jahren und beschäftigte nur eine Verkäuferin in Teilzeit, die beschränkte Berta, wie David sie insgeheim nannte. Die Samstage waren Bertas freie Tage, was wiederum bedeutete, dass Marlies samstags nie frei hatte.

Als er ihr von Olivers Anruf erzählte und ihr mitteilte, Emil sei bei ihren Eltern, war Marlies nicht sonderlich überrascht. Die unvorhersehbaren Anrufe aus Davids Büro waren nichts Neues.

»Denkst du, du kannst vor Ladenschluss noch Lebensmittel einkaufen?«, fragte sie nur.

»Mal sehen. Ich sage dir auf jeden Fall rechtzeitig Bescheid.«

Marlies seufzte leise ins Telefon. »Mach das. Mutter ist am späten Nachmittag verabredet, ich muss sie vorher informieren, dass sie ein paar Sachen für uns besorgt, falls nötig.«

»Klar. Bis später.«

David legte auf und nahm den Stöpsel der Freisprecheinrichtung aus dem Ohr.

Als er den Tatort zwanzig Minuten später erreichte …

»Was geschah innerhalb dieser zwanzig Minuten?«, unterbrach Tizian mit erhobener Hand.

Das Lächeln war inzwischen aus seiner Miene verschwunden, wie David feststellte. Er war so sehr auf seine Schilderung konzentriert gewesen, dass er nicht einmal mitbekommen hatte, wie er seinen Kaffee ausgetrunken hatte. Die unergründliche Ernsthaftigkeit, die ihren Tisch umgab, war ihm ebenfalls nicht aufgefallen.

Irgendetwas an Tizian Wolff löste diese Atmosphäre aus, die gefährlich nahe an die Stimmung in einem Gerichtssaal erinnerte, etwa wenn man argwöhnte, ein Zeuge könnte gleich eine Falschaussage machen. Der Zeuge war in diesem Fall David.

Auch der Ausdruck in Wolffs Augen war ein anderer. Statt der Weichheit fand sich darin nun etwas Entrücktes, aber nicht in Form einer seligen Verzückung, sondern eher in Form einer Einkehr. Der Blick war auf David gerichtet, ganz natürlich und wie zuvor auch, die Aufmerksamkeit des Sonderermittlers allerdings galt nicht dem, was er mit seinen physischen Augen sah.

Er sieht, was ich ihm erzähle, dachte David unvermittelt, und das war weniger eine Erkenntnis denn eine intuitive Einsicht. Er wusste es einfach. Nein, er *fühlte* es. Tizian Wolff machte sich auf irgendeine mysteriöse Weise Davids Erinnerungen zu eigen – als wären die Worte, die David sagte, eine Brücke in seinen Kopf, die Wolff überqueren konnte, um exakt das zu sehen, was David sah.

Die Vorstellung löste eine Gänsehaut aus, David rieb sich die Unterarme. Das war natürlich Quatsch, niemand konnte ins Gehirn eines anderen blicken. Und niemand baute Brücken aus Worten, schon gar nicht David. Dennoch, das eigenartige Gefühl und die sie umgebende Atmosphäre blieben entgegen jeglicher logischen Erklärung bestehen. Sie waren so real wie die Härchen auf seinen Armen, die sich nicht wieder legen wollten.

»Ist eine Autofahrt so spannend?«, fragte David, eines Teils, um die Situation zu entschärfen, andererseits, um einen Hinweis darauf zu finden, was hier vor sich ging.

Wolffs Gesichtsausdruck veränderte sich nicht. Seine Miene war entspannt, genauso wie seine Haltung, und doch umgab ihn dieser durchsichtige Kokon aus Konzentration und leichter Entrückung, ein Widerspruch in sich.

»Das ist es, was ich herausfinden will«, antwortete der Sonderermittler ruhig und ohne weitere Ausführungen.

Mit David passierten zwei Dinge. Er war von klein auf einer der Menschen, die mit einer zwanghaften, fast morbiden Neugier gesegnet waren – mit ein Grund für seine Berufswahl –, und diese Neugier hatte sich schon bei der ersten Begegnung mit Wolff bemerkbar gemacht, als sie sich im Präsidium die Hände geschüttelt hatten. Jetzt streckte sie ihre unsichtbaren, klauenartigen Greifer aus und bohrte sie unerbittlich in Davids Gehirn, um es zu sticheln und zu kitzeln. Die Neugier würde erst dann Ruhe geben, wenn sie gesättigt war, wenn sie ausreichend Masse in ihren Klauen hielt.

Die zweite innere Regung, die ihn für sich einnahm und die ebenfalls schon eine ganze Weile auf der Lauer gelegen hatte, seit dem Vortrag, den Wolff über sich selbst gehalten hatte, war seine mitunter naive Begeisterung für außergewöhnliche Menschen. David betrachtete sich selbst als durchschnittlich, ja langweilig, und um dieses gefühlte Defizit zu kompensieren, umgab er sich gern mit Personen, die extravagantes Verhalten an den Tag legten.

Zu David Hedocks Glück gingen beide Aufwallungen zumeist Hand in Hand. Ohne die Neugier wäre er schon sehr oft auf Quacksalber, Halsabschneider und Profilneurotiker hereingefallen. So aber verhalf sie ihm zu einer mehr oder weniger schnellen Klarsicht, die Illusionen wurden von der befriedigten Neugier niedergetrampelt und machten den ungetrübten Blick auf Falschspieler und ihre tatsächlichen, meistens sehr gewöhnlichen Persönlichkeiten möglich.

Bevor die Täuschungen allerdings niedergetrampelt waren, entkeimte in David erwartungsvolles Interesse, und ebenjenes brachte er jetzt diesem schrägen Vogel Tizian Wolff entgegen.

Deshalb sprach er weiter, erzählte von der in seinen Augen nicht sonderlich spannenden Autofahrt, holte sogar noch weiter aus, während die lockige Bedienung beinahe lautlos einen weiteren Kaffee vor ihm abstellte, die leere Tasse an sich nahm und sich diskret zurückzog.

David bewohnte zusammen mit Marlies und deren Eltern eine Doppelhaushälfte in Regensburgs Stadtteil Kumpfmühl. Auf insgesamt vier Etagen, darunter der ausgebaute Dachboden und der Keller, lebten sie in zwei Wohnungen.

Keller und Erdgeschoss gehörten Marlies' Eltern. Genaugenommen hatten sie sie in Beschlag genommen, denn eigentlich war es Davids Haus. Auf seinen Namen lief der Grundbucheintrag, und er war es, der den Kredit bediente, der noch für zehn Jahre auf seinen Schultern lasten würde. David hatte allerdings nichts dagegen, dass seine Schwiegereltern in spe unentgeltlich in seinem Eigenheim logierten, im Gegenteil. Es war sein Vorschlag gewesen, sie einziehen zu lassen, als Marlies' Vater aus verschiedenen gesundheitlichen Gründen vorzeitig in den Ruhestand hatte treten müssen und sich ihre finanzielle Lage damit drastisch verschlechtert hatte. David war lieber derjenige, der gab, statt der zu sein, der gezwungen war zu nehmen. Sehr viel lieber.

Dachboden und den ersten Stock bewohnten Marlies und David mit dem kleinen Emil. Die Schlafzimmer befanden sich im ausgebauten Dachboden, die Wohnräume im ersten Stock. An sich war die Aufteilung gut, das Haus ausreichend groß und bisher ohne Makel, die Bewohner konnten sich gebührend aus dem Weg gehen und waren dennoch füreinander da, generationenübergreifend. Das einzige Manko, das David nach vier Jahren als Besitzer der Haushälfte ausmachen konnte, war die Lage.

Kumpfmühl erwies sich zunehmend als Stadtteil von eher unguter nachbarschaftlicher Gesellschaft. Dunkle Gestalten trieben sich nachts auf den Straßen herum, die Polizei verzeichnete ansteigende Gewalttaten und Einbrüche. Alkohol- und Drogenkonsum auf offener Straße waren an der Tagesordnung. Stünde David noch einmal vor einem Hauskauf, er würde sich sowohl gegen Kumpfmühl als auch gegen eine Doppelhaushälfte entscheiden. Man bekam einfach zu viel von den unmittelbaren Nachbarn mit; da hätte er gleich in seiner vorigen Wohnung im dritten Stock bleiben können, dieser Sardinenbüchse, eingezwängt zwischen ungezählten anderen Sardinenbüchsen – daneben, darüber und darunter.

Von diesem Stadtteil aus fuhr David also in Richtung Osthafen, hin zu der Adresse, die ihm sein Kollege Oliver Markl via Kurznachricht gesendet hatte. David hörte Radio, irgendeinen Sender, der rund um die Uhr Rockmusik spielte, nur unterbrochen von Nachrichten- und Verkehrsmeldungen. Das war allerdings nicht die Art von Rockmusik, die Tizian Wolff bevorzugte (»Nicht der gute alte Ami-Rock `n´ Roll«, sagte David mit einem Lächeln zu Tizian), sondern moderner Rock, bei dem man an Mützen tragende Halbwüchsige denkt, denen die ersten Haare im Schritt und die ersten Pickel auf den Nasen wachsen, die auf Barbiepuppen von Mädchen stehen und keine Ahnung davon haben, dass Musikrichtungen irgendwann einmal mehr gewesen waren als Klamotten und Frisuren.

David hörte bei jeder Fahrt, die er in seiner Laufbahn als Kriminalpolizist zu einem Tatort hinter sich hatte bringen müssen, irgendeinen Radiosender, unabhängig von Musikrichtung oder Nachrichteninhalt. Das war zu einem Ritual geworden, anfangs aus Nervosität und undefinierter Angst vor dem, was auf ihn zukommen mochte, inzwischen weil er es schlicht immer tat.

Die Nervosität und die Ängstlichkeit waren längst Vergangenheit. David war nicht mehr nervös und ängstlich, weil jeder Mordfall im Grunde demselben Schema folgte. Es gab immer dieselben Schritte, die ein Kommissar tun musste, um einem Mörder auf die Spur zu kommen. Nur selten gab es Abweichungen. Und wenn man dieses Schema einmal begriffen und zu seinem eigenen gemacht hatte, individuell auf sich zugeschnitten, verschwand die Nervosität von selbst. Man wusste, was zu tun war, man wusste, wer man war und wo die eigenen Schwächen lagen, man wusste, wie man diese Schwächen benutzen oder ausgleichen konnte, und damit wusste man auch, dass man dem nächsten Fall genauso gewachsen sein würde wie dem vorherigen. Genauso, wie jeder andere Mensch täglich zur Arbeit ging in dem Wissen, den Aufgaben gewachsen zu sein, jeder Schreiner, der einen neuen Auftrag für einen Tisch bekam, jeder Lehrer, der sich nach den Sommerferien einer neuen Klasse gegenübersah, jeder Bauarbeiter, der zu einer neuen Baustelle kam.

Jetzt war es also ein schlichtes Ritual, und darum lief diese College-Musik, die sich als Rock tarnte und doch nichts anderes als Pop war.

David wählte den direkten Weg in den Stadtosten. Bevor er eintraf, durften weder die Kollegen noch der Erkennungsdienst mit gewissen Arbeiten beginnen. Er könnte sie warten lassen, sicher, er könnte sich beispielsweise etwas zu essen holen, immerhin hatte er noch nicht gefrühstückt, aber David verwarf den Gedanken sofort wieder und ließ den Magen grummeln. Ein Bonbon musste reichen.

Ansonsten war die Fahrt unspektakulär. Der Verkehr an diesem Samstagvormittag war ein normaler Regensburger Samstagsverkehr, es staute sich nur an der Kreuzung beim Hauptbahnhof etwas.

Das Regensburger Hafenviertel war, wie wahrscheinlich jeder andere Hafen auch, ein unansehnlicher Bezirk, der in seiner näheren Umgebung entsprechende Klientel anzog. Der Osten galt seit jeher als der Stadtteil, in dem sich die untersten Gesellschaftsschichten ansiedelten, und das nicht allein wegen des Hafens, sondern auch aufgrund des Straßenstrichs, der hier vor einigen Jahren beheimatet gewesen war. Seit die Zuckerfabrik mit ihren unangenehmen Ausdünstungen geschlossen hatte, war Regensburg bemüht, den Ruf des Ostens zu verbessern. Die Fabrik, leere Lagerhallen und ehemalige Bordelle wurden abgerissen, Büroräume und Wohnsiedlungen gebaut, Supermärkte angesiedelt. Wie sich das letztlich entwickeln würde, ob der Regensburger Bürger über die Vergangenheit des Stadtteils würde hinwegsehen können, würde sich erst noch zeigen müssen.

Tatsächlich sahen die Gebäude im inneren Osten inzwischen freundlicher aus, und dort, wo früher Brachland und leerstehende Häuser gewesen waren, befanden sich jetzt Büro- und Wohnkomplexe. Die Menschen, die David auf den Bürgersteigen sah, bestätigten seine Vorurteile dessen ungeachtet. Es waren heruntergekommene Menschen, Menschen, die ungepflegt waren, die billige, schäbige Kleidung trugen, mit Einkaufstüten in den Händen und schmuddeligen Hunden an den Leinen, Menschen, die älter aussahen, als sie waren, was auf Alkohol und Drogen hinwies, auf entbehrungsreiche Lebensläufe am Rande der Gesellschaft. Arbeitslose, Asoziale, Punks, Obdachlose. An einer Tankstelle sah David drei Männer verschiedenen Alters, die beisammenstanden, in ihrer Mitte ein Bierkasten, als würden sie um einen Schrein stehen, und sich unterhielten und tranken.

Die Adresse, die Oliver David gegeben hatte, führte ihn zu den Anfängen des Osthafens. Um genau zu sein, gehörte der Bereich noch gar nicht zum Hafen. David hätte ihn vielmehr zum inneren Osten gezählt oder zum Niemandsland zwischen Wohnsiedlungen und Hafen erklärt.

Die Kollegen hatten den Bereich großzügig mit rot-weißem Band abgesperrt. Zwei Polizeibusse parkten in der Straße, auf der anderen Seite der Absperrung standen weitere Streifenwagen und die Autos des Erkennungsdienstes.

David hielt mitten auf der Straße – ein Durchkommen war momentan ohnehin nicht möglich, die Straße war ebenfalls abgeriegelt – und stieg aus. Er verschloss den Kombi, holte seinen Dienstausweis heraus und ging zu einem der Polizisten am Absperrband hinüber.

Er kannte den Mann vom Sehen, irgendwann und irgendwo waren sie sich schon einmal über den Weg gelaufen. Trotzdem hielt David ihm den Ausweis hin, ehe er das Band mit einer Hand niederdrückte und darüberstieg.

Von dem Beamten wurde ihm einer der weißen Overalls gereicht. Er zog das Plastikkondom über seine Zivilkleidung, verschloss es, setzte sich die Kapuze auf und schnürte sie zu, ließ sich die Überzieher für die Füße geben und streifte sie über seine Boots.

»Wissen Sie, wo ich Herrn Markl finde?«, fragte er den Beamten, als er nicht mehr war als ein weiteres weißes Männchen.

Der Polizist warf einen Blick über die Schulter, dann zuckte er die Achseln. »Welcher ist das?«

David winkte ab. Er hatte das Zelt, das bei Tatorten an der frischen Luft, also unter freiem Himmel, errichtet wurde, schon entdeckt. Dort würde er auch Oliver finden, zwangsläufig in Gesellschaft der Leiche.

Was empfand, was fühlte er, als er sich dem Zelt und der Leiche näherte?

David wollte schon weitererzählen, als sich ihm diese Frage aufdrängte, und er sich für einen Moment selbst unterbrach. Er schwieg und dachte nach, während Tizian Wolffs ruhiger und doch intensiver Blick auf ihn gerichtet war.

Es war, als hätte Tizian diese Frage gestellt. Aber das hatte er nicht. Jedenfalls nicht laut, nicht mit dem Mund.

Wieder überfiel David diese merkwürdige Vorstellung, der Sonderermittler betrachte seine Erinnerungen wie ausgestellte Gemälde in einem Museum, während er von ihnen berichtete. *Schauen Sie, das hier ist das Stillleben ›Mord auf dem Spielplatz‹, nach einer wahren Begebenheit. Sehen Sie die Farben? Wie sie ineinanderfließen, so als gäbe es keine Konturen, keine Abgrenzung zwischen Schaukel und Leichnam, zwischen Rasen und Zeltaufschlägen?*

David senkte den Blick, er konnte nicht anders, griff nach dem Kaffee, den er zu seiner Überraschung schon wieder bis über die Hälfte geleert hatte, und trank einen tiefen Schluck.

Tizian beugte sich leicht nach vorn, die Hände vor sich auf dem Tisch gefaltet. David sah einige Narben an den schwieligen Fingern, und er sah das schlichte schwarze Lederband, das sich der Sonderermittler mehrmals um das linke Handgelenk gewickelt hatte.

»Was haben Sie gefühlt«, fragte Tizian mit ruhiger, dunkler Stimme, »als Sie sich dem Tatort genähert haben?«

Der schräge Vogel war ein verdammt guter Beobachter, dachte David. Wie sonst konnte er wiederholen, was sich David vor wenigen Augenblicken selbst gefragt hatte, und das fast in demselben Wortlaut? Woher sonst rührte dieses sonderbare Gefühl, das David hatte, und das ihn glauben machte, Wolff könnte sehen, was er in seiner Erinnerung sah?

»Wie fühlte ich mich«, murmelte er, fuhr sich mit der Zunge über die Lippen und konzentrierte sich wieder auf seine Erzählung.

Wenn sich die Atmosphäre an diesem Tatort von der anderer unterschied, dann nahm David das nicht wahr, jedenfalls nicht, während er von seinem Auto zum Zelt ging. In der Rückschau allerdings fiel ihm eine Kleinigkeit auf.

Die Geschäftigkeit, die an Tatorten vorherrschte, war auch hier gegeben. Jeder kannte seine Aufgabe, jeder ging ihr geflissentlich nach, niemand stand untätig herum. Der Erkennungsdienst war vor Ort, führte die Spurensicherung durch. Sie würden auch dann noch da sein, wenn David und Oliver längst im Präsidium waren und die Mordkommission einberiefen, wenn sie den Stab zusammenstellten und die nötigen Kollegen anforderten, wenn die Leiche in die Rechtsmedizin abtransportiert worden war und obduziert wurde, wahrscheinlich waren sie noch da, wenn die Sonne unterging. Meistens dauerte es mehrere Tage, bis sie mit einem Tatort fertig waren, und dann erst konnten sie anfangen, die gesicherten Spuren auszuwerten.

Natürlich war niemand angesichts eines Todesfalles in ausgelassener Stimmung. Trotzdem hörte man hier und da jemanden lachen, wenn auch gedämpft. Diese Leute waren derartige Situationen gewohnt. Sie waren demütig, selbstverständlich, und sie nahmen ihre Arbeit ernst, dennoch war es genau das: ihre Arbeit. Darum war es nicht erstaunlich, wenn gelacht wurde. Manchmal braucht man vor allem dann, wenn man so gewaltigen Dingen wie dem Tod gegenübersteht, ein entlastendes, mitunter abwehrendes Lachen.

David hörte ein solches Lachen. Es war verhalten und leise, und als er einen Blick auf die Urheberin warf, eine Frau des Erkennungsdienstes, las er aus ihrem Gesicht die Motive für dieses Lachen: Entsetzen, Angst und Unglaube. Sein Blick glitt unreflektiert zurück zum Zelt, er dachte über diese Frau, ihr Lachen und die Mimik nicht nach.

Das tat er erst jetzt, in der Erinnerung.

Dasselbc hätte er in allen Gesichtern sehen können, hätte er sich nur ein einziges Mal aufmerksam umgesehen. Die Atmosphäre hätte sich für ihn damit schlagartig verändert, wäre düsterer geworden, hätte sich angefühlt wie die schwüle, drückende Stimmung, die vor einem schweren Sommergewitter herrscht, wie der Luftdruck, der die Vögel tief fliegen lässt, die Mücken in Schwärmen nahe auf die Wasseroberflächen von Flüssen und Seen presst und einem das Gefühl gibt, man sei ebenfalls nur eine kleine schwirrende Fliege, die jeden Moment vom heranstürmenden Wind zerschmettert wird.

Stattdessen wandte sich David sorglos von der Frau und ihrem ängstlichen Lachen ab und schritt weiter auf das Zelt zu, das mitten auf dem verfallenen Spielplatz stand, gleich neben einer Rutsche, die verbeult, verrostet und mit irgendwelchen unleserlichen Parolen besprüht war.

4

Wieder verstummte David, wieder saßen sie einander gegenüber und sahen sich an. Diesmal aber runzelte David die Stirn und musterte den Sonderermittler unverhohlen, betrachtete ihn, als sähe er ihn zum ersten Mal.

Das waren nicht länger seine Erinnerungen. Doch, es waren seine, aber was gerade geschehen war, das hatte sich seinem aktiven Zutun entzogen. David musste wieder an die Gemälde im Museum denken.

Haben Sie das Bild schon einmal gedreht? Drehen Sie es! Es ist ein 3D-Bild! Sie haben es zwar selbst gemalt, klar, aber Sie haben es noch nicht aus dieser Perspektive gesehen!

Als hätte eine rätselhafte Macht seine Erinnerungen übernommen und ihn dazu gezwungen, sie um 180 Grad zu drehen. Als blicke Wolff tatsächlich durch seine Augen in sein Hirn, in seine Erinnerungen, und als lenke er seinen Blick und richte ihn dorthin, wo er ihn haben wollte.

David war drauf und dran auszusprechen, was er dachte, stoppte sich jedoch. Manche Gedanken waren für sich allein schon bizarr genug, wenn man sie aber aussprach, rückten sie sehr schnell und sehr nah an den bloßen Wahnsinn heran. Und er wollte nicht, dass Wolff ihn für verrückt hielt.

Kurzerhand wandte sich David um und stellte erstaunt fest, dass das Café mittlerweile fast vollbesetzt war. Gleich hinter ihm am Tisch saßen drei Frauen in Kostümen, eine von ihnen hatte ein Notebook aufgeklappt vor sich stehen. Am Tisch nebenan saß ein älterer Mann, der in einer Zeitung las und einen Kuchen aß. Hinter ihm hockte eine Frau mit einem jungen Mädchen, neben sich auf einem freien Stuhl hatten sie fünf Einkaufstüten abgestellt. So ging das weiter, bis zur Theke.

Er warf einen Blick auf die Uhr, die rechts an der Wand bei der Theke hing. Sie saßen seit geschlagenen zwei Stunden hier, es ging auf Mittag zu.

David hob den Arm und winkte die Bedienung zu sich, bestellte einen frischgepressten Orangensaft und wies sie an, ihm keinen weiteren Kaffee mehr zu bringen. Angesichts seiner neuesten surrealen Erlebnisse war Koffein das letzte, was er gebrauchen konnte.

Er drehte sich wieder zu Tizian um. Der Sonderermittler hatte erneut dieses Lächeln im Gesicht, aber diesmal galt es einer der Geschäftsfrauen hinter David. Erst nach ein paar Sekunden kehrte der Blick aus den Augen, die so dunkel waren, dass man das Schwarz der Linsen kaum vom Braun der Regenhäute unterscheiden konnte, zu David zurück.

Mit diesen Augen wäre er ein verdammt guter Junkie, dachte der Polizeibeamte David. Er ist ein verdammter Weiberheld, der nichts anbrennen lässt, dachte der Privatmann David (dachte seine Neugier, die damit einen Punkt von der Liste *Wolffs Extravaganzen* streichen konnte).

Tizians Lächeln schwand, die Mixtur aus Konzentration und Versenkung wischte es beiseite. Weiter geht's, bedeutete das, und David wurde bewusst, dass er für die Dauer weniger Minuten – während er sich umgedreht hatte und damit Tizians Blick ausgewichen war – dieses sonderbare Gefühl nicht mehr verspürt hatte. Jetzt war es wieder da. Sobald er mit seiner Erzählung fortfahren würde, würde sich Wolff erneut in seinem Hirn einnisten. Das befürchtete er. Aber er war sich nach wie vor nicht sicher, ob er nicht einfach einen miesen Tag hatte, vielleicht an irgendeinem Vitaminmangel litt oder eine ausgewachsene Erkältung bekam, die sein Urteilsvermögen trübte.

»Ich halte mich für abgehärtet, was Morde und Leichen angeht«, sagte David und setzte damit seinen Bericht fort. »Und so betrete ich Tatorte: sattelfest. So leicht wirft mich nichts von meinem Gaul, wenn Sie verstehen, was ich meine. Diesmal aber …«

Blut, Gedärme, leere Blicke, der Geruch des Todes, Gesichter, die auf immer erschlafft waren – all das hatte David Hedock zu oft gesehen. Er war nicht abgehärtet, er war nur einfach immer auf alles vorbereitet, sobald er zu einem möglichen Tötungsdelikt gerufen wurde.

Das bedeutete nicht, dass er gegen alles gefeit war. Auch ihn erschütterte jeder einzelne Fall, jedwede Brutalität riss Wunden, zerstörte etwas in ihm, bescherte ihm oftmals Albträume. Niemand konnte sich gegen alles schützen.

Der Mensch war schlicht zu allem fähig – das war es, was David mit Bestimmtheit wusste. Es gab keine Grausamkeit, die nicht irgendein Mensch unter der Sonne begehen konnte. Menschen waren zu allem fähig. Und das Leben erst recht.

Hielt man den Menschen für das brutalste Tier, das die Evolution je hervorgebracht hatte, dann war das Leben selbst die brutalste Macht, die jenes brutale Tier umgab. Manche mochten es das Schicksal nennen, andere den Zufall, wieder andere sprachen davon, der Mensch erschaffe sich seine Realität selbst – einerlei. Wie man es auch nannte, und David bevorzugte schlicht den Ausdruck *das Leben*, es war mitleidsloser als jeder Psychopath. Einen mordenden Psychopathen konnte man für seine Tat bestrafen, wenn man ihn denn einfing. Das Leben aber, das genauso unerwartet und vorsätzlich über einen herfiel wie ein Mörder und den Tod schwang wie eine Mordwaffe, konnte man nicht einsperren und bestrafen.

Mit diesem Wissen betrat David jeden Tatort.

Auch diesen.

Er schritt durch den Eingang des Zeltes, den die Leute vom Erkennungsdienst offen gelassen hatten, und entschlüpfte damit dem frühjährlichen Sonnenschein, der ausnahmsweise Regensburgs hartnäckige Nebelfelder ersetzte. Nun stand er im grellen Licht der Scheinwerfer, die jede Ecke des Zeltes ausleuchteten.

Ihn umgab Stille, obwohl an die zehn Menschen anwesend waren. Andächtige Stille.

Für eine Sekunde fand Davids Blick den von Oliver. Sein Partner stand mit verschränkten Armen und seitlich da, sodass es seine linke Schulter war, die sich der Leiche zuwandte.

Oliver Markl war das, was man früher *einen harten Hund* genannt hätte. Wie die Kids solche Männer heute bezeichneten, wusste David nicht, aber er vermutete, dass es in Zusammenhang mit dem Wörtchen *krass* stand.

Oliver war ein Landwirtssohn, draußen auf den bayerischen Feldern inmitten von Weizen, Gerste, Raps, Mais und einer nicht unerheblichen Anzahl von Säuen aufgewachsen, zusammen mit Mähdreschern, Heugabeln und Schweinescheiße. Er war das fünfte von insgesamt sechs Kindern, und weil alle seine Geschwister an die Universitäten in verschiedenen Landesteilen geeilt und das einzige außer ihm verbliebene Kind ein Mädchen war, war er irgendwann der einzige, der seinem Vater bei der schweren Arbeit hatte helfen können.

Auf eine eigentümliche Art und Weise sah man Oliver seine Herkunft an. Es war etwas, das in seinen ledrigen Augenwinkeln lag, dieser gewisse Zug, der sich vornehmlich dann in besagte Augenwinkel stahl, wenn er spöttisch grinste oder eines seiner wenigen Lachen ausstieß. Und Oliver grinste wirklich oft spöttisch; er war der geborene Zyniker.

Vielleicht waren es auch die zu schmalen Lippen über dem zu breiten Kiefer mit dem Unterbiss, die seine Abstammung verrieten. Oder die breiten Hände mit den kurzen Wurstfingern, oder die gegerbte Haut, die selbst auf dem Handrücken verhornt zu sein schien. Oder seine stämmige, untersetzte Figur mit den kurzen O-Beinen … – was auch immer es war, Oliver arbeitete seit seinen Jugendtagen, also seit gut fünfunddreißig Jahren nicht mehr auf Feld und Flur, und trotzdem, man sah es ihm an.

Oliver Markl war ein guter Kommissar, vielleicht war er sogar einer der besten. David hatte diesbezüglich noch zu wenige Vergleichsmöglichkeiten, er kannte nur die Regensburger Kommissare, aber er konnte immerhin mit Gewissheit sagen, dass Oliver ein zuverlässiger, wenn auch etwas ruppiger Kollege war.

Er ist ein typischer Regensburger, hatte David einmal zu seiner Freundin gesagt. Zynisch, nicht aufs Maul gefallen, dennoch ein bisschen naiv, weil obrigkeits- und kirchenhörig, alte Schule eben. Einer von denen, die dich einen beschissenen Preußen nennen, weil du *hoch* statt *rauf* gesagt hast, und die dir im nächsten Moment freundschaftlich auf die Schulter klopfen und dir als Medizin gegen Grippe eine Maß lauwarmes dunkles Bier vor die Nase knallen, und die aus Tradition seit Menschengedenken die Christlichen wählen, weil der Großvater die schon gewählt hat …

Erdig, hatte Marlies mit einem neckischen Grinsen geantwortet.

Ja, erdig. Konnte man so sagen. Auf keinen Fall luftig, nein, das war Oliver nicht. Oliver besaß so viel Phantasie wie ein Huhn, das auf einem Auge blind war.

Die Eigenschaft, die ihn als *harten Hund* brandmarkte, war vorrangig die Bereitschaft, sich aufzurichten und denen den Weg zu versperren, die glaubten, sie könnten sich ungesehen an ihm vorbeischleichen. Oliver fuhr man nicht so schnell gegen den Karren. Und wenn doch, dann musste man mit der vollen Härte des Gesetzes rechnen, die da in Form eines kernigen Bayern auf einen zukam, mit Augen, die zu Schlitzen wurden und kleine Blitze aussandten, die einem das Hinterteil verbrannten und den Hosenboden zum Qualmen brachten.

Ein aufrechter, pflichtbewusster Bürger, sagte David. Ein Denunziant, wie er im deutschen Buche steht, dachte Tizian, wovon David aber natürlich nichts wissen konnte.

Davids Blick, nachdem er das Zelt betreten hatte, ging also zuerst zu Oliver. Sein Kollege stand seitwärts vor der Leiche, wandte ihr die Schulter zu und richtete die schmalen Augen, die die Farbe von ausgewaschenem Jeansstoff hatten, seinerseits auf David.

Oliver machte ein grimmiges Gesicht. Das war nichts Besonderes. Er schaute immer grimmig drein, wenn sie sich an einem Tatort befanden. Ein kurzes Kopfnicken war seine Art, David zu grüßen.

Der alte Bayer war wütend. Das verriet nicht seine grimmige Miene, das verriet seine Körperhaltung, dieses Seitwärtsstehen, die Tatsache, dass er sich der Leiche nicht vollständig zuwandte. Oh, das würde er noch tun, da war sich David sicher. Das verlangte ihre Arbeit von ihnen, sie mussten sich den Leichen zuwenden. Aber solange er es nicht musste, solange er auf David wartete, zog Oliver es vor, sich abzuwenden. Nicht gänzlich, er wollte sein Gesicht vor den anderen nicht verlieren, aber doch so weit, dass er die verfluchte Leiche nicht ständig ansehen musste.

David schenkte seinem Kollegen nur diese Sekunde, und wieder geschah es erst in der Rückschau, als er vor Tizian Wolff in diesem Café saß, dass er über das nachdachte, was Olivers Körperhaltung aussagte. Aber auch dort erwähnte er diesen Fakt nur, hielt sich nicht länger damit auf.

Es galt, die Sache schnell hinter sich zu bringen. Alle wollten das. Alle Anwesenden wollten so schnell wie möglich wieder weg von hier, den Tatort hinter sich lassen, ihn auseinandernehmen, damit nichts mehr auf die Gräuel hindeutete.

Deshalb zögerte David den Moment nicht hinaus, sondern warf Oliver nur einen kurzen Blick zu, ehe er sich das anschaute, weswegen er seinen freien Samstag opfern musste.

5

Die Kollegen vom Erkennungsdienst hatten das Zelt über einer Schaukel mit zwei Sitzflächen errichtet. Das Gestell bestand zu beiden Seiten aus großen, hölzernen As, die an ihren spitzen Giebeln wiederum mit einer massiven hölzernen Querstrebe verbunden waren. Von dieser Querstrebe hingen die beiden Schaukelsitzflächen an Eisenketten herunter.

Mit zeitlupenartiger Klarheit sah David mehrere Symbole, die an verschiedenen Stellen in das Holzgerüst geritzt und geschnitzt waren. Links fand sich ein großes, unförmiges Herz, in das *T+G* gekerbt war. Die Einkerbungen waren mit grüner, inzwischen verblichener Farbe ausgemalt. Über dem Herz waren sinnlos und beinahe bis hinauf zum Giebel ganze Stücke aus dem Holz gebrochen worden, der Faserung nach, wie Splitter, die man sich beim Barfußlaufen auf alten Dielen einzog, nur größer. Unleserliche, geschwungene Buchstaben standen ineinander verschlungen am rückwärtigen Pfeiler des linken As. Ein sogenanntes Tag, die Unterschrift eines Graffiti-Künstlers, nur dass das zugehörige Graffiti fehlte. Das andere A sah nicht besser aus, eigentlich sah es sogar schlimmer aus. Auch dort waren riesige Splitter aus der Holzfaserung gerissen worden, verschiedene Namen waren eingeritzt, irgendjemand hatte den Querstrich des As vollkommen mit roter Farbe besprüht. Der vordere Pfeiler war zur Hälfte grün angemalt, wiederum war das Grün ausgeblichen und an manchen Stellen vollständig verblasst.

Auf dem Boden, zwischen den verdorrten Grasbüscheln, die zwischen sich stets ausreichend Raum ließen, damit man das Erdreich erkennen konnte, lagen unzählige Zigarettenstummel herum. David zweifelte daran, dass es nur Zigaretten waren. Man würde sicherlich die Überreste des einen oder anderen Joints finden, womöglich auch schlimmeres.

Neben dem rechten vorderen Pfeiler lag umgekippt eine verbeulte Bierdose, daneben stand eine Schnapsflasche. Auf der anderen Seite lagen zwei weitere Dosen sowie eine weitere Flasche billigen Fusels, diesmal auf eine weiße, unbeschriftete Plastiktüte gebettet. Über die Öffnung und zum Teil über den Flaschenhals war ein Kondom gezogen worden, so positioniert, dass es aussah, als hätte die Pulle eine zu kleine Zipfelmütze auf. Der Mülleimer rechts der Schaukel quoll über vor Dosen, Flaschen, Zigarettenschachteln und anderem Unrat. Der Erkennungsdienst und die anschließende KTU würden ihren Spaß damit haben.

Davids Blick war natürlich schon mehrmals über die Leiche hinweggegangen, aber er hatte sich noch nicht erlaubt, darauf zu verweilen oder über das, was er gesehen hatte, nachzudenken. Jetzt erst gestattete er sich das.

Sein Blick richtete sich auf die Tote, und aus den Augenwinkeln sah er, wie sich Oliver ebenfalls umwandte und sich neben ihn stellte, Schulter an Schulter.

Auf Oliver war eben Verlass. Im entscheidenden Moment konnte man darauf zählen, dass er einem beistand.

Irgendetwas stimmt mit den Augen nicht, dachte David als erstes und das, obwohl er weder nahe genug an der Leiche war noch einen Anhaltspunkt dafür hatte. Es war einfach ein Gefühl, ein sehr drängendes Gefühl.

Die Frau saß auf der linken Schaukel, die Knie nur leicht angewinkelt, die Fersen in die Erde gestemmt, sodass die Zehen nach oben gerichtet waren. Sie trug keine Schuhe, keine Strümpfe, keine Hose. Alles, was sie trug, war ein verschmutztes Höschen und ein dünnes Trägerhemdchen, beides in weißer Farbe. Ihre Schultern und ihr Kopf waren nach vorn gesackt, die Hände lagen mit den Handflächen nach oben auf ihren gräulich hellen Schenkeln. Fettiges, schulterlanges Haar in der Farbe von Schlick verbarg zu einem Gutteil ihr Gesicht, bildete über der Augen- und Nasenpartie ein offenes Dreieck, ehe es auf Höhe der Nasenspitze zusammenkam wie ein schlecht geschlossener Bühnenvorhang.

Es sind ihre Augen, dachte David wieder, aber er dachte es nicht vorsätzlich. Es war ein lauernder, dunkler Gedanke, etwa wie solche, die man im Schwebezustand zwischen Schlafen und Erwachen hat: kaum fassbar, kaum nachvollziehbar, bar jeder erkennbaren Logik – und im Nachhinein oftmals doch relevant, sehr relevant, beispielsweise wenn sich herausstellt, dass der Gedanke etwas mit dem zu tun hat, was tatsächlich um einen herum geschieht, wenn etwa tatsächlich Einbrecher ins Haus und nicht nur in den Traum eindringen und man das Zerschellen einer Glasscheibe im wahren Leben hört.

Wieder hielt er sich mit dem Gedanken nicht auf, wieder machte er stoisch mit seiner Bestandsaufnahme weiter.

Die Frau war beleibt, nicht fett. Heutzutage unterschied man zwischen mollig und korpulent, zwischen Mensch gewordenen Doppelhamburgern und einfachen Hamburgern. Nicht mehr lange, dann würde man sie *normal* nennen. Sie hat schwere Knochen, dachte David, weil es das war, was seine Großmutter väterlicherseits immer zu seinem fetten großen Bruder Armin gesagt hatte. Schwere Knochen. Knochen, die sich teigig wie Halbkreise von Schwimmreifen durch das dünne Hemdchen abzeichneten, am Oberschenkel gegen die Ketten der Schaukel pressten und sie in ihrer Schwammigkeit beinahe umschlungen hatten, beinahe. Knochen, die aus Oberarmen Oberschenkel und aus Oberschenkeln Keulen machten.

Sie war nicht mehr die Jüngste. Auch das würde er niemals auf diese Weise aussprechen, er war selbst mit seinen fünfundvierzig Jahren nicht mehr der Jüngste, auch wenn David jedes Mal wieder erschrak, wenn er sein eigenes Alter hörte. Fünfundvierzig. Das war in etwa so fern wie es die Sechzig oder die Siebzig waren. Näher schienen ihm die achtundzwanzig, und wenn er ehrlich war, waren ihm die Zwanzig noch näher. Allerdings ließ sich nur schwerlich abstreiten, dass er bereits Erfahrungen gesammelt hatte, die weit über denen eines Zwanzigjährigen lagen, Erfahrungen, Falten und zu viele weiße Haare.

Die Frau mochte um die Fünfundfünfzig sein, wobei er sich darauf noch nicht festlegen wollte. Es war ein grober Fehler, das Alter eines mutmaßlichen Opfers anhand ihrer Leiche festmachen zu wollen. Die gräuliche Färbung, die Leichenflecken, mitunter der leere Gesichtsausdruck, ja auch die Umgebung, die bloße Tatsache, dass es sich um einen Tatort handelte sowie das grelle Scheinwerferlicht – all das konnte die Wahrheit nachhaltig trüben. David war schon einmal sicher gewesen, es mit einer vierzigjährigen Leiche zu tun zu haben, und im Nachhinein hatte sich herausgestellt, dass es sich um eine fünfundzwanzigjährige junge Frau gehandelt hatte.

Diese Frau dagegen hatte lange genug gelebt, damit sich ausgeprägte Krampfadern an ihren Schenkeln hatten bilden können. Wie knotige Parasiten schimmerten sie durch die wächserne Haut, so dunkel wie geronnenes Blut und bis hinauf zu dem weißen Höschen.

Während dieser ersten Inventur suchte David stets nach der möglichen Todesursache. Meistens erkannte man nach wenigen Blicken, woran jemand gestorben war, vorausgesetzt, es handelte sich um ein Tötungsdelikt, womöglich sogar um Mord. Eine Fremdeinwirkung zeigte sich zumeist an der Oberfläche, dafür brauchte man keinen Rechtsmediziner.

David fand nichts. Das heißt, er konnte Verbrennungen sehen, helle Verfärbungen vorrangig an Armen und Beinen, die er ihrer Beschaffenheit und der Farbe nach nicht für Verbrennungen durch Feuer, sondern durch Strom hielt. Nur Strom erzeugte diese eigentümliche weiße Verfärbung, die – und das bewirkte in ihm kurzzeitig einen Würgereiz, den er unter Kontrolle brachte – an gegarte Schweineschenkel erinnerte.

Man mochte nun vielleicht den voreiligen Schluss ziehen, dabei könnte es sich um Folter handeln. Man mochte annehmen, das Opfer sei vom Täter mit Stromschlägen gefoltert worden. Vielleicht. David allerdings zog diesen voreiligen Schluss nicht, ihm fielen einige weitere mögliche Ursachen für diese Verbrennungen ein. Und er hielt die Verletzungen, wie schmerzhaft sie auch gewesen sein mochten – und das waren sie, bei Gott, das waren sie – nicht für die Todesursache.

Was er für die Todesursache hielt, das erblickten seine Augen viel weiter oben, auf Höhe der Brust, fast komplett vom Hemdchen verdeckt. Noch konnte er sich auch hierin nicht sicher sein.

Dies also waren sie, die ersten Eindrücke, die er innerhalb der ersten Sekunden sammelte, während er neben Oliver an Ort und Stelle stand, inmitten des Zeltes, das auf eigentümliche Art und Weise von der Außenwelt abgeschnitten zu sein schien. Von draußen waren Geräusche zu hören, im Zelt war es totenstill. Draußen herrschte rege Betriebsamkeit, im Zelt bewegte sich niemand.

Die Augen, dachte David wieder, und diesmal erlaubte er dem Gedanken, an die Oberfläche zu steigen. Er warf einen Blick auf die Umstehenden. Er kannte sie alle. Auf der zierlichen Frau im Ganzkörperanzug, eine von insgesamt fünf mit Kameras in den Händen, blieb sein Blick liegen.

Sie nickte, als hätte er seine Frage laut ausgesprochen. Ja, wir haben alles hier drinnen sorgsam fotografiert und katalogisiert. Ja, wir können sie jetzt bewegen.

Geh um sie herum, sagte eine Stimme in Davids Kopf. Du bist noch nicht um die Leiche herumgegangen. Geh vorher um sie herum!

Er hob ablehnend eine Hand in Richtung der zierlichen Frau, die Linda hieß und die Leitung des Erkennungsdienstes innehatte. Die Stimme, die er gehört hatte, war nicht seine. *Geh um die Leiche herum!* Es war die Stimme seines Vaters, der niemals etwas mit Tatorten oder kommissarischer Arbeit zu tun gehabt hatte, ja nicht einmal mit der Polizei, sah man von den beiden Strafzetteln ab, die er im Laufe seines Lebens für Falschparken und Geschwindigkeitsübertretung erhalten hatte.

Aber es war immer die Stimme seines Vaters, die David hörte, wenn er einen Fehler zu begehen drohte oder wenn er ihn begangen hatte. Die strenge, sich überschlagende Stimme, die wie ein Peitschenknall durch seinen Kopf schoss und seine Aufmerksamkeit wie nichts anderes zu schärfen vermochte. Es war die Stimme, der er besser konzentriert lauschte und in allen Dingen uneingeschränkt gehorchte, weil er ansonsten unerfreuliche Konsequenzen heraufbeschwor.

Siehst du das, David?, hatte die Stimme dereinst gesagt, wenn er nicht konzentriert gelauscht und uneingeschränkt gehorcht hatte. *Siehst du, was du anrichtest? Schau hin! Schau dir an, was du anrichtest! SCHAU HIN, du Bengel von einem Kind, du Ausgeburt des schlechten Benehmens, du missratener Balg von einem Sohn! SCHAU HIN!*

David hatte immer hingesehen. Er hatte gelernt, die Verantwortung für das zu übernehmen, was er tat, was er sagte und wie er mit seinen Mitmenschen umging, und das spiegelte sich stets im Hinsehen. Beizeiten war Hinsehen qualvoller als jeder körperliche Schmerz. Allem voran aber hatte er gelernt, dass man hin und wieder – nein, meistens – auch die Verantwortung für andere übernehmen musste, weil die anderen gelegentlich austickten oder generell verrückt waren. Man musste auch das ansehen, was andere nicht sehen wollten, was sie nicht zu sehen fähig oder willens waren.

»Zu einem gewissen Grad«, sagte David in dem Café zu Tizian, und ihm wurde erst später bewusst, dass er einem völlig Fremden sein Innerstes nach außen kehrte, »ist man die anderen. Es ist eine Illusion zu glauben, man wäre ein Einzelwesen, abgetrennt von denen, mit denen man täglich zu tun hat. Das ist man nicht. Nein, das ist man nicht.«

Er sah Tizian nachdrücklich nicken, es war ein sehr aufrichtiges, ja intimes Nicken, und David dachte, dass dieses Nicken seine blinde Mitteilsamkeit gewissermaßen wettmachte.

Tizian verstand, was David meinte. Das war gut, weil das nur wenige verstanden. Sie teilten ein fundamentales Wissen miteinander, das unter anderen Umständen womöglich peinlich hätte sein können, das aber dann niemals peinlich ist, wenn man auf Verständnis trifft.

So mochte es sich anfühlen, wenn man eine Frau im Körper eines Mannes war und dieses Empfinden jemanden anvertraute, der es nachvollziehen konnte und nicht für eine Krankheit oder Mumpitz hielt.

Geh um die Leiche herum!, sagte sein Vater in seinem Kopf, und David gehorchte, so wie er stets gehorchte, wenn er die Anweisungen seines Vaters vernahm.

Heute hatte er nicht mehr diese kindliche Angst, die aus gedankenloser Ehrfurcht erwuchs. Diese Angst überwand er, nachdem sein Vater mit nur dreiundsechzig Jahren an einem jähen Hirnschlag starb. Als der Vater körperlich nicht mehr anwesend gewesen war und Davids Mutter nach einigen Monaten, die David in der bodenlosen Schwärze der Trauer verbracht hatte, gesagt hatte: »Es ist ein Segen, dass er weg ist, David. Für dich, für mich und auch für ihn. Ein Segen«, da hatte David nachzudenken begonnen. Mit jeder Erkenntnis schwand die Angst, geboren aus Ehrfurcht, und verwandelte sich zuerst in Wut, anschließend in Erleichterung.

Ein Segen.

Er war weg.

Zurück blieb lediglich die körperlose Stimme in Davids Kopf – und in jenem seiner Mutter, wie sie ihm voriges Jahr bei einem Grillfest anvertraut hatte, bei dem sie allesamt zu tief in die Weinflasche geblickt hatten. Im Gegensatz zu ihrer war seine Ausgabe von Vaters

Stimme hilfreich, weil David sie als das erkannt hatte, was sie war: die Stimme seines Unbewussten, die die abscheuliche Tonfärbung übernommen hatte, um Davids uneingeschränkte Aufmerksamkeit zu erhalten. Damit konnte er leben.

Deshalb hob David jetzt die Hand, um die Kollegen von ihrem Vorhaben, dem er eben noch selbst zugestimmt hatte, abzubringen, und ging um die Leiche herum.

Selbstverständlich wäre es ein grober Fehler gewesen, nicht um die Leiche herumzugehen. David hätte es in jedem Fall getan, auch ohne die Stimme seines Vaters, und hätte er es tatsächlich und wider Erwarten vergessen, hätte ihn mit hundertprozentiger Wahrscheinlichkeit Oliver dazu gebracht.

Es wäre kein Dienstvergehen, das nicht. Die Leiche und das Innere des Zeltes waren mit mehreren hundert Fotografien und von mehreren Leuten pedantisch untersucht und dokumentiert worden, so wie es sich gehörte. Dennoch war es eine ungeschriebene Regel, dass die ermittelnden Kommissare den Tatort vollständig in Augenschein nahmen, immerhin konnte die eigene Wahrnehmung ausschlaggebend sein. Eine Notiz von einem Kollegen war wertvoll, die eigenen Notizen allerdings waren manchmal entscheidend, denn man konnte nur beschreiben, was man auch *gesehen* hatte. Ohne Hinsehen keine Notiz, und eine Notiz von einem Kollegen erzeugte keine Erinnerung, jedenfalls keine wahrhaftige. Wahrscheinlich war es deshalb die Stimme seines Vaters, die auf das *Hinsehen* bestand, und keine andere.

Fast hätte David eine der wichtigsten Regeln seines Lebens vergessen, die er wahrlich auf die harte Tour hatte lernen müssen, die ihm sein Vater buchstäblich ins Hirn gehämmert hatte. Seine Vergesslichkeit lag nicht an Flüchtigkeit oder Gleichgültigkeit, sondern an der Atmosphäre, die diesen Tatort umgab – an der Atmosphäre, die die *Augen* umgab.

Die Augen sahen ihn an. Sahen ihn mit Pupillen an, die von einer milchigen, gespenstischen Schicht überzogen waren, leblose Augen, starr und apathisch, ohne Tiefgang oder Ausdruck. Die Augen eines Geistes. Unter der milchigen Schicht, diesem eitrigen Belag, lag die Iris wie eine schlafende Wesenheit: Grüne und braune Sprenkel besaß sie, die Wächter, in deren Mitte die Linse stundete wie ein gefangenes beinloses Insekt.

Als besäßen die Augen ein Eigenleben. Als könnten sie jeden Moment erwachen und sich der milchige Belag zur Seite schieben wie die Lider einer Echse, nicht horizontal, sondern vertikal, zur Nasenwurzel und den Ohren hin.

In Wahrheit aber sahen ihn die Augen nicht an. Das konnten sie gar nicht, weil der Winkel des geneigten Gesichts es nicht zuließ. Die Augen stierten gen Boden. David konnte von seiner Position aus nicht einmal mit Gewissheit sagen, ob sie überhaupt grün-braun gesprenkelt waren. Dennoch – er hätte an Ort und Stelle darauf geschworen.

Es war keine Gänsehaut, die ihm über den Leib kroch, als ihm die fremdartige Atmosphäre des Tatorts gewahr wurde.

Es war schlimmer als eine Gänsehaut. Es fühlte sich an, als kröche diese Atmosphäre in ihn hinein, durch seine Poren, in die Blutplättchen und die -bahnen entlang, in jede Zelle seines Körpers, als schlinge sie sich um sein Herz, eiskalt und entseelt, und als bliebe sie dort, in höhnischer Versteinerung, um ihn für immer zu verfolgen und ihn stets an die Augen zu erinnern.

Auf dass er niemals vergaß.

Oliver Markl und er umrundeten die Leiche gemeinsam. David ging einen halben Schritt voraus, die Hand noch immer erhoben, um die Kollegen vom Erkennungsdienst zurückzuhalten.

Als er den Holzpflock sah, noch bevor er an der Rückseite der Schaukel angekommen war, wurde ihm eine weitere Eigentümlichkeit klar, die er völlig außer Acht gelassen hatte. Nun, da es offensichtlich war, fragte sich David erstmals, was mit ihm verkehrt lief. Was, in Gottes Namen, war es – abgesehen von den Augen –, das ihn an diesem Tatort aussehen ließ wie einen verfluchten Praktikanten, der zum ersten Mal vor einer Leiche stand? Warum übersah er das Offenkundige zugunsten zweifelhafter Empfindungen?

Das fragte er sich, während er hinter dem Leichnam zum Stehen kam, und das fragte er sich, als er Tizian Wolff davon erzählte. Beide Male hatte er keine plausible Antwort, beide Male konnte er nur die Augen anführen, die vermaledeiten Augen mit ihrem nebeligen Blick, der sein Herz zu ersticken drohte und in die er noch kein einziges Mal direkt gesehen hatte.

Ein Holzpflock von der Dicke eines Oberarms war in die Wiese gerammt, die andere Seite stützte die Schaukelfläche, auf der die Leiche saß. Diese andere Seite war bearbeitet, eine dreieckige Kerbe war herausgesägt worden, in dieser Kerbe war die Schaukel verkeilt.

Von Davids vorheriger Position aus hatte die Leiche selbst den Pflock verborgen, dennoch – er hätte etwas in diese Richtung ahnen müssen, hätte es *wirklich ahnen müssen*. Ansonsten hätte sich die Leiche niemals auf der Schaukel halten können.

Einmal angenommen, die Frau hatte Selbstmord begangen, dann wäre sie früher oder später von der Schaukel gefallen, wahrscheinlich früher als später. Der Körper erschlaffte, entweder weil der Tod oder Bewusstlosigkeit eintrat, je nach Tötungsart, und da die Schaukel in ihren Ketten frei schwang und nicht fixiert war, wäre die Frau heruntergefallen. Zwangsläufig.

Angenommen, es war Fremdverschulden, angenommen, es lag eine Tötung vor, wäre die Leiche nicht eine Sekunde lang sitzen geblieben, einerlei, ob sie der Täter darauf umgelegt oder erst danach auf der Schaukel platziert hätte, einerlei, ob die Totenstarre bereits eingetreten wäre oder nicht.

In allen Fällen wäre die Frau von der Schaukel gerutscht und läge nun auf dem Boden.

Natürlich. Unabwendbar. Die Gesetze der Schwerkraft verlangten das.

David starrte den Holzpflock an, betrachtete die Grasnarbe, die er auf dem Boden angehoben hatte (verletzter Rasen und verletzte Erde, dachte David), und er wusste intuitiv, dass sie dieser Pflock nicht weiterbringen würde. Er wirkte wie ein Holzpflock, den man in jedem Baumarkt bekam, zum Bauen von Zäunen, Einfriedungen oder kleinen Gartenhäuschen, aus hellem Material, aus Kiefernholz zum Beispiel.

Seine Intuition sagte ihm das deshalb, weil sich mit diesem Pflock die Sachlage entscheidend veränderte. David zweifelte nun nicht mehr daran, dass sie es mit einem Tötungsdelikt zu tun hatten, wahrscheinlich mit einem vorsätzlichen. Mit Mord also. Denn welcher Selbstmörder, und sei er noch so verzweifelt und unzurechnungsfähig, würde sich auf einem Spielplatz auf eine Schaukel setzen, die Schaukel verkeilen und sich in eine Position bringen, die versprach, dass er nicht herunterfiel? Halb nackt, wohlgemerkt.

Die fettigen Haare, die zu einem halb geöffneten Vorhang geworden waren, waren am Hinterkopf zweigeteilt. Sie scheitelten sich ziemlich mittig und fielen über die Schultern nach vorn. Das Hemdchen war etwas nach oben gerutscht, das Höschen nach unten. Ein Spalt freier Haut war am unteren Rücken sichtbar, ein Teil des Gesäßansatzes, der Anfang des Schlitzes.

Von hinten sah die Frau noch unförmiger aus. Der Hintern war zu breit, die Taille kaum vorhanden, die Schultern zu schmal, der Kopf zu klein.

Das ist er also, dachte David, der Tatort. Die *Leiche.* Er glaubte nicht länger, dass es der Tatort war; nach allem, was er gesehen hatte, ging David mittlerweile davon aus, dass die Leiche hier nur abgelegt – ab*gesetzt* –, aber nicht getötet worden war. Das allerdings würde die KTU und primär die Obduktion bestätigen oder eben negieren.

»Das war es«, sagte David zu Tizian Wolff. »Ich habe das Zelt betreten und alles, was ich Ihnen jetzt«, er warf einen weiteren Blick auf die Uhr bei der Theke, »innerhalb von drei Stunden erzählt habe, habe ich in Echtzeit in fünf Minuten erlebt. Fünf Minuten in verdammten drei Stunden!«

Tizian lächelte einnehmend. »Das war es noch nicht, und das wissen Sie.« Er schob das Glas Orangensaft näher zu David heran und deutete mit einem Nicken darauf. »Trinken Sie. Ihre Stimme wird rau.«

Davids Blick senkte sich auf den Saft. Das Glas war randvoll gefüllt, er hatte noch nicht davon getrunken. Aber er wusste, dass dies der zweite Orangensaft war, dass er den ersten in der vergangenen Stunde geleert hatte, genauso wie er wusste, dass Tizian recht hatte. Das war es noch nicht gewesen.

Die Augen. Die verdammten Augen!

David seufzte und trank. »Hatten Sie jemals das Gefühl«, sagte er, »dass Sie in den nächsten Momenten etwas erleben werden, worauf sie intuitiv immer gewartet haben? Vor dem Sie sich *gefürchtet* haben? Und wenn sie dann davor stehen, kurz bevor dieses Geschehnis eintritt, wissen Sie sofort, dass es nun soweit ist? Kennen Sie das?«

Tizian maß ihn lange. Der Sonderermittler saß zurückgelehnt im Stuhl, die Arme vor der Brust verschränkt, der Blick aus seinen obsidianschwarzen Augen besaß nun eine andere Art von Präsenz. Er war nicht mehr nach innen gerichtet, die Einkehr war passee, und ebenso war das Gefühl passee, das David gefangen gehalten hatte wie das Scheinwerferlicht eines Lkws ein Reh. Tizian sah David einfach nur an, nachdenklich zwar, aber nicht mehr mit dieser … übermenschlichen *Abnormität.*

Schließlich nickte Tizian, und es war wieder dieses nachdrückliche, intime Nicken, das sie beide verbrüderte, als hätten sie sich in die

Hände geschnitten und ihr Blut vermischt. Nur dass sie keine Blutsbrüder, sondern irgendwie Brüder im Empfinden waren.

»Ich glaube schon«, sagte Tizian. »Ja, ich glaube, ich weiß, was Sie meinen.«

Einen Augenblick lang war David versucht, dem Sonderermittler das Du anzubieten. Es lag ihm schon auf der Zunge: Wollen wir uns nicht duzen? Er schluckte die Worte aber hinunter. Tizian würde nicht ablehnen, das wusste David irgendwie. Er selbst war es, der es nicht wollte. Er war Wolff schon näher, als ihm lieb war, und das Siezen schien die letzte unschuldige Barriere zwischen ihnen zu sein, die noch nicht beschädigt oder komplett eingerissen war, und das sollte so bleiben. Bis auf weiteres sollte das so bleiben.

Heute Nacht werde ich wieder nicht schlafen, dachte David unvermittelt. Ich werde wach liegen, gebannt von den verfluchten Geisteraugen, festgenagelt im Wachzustand von diesem leblosen Geisterblick, und ich werde schier endlos darüber nachdenken, was hier in diesem Café passiert ist.

»Das war nicht alles«, sagte er, um den Faden wiederaufzunehmen, den berühmten roten Faden, dem er bei jedem Fall zu folgen versuchte wie ein Aasgeier dem Geruch nach faulendem Fleisch. »Ich hatte dieses Gefühl, wissen Sie. Ich fühlte, dass ich seit dem Tag, als ich als Kommissar zu arbeiten angefangen hatte, auf diesen Moment zugesteuert war. Ich habe immer gewusst, dass er kommen, dass ich in diese milchigen Augen des Todes blicken würde. Irgendwie hatte ich es gewusst. Aber man merkt erst, dass man es wusste, wenn man kurz davor ist. Nicht vorher. Und ich merkte es, als ich um die Leiche herumging, doch da war es schon zu spät. Ich konnte nicht mehr weglaufen.«

David trank noch einen Schluck Orangensaft, dann atmete er tief ein.

»Ich fragte die Anwesenden, ob sie bereits etwas gefunden hatten, das die Leiche identifizieren würde, einen Geldbeutel mit einem Ausweis, so etwas, aber das verneinten sie. Also machten wir mit unserer Arbeit weiter wie immer, so wie wir immer weitermachen, wenn wir es mit einer Leiche zu tun haben, auch wenn wir uns alle fühlen, als hätte man uns die Haut vom Leib gezogen und die Gedärme um den Hals gewickelt. Bevor wir die Leiche von der Schaukel holten und sie entkleideten, um entscheiden zu können, ob wir einen Rechtsmediziner hinzuziehen, musste ich tun, was ich tun wollte, seit ich das Zelt betreten hatte: Ich ging vor der Toten in die Knie und sah ihr in die Augen.«

6

Inzwischen sprachen die Anwesenden miteinander, wenn auch gedämpft. Oliver sagte etwas davon, dass das nach Fremdverschulden aussähe, was Linda bestätigte. Die Staatsanwältin, die seit Davids Eintreffen unbewegt vor der Schaukel stand, hielt den Blick aus ihren hellen blauen Augen unverwandt auf ihn gerichtet, während er zu ihr zurückkam.

»Wer leitet die Ermittlungen?«, fragte David leise und fing ihren Blick auf, hielt ihn fest.

Bettina Hellron war wohl das, was sich der unbedarfte Durchschnittsmensch unter einer Staatsanwältin vorstellte: Ihre Zunge war so scharf wie ein Fallbeil, ihr Verstand noch schärfer – er konnte Stahl schneiden, darauf wettete David – und beides reflektierte sich in ihrem Äußeren. Sie lächelte nie, jedenfalls hatte David sie noch nie dabei erwischt. Sie trug immer einfarbige, meistens graue Hosenanzüge und das lockige weizenblonde Haar zu einem strengen Pferdeschwanz gebunden, der ihr ein Stirnlifting verpasste. Sie war recht klein, an die einssechzig, und ihre Hüften waren zu ausladend, genauso wie ihr Hintern.

Vor rund vier Jahren hatten David und sie eine längere, *privatere* Unterhaltung auf einer Ausstandsfeier geführt, in deren Verlauf sie beide zu viel Bowle getrunken hatten. Es wurden verbal keine vertraulichen Details ausgetauscht, das nicht – Bettina war selbst in betrunkenem Zustand zu pragmatisch und hölzern –, doch sie hatten anschließend etwas anderes ausgetauscht: Körperflüssigkeiten. Dafür war die Staatsanwältin offenbar zu haben, auch wenn sie während dieses Tauschhandels mehrmals darauf hinwies, dass es nicht mehr sei als eine bloße körperliche Transaktion.

Auch darin behielt sie die Vorherrschaft, wie er feststellen musste. Auf der Toilette der Gaststätte nahm sie ihn, nicht er sie – wobei es nicht hitzig, sondern vielmehr wie nach Drehbuch zuging, als wäre auch dieses Unterfangen in irgendeiner Dienstvorschrift minuziös festgehalten: ausziehen (*schnell, schnell, mach schon*), hinsetzen (*klapp vorher den Deckel zu und wisch ihn ab, nicht dass wir uns was einfangen*), fünf Minuten Vorspiel (sie nahm ihn in den Mund, und bei allen biblischen Dämonen, darin war sie *dämonisch* gut, während sie seine Hand lenkte und sich quasi selbst betatschte), und dann zog sie ihm mit geschickten Fingern ein Kondom über, stellte sich breitbeinig über ihn und ritt ihn wie eine der sagenumwobenen Furien. Als wollte sie ihn um seinen Verstand bringen.

Obwohl David genauso paralysiert war, wie er unumstritten geil war (oder vielleicht deshalb), war es einer der berauschendsten Orgasmen, die er je hatte. Er hätte geschrien wie ein kleines Mädchen, hätte sie ihm nicht sein T-Shirt in den Mund gestopft.

Danach sprachen sie nie darüber. Bettina Hellron behandelte ihn wie zuvor auch, was sich vorrangig so anfühlte, als sei er entweder nicht anwesend oder nur ein unwürdiger Geselle, dem sie hin und wieder Befehle erteilen musste.

Das alles erzählte David dem Sonderermittler in jenem Café nicht. Natürlich nicht. Er machte nur eine Anspielung, sagte: »Hellron behält in allen Belangen die Hosen an, auch dann, wenn sie sie nicht trägt, wenn Sie verstehen«, und er lächelte dabei mehrdeutig.

Tizian verstand, und David fragte sich kurz, ob Tizian vielleicht sogar mehr verstand als er selbst, ob er die Bilder in dem Museum, das sein Kopf darstellte, gesehen hatte, obwohl David sie ihm nicht zugänglich gemacht hatte, jedenfalls nicht mit Worten.

David fragte Bettina also, wer die Ermittlungsleitung übernehmen würde.

»Sie«, antwortete die Staatsanwältin, den durchdringenden Blick weiterhin auf ihn gerichtet.

Eigentlich war es eine rhetorische Frage. Wurden Oliver und David zu einem Tatort gerufen, weil sie Bereitschaftsdienst hatten, wurde in den allermeisten Fällen die Sache auch vom Dienststellenleiter und der Staatsanwaltschaft an sie übergeben. Ergo: Oliver als der erfahrenere Kommissar erhielt die Leitung der Mordkommission.

Deshalb löst Bettinas Antwort einen kleinen Schock in David aus. Sein Blick glitt unvermittelt zu Oliver, er verspürte sowohl Freude als auch ein tiefes Schuldgefühl seinem langjährigen Partner gegenüber.

Aber Oliver grinste auf seine derbe Art und Weise, und dieses Etwas legte sich dabei in seine Augenwinkel, in die vielen Fältchen rund um die schmalen Schlitze, aus denen seine Pupillen in verwaschenem Jeansblau herausspitzen – das Etwas, das ihn als Landwirtssohn entblößte. Es schien Oliver eine ehrliche Freude (*Schaden*freude, dachte Tizian) zu bereiten, dass David derart erschrocken über die Anweisung war.

»Du wusstest davon?«, fragte David.

»Ich gehe bald in Pension. Was dachtest du, was passiert? Dass ich bis zum Sankt Nimmerleinstag meinen Krautkopf in aufgerissene Brustkörbe stecken will?« Oliver machte ein Geräusch, das eine Mischung aus Auflachen und einem abfälligen Räuspern war. »Jetzt bist du an der Reihe. Viel Spaß auch.«

Das war nicht der erste Mordfall, den David leitete. Es war der dritte. Die beiden Male zuvor war Oliver jeweils im Urlaub gewesen, und darum war es doch irgendwie, als sei es der erste Fall, der ihm übertragen wurde.

Davids Blick glitt vom Grinsen seines Partners zu dem fröhlichen Lächeln von Linda Müller-Probst, der Leiterin des Erkennungsdienstes, die schräg hinter Oliver stand. Ihr Lächeln war aufrichtig, sie freute sich für ihn. Er lächelte zurück (er mochte die Frau, mochte sie sogar sehr, erzählte aber Tizian nichts davon, weil er ansonsten erneut von einem – von mehreren – Stelldichein hätte berichten müssen, und nach der Sache mit der Staatsanwältin schien es angeraten, es nicht einmal anzudeuten) und wandte sich schließlich wieder der Leiche zu.

Die Zuständigkeiten waren damit geklärt. Er wäre der leitende Ermittler, er würde den Stab der Mordkommission zusammenstellen, Bettina Hellron war die für diesen Fall zuständige Staatsanwältin, und damit waren Oliver und Linda ebenfalls fester Bestandteil der Kommission.

David grinste noch immer in sich hinein. Einen Moment lang war er mit den Gedanken daheim bei Marlies und damit in der Zukunft, er malte sich aus, wie er ihr abends von dem Karrieresprung erzählen würde. Währenddessen fiel sein Blick auf die Leiche. Auf ihr Gesicht. Das Gesicht mit den Augen.

Schlagartig war er wieder in der Gegenwart, und ehe er sich versah, übermannte ihn erneut dieses schicksalhafte Gefühl. Diesmal hielt er ihm nicht länger stand, konnte und *wollte* ihm nicht mehr standhalten.

David machte einen Schritt nach vorn, ging in die Knie und streckte die behandschuhte Hand aus, um das Kinn der Leiche anzuheben. Um ihr in die Augen zu sehen.

Endlich.

An dem Geruch hätte er es bereits erkennen müssen. Ausgelöst von der Bewegung stieg er auf, dieser beißende, bestialische Gestank, aber er war flüchtig und in der nächsten Sekunde verschwunden. Zumal sich David auf das konzentrierte, was er sah, und nicht auf das, was er roch.

Hinsehen, hinsehen, *hinsehen*, dachte er ironisch. Sieh hin, David! Sieh mich an, Leiche! Schau mir in die Augen, Kleines!

Die Augen eines Geistes – das hatte er vor wenigen Minuten

noch gedacht, bevor er um die Schaukel und um die Leiche herumgegangen war. Augen unter einer milchigen Schicht, einem eitrigen Belag, in dem die Iris wie eine schlafende Wesenheit lag, grüne und braune Sprenkel ihre Wächter waren und die Linse stillhielt wie ein gefangenes beinloses Insekt.

So poetisch war die Wirklichkeit dann doch nicht. Nicht einmal ansatzweise, nicht im Entferntesten. Sie war nicht mysteriös, nicht magisch, schon gar nicht zauberhaft. Sie war beinahe steril, jedenfalls in ihrer Nüchternheit, ihrer Leidenschaftslosigkeit, ihrer Unbarmherzigkeit, in ihrer Leblosigkeit.

In zweierlei Dingen behielt er recht. Die Augen *waren* grün-braun, und mit ihnen stimmte etwas ganz eindeutig nicht.

Hinter David traten Bettina, Linda und Oliver, aber er nahm sie nicht wahr, nicht einmal, als Linda ein leiser Laut des Entsetzens entfuhr. Er starrte wie gebannt in die Augen.

Es gab keine milchige Schicht. Gar keine. Pupille und Regenbogenhaut waren deutlich erkennbar, besaßen klare Konturen, und das Weiß außenherum war blütenrein. Nicht ein Äderchen trübte es.

Es gab auch keine Sprenkel. Die Augen waren grün-braun, ja, aber sie waren nicht gesprenkelt. Sie waren … *schraffiert.* Das Braun und das Grün verliefen in regelmäßigen Mustern abwechselnd ineinander, wobei Braun die Hintergrundfarbe war, die mit Grün schraffiert zu sein schien.

»Was zur Hölle …«, setzte Oliver an, sprach aber nicht fertig.

Die Augen eines Geistes, dachte David und spürte, wie ihm alles Blut aus dem Gesicht wich. Leblose Augen, starr und apathisch, ohne Tiefgang oder Ausdruck. Augen, die nicht tot und stumpf waren, weil aus ihnen das verschwunden war, was sie dereinst belebt hatte – der Mensch, seine Seele, sein Geist, was auch immer –, sondern weil sie *niemals gelebt hatten.*

So stechend der Blick aus diesen Augen war, so verschwamm jäh Davids eigener Blick. Er konnte ihn nicht mehr fokussieren,

Schwindel befiel ihn. Er ließ das Kinn der Leiche zu schnell los, der Kopf sackte zu schnell herunter. Das linke braun-grüne Auge purzelte aus der Höhle und fiel vor Davids Schuhe.

Die Leiche starrte ihn jetzt einäugig an, auf der anderen Seite gähnte ein schwarzes Loch: offenes Fleisch, blutig und eitrig, aufgequollen und entzündet. Beißender Gestank erfüllte Davids Nase.

»Scheiße!«, rief er fassungslos und verstört. Sein Blickfeld trübte sich derweil, wurde enger und enger, als zöge jemand eine Schlinge um die Realität und erwürge sie allmählich.

David kippte nach hinten und gegen die Beine seiner Kollegen, und bevor ihm die eigenen Augen endgültig den Dienst verweigerten, sah er, dass die heruntergefallene Pupille vor ihm im Gras nicht rund war.

Sie war halbiert und innen hohl.

Hohl.

Linda Müller-Probst kauerte neben David und reichte ihm einen Traubenzucker. Er nahm dankend an, schälte den Drop aus der Hülle und legte ihn sich auf die Zunge.

»Ich hatte kein Frühstück«, sagte er erklärend.

Linda nickte verständnisvoll. Die Staatsanwältin in ihrem dunkelgrauen Hosenanzug wies inzwischen die umstehenden Beamten an, Fotos von der leeren Augenhöhle und dem Ding auf dem Boden – so sagte sie es: »das Ding auf dem Boden da« – zu schießen. Oliver stand zwischen der Leiche und David, die Hände in den großen Taschen des weißen Overalls vergraben, einen unergründlichen Ausdruck im gefurchten Gesicht.

Mittlerweile konnte David wieder sehen. Der vorübergehende Blackout hatte nur Sekunden gedauert, und er schwor darauf, dass er auf die Unterzuckerung zurückzuführen war. Er hatte nicht gefrühstückt. Das war alles. Eine Kreislaufschwäche, weil er nichts gegessen hatte und diesem … diesem … Höllenszenario hier ausgesetzt war.

»Sind das Glasaugen?«, fragte David niemand im Besonderen. Er kam auf die Beine, klopfte sich die Hosenbeine und den Hintern ab und ignorierte Linda, die mit besorgter Miene neben ihm stand, die Hände leicht ausgestreckt, als rechne sie damit, ihn jeden Moment auffangen zu müssen.

»Anscheinend«, antwortete Linda.

Sie maß David noch einmal, dann wandte sie sich ab und ging ihrerseits vor der Leiche in die Knie, betrachtete kurz das Gesicht der Toten, ehe sie mit einer Pinzette das Auge aufhob. Linda stand auf, drehte das Ding vor sich, begutachtete es.

»Kein Glasauge«, sagte sie. »Eine billige Produktion aus Kunststoff oder Acryl. Ich tippe darauf, dass diese Augen für Puppen gemacht worden sind, ihrem Durchmesser nach für Puppen, die mindestens menschliche Größe haben.«

»Schaufensterpuppen«, warf Oliver mit angewiderter Miene ein.

»Zum Beispiel«, bestätigte Linda nickend, dann ließ sie das Auge in einen Asservatenbeutel fallen und gab ihn zur weiteren Dokumentation und Aufbewahrung einem ihrer Mitarbeiter. Sie würden sich später eingehender damit befassen.

»War die Unbekannte Glasaugen-Trägerin?«, fragte die Staatsanwältin, deren Stimme angesichts der neuesten Entwicklungen kein bisschen anders klang. Sie machte auch weder ein angewidertes noch sonst wie geartetes Gesicht. Bettina sah aus wie immer.

Linda ging erneut vor der Leiche in die Knie. Eine Weile untersuchte sie die leere Augenhöhle. Schließlich kam sie wieder in die Höhe, fing Bettinas Blick auf – beide waren in etwa gleich groß – und schüttelte den Kopf.

»Ich bin keine Rechtsmedizinerin«, stellte sie klar, »aber das sieht mir nicht so aus, als hätte ein Fachmann Hand angelegt. Da war ein Laie am Werk, wenn Sie mich fragen. Die Augenhöhle ist völlig entzündet.«

Bettinas Blick richtete sich zuerst auf Oliver, dann glitt er weiter zu David. »Brauchen wir hier vorab einen Rechtsmediziner oder genügt die spätere Obduktion?«

Oliver verschränkte die Arme und maß ihn abwartend. Als sich David fragend an ihn wenden wollte, hob er nur die Brauen, was wohl so viel heißen sollte wie: Du kannst das selbst! Schau mich nicht so an! Du weißt, was zu tun ist!

David suchte die Umstehenden ab und wählte einen von ihnen aus, nicht willkürlich, sondern weil er den Mann vom Sehen kannte. »Rufen Sie bitte in der Rechtsmedizin an und sagen Sie denen, dass wir einen Sachverständigen vor Ort brauchen. Pronto.«

Der Mann zückte sein Handy und verschwand nach draußen, um zu telefonieren.

Bis der Rechtsmediziner eintraf, holten sie gemeinsam die Leiche von der Schaukel, legten sie auf den Boden und entkleideten sie. Die Leichenstarre war voll ausgeprägt. Ansonsten erwarteten sie keine weiteren Überraschungen mehr.

Der Mediziner bestätigte anschließend im Grunde nur, was sie bereits gewusst hatten. Die Augen waren der Toten mehr oder weniger dilettantisch entfernt worden, und die Verbrennungen stammten von Stromstößen.

Die Todesursache blieb vorerst offen. Um das zu klären, mussten sie die Obduktion abwarten.

»Danach transportierten sie die Leiche in die Gerichtsmedizin, und Oliver und ich fuhren ins Präsidium und stellten die Mordkommission zusammen«, schloss David mit rauer Stimme. Er nippte an dem Orangensaft, dem dritten inzwischen, und hielt den Blick auf seine Hände gesenkt, die das Glas umschlossen hielten. »Die Obduktion fand statt, während wir hier gesessen haben, und bei der Dienstbesprechung in einer Stunde werden wir erfahren, was sie ergeben hat. Außerdem habe ich eine Anwohnerbefragung rund um den Fundort der Leiche veranlasst, auch da wird später das erste Feedback reinkommen, genauso wie von der KTU.«

Ein paar Sekunden herrschte Schweigen zwischen David und Tizian. Schließlich brach Tizian es, indem er sich entschuldigte, aufstand und in Richtung Toilette verschwand.

7

Tizian Wolffs Kopf fühlte sich an, wie sich David Hedocks gefühlt haben musste, als er einen Kreislaufkollaps unmittelbar vor der Leiche erlitten hatte: wie ein Schwamm, der viel zu viel Flüssigkeit aufgesogen hatte. Weich, schwabbelig, kraftlos und kurz davor, von hämmernden Schmerzen eingeholt zu werden. Dabei hatte er bisher nur zugehört und nicht im Ansatz damit begonnen, das Gehörte zu verarbeiten.

Tizian wählte die rechte der beiden leeren Toilettenkabinen, schloss die Tür und sperrte ab. Einen Moment blieb er so stehen, mit der Hand auf dem Griff, senkte die Lider und befahl seinem Körper, sich zu entspannen. Die Schultern sanken herab, sein Gesichtsausdruck wurde weich, als sich Nacken-, Stirn-, Brauen-, Augen- und Kiefermuskeln lockerten.

Er drehte sich um, klappte den Klodeckel herunter und setzte sich darauf. Ohne große Eile holte Tizian ein ledernes Etui aus der Hosentasche, gerade so groß wie ein Geldbeutel, legte es sich auf den Schoß und schlüpfte aus dem linken Turnschuh sowie aus der Tennissocke. Er bettete den nackten Fuß auf das rechte Knie, öffnete das Etui und entnahm ihm eine von insgesamt sechs kleinen, sehr schmalen Einwegspritzen, die mit klarer Flüssigkeit gefüllt waren. Aus einem Nebenfach des Etuis zog er eine Kanüle heraus, löste sie aus ihrem Plastiküberzug und setzte sie auf die Spritze. Mit dem Zeigefinger stippte er einige Male gegen den Kunststoff, um mögliche Lufteinschlüsse an die Oberfläche zu bringen, drückte den Kolben etwas nach unten und sah zu, wie sich aus der Kanüle ein winziger Tropfen ergoss.

Tizian wandte sich dem Fuß zu. Er spreizte mit einer Hand den großen Zeh etwas ab, setzte die Kanüle an die weiche Hautfalte zwischen den beiden Zehen, an einer der wenigen noch gesunden Stellen, die zwischen den vielen alten Einstichen verblieben waren, und injizierte sich die klare Flüssigkeit.

Danach nahm er die Kanüle ab, wickelte sie sowie die Spritze in einige Lagen Toilettenpapier und warf das weiße Bündel in den Mülleimer neben der Kloschüssel. Er zog Socke und Schuh wieder an, das Etui wanderte sorgfältig geschlossen zurück in die linke Gesäßtasche seiner Jeans. Tizian blieb mit geschlossenen Augen noch einen Augenblick still sitzen.

Oh Heiland, dachte er, während die Substanz ihre Wirkung entfaltete.

Bevor er aufstand, um zu urinieren, griff er noch einmal nach dem Etui. Diesmal aber entnahm er ihm zwei Kopfschmerztabletten, die er trocken schluckte. Erst dann urinierte er, wusch sich die Hände und kehrte zu David Hedock zurück.

Wie die meisten Menschen irrte sich David Hedock in einigen Punkten, was sein Selbstbild betraf.

Jeder Mensch besaß mehrere Ichs, soviel war klar. Es gab das objektive Ich, das aus rein sachlich erfassten Eigenschaften bestand. Über jeden Menschen ließ sich eine Liste von charakterlichen Dispositionen erstellen, und diese Liste umfasste das, was Tizian für sich als *objektives Ich* bezeichnete. Das objektive Ich war gewissermaßen wie ein Blankoscheck, der rein gar nichts über seinen Inhaber aussagte. Eine Eigenschaft bekam immer erst dann Substanz, wenn sie durch einen Menschen in den Kontext einer Emotion, eines Gefühls oder einer Empfindung gebracht wurde.

Ein weiteres Ich war das *interne Ich*, das vom Subjekt wahrgenommene Ich. In anderen Worten: Die Emotionen, Gefühle und Empfindungen im Kontext mit der subjektiven Wahrnehmung bildeten in ihrer Summe die Eigenschaften, die ihr Inhaber als sein Ich betitelte. Die objektiven Dispositionen wurden einer Interpretation unterzogen, individuell eingefärbt und bekamen damit Substanz. Sie erwachten zum Leben. Aber sie waren genau das: interpretativ eingefärbt. Was jemand als Herzlichkeit interpretierte, mochte ein anderer womöglich für Gefühlsduselei halten.

Dann gab es noch die *externen Ichs.* Sie fußten auf dem, was andere Menschen aufgrund von Handlungen und ihrer subjektiv eingefärbten Wahrnehmung – der Summe des *internen Ichs* im Zusammenhang mit ihren physikalischen, emotionalen und mentalen Fähigkeiten – in einen hineinlasen. Auch dies war wiederum eine eingefärbte Angelegenheit. Wenn ich mich für gefühlsduselig halte, kann es durchaus vorkommen, dass mich ein Bekannter als herzlich wahrnimmt.

Ob eingefärbt oder nicht, nichts von alldem war besser oder schlechter oder falscher oder wahrer als sein Gefährte. Alle diese Ichs existierten gleichberechtigt nebeneinander. Tizian wusste besser als manch anderer, dass es eine Dreistigkeit war, jemandes Wahrnehmung als falsch oder schlecht oder gar destruktiv zu bezeichnen. Manchmal war es bloße Einfältigkeit, die sich zu solchen Aussagen hinreißen ließ.

Darum korrigierte Tizian sich selbst, während er von der Toilette zurück zu ihrem Tisch unterwegs war: Wie die meisten Menschen irrte David sich nicht, was sein Selbstbild betraf. Er war nur nicht fähig, *das Bild,* das er von sich selbst hatte, *zu drehen.* Er war unfähig, die objektiven Eigenschaften anzuerkennen und sie mit dem ins Gleichgewicht zu bringen, was er für sein Ich hielt.

Damit wusste Tizian, warum sein Chef in der SMS gemeint hatte, er würde den Ermittler mögen.

Tizian Wolff machte einen erschöpften Eindruck, als er von der Toilette zurückkam. Das wunderte David nicht. Er war selbst erschöpft. Sie hatten dreieinhalb Stunden hier gesessen und waren hochkonzentriert gewesen; er, weil er sich exakt zu erinnern versucht und dabei fast pausenlos geredet hatte, der andere, weil er aufmerksam zugehört hatte.

... und dabei die Bilder gesehen hat, die ich in meinem Hirn gespeichert habe, dachte David, wischte den Gedanken aber beiseite.

Tizian setzte sich, und David stellte fest, dass dieses Gefühl vollständig von ihm gewichen war. Niemand kramte in seinem Kopf herum. So ein Blödsinn! Womöglich bekam er tatsächlich eine Grippe, er hatte sich ja gestern am Tatort schon nicht gut gefühlt. Wahrscheinlich bildete er sich deshalb so einen Unsinn ein, weil sein Gehirn sämtliche Kapazitäten schon auf die Bekämpfung des Virus' verwendete, statt auf die Analyse gegenwärtiger äußerer Problematiken.

Dennoch maß er den Sonderermittler gründlich, und Wolff entzog sich dieser Prüfung nicht. Er hielt dem suchenden Blicken stand, seine obsidianschwarzen Augen waren fest auf David gerichtet.

»Hat sie das weitergebracht?«, fragte David schließlich, da er aus Wolffs Miene nicht schlau wurde. Sein Tonfall war gegen seinen Willen etwas barsch, klang fast beleidigt.

Tizian nickte. Jäh lächelte er sanft und weich. »Weiter, als Sie glauben«, erwiderte er ruhig, hob unvermittelt eine Hand und rief nach der Bedienung. »Wir sollten zahlen und gehen. In einer halben Stunde findet die Dienstbesprechung statt.«

Da stimmte David zu. Er zückte sein Portemonnaie, aber Tizian übernahm die Rechnung. Er bestand darauf. David willigte nach einem schwachen Einwand ein; er hielt es für mehr als gerechtfertigt, dass der Sonderermittler zahlte, nicht nur, weil er dies vor ihrem

Plausch angekündigt hatte (»Ich lade Sie auf einen starken Kaffee ein«, hatte er gesagt), sondern auch in Anbetracht der Länge von Davids Monolog. Nein, in Anbetracht der *Detailgenauigkeit*, auf die allein Tizian bestanden hatte.

Wolff bezahlte also, gab großzügig Trinkgeld, zwinkerte der Bedienung zu und schob die Quittung in die Hosentasche, während er aufstand. Sie schlenderten den Weg zurück, den sie gekommen waren, und wieder ging Tizian Wolff einen halben Schritt hinter David her. Als sie fast beim Präsidium angekommen waren, klingelte Davids Handy.

»Hedock«, meldete er sich.

»Markl«, sagte Oliver. »Wo zum Teufel steckst du? Kuschelst du immer noch mit dem Sonderermittler?«

David hatte seinen Kollegen natürlich wissen lassen, wo er sich befand, bevor er mit Tizian losgezogen war.

»So ungefähr«, erwiderte David. »Was ist los?«

»Wir haben sie identifiziert. Das Klinkenputzen zeitigt doch immer wieder Wirkung.«

David warf unwillkürlich einen bedeutungsschwangeren Blick zurück auf Wolff. »Super. Bin gleich da. Bereitet alles für die Dienstbesprechung vor.« Er legte auf und sagte zu dem Sonderermittler: »Wir wissen jetzt, wer die Tote ist.«

Tizian Wolff nickte und lächelte. Es war diesmal nicht das warme, weiche Lächeln, das ihn sympathisch machte, trotz seiner schiefen Nase, den ungepflegten Haaren, der abgewetzten Lederjacke und den ausgelatschten Turnschuhen. Vielmehr war es ein zerstreutes Lächeln, als hätte er gar nicht so recht gehört, was David gesagt hatte. Wolffs Blick schweifte die Straße entlang ab, und David dachte, dass er jetzt nicht nur müde aussah.

Tizian Wolff sah aus wie jemand, der sich ein Valium zu viel eingepfiffen hatte.

Dieses Eindrucks konnte sich David auch nicht während der Dienstbesprechung erwehren. Er stellte den Sonderermittler den Beteiligten vor, die ihn noch nicht kannten – Oliver, Linda, dem Rechtsmediziner Johannes Brandt sowie der Staatsanwältin Bettina Hellron und dem Pressesprecher Felix Alexander – und Tizian schüttelte allen pflichtschuldig die Hände, grinste währenddessen allerdings eine Spur zu überspannt. David musste dem Bedürfnis widerstehen, anschließend auf eine der Personen zu deuten und den Sonderermittler in Schullehrermanier zu fragen: Wie ist der Name von dieser Frau, Tizian? Hast du aufgepasst?

Alle nahmen um den Konferenztisch herum Platz, auch Tizian, und David sagte in die Runde: »Wer ist die Tote also?«

Es war Oliver, der das Wort ergriff. »Gabriele Lindt«, sagte er und setzte sich seine schmale Lesebrille auf, die mit ihrem schwarzen Metallgestell so gar nicht zu ihm passte. Es wirkte, als trüge ein Rhinozeros eine filigrane, zerbrechliche Brille. Während er weitersprach, sah er auf einen Ausdruck hinab, den er vor sich liegen hatte. »Siebenundvierzig, Mutter von einem Zweiundzwanzigjährigen, geschieden, seit zwölf Jahren arbeitslos, bezieht seitdem aufgrund diverser Rückenleiden eine Teilrente, gilt aber nicht als vollständig berufsunfähig. Wir sind dran, weitere Details über sie zusammenzutragen.«

Davids Blick huschte unabsichtlich zu Tizian Wolff. Der Sonderermittler saß zurückgelehnt in seinem Stuhl am Ende des Tisches, so weit von seinem Nachbarn, dem Pressesprecher, abgerückt, als gehöre er nicht zu ihrer Runde, hielt die Hände vor dem flachen Bauch verschränkt und sah auf seinen Schoß hinunter.

»Wer hat sie identifiziert?«, fragte Bettina Hellron.

»Beim Klinkenputzen in den Wohnblocks rund um den Fundort erkannte sie einer der Anwohner.« Wieder antwortete Oliver. »Die Kollegen trugen alle das Foto bei sich, das wir von der Leiche gemacht hatten. Kein schöner Anblick. Der Zeuge ist ihr Exgatte, entsprechend steht er jetzt unter Schock. Er befindet sich seitdem in der Obhut unseres Kriseninterventionsteams. Sobald er aus dem Gröbsten raus und zu einer eingehenderen Befragung fähig ist, werden die Psychologen es uns wissen lassen.«

Oliver wandte sich nun an David, während er fortfuhr.

»Der Sohn hat schon bereitwillig Auskunft gegeben, bevor wir ihn auch zur Krisenintervention und zu seinem Vater gebracht haben. Hat etwas von einem Exfreund erzählt, mit dem die Mutter Ärger hatte. Angeblich gingen diesbezüglich Notrufe bei uns ein, der Ex scheint sie mehr als einmal terrorisiert zu haben, woraufhin sie uns, ihren Freund und Helfer, alarmierte. Wir prüfen auch das. Die Personalien von besagtem Ex liegen uns vor, aber bis jetzt konnten wir noch keinen Kontakt zu ihm aufnehmen. Daheim war er nicht anzutreffen, ans Telefon ging er auch nicht. Vielleicht ist er bei der Arbeit, er arbeitet als Maurermeister. Die Kollegen sind unterwegs zu seiner Arbeitsstelle.«

»Gut gemacht«, sagte David ohne nachzudenken und handelte sich sofort einen spöttischen, leicht säuerlichen Blick von Oliver ein.

Rotzbengel!, schien dieser Blick zu sagen. *Natürlich habe ich das gut gemacht! Ich habe diese Arbeit schon getan, da hast du noch in die Windeln geschissen und so laut nach Mamas Zitzen gebrüllt, dass dein verdammtes Zäpfchen dabei herumschwang wie eine Kirchenglocke während eines Erdbebens!*

David senkte den Blick auf das Notizbuch, das er vor sich liegen hatte. »Sonstige Erkenntnisse aus dem Klinkenputzen?«, fragte er und bemühte sich, sich mit dem Rollentausch anzufreunden.

»Nein, noch nichts Erwähnenswertes. Die Daten werden noch ausgewertet.«

David sah Linda Müller-Probst an. Ihr Anblick beschwichtigte ihn immer, genauso wie ihn Olivers Miene manchmal aus der Bahn werfen konnte. So wie eben. Linda trug nun statt des weißen Plastikoveralls eine weiß-blau gemusterte Bluse mit aufgestickten Blumen und um ihren Hals eine Silberkette, an der ein eingefasster grüner Edelstein hing.

»Wir sind noch dabei, den Fundort auseinanderzunehmen«, sagte sie. »Mit der Auswertung der bisher gesammelten Asservate haben wir begonnen, aber bis jetzt gibt es nichts, was irgendwie bedeutungsvoll erscheint. Keine bis jetzt nennenswerten Fingerabdrücke, Fasern oder sonstige Partikel. Von all dem hat es auf dem Spielplatz gewimmelt, wie ihr euch vorstellen könnt. Tut mir leid.«

»Keine Mordwaffe also«, raunzte Oliver, was David auf dic nächste Frage brachte.

Vorher aber schweifte sein Blick noch einmal zu Tizian Wolff, wieder unwillentlich, aber wieder sehr interessiert und besorgt. Der Sonderermittler saß unverändert da, nur dass er jetzt sein Smartphone in Händen hielt. Sein Blick war darauf gerichtet, mit den Daumen bediente er den Touchscreen, mal mit dem rechten, mal mit dem linken. Er hatte die Lederjacke ausgezogen – es war auch recht warm für Ende März, die Sonne hatte den ganzen Tag gnadenlos heruntergeknallt – und die Ärmel des ausgewaschenen Pullovers hochgeschoben. Nicht gekrempelt, sondern schlampig geschoben. Wolff besaß muskulöse Unterarme – muskulös, braungebrannt und mit einigen alten Narben gespickt. Um das linke Handgelenk gewickelt sah er wieder das schwarze Lederband.

Was er wohl treibt? Macht er sich Notizen?, fragte sich David am Rande.

»Was hat die Obduktion ergeben?«, fragte er laut, riss sich von Wolff los und widmete seine Aufmerksamkeit dem Rechtsmediziner. Nun kam der interessante Teil, der deshalb so interessant war, weil er auf David *hypnotisch* wirkte. Der Teil mit den *Augen*.

Weil man ohne Augen nicht mehr hinsehen kann, hätte Tizian zu David gesagt, hätte David nur den Mut aufgebracht, mit ihm über den eigentümliche Effekt zu sprechen, den sowohl Augen als auch die Stimme seines Vaters in Symbiose in ihm auslösten. Vielleicht wären die künstlichen Augen, die sie dort an der Leiche gefunden hatten, wo die organischen Augen hätten sitzen müssen, nichts weiter als ein

Beweismittel unter vielen, wäre da nicht der Umstand, dass David die Stimme seines Unbewussten, getarnt als die seines Vaters, vernommen hatte. *Hinsehen,* hinsehen*, du Bengel von einem Sohn!* – Das hätte Tizian ihm gesagt. Hätte er.

Stattdessen saß Tizian mit diesem entrückten Blick da, der auf das Smartphone gerichtet war, und löste ein Kreuzworträtsel über eine seiner Spiele-Apps. Er bekam fürwahr kaum mit, was um ihn herum geschah, jedenfalls nicht auf die Art und Weise, die David vorgezogen hätte. Doch davon wusste David nichts. Er vermutete weiterhin, Tizian würde sich Notizen machen oder online in den Berichten und Dokumenten blättern, die den Fall betrafen. Oder beides.

Johannes Brandt, der Rechtsmediziner, tauschte einen Blick mit Oliver. Der Kommissar war bei der Obduktion zugegen gewesen, Brandt hätte ihm den Vortritt gelassen, aber Oliver gab ihm mit einem auffordernden Nicken zu verstehen, dass Brandt selbst erläutern sollte, was sie herausgefunden hatten.

»Äußerlich an der Leiche fanden wir keine fremden DNS-Spuren und keine textilen Mikrospuren. Im Genitalbereich gibt es keine Hinweise darauf, dass sie in jüngster Zeit Verkehr hatte, eine Vergewaltigung ist ebenfalls ausgeschlossen. Über einen Zeitraum von ungefähr einer Woche bis hin zu zehn Tagen hatte sich Frau Lindt nicht gewaschen. In den Haaren und an mehreren Stellen ihres Körpers konnten wir Partikel sicherstellen, die wir an die KTU weitergeleitet haben.« Er deutete zu Linda hinüber, ohne sie anzusehen, und Linda nickte.

»Wird schon untersucht, morgen kann ich mehr dazu sagen.«

Brandt fuhr fort. »Gestorben ist Frau Lindt an Herzversagen, ausgelöst durch langanhaltendes Kammerflimmern aufgrund von Stromeinwirkung auf den Körper. Eine andere Todesart konnten wir aufgrund der durchgeführten chemisch-toxikologischen Analyse und der

Leichenöffnung ausschließen. Die Leiche weist am ganzen Körper sogenannte Strommarken auf, an Beinen und Armen primär, vereinzelt auch auf Rücken und Torso. Mutmaßlich waren dies die Eintrittsstellen des Stromes. Die Austrittsmarken finden sich an den Fußsohlen.«

Er hob den Blick, sah in die Runde, als wollte er überprüfen, ob die Anwesenden seinen Ausführungen folgen konnten. »Läuft Strom in gewisser Stärke durch einen menschlichen, geerdeten Körper«, erklärte er, »gibt es eine Eintritts- und eine Austrittswunde. Muss ich das weiter ausführen?«

Alle schüttelten die Köpfe, selbst Tizian Wolff, der weiterhin auf sein Smartphone hinabsah. Nur der Pressesprecher verneinte nicht, er blinzelte den Rechtsmediziner nachdenklich an.

»Der Körper dient als Leiter, stimmt's?«, fragte er. »Er leitet den Strom von der Quelle gen Erde weiter, so wie zum Beispiel ein Schraubenschlüssel ohne Plastikgriff es tun würde.«

»Ganz genau«, bestätigte Johannes Brandt. »Dabei entstehen Eintritts- und Austrittswunden, die wir im Fachjargon Marken nennen. Tödlich war vermutlich der Stromschlag, der ihr über die Brust zugefügt wurde, wie Sie wahrscheinlich selbst anhand des Ausmaßes der dortigen Verbrennung erkennen konnten. Dem Verkohlungsgrad nach zu urteilen war die Stromstärke so hoch, dass der Tod innerhalb von Sekunden eintrat. Die anderen Verkohlungen wurden ihr vor Eintritt des Todes über einen Zeitraum von sieben Tagen zugefügt. Die älteste und damit erste Verbrennung findet sich auf dem linken Arm knapp oberhalb des Handgelenks, die jüngste – abgesehen von der tödlichen – am rechten Oberschenkel, Innenseite, sieben Zentimeter über dem Knie. Insgesamt gibt es siebenunddreißig Eintrittsmarken, eingerechnet jene, die zum Tod geführt hat.«

Brandt machte eine Pause, blätterte dabei ein paar Seiten in dem Hefter um, den er vor sich auf dem Tisch liegen hatte. Angespannte Stille herrschte.

Der Rechtsmediziner fuhr fort. »Wir haben die Bilder einem Sachverständigen zugesendet und warten auf seine Rückmeldung, sind aber hinlänglich sicher, dass die Verbrennungen mit einem defekten Kabelende hervorgerufen wurden. Die Strommarken weisen in allen Fällen dieselbe Zeichnung auf. Besonders markant sieht man das an dieser Strommarke, die vom rechten Oberarm stammt.«

Er nahm eine Fotografie aus dem Hefter und reichte sie über den Tisch hinweg David. Erneut machte sich der Würgereiz bemerkbar, während David auf das vergrößerte Bild hinabsah.

Um einen schwarzen, ungleichmäßigen Mittelpunkt herum lag weißliches Fleisch, das wie flüssiges Wachs vom Zentrum weggeflossen und zum Rand hin wallartig erstarrt zu sein schien. Eingefasst wurde es von einer blutigen Kontur. Der schwarze Mittelpunkt – zu lange gegartes Fleisch, dachte David – saß in diesem schaurigen Bild wie ein Krater, hatte sich tief hineingefressen.

»Wie Sie sehen«, erläuterte Brandt, »gibt es ein einzelnes Zentrum, nicht etwa mehrere, wie man es beispielsweise von Unfällen kennt. Die Tiefe und das einzelne Zentrum deuten auf einen Stromleiter hin, der konstant auf die Haut gehalten wurde und sich so hineinfressen konnte. Man könnte sagen, der Leiter hat sich durch die Haut und ins Fleisch gebrannt.«

David ließ das Gehörte sacken und reichte die Fotografie an Bettina Hellron neben sich weiter. Dabei sah er den Rechtsmediziner nachdenklich an. »Das heißt, Frau Lindt kann sich das nicht selbst zugefügt haben?«

Brandt machte ein verkniffenes Gesicht. »Ich will es nicht ausschließen, halte es aber für unwahrscheinlich. Stromschläge verursachen Muskelkontraktionen, und das macht es für Unfallopfer zumeist unmöglich, die Gefahrenquelle loszulassen. Wenn nicht ein Sicherungsmechanismus wie ein FI-Schalter oder eine helfende Person eingreifen, führt eine solche elektrische Belastung unweigerlich, je nach Strom- beziehungsweise Spannungsstärke, innerhalb eines kurzen

Zeitraums zu Atemstillstand und Herzkammerflimmern, und letztlich zum Herztod. Diese …«

»Verzeihung«, unterbrach die Staatsanwältin mit ihrer herrischen Stimme. »Es sind Leute anwesend, die rein gar nichts mit Begriffen wie ›FI-Schalter‹ anfangen können. Hätten Sie die Güte?«

»Fehlerstromschutzschalter«, sagte Oliver wie aus der Pistole geschossen, bevor Bettina fertig gesprochen hatte. »Das ist das Ding, das reagiert, wenn der Strom, der aus der Dose kommt, nicht mehr in sie zurückfließt. Dann springt die Sicherung raus, und wenigstens das kennen Sie bestimmt.« Er grinste leicht höhnisch.

Bettina verzog keine Miene. »Das heißt, ein solcher Schalter verhindert, dass der Storm durch einen Leiter wie einen menschlichen Körper gen Erde abfließt?«

»Genau«, sagte Oliver, und das Grinsen wurde ein wenig freundlicher. Er mochte es, wenn sich Frauen halbwegs mit Männerkram auskannten, wie er es nannte. »Innerhalb von Millisekunden reagiert der FI-Schalter und legt den betreffenden Stromkreis lahm, um die Gefahr zu bannen.«

Bettina sah Brandt an. »Ist es gesetzliche Verpflichtung, dass jeder Haushalt einen solchen Schutzschalter installiert hat?«

Brandt zuckte die Schultern. »Ich bin Rechtsmediziner, Frau Hellron, kein Elektrotechniker. Aber zufällig habe ich recherchiert, weil es mich auch interessiert hat. Also ja, es ist seit 1984 gesetzlich vorgeschrieben.«

»Jedes Kind mit ein bisschen Hintergrundwissen oder einem Internetanschluss für die Recherche könnte so einen Schalter überbrücken«, warf Oliver ein. »Außerdem – seit 1984. Wissen Sie, wie viele Häuser von Privat vor 1984 in Regensburg gebaut wurden und noch stehen? Viel Spaß beim Nachforschen.« Er grunzte.

Die Staatsanwältin senkte kommentarlos den Blick auf das ledergebundene Buch, das aufgeschlagen vor ihr lag, und schrieb hinein.

Währenddessen schob sie die Fotografie von der Strommarke zu Linda, ihrer Nachbarin, hinüber.

David nickte dem Rechtsmediziner zu. »Sie wollten erklären, warum Sie es für unwahrscheinlich halten, dass Frau Lindt sich die Verbrennungen selbst zugefügt hat.«

»Ja. Wie gesagt, die Muskeln krampfen und der ganze Körper steht unter Strom, wird gewissermaßen durchgeschüttelt. Kaum denkbar, dass man in diesem Zustand imstande ist, den Leiter auf ein- und dieselbe Stelle gerichtet zu halten, geschweige denn, dass man *loslässt*, bevor man umzukommen droht.« Brandt schüttelte mit gerümpfter Nase den Kopf. »Sie sollten den Bericht des Sachverständigen abwarten, aber stellen Sie sich darauf ein, dass es darauf hinauslaufen wird. Er hat sich schon in diese Richtung geäußert, als ich heute Morgen mit ihm telefoniert habe.«

»Okay. Was ist mit den Augen?«, fragte David möglichst ruhig, obwohl er darauf brannte, endlich etwas über sie zu erfahren.

Diesmal konnte er sich bändigen, er sah nicht zu Tizian Wolff hinüber, doch aus den Augenwinkeln nahm er wahr, dass der Sonderermittler weiterhin unverändert dasaß.

»Eins noch vorweg«, erwiderte Johannes Brandt, und David stöhnte innerlich auf. Der Rechtsmediziner lächelte freudlos in die Runde. »Ich weiß, dass Sie das mit den Augen am meisten interessiert, weil es das charakteristischste Indiz ist. Aber das sollten Sie auch zur Kenntnis nehmen: Die Leiche war stark dehydriert und der Verdauungstrakt beinahe vollständig entleert. Wir fanden lediglich eine winzige Menge nicht gänzlich verdauten Brotes. Der Elektrolythaushalt war stark gestört. Dem Anschein nach nahm Frau Lindt in den Tagen vor ihrem Tod nicht ausreichend Flüssigkeit und Nahrung zu sich.«

Unwillkürlich ging Davids Blick zu Oliver. »Wann haben Frau Lindts Angehörige sie zuletzt gesehen?«

Olivers Gesicht verdüsterte sich, als ihm dämmerte, worauf David hinauswollte. Er setzte sich wieder die viel zu zierliche Brille auf die Nase und blätterte durch seine Unterlagen.

»Ist noch nicht geklärt«, gab er schließlich bekannt. »Tatsache ist, dass sie niemand als vermisst gemeldet hat. Anscheinend stand sie ihrem Ex-Mann nicht mehr besonders nah, jedenfalls nicht so nah, dass sie sich regelmäßig gesehen hätten.« Er unterbrach sich, blätterte eine Seite um, hob den Kopf. »Bis jetzt sieht es so aus, als sei eine unmittelbare Nachbarin, die sich während der Befragung selbst als die beste Freundin der Toten bezeichnet hat, die letzte, die sie gesehen hat: Freitag vor einer Woche.« Oliver wandte sich Brandt zu. »Vor acht Tagen.«

Einen Moment herrschte Schweigen.

»Gibt es Hinweise darauf, dass sie gefangengehalten wurde?«, fragte David den Rechtsmediziner. »Male, die auf Fesseln hinweisen, irgendwas an den Fingernägeln, so was?«

»Sie hat daran gekaut«, murrte Oliver unwirsch.

Brandt nickte. »Das hat sie. Außerdem schien sie künstliche Nägel aufzukleben, vielleicht aufgrund des Kauens. Darauf weisen die Spuren hin, die wir auf ihren Nägeln gefunden haben, und die sie irgendwann vor ihrem Tod – vielleicht schon vor dem Martyrium – abgenommen hatte. Ansonsten gab es keine ungewöhnlichen Spuren unter diesen wirklich kurzen Nägeln, keine an den Fingern, keine an den Händen oder an der Kleidung. Tut mir leid.«

»Keinerlei Fesselmale?«, hakte David nach.

Brandt schüttelte nur den Kopf.

»Dann kommen wir endlich zu den Augen«, sagte David und warf einen Blick auf die Uhr, die hinter ihm an der Wand hing. Fast siebzehn Uhr.

Das war bereits ein langer Tag, und er war noch nicht vorbei.

ZWISCHENSPIEL

Tabea Roth wusste nichts von einem Mord, irgendwelchen künstlichen Augen oder einer Leiche. Sie las keine Zeitung. Nach dem Aufstehen am Morgen blieb ihr nie die Zeit, irgendetwas zu trinken, zu essen oder gar online zu gehen. Sie schlief für ihr Leben gern, darum klingelte ihr Wecker spät, und darum sprang sie täglich nur rasch unter die Dusche, bevor sie sich auf den Weg in die Arbeit machte.

Dieser Tag hatte für Tabea nicht anders begonnen. Im weiteren Verlauf entpuppte er sich allerdings als Katastrophe, und Tabea war sich bis jetzt noch nicht sicher, worunter sie all dies verbuchen sollte. Ihr Verstand wollte nicht anspringen.

Wie ging man damit um, wenn man eben noch im Morgengrauen an der Haltestelle stand, hundemüde und missgelaunt auf den Bus wartete, und im nächsten Moment von Musik geweckt wurde, man *noch einmal erwachte*, und das zu den spitzen Schreien von Michael Jackson, den sie noch nie hatte leiden können?

Logisch, es gab diese Träume, in denen man erwachte, nur um festzustellen, dass man gar nicht wirklich wach war. Man konnte die Augen nicht öffnen, man war wie gelähmt. Aber dies hier war kein solcher Traum, da war sich Tabea sicher, denn sie hatte ausreichend dieser Träume durchgestanden. Die Art und Weise, *wie* das Erwachen vonstattengegangen war, dieses schrittweise zu sich kommen, erinnerte sie vielmehr an ihre Operation, bei der sie ihr damals die Mandeln und Polypen entfernt hatten: wie nach einer Narkose.

Nein, das war kein Traum. Sie war wirklich hier, wo auch immer *hier* sein mochte. Und wenn ihr Verstand auch noch immer unter einer dicken Decke aus Trägheit gefangen war, die so schwer wog, dass er langsam war wie eine Schnecke, begriff Tabea doch auf einer tieferen Ebene: Sie saß in der Scheiße.

Ihr hing ein süßlicher Geruch in der Nase, widerlich süß und irgendwie chemisch. Sie schnaubte mehrmals laut, weil sie das Zeug loswerden wollte, aber es war, als hätte es sich an ihren Nasenhaaren festgefressen und kröche von dort in ihren Schädel und in den Hinterkopf.

Das war der Moment, in dem der Verrückte auf sie aufmerksam wurde. Er hörte das Schnauben anscheinend trotz Michael Jacksons Gekreische, denn er drehte sich auf seinem Stuhl um und sah sie an.

Tabea blinzelte und schnaubte noch einmal. Ihr war übel, und ihr tat der Bauch weh. Außerdem fror sie, obgleich sie ihr hart Erspartes darauf verwetten würde, dass es in dem Zimmer mindestens dreißig Grad warm war.

Das ist ja ein Kind, dachte sie, während sie gleichzeitig feststellte, dass sie sich nicht bewegen konnte. Tabea konnte nur den Kopf drehen, und sie ahnte, ihr würde nicht gefallen, was sie zu sehen bekäme.

Die Neugier war stärker. Tabea blickte sich um.

Punkt eins: Sie befand sich in etwas, das ein riesiges Aquarium zu sein schien. Es war so eng, dass sie kurzzeitig von der Idee heimgesucht wurde, man hätte es um sie herum errichtet, an sie angepasst. Plötzlich bohrte sich eine Stricknadel in ihr rechts Knie, jedenfalls fühlte es sich so an, und Tabea wurde von einer neuen Erkenntnis hinterrücks überfallen: Sie stand aufrecht, jedenfalls erlaubte das menschengroße Aquarium nichts anderes. Ihr Knie beschwerte sich, weil sie während der Ohnmacht – dafür hielt sie das inzwischen, woraus sie von Michael Jackson geweckt worden war – in sich zusammengesackt war, sich ihr Gewicht von achtzig Kilo dabei ausschließlich auf das rechte Bein verlagert und es über unbestimmte Zeit hatte tragen müssen.

Sofort änderte sie die Haltung, und als sie den linken Fuß belastete und sich damit ruckartig aufrichtete, glitt ihre Haut an mehreren Stellen ungemütlich über die Oberfläche des vermeintlichen Aquariums. Es brannte schmerzhaft und hatte viel Ähnlichkeit mit der Erfahrung, die sie als Kind gemacht hatte, als sie mit nacktem Arsch über die von der Sonne aufgeheizte Rutsche geschliddert war.

Reflexartig wollte sie an die betreffenden Stellen fassen und sie reiben, und da wurde Punkt zwei deutlich: Da sich ihre Arme auch nicht bewegen ließen (sie waren natürlich genauso eingezwängt wie der Rest von ihr), senkte sie das Kinn, um an sich hinunterzusehen, dabei stieß ihre Stirn gegen die Vorderwand des Aquariums, und ihr wurde bewusst: Sie war nackt. Jedenfalls beinahe. Sie sah die Träger ihres Unterhemdes auf den Schultern, mehr konnte sie nicht von sich erkennen, aber Tabea fühlte, dass sie zumindest ihr Höschen noch trug. Ansonsten spürte sie am ganzen Körper die Oberfläche des Gefängnisses auf der bloßen Haut (und auf den brennenden Stellen). Fort waren der Pullover, die Stoffhose, die Schuhe und die Fleecejacke, die sie am Morgen getragen hatte.

Wie gut, dass ich keine Platzangst habe, dachte Tabea prosaisch.

Punkt drei: Ungefähr auf Höhe ihres Haaransatzes befand sich eine Reihe eingestanzter Löcher mit ungefähr fünf Zentimetern Durchmesser. Tabea entschied anhand der ausgefranzten Kanten, dass sie nicht in einem Glassarg gequetscht war, sondern in einen Plastiksarg. Da waren noch mehr Reihen mit Löchern, aber da waren auch einzelne Öffnungen, scheinbar wahllos ins Plastik gestanzt und von unterschiedlichen Größen. Gäbe es nur die Reihen, hätte Tabea glauben können, sie dienten der Luftzufuhr, so aber argwöhnte sie Schlimmeres, auch wenn ihre Fantasie nicht ausgeprägt genug war, um ihr ein konkretes Beispiel zu geben.

Soviel zu ihrer unmittelbaren Umgebung.

Ihr Blick wollte zurückwandern zu dem Kind auf dem Schreibtischstuhl, glitt dabei allerdings über etwas, an dem er haften blieb. Eigentlich waren es insgesamt drei Dinge, die von ihr eingehend betrachtet werden wollten.

Links neben ihr stand ein weiteres Aquarium-Plastik-Sarg-Gefängnis, und darin befand sich eine weitere Frau. Sie war sehr viel dicker als Tabea, ihre Schwarten waren gegen die Kunststoffscheiben gepresst und wirkten fürchterlich schlaff und glanzlos. Nicht, dass Fleisch von Natur aus glänzte, aber irgendwie hatte Tabea etwas in diese Richtung von nackter Haut erwartet, die derart ausgestellt war. Stattdessen sahen die Schwarten auf erschreckende Weise tot aus, als wären sie dabei, allmählich abzusterben, von den Beinen an aufwärts. Die Oberschenkel waren blaugrau verfärbt, die schwabbelige Hüfte wies noch etwas mehr Rosaanteil auf, der aber auch schon von der Blutleere der Beine übernommen zu werden schien.

Man konnte nicht behaupten, Tabea Roth sei besonders zimperlich. In ihrem Leben hatte es nichts geschafft, sie dazu zu bringen, einen Schrei auszustoßen oder gar in Panik zu geraten. Nicht einmal der Anblick des blutigen Armstumpfes mit dem sauber abgetrennten Knochen, als ihr Bruder seinem Freund beim Holzhacken den Unterarm abgeschlagen hatte, hatte sie zum Schreien oder Austicken gebracht. Warum auch? Jeder hatte den Mist in sich, Fleisch, Blut, Gedärme, Knochen, und Rumschreien oder Panik änderten daran nichts.

Viel wichtiger war doch, dass die Innereien und Säfte blieben, wo sie hingehörten, und entsprechend hatte Tabea auch reagiert. Während alle um sie herum zu Salzsäulen erstarrt oder umgekippt waren (wie ihr dämlicher Bruder, der den Saustall überhaupt erst angerichtet hatte), hatte sie mit ihrem Schal die Blutzufuhr des Arms oberhalb des Ellbogens so gut wie möglich abgeschnürt (und Tabea hatte Kraft in den Bizepsen, mehr jedenfalls als die dämlichen Jungs), anschließend hatte sie den Notruf gewählt. Der Trottel verdankte ihr sein Leben, soviel war klar.

Nun aber, als sie ihrer Leidensgenossin ins Gesicht sah, wurde Tabea doch ein wenig mulmig. Sie war froh darüber, in den durchsichtigen

Sarg eingesperrt zu sein, ansonsten wäre sie womöglich umgefallen, so weich wurden ihre Knie.

Das, was sie erblickte, war ihre Zukunft. Sie wusste es einfach. Sie schaute der zukünftigen Tabea ins Gesicht, zumindest schaute sie ihrem Schicksal ins Gesicht. Und dieses Antlitz war nicht sonderlich schön, maßgeblich deshalb, weil es keine Augen besaß.

Die Frau war bewusstlos, der Kopf war zur Seite auf ihre Schulter gekippt und deshalb Tabea zugewandt. Die Lider waren halb geöffnet – wenn man das noch so sagen konnte. Sie hingen halb geöffnet herunter, wie zwei Hautlappen, an deren Enden ein paar schlaffe Härchen wuchsen. Es gab nichts mehr, worüber sie sich hätten spannen können, ob offen oder geschlossen. Irgendeine Substanz war über die Wangen der Frau verschmiert und eingetrocknet, ein Gemenge aus Blut, klarer Flüssigkeit und milchigem Schaum. Woher das Gemenge gekommen war, war unmissverständlich, denn die Spur zeichnete sich deutlich ab, reichte von den Augenwinkeln hinunter bis zum Kinn.

Tabea blinzelte mehrmals, aber das änderte weder etwas am Ausblick noch daran, dass ihre eigenen Augen sich jäh staubtrocken anfühlten.

Ihr Entsetzen wurde abgedämpft, als sie glaubte, hinter der bewusstlosen Frau noch etwas zu sehen. Und tatsächlich, da war ein weiterer Plastik-Sarg. Tabea wusste, dass der Mann auf dem Stuhl sie weiterhin beobachtet, aber das war ihr egal. Mit ihm würde sie sich noch früh genug befassen. Sie versuchte, in den dritten Sarg zu sehen, schaffte es nicht und bewegte den Kopf hin und her, was auch nichts half. Dennoch wirkte es so, als sei der dritte Sarg leer, wetten würde sie allerdings nicht darauf.

Erneut wollte sie zu dem Wahnsinnigen schauen, und wieder wurde ihr Blick von etwas wie magisch angezogen. Wenn sie bis jetzt noch nicht vollständig aus der Betäubung wach geworden war, die ihr der Penner im Morgengrauen an der Bushaltestelle offensichtlich verpasst hatte, dann geschah dies spätestens in dem Moment, in dem sie die Leiche an der gegenüberliegenden Wand sah.

Tabea hatte natürlich keine Ahnung, dass der süßliche Geruch, den sie in der Nase hatte, von Chloroform stammte, aber sie ahnte, dass sie nun doch froh darüber sein sollte. Denn stanken Leichen nicht? Doch, die mussten stinken, ganz sicher.

Die Tote war genauso fett wie die Frau im Sarg neben Tabea, und nun offenbarte sich der Unterschied zwischen lebendem Fleisch und totem: Es war nicht nur grau, blau oder sonst was, es war einfach *tot*. Man *sah* es. Genauso wie in dem Gesicht im Aquarium nebenan in einer surrealen Weise die Seele nicht mehr präsent schien, weil sie nicht mehr durch die Augen blicken konnte, war aus diesem Körper das Leben entschwunden, weil es nicht mehr durch die Haut schimmerte.

Die Leiche saß auf einem Stuhl, als wäre sie dort gestorben. Auch sie trug nur ein Unterhemd und eine Unterhose. Ihre Knie waren angewinkelt, und komischerweise lagen unter ihren Füßen zwei Bücher aufeinander, auf denen ihre Zehen standen. Die Fersen berührten den Boden. Die Hände hielt sie geöffnet im Schoß, als würde sie darauf warten, dass ihr jemand etwas hineinlegte. Sie war mit dem Oberkörper nach vorn gesackt, ihr Gesicht nach unten gerichtet, das Haar war schmierig und schmutzig und hing zu beiden Seiten herunter.

Sie besaß ebenfalls keine Augen mehr. Das, was mal ihre Augen gewesen waren, war über ihr Gesicht verteilt, genauso wie bei der Frau neben Tabea.

Nun war es so weit, Tabea schaute den Bengel an, der offensichtlich für all das verantwortlich war. Michael Jackson tobte weiter, wie sie bemerkte; sie hatte die Musik gar nicht mehr wahrgenommen, so sehr hasste sie den Musiker dann doch nicht, als dass sie zu seinen Gunsten einen so höllischen Ort vernachlässigt hätte.

Also gut, ein Kind war das nicht mehr, aber ein Erwachsener war es auch noch nicht. Tabea erkannte verzogene Weicheier, wenn sie sie sah, und der hier gehörte ganz bestimmt zu ihnen. Irre war er auch, sonst würde er nicht Frauen umbringen. Höchstwahrscheinlich war er ein Opfer antiautoritärer Erziehung, ein Gör, dem nie Grenzen aufgezeigt worden waren, einer von denen, die glaubten, sie könnten tun, was immer sie wollten.

Und wie er sie beobachtete! Als warte er darauf, Tabea würde Panik bekommen und zu winseln und zu betteln anfangen … nun, da täuschte er sich.

Nicht mit mir, Freundchen!, dachte Tabea.

Sie setzte ihren schärfsten, geringschätzigsten Blick auf und rief über die Musik hinweg: »Hast du den Verstand verloren, du Rotzlöffel? Was glaubst du, was du hier machst? Du wirst mich jetzt sofort freilassen, damit ich dir eine Tracht Prügel verpassen kann! Hast du verstanden? Mach *sofort* den Verhau hier auf, sonst …«

Tabeas wutentbrannter Vortrag wurde von Micheal Jackson überbrüllt. Der Bengel drehte die Lautstärke so hoch, dass das Plastikgehäuse ihres Sarges vibrierte. Sie verstummte, als der Wahnsinnige daraufhin aufstand und dabei grinste.

Dieses Grinsen bewies es: Er war völlig hinüber, alle Sicherungen waren durchgebrannt. Er sah aus wie eine Kreuzung aus Batmans Gegner Joker und diesem Irren aus dem Film *Shining*. Da er jetzt stand und mit den langsamen Schritten eines Raubtiers, das seine Beute in die Enge getrieben und es nicht mehr eilig hat, auf sie zukam, sah Tabea auch, was er an seinem Schreibtisch getan hatte. Er hatte Besteck poliert. Besteck aus Perlmutt, das in einer alten, abgegriffenen Schatulle lag, die mit hellblauem Samt ausgekleidet war.

»Du bist ja total durch«, flüsterte Tabea, und nun war ihr doch nach schreien zumute.

Der Irre hielt einen Löffel vor sich in die Höhe, als wäre er eine Waffe, und Tabea fing wieder zu blinzeln an, als ihr die Zusammenhänge klarwurden. Ihr ging auf, dass das tatsächlich eine Waffe war. Unter diesen Umständen war dieser Löffel schlimmer als es jedes scharfe Messer und jede durchgeladene Knarre hätte sein können.

8

David Hedock, der zur Uhr gesehen hatte und sich wieder umdrehte, nutzte die Gelegenheit, um Tizian Wolff in Augenschein zu nehmen. Der Sonderermittler erwiderte zu seinem Erstaunen den Blick. Das Handy war verschwunden, die Hände lagen auf der Tischfläche. Wolff lächelte müde – er wirkte noch immer leicht abwesend, aber bei weitem nicht mehr so schlimm wie zuvor – und wandte sich seinem Nachbarn, Johannes Brandt, zu, der Davids Aufforderung folgte und endlich zu den Augen kam.

»Die Augen sind laienhaft entfernt worden, um nicht zu sagen, sie wurden regelrecht heraus*gekratzt.* Bei einer professionellen Entfernung wird zumeist nur der Augapfel entnommen, der aus Glaskörper und Linse besteht. Umliegende Muskeln sowie der Sehnerv wurden nicht fachmännisch abgeschnitten, sondern abgerissen. Die Verletzungen weisen auf einen stumpfen Gegenstand hin, nicht auf sachgemäße Werkzeuge.«

Johannes Brandt blätterte eine Seite seiner Unterlagen um und fuhr fort.

»Wie Sie selbst am Fundort sehen konnten, waren die Augenhöhlen beidseitig stark entzündet. Der Infektion und den Wundmalen nach zu urteilen wurden die Augen vor maximal zehn, minimal sechs Tagen entfernt.«

Der Rechtsmediziner klappte demonstrativ seinen Heftordner zu und atmete tief durch. »Das war es von meiner Seite. Haben Sie noch Fragen?«

»Die künstlichen Augen«, warf Linda ein, »sind bereits als Asservate dokumentiert und von uns untersucht worden. Es handelt sich wirklich um Acryl-Augen für Schaufensterpuppen. Wir werden sehen, ob wir nicht herausfinden können, von welchem Hersteller sie gefertigt wurden, welche Vertriebe sie im Sortiment haben und in welchen Mengen sie an wen verkauft werden.« Linda zog einen Nasenflügel nach oben. »Einer ersten Einschätzung zufolge sollten Sie sich aber nicht zu viele Hoffnungen machen. Solche Kunstaugen kann jedermann kaufen, in Bastelgeschäften genauso wie im Netz. Wenn wir es nicht mit einer limitierten Sonderauflage zu tun haben – und dafür wirken sie ein bisschen zu schlampig gefertigt –, sehe ich da eher Schwarz.« Sie tippte mit der Rückseite eines Kugelschreibers auf ihre Unterlagen, während sie sprach. »Dasselbe trifft auf den Holzpfahl zu, mit dem die Schaukel fixiert war. Nichts Besonderes, ein Standardmodell, wird in so ziemlich allen großen Baumärkten vertrieben. Wir machen auch hier weiter.«

»Danke, Linda, bleiben Sie dran«, sagte David und nickte auch Johannes Brandt zu, bedankte sich ebenso bei ihm. Sein Blick fand Oliver. »Kannst du rausfinden, wie es um die Befragungen steht? Was ist mit dem Ex-Mann, hat er schon ausgesagt? Haben sie den Ex-Freund gefunden?«

Oliver zückte sein Handy und machte sich ohne Umschweife daran, den entsprechenden Anruf zu tätigen. Indessen stand Bettina Hellron auf und schulterte die rote, lederne Handtasche, in die sie ihr Notizbuch steckte.

»Wir sehen uns morgen«, sagte sie. »Zehn Uhr?«

David nickte. Bettina war eine von den Staatsanwälten, die nach Möglichkeit an jeder einzelnen Dienstbesprechung teilnahmen. Diese fanden zweimal täglich statt, David hatte sie jeweils für zehn und sechszehn Uhr angesetzt.

Die Frau im grauen Hosenanzug verließ das Zimmer. Ihr folgte Johannes Brandt, David gab ihn auf seine Nachfrage hin frei. Der

Rechtsmediziner hatte seine Arbeit getan, vorläufig jedenfalls. Zurück blieben David, der telefonierende Oliver, Linda, Tizian und der Pressesprecher Felix Alexander, der sich die ganze Zeit über emsig Notizen auf seinem Tablet mit der angeschlossenen Tastatur gemacht hatte.

David betrachtete den Mann mit der Halbglatze und dem leichten Schielen. Sein linkes Auge war stets einen Tick zu weit gen Nasenmitte gerichtet, während das rechte geradeaus sah. Felix war ein geschwätziger Kerl, wenn er nicht gerade konzentriert arbeitete. Seine Vorliebe für Smalltalk war so ausgeprägt wie das hässliche Karo-Muster seiner Krawatte. Ob die Schwatzhaftigkeit von seinem Job herrührte, oder ob er aufgrund derselben diesen Job gewählt hatte, wusste David nicht.

Sie kannten sich, seit David als Kommissar arbeitete – Felix hatte bei Davids Einstellung bereits in den Diensten des Kommissariats gestanden –, aber sie kannten sich nicht gut. Das lag teils an Felix Oberflächlichkeit, denn wann wurde ein Smalltalk schon mal tiefgründig, und teils an Davids Desinteresse an dem Mann im Allgemeinen.

»Alles im Lot, Felix?«, fragte er.

Der Pressesprecher hob den Blick von seinem Tablet-PC und nickte knapp. »Das Übliche«, sagte er, und seine Stimme schwankte dabei wie stets eine Oktave hinunter und wieder hinauf; als wäre er nie aus dem Stimmbruch herausgekommen. »Heute Morgen gab's in den Pöbelzeitungen große Aufmacher über die Sache, *Leichenfund im Hafen*, so in der Art. Ich halte die Mannen auf Trab, speise sie mit Belanglosigkeiten ab, wie immer. Mach dir keine Sorgen, David. Alltagsarbeit für mich.«

»Gut. Sieh zu, dass das so bleibt. Die sollen auf keinen Fall was über die Strom- und Augensache erfahren.«

»Versteht sich von selbst. Ist wahrscheinlich eh schon wieder Schnee von gestern, weil die Olle von und zu Thurn und Taxis der Presse gegenüber was Dämliches über die Flüchtlingskrise zum Besten gegeben hat. Das wird sicher der Aufhänger für morgen, und die Leiche ist vergessen.«

Hoffen wir's, dachte David, sagte aber nichts.

Oliver nahm das Smartphone vom Ohr und redete, ohne darauf zu achten, ob sich die Verbliebenen womöglich gerade im Gespräch befanden, darauf los. »Der Ex-Mann hat ausgesagt. Er hat Frau Lindt seit über zwei Wochen nicht mehr gesehen, aber mit ihr in einem Chatroom gequatscht. Irgendwas über den Sohn. Das war seiner Aussage nach das einzige Thema, das sie noch hatten. Der Chat fand vor eineinhalb Wochen statt. Ansonsten konnte er nichts Erhellendes mitteilen, außer dass ihm sein Sohn von den Problemen erzählt hat, die Lindt mit ihrem Ex-Liebhaber hatte. Wo wir beim nächsten Thema wären: Dieser Ex ist immer noch verschollen. Sein Chef hat unseren Leuten gesagt, er hätte sich kurzfristig Urlaub für zwei Wochen genommen, die er genehmigt hat. Paul Hernagel, so heißt der Kerl, also der Ex. Den Urlaub hat er vergangenen Freitag beantragt. Unsere Leute sind dabei, die Familie von Hernagel aufzusuchen, um rauszufinden, wohin sich der Typ verdünnisiert hat.«

David wandte sich an Linda. »Haben wir Frau Lindts PC?«

Linda nickte. »Wird schon durchsucht, genauso wie der Rest aus Frau Lindts Wohnung.«

»Findet heraus, wann die letzten Aktivitäten darauf stattgefunden haben, ob im Netz oder offline. Gebt dem bitte Priorität.«

Linda nickte wieder und machte sich eine entsprechende Notiz.

Einen Augenblick lang folgte Schweigen. Wie magisch angezogen, glitt Davids Blick erneut zu Tizian Wolff. Der hielt den Kopf leicht gesenkt, die Lider halb geschlossen, das kinnlange, leicht gekrauste Haar fiel ihm ins Gesicht und verdeckte es zu einem Gutteil. Er sah aus, als würde er jeden Moment einschlafen, dachte David.

Wie er bemerkte, war er nicht der Einzige, der den Sonderermittler musterte. Alle Anwesenden, außer dem Pressesprecher, betrachteten Tizian Wolff. Sie alle waren Davids Blick gefolgt, wie es schien.

Ob Wolff irgendwann auch einmal etwas zu den Ermittlungen beitragen würde? Oder tat er nicht mehr, als herumsitzen und anderen

Leuten zuzuhören, dabei zu dösen und zeitweise den Eindruck zu erwecken, als stünde er unter starken Beruhigungsmitteln?

»Wir warten jetzt mal ab«, beschloss David schließlich und zog so die Aufmerksamkeit aller wieder auf sich. »Schauen wir morgen bei der Dienstbesprechung, ob wir Hernagel finden konnten. Wenn nicht, ziehen wir weitere Möglichkeiten in Betracht. Oliver, könntest du schon mal abklären, ob wir im Notfall für morgen Mittag oder Nachmittag einen Mantrailing-Hund kriegen könnten?«

Mantrailing-Hunde sind jene Hunde, die ausschließlich auf das Aufspüren von Fährten trainiert sind, die Personen bei einer etwaigen Flucht – oder weil sie als vermisst gemeldet sind oder sich in Gefahrensituationen befinden, wie etwa nach einem Unfall beim Bergsteigen – hinterlassen. Dabei können sie selbst dann den Fluchtweg erschnüffeln, wenn der Verfolgte ein Auto genutzt hat.

»Ich werde Bettina nach einem entsprechenden Beschluss fragen«, fügte David hinzu, »damit wir Zugang zu Hernagels Domizil erhalten und einen geeigneten Geruchsträger daraus entnehmen können.«

Damit der Mantrailer die Spur aufnehmen kann, benötigt er eine *Kostprobe* der Duftmoleküle des Menschen, den er finden beziehungsweise dessen Weg er aufzeigen soll. Bisher hatte David einen solchen Hund noch nicht in Aktion gesehen, aber er glaubte sich zu erinnern, dass ihm ein Kollege einmal erzählt hatte, sie hätten bei einer Rettungsaktion alte Wäsche der Zielperson als Duftmarke verwendet.

Oliver nickte mit einem leisen Grunzen.

»Das solltet ihr noch heute Abend klären«, meinte Linda. »Wir wissen nicht genau, wann die Leiche auf dem Spielplatz abgelegt wurde, aber vermutlich in der Nacht von Freitag auf Samstag. Wir haben Sonntagabend. Soweit ich weiß, bleiben die Gerüche, die menschliche Zellen ausdünsten, gerade mal rund vierzig Stunden erhalten. So gesehen sind wir eh schon zu spät dran.«

David warf wieder einen Blick auf die Uhr. Halb sechs.

»Okay, dann gehen wir's noch heute an. Wir müssen es versuchen.

Oliver, fordere einen Hund an, ich kläre das mit Bettina. In einer halben Stunde brechen wir auf. Wenn es Neuigkeiten über Hernagel gibt, will ich das sofort wissen. Und wir sehen uns morgen, spätestens um zehn.« Er lächelte Linda zu, schenkte auch dem Pressesprecher ein Lächeln, wenn auch ein sehr viel steiferes.

Alle Anwesenden sammelten ihre Habseligkeiten zusammen, die sie vor sich ausgebreitet hatten, und kamen auf die Beine.

Tizian Wolff war der Erste, der an der Tür war, obwohl er am weitesten davon entfernt gesessen hatte. Er sagte: »Bis morgen allerseits«, und war schon fast draußen, als David klar wurde, was der Sonderermittler da wie nebenbei bekannt gegeben hatte.

»Sie kommen nicht mit?«, rief David und lief ihm hinterher, den Aktenordner mit seinen Notizen unter den Arm geklemmt. Er holte Tizian bei der Treppenflucht ein, er hatte bereits die ersten Stufen nach unten genommen.

Wolff drehte sich zu David um. »Dafür brauchen Sie mich nicht. Wenn etwas ist, können Sie mich ja anrufen.« Wolff setzte dieses weiche, einnehmende Lächeln auf, und ganz kurz blitzten seine Augen in der Intensität auf, die David bisher nur während seines Monologs im Café gesehen hatte. Danach waren sie wieder müde und vernebelt. »Ich bin seit über dreißig Stunden auf den Beinen, David«, erklärte Tizian. »Ich habe einen Fall in Bielefeld gelöst, wissen Sie, als ich hierher beordert wurde, und bin die ganze Nacht durchgefahren. Ich brauche ein bisschen Schlaf.«

»Verstehe«, sagte David, und er erwiderte das Lächeln automatisch. Es ging gar nicht anders. So ein liebenswürdiges Lächeln *musste* man einfach erwidern.

Bevor er großartig über alles nachdenken, geschweige denn noch etwas sagen konnte, hatte sich Tizian schon abgewendet und war hinter der Biegung verschwunden, die die Treppe machte.

Darum hatte er ausgesehen, als stünde er unter Valium, dachte David, während er sich auf den Weg in sein Büro machte. Weil er übernächtigt war. Darum, und aus keinem anderen Grund.

Einer Eingebung folgend, die genauso eigentümlich für David war wie gewisse andere Vorkommnisse an diesem Tag – seit Wolff aufgetaucht war, dachte er bitter –, trat David ans Fenster, das auf den Innenhof und damit den Parkplatz des Präsidiums hinausging.

Er sah die hochgeschossene, schlanke Gestalt des Sonderermittlers, die strubbeligen dunkelblonden Haare, indes Wolff über das Kopfsteinpflaster schritt, gemächlich und gelassen, mit pendelnden Armen und hinaufgeschobenen Ärmeln, die Lederjacke über die Schulter geworfen, wo sie hing, ohne dass er sie festhielt. Der Sonderermittler wirkte auf diese Distanz irgendwie verloren, wie er da über den leeren Hof schritt, und in David stieg ein altes, blasses Bild auf, eines aus seinen Kindertagen, als er gerne Comic-Hefte wie Asterix, Micky Mouse, Lupo, Clever und Smart oder Lucky Luke gelesen hatte. Es war Letzterer, den er vor Augen hatte, Lucky Luke, der nach seinem Abenteuer auf Jolly Jumper in den Sonnenuntergang ritt, mit Rantanplan an der Seite.

Lucky Tizian, dachte David, und dann dachte er, dass das nicht stimmte. Tizian war nicht lucky, nicht glücklich, nicht im Entferntesten. Im Gegenteil. Er war einsam, und das hatte er selbst gesagt: *Ich bin ein einsamer Wolf.*

Das sieht man dir an, Herr Titus Lupardus alias Tizian Wolff, dachte David, und als der Sonderermittler bei der grauen Vespa Halt machte, die neben einem Streifenwagen auf dem Hof parkte, den Sitz hochklappte und dem darunter befindlichen Fach einen Helm entnahm, war er kein bisschen überrascht.

Tizian Wolff, der Spezialist für Serien- und Gewaltmorde und der Schlagzeuger, war Rollerfahrer.

Gerade, als David sich abwenden und Bettina Hellron bezüglich des Durchsuchungsbeschlusses anrufen wollte, trat eine weitere Gestalt in den Innenhof und ging auf Tizian zu.

Zweiter Teil

GESCHWISTERHERZEN BLUTEN DOPPELT

1

Tizian wollte gerade den schwarzen Helm aufsetzen, als jemand seinen Namen rief. Er drehte sich um. Die Rechtsmedizinerin, Linda Müller-Probst, kam über den Hof zu ihm herüber.

Sie war angezogen wie jemand, den man in einem Naturkostladen finden mochte, wie jemand, der täglich nach dem Aufstehen Yoga machte, sich selbst über den Spiegel zulächelte und gut zuredete, regelmäßig meditierte und im Urlaub und an den Wochenenden Seminare mit Titeln wie *Im Einklang mit dem Kosmos* oder *Erlöse dein Karma* besuchte: Die weite, weiße Bluse mit den aufgestickten Blümchen besaß eine Kapuze, die spitz zulief und bis zur Taille reichte. Darunter fand sich ein trägerloses Hemd, das fast bis zu den Knien ging und damit länger als die Bluse war. Die orange Pumphose war ganz sicher aus Bio-Baumwolle gemacht, und die Halbschuhe waren babyblau, besaßen eine hohe Leiste und täuschten vor, aus Leder zu sein. Jedenfalls war sich Tizian sicher, dass sie das nicht waren. Es gab inzwischen ausreichend Materialien, die das hervorragend vorgaukeln konnten, und zu einer Frau wie Linda hätte echtes Leder einfach nicht gepasst. Wahrscheinlich waren die Schuhe und alles andere an ihr – inklusive Linda selbst – rundum vegan. Für genauso natürlich hielt er die Farbe ihres kinnlagen Haares: kupferbraun. Tizian konnte sehen, wann sich jemand die Haare färbte, und Linda Müller-Probst gehörte nicht zu ihnen.

Sing mir das Lied von einer tiefverwurzelten Bedürftigkeit und einer nie endenden Suche, süße Linda, dachte er und lächelte der Frau entgegen.

Die Leiterin des Erkennungsdienstes lächelte nicht. Ihr feingeschnittenes Gesicht wirkte sehr ernst. »Ich weiß, wer Sie sind«, sagte sie ohne Umschweife und blieb eineinhalb Meter vor ihm stehen. Sie griff in ihre Handtasche und nahm das kleine Plastikkärtchen heraus, das sie als Mitarbeiterin der Forensik auswies, und hielt es Tizian mit ausgestrecktem Arm entgegen, als sei es ein Schutzschild.

Tizian betrachtete den Ausweis, ohne ihn zu nehmen. Er wusste, worauf sie hinauswollte, er sah das Abzeichen, das sie als Brosche auf dem abgebildeten Foto trug. Er selbst hatte eine solche getragen, als sie ihn für seinen Dienstausweis fotografiert hatten.

Er richtete den Blick auf Linda. »Wunderbar, Frau Müller-Probst«, sagte er und ließ das Lächeln etwas breiter werden.

Linda schüttelte den Kopf und steckte den Ausweis zurück. »Gar nichts ist wunderbar! Ich weiß, wer Sie sind, und ich weiß auch, für wen Sie arbeiten!«

»Für unser Land, genauso wie Sie.«

Ihre Augen verengten sich. »Stellen Sie sich nicht dumm! Ich meine, ich kenne Ihren direkten Vorgesetzten, jedenfalls habe ich von ihm gehört. Getroffen habe ich ihn nur einmal, und das hat auf jeden Fall gereicht, damit ich weiß, dass die Gerüchte stimmen, die man über ihn hört. Ich weiß auch, wer Sie rekrutiert hat und wo und wie Sie ausgebildet wurden.« Ihre Wangen verfärbten sich dezent vor Rage, das Grün ihrer Augen blitzte.

Tizian legte den Kopf leicht schief und betrachtete sie wie eine interessante Skulptur. Sie war wirklich niedlich. Er konnte verstehen, warum David eine Bettgeschichte mit ihr am Laufen hatte, warum sie sich zueinander hingezogen fühlten.

»Das wollte ich Ihnen nur sagen«, setzte sie hinzu, weil er nichts erwiderte und sie so merkwürdig gönnerhaft ansah. »Nicht alle hier sind, äh, unwissend. Ich nicht. Und ich werde Sie im Auge behalten!« Sie streckte ihm den Zeigefinger entgegen.

»Sehr freundlich von Ihnen«, entgegnete Tizian, hob den Helm an und setzte ihn auf. Er schnallte ihn unter dem Kinn zu, ließ die Schließen einrasten und zurrte ihn fest. »Ich werde meinem Boss Ihre Grüße ausrichten.«

Er zwinkerte Linda zu, machte einen Schritt in ihre Richtung und durchbrach absichtlich die Distanzzone, die sie zwischen ihnen geschaffen hatte. Er rückte ihr auf die Pelle, um es auf den Punkt zu bringen, neigte dabei den Kopf zu ihr nach unten und sah sie verschwörerisch an.

»Unter uns: Ich kann meinen Chef auch auf den Tod nicht ausstehen. Er ist ein selbstgerechtes Arschloch.«

Noch einmal zwinkerte er, ehe er zurückwich, in die Lederjacke schlüpfte und den Reißverschluss bis ganz nach oben zuzog. Tizian wandte sich zum Roller um, schob den Schlüssel ins Zündschloss und klappte den Ständer ein, indem er das Gefährt leicht nach vorn schob. Während er es rückwärts aus der Parkbucht manövrierte, sah er noch einmal zu Linda.

»Machen Sie sich keinen Kopf«, sagte er. »Ich bin auf Ihrer und Davids Seite.«

Wieder folgte ein Zwinkern, und bevor sie antworten konnte, setzte er sich auf den Roller, drehte den Zündschlüssel und trat auf den Kickstarter, sodass das typische stotternde Motorengeräusch der Vespa über den Hof schallte.

Tizian lächelte Linda an, diesmal zeigte sein Lächeln weiße Zähne mit etwas gelblichen Verfärbungen an den oberen Eckzähnen. Er rief ihr einen Abschiedsgruß zu, gab Gas, und bevor er vom Hof hinunter und auf die Straße fuhr, winkte er David, der nach wie vor am Fenster stand und das Geschehen verfolgte.

Tizian Wolff fuhr auf seiner Vespa Grand Sport 150 einmal quer durch die Regensburger Innenstadt, jedenfalls soweit das noch zugelassen war. Er war seit Jahren nicht mehr hier gewesen. Zwei Mal musste er wenden, zurückfahren und einen anderen Weg nehmen, weil aus den einstmals befahrbaren Straßen Fußgängerzonen gemacht worden waren.

Alter Sack, dachte er, als er das zweite Mal umdrehte. Du bist zu einem alten Sack geworden, Titus. Das erkennst du daran, dass keine deiner ehemaligen Stammkneipen mehr existiert, und das erkennst du an dem beschissenen Beruf, den du mittlerweile wie ein Schlafwandler machst und nicht mehr wie die Pest hasst, ihn so sehr hasst, dass du dir selbst nicht mehr in die Augen sehen kannst, aus Angst, du müsstest deinem Spiegelbild ins Gesicht reihern. Alter, bejammernswerter Sack!

Es war nicht gut, wieder in die Heimat zurückzukehren, wie er feststellte. Die Gründe für seine instinktive Abneigung, auch nur in die Nähe von Regensburg zu kommen, mochten jahrelang von ihm verdrängt worden sein, aber er hatte ihnen gehorcht, und das war nicht verkehrt gewesen. Niemand musste daran erinnert werden, dass er mit Volldampf auf seinen Sarg zusteuerte und es dabei in ungeahnter Grazie und Perfektion fertigbrachte, das ohnehin schon verpfuschte Leben in eine ganz eigene Dimension von Verschwendung und Desillusionierung zu hieven.

»Bitte geben Sie mir eine Kostprobe Ihres Könnens«, murmelte Tizian vor sich hin, und dabei ahmte er die Stimme seines Chefs nicht sehr gekonnt nach. Der Schall der Worte flog ungehört mit dem lauen Frühlings- und Fahrtwind an ihm vorbei und zerstreute sich irgendwo hinter ihm, während er dem Verlauf der Keplerstraße am südlichen Donauufer folgte.

Tizian gab niemandem eine Kostprobe seines Könnens, schon gar nicht sich selbst, weil er sich damit nichts Neues sagen würde. Er wusste, warum er dergestalt missgelaunt war, und eigentlich hätte ihn das nicht überraschen sollen, aber genau das tat es. Wieder einmal war er Opfer seiner Selbstüberschätzung geworden, und das ärgerte ihn ganz besonders.

Aufgrund des hohen Verkehrsaufkommens brauchte er für einen Weg, der unter günstigen Umständen fünfzehn Minuten gedauert hätte, fünfundvierzig. Alldieweil er aus reinem Trotz einen Umweg über die Prebrunnallee und damit über den Herzogspark am westlichen Altstadtrand fuhr.

Als er dort an einem großen, stattlichen Anwesen vorbeikam, das von einer mittelalterlichen Bruchsteinmauer eingegrenzt wurde und an der Einfahrt über ein hohes, gusseisernes Tor verfügte, klappte er das Visier seines Helmes nach oben, blickte in die Überwachungskamera, die an der Einfassung des Tores angebracht war und hob die rechte Hand. Tizian reckte den Mittelfinger nach oben und behielt ihn dort, bis er am Portal und der Kamera vorbei war.

Danach fühlte er sich besser.

Und er konnte einen Punkt von seiner To-do-Liste streichen: Linda Müller-Probsts Grüße an seinen Chef waren ausgerichtet.

Tizian Wolff erreichte sein Ziel: den Campingplatz im Regensburger Westen, direkt an der Donau gelegen. In den frühen Morgenstunden war er mit seinem Gefährt hier angekommen und hatte sich auf unbestimmte Zeit eingemietet.

Er fuhr durch das offenstehende Gatter, winkte dem Mann hinter der Rezeption kurz zu – der erkannte ihn mit seiner Vespa wieder – und folgte dem Straßenverlauf, vorbei an Campingwägen, Zelten, herumsitzenden Leuten und spielenden Kindern, die den lauen Frühlingsabend genossen. Immer tiefer fuhr er in das Gelände hinein, bis er schließlich am äußersten Rand ankam, dort, wo nur noch hinter der Abgrenzung des Platzes ein Fußgängerweg lag, ehe die Donau vorbeifloss. In dieser relativen Verlassenheit (die nächsten Nachbarn waren an die zehn Meter von ihm entfernt) stand das, was er seit zwei Jahren sein Eigenheim nannte.

Tizians schwarzer Wohnwagen war eigentlich schon kein Wohnwagen mehr. Er wirkte wie ein riesiger Lkw oder Reisebus, jedenfalls besaß er dessen Ausmaße. Mit seiner Höhe von fast vier Metern überragte er sämtliche anderen Wagen und Anhänger, dasselbe traf auf die Länge von dreizehn Metern zu.

Tizian Wolff hielt die Vespa unmittelbar an der rechten Flanke des Giganten, schaltete den Motor aus und sperrte seinen Camper auf. Um das zu bewerkstelligen, tippte er mit dem Finger an die Glasscheibe rechts der Eingangstür, woraufhin ein LED-Tastenfeld erschien. Tizian gab einen sechsstelligen Code ein, und die Tür ging auf. Er stieg ein, hinter ihm glitt die Tür wieder zu.

Vor ihm breitete sich eine Inneneinrichtung aus, bei deren Anblick sich selbst Millionäre die Finger schlecken würden. Eine Verschwendung, wenn man bedachte, dass der fast schon ordinäre Luxus Tizian ungefähr so kalt ließ wie ein Furunkel am Hintern irgendeines Politikers. Das sah man dem Vehikel auch an. Es benötigte sowohl außen als auch innen eine dringende Wäsche. Eine wirklich dringende.

Tizian lief mit Turnschuhen über den dunklen Dielenboden mit rötlicher Maserung (der aus sehr teurem Birnbaumholz bestand, was Tizian weder wusste noch interessierte), warf die Lederjacke sowie seine Dienstwaffe auf einen der Ledersessel der Sitzgruppe, die sich an den Fahrraum anschloss (insgesamt konnten acht Personen in dem Wohnbereich Platz finden, beispielsweise zum Fernsehen; per Knopfdruck konnte man einen 70-Zoll-Flatscreen-Fernseher aus der Kommode gegenüber fahren lassen), riss sich den Pullover herunter und ließ ihn der Lederjacke folgen.

Er marschierte in dem ausgewaschenen grauen T-Shirt zu dem einzigen Objekt in dem ganzen Überfluss, das ihn wirklich interessierte: das E-Schlagzeug, das zwischen der Sitzgruppe und dem Badezimmer gegenüber dem Küchenblock stand (der neben der üblichen Einrichtung über eine Mikrowelle, einen Backofen und eine Spülmaschine verfügte; die Arbeitsflächen waren schneeweiß, die Schubladen- und Schrankabdeckungen aus edlem - und sehr kostbarem - Pflaumenholz).

Er ließ sich auf den runden, lederbezogenen Hocker vor dem elektronischen Schlagzeug fallen und nahm den Schalenkopfhörer, der er auf der Snare-Drum lag. Er setzte ihn auf und schaltete das Modul ein, ein kleines schwarzes, einem Mischpult ähnlichem Gerät, das die Schläge der Sticks auf die Drums und Becken in Echtzeit in Klänge umwandelt (immerhin war es kein *richtiges* Schlagzeug, es war ein E-Schlagzeug, das ohne dieses Modul kaum einen Ton von sich gibt, wenn man darauf schlägt, abgesehen von dumpfen Geräuschen, die überhaupt nicht an die eines Schlagzeugs erinnern).

Anschließend schaltete er den MP3-Player an, der an das Modul angesteckt war und auf dem sich eine ganze Menge Ordner mit verschiedenen Musikrichtungen fanden, sogenannte Playalongs, auf denen eine bestimmte Tonspur fehlte, in Tizians Fall die des Schlagzeugs. So konnte er über den Kopfhörer sowohl die Musik vom MP3-Player hören als auch sein eigenes Spiel. Beides fügte sich ineinander zu einem einzigen Klangstück. Dieses Wunder vollbrachte das Modul.

Tizian griff mit der Rechten nach den hölzernen Sticks, die ebenfalls auf der Snare-Drum lagen, bediente mit der Linken den MP3-Player und sah sich die verschiedenen Ordner an. Er wählte schließlich den mit den Songs von Led Zeppelin aus, denn jetzt brauchte er etwas Lautes, Schnelles, etwas, das ihn aufweckte und obendrein die Möglichkeit zum Abreagieren bot.

Whole Lotta Love war das erste Lied, und Tizian schloss die Augen und legte los. Bereits nach den ersten Tönen, die durch seine Gehörgänge walzten, nach den ersten wohlgesetzten Schlägen, die er immer nur – *nur!* – aus dem Handgelenk kommen ließ, versank er in einem tranceähnlichen Zustand, dem einzigen Zustand, in dem Tizian sich selbst, die Welt, seine Vergangenheit in diesem beschissenen Regensburg, die vielen Leichen und Mörder und David Hedock mit seinen zweidimensionalen Erinnerungen vergessen konnte. Vorausgesetzt, er wollte es. Und heute wollte er es nicht nur, es rettete ihm buchstäblich den Verstand.

Es lag letzten Endes nicht allein an seiner Trance, dass er es nicht mitbekam, wie sich jemand an seinem fahrbaren Heim zu schaffen machte, sondern auch daran, dass Tizian nie das Überwachungssystem aktivierte, über das das Luxus-Mobil verfügte.

Tizian bemerkte es erst, als es zu später war und ihm nach einer halben Stunde Schlagzeugspielen der unterarmdicke Ast über den Schädel gezogen wurde.

2

Während sich über Regensburg ein frühlingshaftes Abendrot senkte, stand David Hedock mit Oliver Markl auf dem Spielplatz, auf dessen Schaukel vor wenigen Stunden noch eine Leiche gesessen hatte.

Die Straße vor dem Spielplatz war seit dem gestrigen Abend wieder freigegeben, der Spielplatz selbst noch nicht. Er war nach wie vor durch rot-weißes Flatterband abgesperrt, nach wie vor hielten sich Mitarbeiter des Erkennungsdienstes innerhalb der Abgrenzung auf. Das Zelt allerdings war verschwunden, genauso wie die Leiche.

David betrachtete den Hund an der Leine vor sich. Das war ein Bloodhound, hatte ihm sein Besitzer mitgeteilt, der sowohl Polizeibeamter als auch Hundetrainer war. Streng genommen war der Mantrailer Besitz der Polizei Bayerns, praktisch gesehen aber lebte der Bloodhound bei Mark Bäumler, seinem Trainer, der auch momentan die Leine hielt, während er David, Oliver und die anderen drei Beamten, die zu diesem Unterfangen beordert worden waren, über das aufklärte, was gleich geschehen würde.

Der Hund hob den Blick aus blutunterlaufenen Augen immer wieder zu seinem Besitzer empor, dazwischen aber verfolgte er mit aufgeregtem Argwohn die Bewegungen der vielen Leute um ihn herum, die des Erkennungsdienstes ebenso wie die von David und seinen Männern.

David konnte sich einfach nicht entscheiden, ob ihm das Tier sympathisch war oder nicht. Das war kein schöner Hund, beileibe nicht. Er war so faltig, dass es wirkte, als hätte ihm jemand das Fell gen Kopf geschoben, sodass es dort in mannigfachen Wülsten um die Augen, die Schnauze und vor allem um das Kinn herum herabhing, gleichsam mit den langen Löffelohren und den viel zu langen Lefzen. Dass man die Augen in diesen dicken Runzeln überhaupt noch sehen konnte, war ein Wunder. Die Unterlider hingen zwei Fingerbreit herunter, als hätte jemand Gewichte an ihnen festgemacht. Darüber waren die Pupillen nur zur Hälfte zu sehen, unmittelbar unter ihnen lag das Rot der inneren Lider frei.

Am liebsten hätte David die Lider nach oben geschoben, so sehr irritierte ihn dieser Anblick. Seine eigenen Augen fingen beinahe zu tränen an, er musste immer wieder blinzeln. Und trotzdem – der Blick des Hundes war wach, schlau und eine Spur gerissen, soweit man derartige Attribute Tieren anrechnen konnte, ohne sie damit zu vermenschlichen.

»Wir müssen schnell sein«, sagte der Hundebesitzer gerade, und David riss den Blick von Willy, dem Hund, los und maß nun sein Herrchen. Manchmal sehen sich Haustier und Herrchen ja sehr ähnlich, aber zu Herrn Bäumlers Glück war das in diesem Fall nicht so. »Willy wird der Spur, wenn er sie noch wittern kann und der Verdächtige wirklich der Täter ist, wie ein Wirbelwind folgen, nicht wahr, Willy?« Er tätschelte den Kopf des Tiers, das nun eine lange dünne Zunge zur Seite herausbaumeln ließ. »Dabei dürfen wir dich nicht stören, nicht wahr? Wir müssen genauso schnell sein wie du. Feines Kerlchen!« Wieder wurde der faltige Kopf getätschelt, die Runzeln, die Lefzen, die Zunge und die Ohren erbebten.

David spürte Olivers Blick auf sich und drehte den Kopf. Sein Kollege sah ihn mit einem hämisch amüsierten Grinsen an, das beinahe kein Grinsen war, weil die Augen vielmehr angewidert wirkten. Er hielt einen gebührlichen Abstand zu dem Tier und hatte es bis jetzt noch kein einziges Mal angefasst. David dachte, dass Oliver womöglich ein wenig Furcht vor dem Hund hatte, der ihm ja doch bis über die Hüfte reichte. Willy hatte eine Widerristhöhe von siebzig Zentimetern.

Er zuckte in Olivers Richtung leicht die Schultern und hielt Mark Bäumler den Asservatenbeutel mit dem Hemd hin, das sie vor weniger als einer dreiviertel Stunde aus Paul Hernagels Korb mit der ungewaschenen Wäsche genommen hatten.

»Fangen wir an, bevor die Spur wirklich kalt wird«, sagte David und fügte in Gedanken hinzu, dass er noch einmal auf die Dienststelle zurück musste, das auch noch, um sich nach den neuesten Entwicklungen zu erkundigen und um entscheiden zu können, ob er heute Nacht überhaupt nach Hause fuhr.

»Na sicher«, sagte Mark Bäumler, der trotz der späten Stunde einen heiteren Ton anschlug. Er schien überaus glücklich mit seiner Berufswahl und geradezu darauf aus zu sein, seinen Willy zum Einsatz zu bringen und dabei allen Unwissenden wie Wissenden sämtliche Details über das Mantrailing und über diese Rasse angedeihen zu lassen. Sie standen schon geschlagene fünfzehn Minuten hier herum. Was anfangs nur ein rasches Briefing hätte sein sollen, war nahe daran, eine Lehrstunde zu werden. Dabei war es Bäumler selbst, der sie mehrfach auf den Umstand hingewiesen hatte, dass es wahrscheinlich zu spät war, dass zu viel Zeit verstrichen war.

Der Hundetrainer öffnete den Verschluss des Beutels und blickte noch einmal in die Runde, sah von Gesicht zu Gesicht. »Machen Sie sich bereit«, sagte er währenddessen. »Sobald Willy die Schnauze aus dem Beutel nimmt, geht's los.«

David nickte einem der drei Beamten zu. »Sie folgen uns wie abgemacht mit dem Wagen. Wir bleiben via Funk in Verbindung.«

Der Mann rannte im Laufschritt quer über den Spielplatz davon. David sah ihm nach, und als der Mann in den am Bordstein geparkten Streifenwagen eingestiegen war, nickte er dem Hundeführer zu.

»Toi, toi, toi, Willy«, sagte David, während Bäumler den Beutel nach unten hielt und Willy seine Schnauze darin versenkte, zu schnüffeln anfing und dabei immer wieder laut schnaubte.

Der Ast traf Tizian am Hinterkopf und bewirkte, dass derselbe mit einem grässlichen Gefühl im Nacken nach vorn schnellte. Der Kopfhörer rutschte von seinen Ohren und fiel auf die Oberseite der Bass-Drum. Seine Hand wurde nach vorn gezwungen, der rechte Schlagzeugstock schrappte über die Oberfläche der Hänge-Tom. Aus dem Kopfhörer, der mittlerweile auf dem Boden lag, war ein ätzendes, lautes Knallen zu hören.

Oh Scheiße, dachte Tizian, meine Tom!

Er schüttelte den Kopf, in dem es klingelte und dröhnte, und sofort breitete sich ein flammender Schmerz in Nacken und Schädeldecke aus. Er wollte die Tom in Augenschein nehmen, doch sein Blick flimmerte, als hätte jemand eine schummrige Lichtshow in seinem Schädel angeschaltet.

»Was zum …«, setzte er an, dann folgte der nächste Schlag.

Diesen hatte Tizian allerdings kommen sehen. Nun ja, nicht buchstäblich *kommen sehen*, immerhin wurde er hinter seinem Rücken ausgeführt, ganz zu schweigen von seinen momentanen Sehproblemen. Er *ahnte* ihn.

Tizian Wolff hatte neun Jahre mit einer sehr eigentümlichen Ausbildung verbracht, neun ganze Jahre lang, und dazu hatten Angriffe wie diese gehört, die aus dem Nichts kamen (die *Reiz-Reflex-Konditionierung* hatten sie es genannt). Ein solches Training reaktivierte oder verbesserte gewisse Instinkte, die im modernen Menschen begraben lagen oder nur sehr notdürftig ausgeprägt waren, förderten sie zutage und kultivierten sie. In Tizians Fall waren sie dergestalt kultiviert, dass es für Unwissende manchmal nach einer übersinnlichen Fähigkeit aussah, was allerdings schlichtweg keine war. Außerdem war er nun wirklich nicht sehr gut darin, weder damals noch heute, da gab es ganz andere Kaliber von geschulten Leuten.

Tizian ahnte den nächsten Schlag. Der erste war gegen seinen Kopf geführt worden, von rechts nach links, von einem Rechtshänder also. Der nächste Schlag würde ebenfalls von rechts kommen. Darum wich er nach links und nach hinten aus, lehnte sich so weit zurück, dass er fast vom Hocker fiel und sah den Ast (da hingen noch Zweige und Blätter dran) über sich hinwegsausen. Er hörte sogar, wie er durch die Luft zischte. Etwas rieselte auf sein Gesicht hinunter, feine Splitter der Rinde. Neben ihm stand breitbeinig eine Gestalt in schwarzer Kleidung.

Weg hier vom Schlagzeug, dachte Tizian durch den Schmerz in seinem Kopf, bevor es in Trümmer geschlagen wird.

Er blieb in der Position, halb liegend, stemmte beide Fersen gegen den Boden und schob sich nach hinten weg. Wie gehofft kippte damit der Hocker um und mit ihm Tizian. Während er rückwärts fiel, schnellten seine Hände nach oben und umgriffen den Ast, hielten ihn fest und rissen ihn mit sich. Seine Finger schrammten ein Stück weit über die unebene Oberfläche, er spürte, wie er sich Splitter in die Haut zog und wie ein paar der Zweige an der feinen, dünnen Hautfalte zwischen den Daumen und Zeigefingern zerrten, sie verletzten, während sie brachen und auf ihn fielen.

Verfluchtes Miststück, dachte er, und er war selbst überrascht, bemerkt zu haben, dass er es mit einer Frau zu tun hatte. Sie machte kaputt, was ihm am wichtigsten war: sein Schlagzeug und seine Hände, die aufeinander angewiesen waren.

Tizian schlug hart mit dem Rücken auf dem Dielenboden auf und rutschte ein kleines Stück weit, krachte aber nicht gegen den Küchenblock, wie er befürchtet hatte. Den Ast hielt er noch immer fest, als hinge sein Leben davon ab – was wahrscheinlich auch der Fall war. Das Manöver zeitigte Wirkung. Die Frau klammerte sich genauso eisern an den Ast, was zur Folge hatte, dass sie strauchelte und ebenfalls stürzte. Tizian ließ den Ast sofort los und riss die Arme nach oben, um seinen Kopf zu schützen, dabei streckte er der Frau die Ellbogen entgegen. Diese bohrten sich in ihre Rippen, er hörte, wie ihr keuchend die Luft aus den Lungen wich.

Das ist für meine Tom, Miststück, dachte Tizian.

Er stieß sie von sich, warf sich herum und suchte nach dem Ast. Der lag auf der Schwelle zur Nasszelle, war bis dorthin gerollt oder geflogen, das hatte Tizian nicht mitbekommen. Er wollte auf die Beine springen, da trat sie mit beiden Füßen nach ihm, erwischte ihn mit den Fersen am unteren Rücken, genau dort auf der Lendenwirbelsäule, wo der Ischias begann und sich ein Nervengeflecht befand. Ein Feuerregen breitete sich über seinen Rücken und seine Beine hinunter aus, Tizian schrie auf und war für mehrere Sekunden außerstande, irgendetwas anderes zu tun als Schmerzen zu empfinden.

Soviel zu deiner hervorragenden Ausbildung in Sachen Reiz-Reflex-Konditionierung, dachte er am Rande. Warum hast du nie ernsthaft geübt und gelernt, du blöder Idiot?

Ihm erging es, wie es so vielen anderen auch erging: In der Jugend hatte er nicht ernst genommen, was man ihm hatte beibringen wollen. Er hatte es für Blödsinn gehalten, aber nicht, weil er sich den Erwachsenen überlegen gefühlt hatte (was gewisse Kleingeister gern der Jugend andichten), sondern weil er die Ausbildungsschwerpunkte nicht hatte begreifen können. Er hatte einfach keinen Grund dafür gesehen, die Reflexe zu schulen, und in vielen anderen Disziplinen war es genauso gewesen. Ihm hatten die Erfahrungen gefehlt, die deutlich machten, dass nichts von dem Unterricht nur Theorie war, die Erfahrungen, die schnelle Reflexe in den Kontext einer realen Situation stellten, in der es auf sie ankam, weil sie über Leben und Tod bestimmten. Im Prinzip war nicht der jugendliche Tizian daran schuld, sondern seine Lehrer, die offenkundig unfähig gewesen waren, ihm diese Bezüge näherzubringen.

Heute verstand er. Heute, da ihm ständig die plappernde Stimme in seinem Kopf dazwischenfunkte (die ihn an sein Schlagzeug erinnerte, ihn fluchen ließ, die ihn auf so irrelevante Dinge wie seine Ausbildung hinwies, die er vermasselt hatte). Diese Stimme war viel zu laut und viel zu penetrant, und sie übertönte die viel wichtigere Stimme seiner Intuition. Sie legte sich wie eine Schallschutzwand zwischen sein Bewusstsein und die intuitive Geistesgegenwärtigkeit, in die man eintaucht, wenn man völlig im Hier und Jetzt verankert ist.

Er sackte in die liegende Haltung zurück, das Flimmern der weißen Lichtershow in seinem Kopf setzte wieder ein. Wie ein Käfer auf dem Rücken tastete er mit den Händen herum, dabei versuchte er vergeblich, ein Hohlkreuz zu machen, um die schmerzende Stelle zu entlasten (was sich als noch schmerzhafter entpuppte).

Im nächsten Augenblick war sie plötzlich über ihm. Sie wollte mit ihren Knien seine Arme zu Boden drücken und sich rittlings auf ihn setzen, aber diesmal funktionierten Tizians Reflexe doch wieder etwas besser. Er erkannte die List früh genug, und wenn er sich ihr auch aufgrund der Schmerzen im unteren Rücken und in den Beinen nicht entwinden konnte, so konnte er wenigstens seine Hände ihrem Griff entreißen und sie über den Kopf heben. Sie plumpste zwar auf ihn, aber er hatte die Arme frei.

Verschwommen sah er ihre Umrisse, eine schlanke Frau in engen schwarzen Klamotten und mit zusammengebundenen Haaren. Tizians Hände zuckten vor, glitten über ihr Gesicht und umgriffen schließlich ihren Hals, und dann drückte er fest zu.

Sein Blick begann sich zu klären, während er langsam mit dem Oberkörper in eine sitzende Position hochkam. Die Konturen wurden klarer, das unscharfe Ineinanderfließen der Farben fügte sich zu einem sinnvollen Bild zusammen.

Heilige Scheiße, dachte Tizian, als er die Frau erkannte.

»Du!«, sagte er.

Im gleichen Augenblick spürte er etwas sehr Hartes und sehr Kaltes, das sich auf Höhe seines Herzens gegen seine Brust drückte. Das anschließende Geräusch kannte er nur zu gut.

Sie hielt ihm seine Dienstwaffe an die Brust. Und sie hatte sie gerade eben entsichert.

Er ließ ihren Hals los.

Willy schnüffelte, schnaubte, schnüffelte, schnaubte. Er nahm die Schnauze aus dem Beutel und wandte sich von seinem Herrchen ab, ohne ihn noch einmal anzusehen. Unverzüglich fing er an, über den Spielplatz zu laufen, zuerst zu dem Sandkasten, der sich unmittelbar neben ihnen befand und der diesen Namen eigentlich nicht mehr verdiente.

Bäumler gab Leine und lief dem Tier nach. Die Leine war an die zehn Meter lang, vermutete David, und wie es aussah, brauchten sie diese Länge auch. Willy legte tatsächlich ein strammes Tempo vor, sie musste ihm im Laufschritt folgen.

Mit der Schnauze auf halber Höhe – Willy senkte dafür den Hals etwas, seine Nase erreichte aber nie den Boden – lief er einmal um das Quadrat herum, das im Grunde nur noch aus vermoderten Holzleisten bestand, hielt anschließend den Kopf nach oben, als wollte er abschätzen, wie in der Nacht das Wetter werden würde, bevor er zu dem Kreisel hinübersprintete. Der hatte seine besten Jahre genauso hinter sich wie der Sandkasten. Er hatte arge Schlagseite, die hölzerne Bodenfläche hatte sich so weit ins Erdreich eingegraben, dass sie eigentlich schon Teil des Rasens war. Auf der anderen Seite stand die Scheibe nach oben, und in dem Hohlraum, den sie dadurch erzeugte, lagerten Mülltüten und anderer Unrat. David sah sogar einen kleinen Röhrenfernseher mit eingeschlagener Glasscheibe.

Willy hob die Vorderpfoten auf die Eisenstange, die um den Kreisel wie eine Balustrade herumverlief, und in der nächsten Sekunde war das Gerät für ihn schon wieder vergessen, und er rannte endlich zur

Schaukel. Sein Gesicht wandte sich dabei einmal der Rutsche zu, aber die schien ihn auch nicht weiter zu interessieren.

Mark Bäumler warf David einen vielsagenden Blick zu, während sie hinter dem Hund herrannten.

Willy der Mantrailer blieb mittig vor der Schaukel stehen, die Schnauze leicht nach oben gereckt, und dann schüttelte er sich erst einmal ausgiebig. Eine Schauerwelle lief über sein kurzes, braunschwarzes Fell, angefangen beim Kopf bis hinab zum spitzen Schwanz. Der Hund warf einen Blick zurück, sah seinen Hundeführer Bäumler hinter sich stehen, wandte sich wieder der Schaukel zu.

Zum ersten Mal senkte sich seine Schnauze gen Boden, hob sich aber sofort wieder. Willy ging zielstrebig zum linken Schaukelsitz, schnupperte, und dann roch er erneut am Boden, just auf der Stelle, an der sich die Fersen der Leiche in die Erde gestemmt hatten.

Daraufhin rannte er einmal um das ganze Gerüst herum, sodass Bäumler ihm mit der Leine folgen musste, damit sich die nicht im Gestell verhedderte, bevor Willy wieder vor der Schaukel ankam, stehenblieb, mit dem Schwanz wedelte und mit heraushängender Zunge zu seinem Herrschen aufschaute.

David dachte, der Hund sah aus, als wollte er sagen: Das war lustig! Bekomme ich jetzt eine Belohnung? Oder machen wir das noch einmal?

Mark Bäumler tätschelte Willys Kopf. Die Lefzen, die Hautfalten und die heraushängende Zunge schlackerten. Das Tier bekam ein Leckerli, das Bäumler aus der Brusttasche seiner Jacke nahm und das Willy innerhalb eines Sekundenbruchteils hinunterschlang, ohne zu kauen, wie es schien.

»Sorry«, sagte Bäumler. »Da ist keine Spur. Wenn Sie mich fragen, war der Verdächtige nicht einmal hier. Willy hat überhaupt nicht angeschlagen, falls Ihnen das aufgefallen ist. Ich meine, selbst wenn die Spur schon kalt ist, weil zu viel Zeit vergangen ist, hätte Willy doch irgendwo anschlagen müssen, wenn der Verdächtige hier gewesen wäre. Hat er aber nicht.« Bäumler sah David bedauernd an, und dann fügte er rasch hinzu: »Auf Willy ist Verlass.«

»Sicher«, erwiderte David. »Wie zuverlässig ist Ihre Vermutung, dass der Verdächtige nie hier war?«

Bäumler zuckte die Schultern. »Schon sehr. Aber das ist halt trotzdem kein Beweismittel, nicht mal ein Indiz, hat vor Gericht nicht Bestand. Sie müssen wohl andere Wege finden, um das zu verifizieren.«

»Wie hätte es ausgesehen, wenn … der Hund angeschlagen hätte?«, fragte Oliver, der weiterhin Abstand zu *dem Hund* hielt.

»Willy wäre energisch und unbeirrt der Spur gefolgt«, erklärte Bäumler. »Kein Herumlaufen auf dem Spielplatz, mal hier, mal da schnüffeln, nichts davon. Willy hat immer wieder versucht, die Spur aufzunehmen, und weil ihm das nicht geglückt ist, hat er Runden gedreht, auf der Suche nach der Spur. Als er vorhin geradewegs auf die Schaukel zu ist, da dachte ich kurz, er hätte die Fährte jetzt, aber na ja.« Wieder zuckte Bäumler die Schultern.

David wandte sich ab und blickte über den Spielplatz gen Straße. Enttäuschung machte sich in ihm breit. Unbewusst hatte er gehofft, der Hund könnte sie zum Abschluss des Falles führen, und wenn nur einige Meter weit, nur so weit, dass sich irgendwo eine städtische Kamera fand, mit deren Aufnahmen sie weiterkommen könnten.

Er winkte dem Beamten im Streifenwagen zu, hob das Funkgerät an die Lippen und teilte dem Mann mit, dass die Sache gelaufen war und er nicht länger im Auto warten musste.

Danach sah er Oliver an. »Dann eben auf die altbewährte Tour«, sagte er zu ihm. »Gehen wir und unterhalten uns noch mal mit Hernagels Eltern.«

Woraus sich David eigentlich gar nichts versprach, weil die erste Vernehmung schon nichts erbracht hatte. Die Eltern hatten gesagt, sie hätten ihren Sohn seit drei Wochen weder gesprochen noch gesehen, und dabei hatten sie wohl einen entsprechenden Eindruck bei Davids

Kollegen hinterlassen, sodass diese gemeint hatten: »Die halten nicht viel von ihrem eigen Fleisch und Blut«.

»Das kann doch bis morgen warten«, raunzte Oliver. »Die entscheidenden sechsunddreißig Stunden sind schon vorüber, und ob wir jetzt gleich erfahren, dass die Tattergreise nichts darüber wissen, was ihr Bengel treibt, oder ob sie das uns erst morgen sagen, spielt doch keine Rolle mehr.« Er deutete mit einem Naserümpfen auf Willy. »Der Hund ist auf meiner Seite, er sagt auch, dass wir Hernagels Täterschaft noch mal überdenken sollten. Lass uns das morgen Früh in aller Frische machen. Gehen wir die Fakten morgen bei einem Kaffee noch mal durch.«

Oliver setzte diesen Blick auf, der David klarmachen sollte, dass er der erfahrenere Kommissar war, Ermittlungsleitung hin oder her.

David wägte ab, und er war sich durchaus im Klaren darüber, dass ihn neben Oliver sowohl die drei Polizisten – der aus dem Streifenwagen war inzwischen zu ihnen zurückgekehrt – als auch Mark Bäumler beobachteten.

Herausgeschabte Augen, dachte er. Sie warteten noch auf das Täterprofil, aber David war sich sicher, dass das eine Beziehungstat war. Die Stromschläge allein zeugten von einer gewissen Distanz, zweifellos, die ausgeschabten Augen allerdings – die Brutalität, mit der sie ausgekratzt worden waren – schienen persönlicherer Natur zu sein, ähnlich wie Messerstiche. So gesehen passte Paul Hernagel ins Profil, und trotz Willy und den Ausführungen seines Hundeführers war David noch nicht bereit, den Ex-Freund der Toten als Verdächtigen zu streichen.

Er musste sich eingestehen, dass er trotz seines Bedürfnisses, nach Hause zu kommen, Marlies und Emil in die Arme zu nehmen und einfach nur ins Bett zu fallen, dennoch einen ungebändigten Ansporn empfand.

David wollte das Monster, das einem Menschen die Augen herausschabte, so schnell wie möglich einfangen.

Mach einen Kompromiss daraus, dachte er, und er fühlte sich bei diesem Gedanken schlau und überlegen, verdrängte die Tatsache, dass er schlicht Angst vor Olivers Ablehnung hatte.

David machte gerade den Mund auf, um vorzuschlagen, dass Oliver in den wohlverdienten Feierabend nach Hause fahren und statt ihm einer der Beamten David begleiten sollte, als das Klingeln seines Handys ihn davon abhielt.

Scheiße, dachte David, nahm das Gerät aus der Hosentasche seiner Jeans und sah aufs Display. Wenn es Marlies war, würde er den Anruf wegdrücken und sie später zurückrufen. Aber es war nicht Marlies. Es war die Dienststelle, sein Büro.

Oh Scheiße, dachte er noch einmal, dann hob er ab. David lauschte eine Weile, dabei fiel sein Blick, der sich zunehmend entsetzter ausnahm, auf Oliver. Er spürte, wie ihm das Blut aus dem Gesicht wich.

»Ja, machen Sie das«, sagte er abschließend, legte auf und ließ das Smartphone mit der Hand sinken. Davids Blick ruhte nach wie vor auf Oliver.

»Der Feierabend ist gestrichen«, sagte er zu seinem Kollegen. »Wir haben eine weitere Leiche mit Glasaugen.«

»Wo warst du so lange?«, fragte die Frau vorwurfsvoll. »Ich habe dich so vermisst!«

Die Pistole war nach wie vor auf Tizians Brust gerichtet, wenngleich sie den Lauf etwas zurückgenommen hatte. Tizian ließ sich wieder zurückfallen, sein Kopf und sein Rücken pochten jetzt dumpf, und als er eine Hand an die Stelle legte, wo ihn der Ast getroffen hatte, spürte er eine Beule. Blut blieb nicht auf seinen Fingern haften. Wenigstens das.

»Du verrücktes Miststück«, sagte er, »geh runter von mir.«

Zu seinem Erstaunen gehorchte sie. Sie stand auf, umgriff die Pistole jetzt mit beiden Händen und hielt sie weiterhin auf ihn gerichtet, die Mündung zeigte auf seinen Kopf. Sie machte zwei Schritte nach hinten, weg aus seinem Radius, und lächelte dabei.

»Setz dich auf, aber bleib gefälligst am Boden sitzen«, befahl sie. Ihre Stimme war rau wie die einer Frau, die jahrzehntelang geraucht hatte. Rau, aber auch melodiös und auf verstörende Weise kalt. »Du unternimmst besser keinen weiteren Versuch, dich zu wehren, sonst drücke ich ab. Du weißt, dass ich das tun würde. Stimmt's?«

Tizian setzte sich auf, ließ sie dabei nicht aus den Augen. Er lehnte sich gegen das warme Holz des Küchenblocks und drückte sich die rechte Hand in den Rücken, von dem weiterhin ein dumpfer Schmerz in die Beine ausstrahlte.

»Stimmt's, habe ich gefragt!«, hakte sie nach, und in ihre stark geschminkten Augen mit den aufgemalten Brauen darüber trat ein gefährlicher Glanz, ein wildes, ja irres Leuchten, das ihre Freude an der Situation verriet.

»Ja«, beeilte Tizian sich zu sagen. »Ja, verdammt noch mal, das weiß ich.« Er nahm die Hand vom Rücken, hob den linken Arm und deutete auf eine der Narben knapp oberhalb des Ellbogens, münzgroß und hässlich verwachsen. Tizian drehte den Arm und offenbarte eine ähnliche Narbe, nur dass diese etwas größer war, aber ansonsten genauso hässlich. Die Zeugen eines glatten Durchschusses.

»Und wie ich das weiß«, fügte er hinzu. »Wäre nicht das erste Mal.«

Sie verzog die blutrot geschminkten Lippen zu einem zufriedenen Lächeln. »Das ist ein schönes Andenken. Ich wünschte, ich hätte auch so eines von dir.«

»Gib mir die Waffe, dann schenke ich dir eins. Wie wär's mit einem auf der Stirn?«

Sie lachte, doch dabei wandte sie in keiner Sekunde den Blick von ihm ab, selbst die Pistole in ihren Händen blieb unverwandt auf ihn gerichtet. »Das bringst du in tausend Jahren nicht fertig.«

Nun nahm sie die linke Hand von dem Griff, tastete hinter sich und zog etwas aus der Gesäßtasche ihrer pechschwarzen, enganliegenden Röhrenjeans. Sie warf es ihm in den Schoß.

Tizian blickte auf die Handschellen hinab und legte die Stirn in tiefe Falten. Mit dem Zeigefinger fuhr er in einen der beiden offenen Bügel und hob die Schellen vor sich in die Höhe. Sein Blick ruhte einen Moment darauf, dann sah er die Frau wieder an.

»Im Ernst?«, fragte er. »Plüsch-Handschellen?«

»Das Richtige für ein Weichei«, entgegnete sie. »Ich dachte mir, Rosa stünde dir gut. Außerdem bin ich auf die Schnelle an nichts anderes herangekommen.« Sie hob die feinen aufgemalten Striche, die ihre Brauen sein sollten. »Leg sie an. Aber bitte auf dem Rücken.«

Tizian seufzte, schloss einen Bügel um das linke Handgelenk, beugte sich nach vorn und verschloss den anderen am Rücken. Als sie vorsichtig zwei Schritte in seine Richtung machte, um nachzusehen, ob die Handschellen richtig saßen, wägte Tizian seine Chancen ab, aber die Mündung seiner Dienstwaffe war nach wie vor auf seinen Kopf gerichtet.

Diese Frau war verrückt, deshalb unternahm er nichts. Sie würde abdrücken, und zwar ohne zu zögern.

Er betrachtete sie, während sie in die Ausgangsstellung zurückkehrte. Sie war noch dünner als vor acht Jahren, als er sie das letzte Mal besucht hatte. Selbst durch die Jeans sah man ihre Hüftknochen, die Rippen zeichneten sich bei gewissen Bewegungen deutlich unter dem engen Topp ab. Ihre Brüste waren nichts weiter als zwei kleine Erhebungen unter den Schlüsselbeinen, die Oberschenkel so schmal wie Tizians Unterarme.

»Geben sie dir in der Klinik nicht genug zu essen?«, fragte er und sah ihr ins Gesicht, das schön hätte sein können, wenn es nicht derart mit Schminke verunstaltet gewesen wäre, und wenn sich die Emotionslosigkeit nicht bereits in die Züge gegraben hätte; ganz zu schweigen von der Halbglatze, den millimeterkurz geschorenen Haaren auf ihrem

Kopf, was er fälschlicherweise anfangs für eine zusammengebundene Frisur gehalten hatte.

Sie grinste gekünstelt. »Du siehst auch nicht gerade wie das blühende Leben aus. Du pumpst dir immer noch diese Scheiße in die Venen, ich kann es an deinen Augen sehen.« Sie schnalzte mit der Zunge. »Armer Süchtling.«

»Wie bist du aus der Psychiatrie entkommen?«, hielt er dagegen.

»Ich habe lange Finger.« Sie streckte die linke Hand aus und bewegte die Finger. »Außerdem sind die Psychiater und Pfleger fette Schwachköpfe. Wenn man das alles addiert, kommt unter dem Strich ein einfaches Herausspazieren aus dem Personaleingang heraus.«

Tizian seufzte. »Zum Teufel, Rosa«, sagte er, und jetzt klang seine Stimme bitter. »Warum machst du so einen Scheiß? Wenn du dich nur an die Regeln halten könntest …«

»Nenn mich nicht so!«, schrie sie und sprang unvermittelt einen Schritt auf ihn zu, packte die Pistole wieder mit beiden Händen und drückte ihm die Mündung an die Stirn. »Nenn mich noch einmal so, und ich verpasse dir ein zweites Arschloch, du Arschloch! Du hast gut reden! Du mit deiner kuscheligen Schwuchtelkindheit, deinen beschissenen Schwuchteleltern und deinem ehrenvollen Schwuchteljob! Was weißt du denn schon!«

Obwohl sie brüllte und ihm ihr Speichel ins Gesicht flog, obwohl der Finger am Abzug zitterte, war der Ausdruck in ihren dunklen Augen bar jeden Gefühls. Sie besaß heute wie damals die Augen eines Raubtiers – die einer hungrigen, zum Angriff bereiten Raubkatze.

Sie ließ die Pistolenmündung von der Mitte seiner Stirn zur Schläfe hinabwandern, presste sie so fest an seinen Schädel, dass es wehtat. Sie kam noch näher, sodass ihre Stirn seine berührte und sie Tizian aus wenigen Millimetern Entfernung in die Augen blickte.

»Ich heiße Tita Lupardus«, flüsterte sie. »*Tita – Lupardus.*«

Dies war seine leibliche Schwester, sehr wohl, doch sie wussten erst seit elf Jahren voneinander. Bevor Tizian für das Bundeskriminalamt rekrutiert worden war, hatte sein Mentor Recherchen über das Waisenkind angestellt, und kurz vor Beginn seiner Ausbildung hatte Tizian von seiner jüngeren Schwester erfahren. Über seine Mutter, die augenscheinlich nicht ganz normal im Kopf gewesen sein konnte (wer nannte seine beiden Kinder schon Titus und Tita Lupardus?) hatten sie nichts ausgraben können. Sie wussten nur, dass sie Prostituierte und wahrscheinlich drogenabhängig gewesen war, denn sie starb ein Jahr nach Titas Geburt an einer Überdosis. Über Tita, die nach ihrer ersten Adoption von ihren Adoptiveltern Rosa getauft worden war und damit deren Nachnamen bekommen hatte, Hartmann, konnten sie Tizian allerdings aufklären.

Rosa Hartmann schien den Irrsinn, der anscheinend in der Familie lag, ebenfalls in den Genen zu haben. Mit fünf Jahren erwürgte sie mit bloßen Händen ihr Meerschweinchen, woraufhin die Hartmanns das Handtuch warfen. Sie kam in ein Kinderheim. Dort ging ihre Karriere weiter. Jedes Tier, dessen sie habhaft wurde, ermordete sie, und dabei testete sie verschiedene Folter- und Tötungsmethoden. Die Kinder in ihrer Umgebung waren vor den Folterungen ebenfalls nicht sicher, aber zumindest brachte sie sie nicht um. Jedenfalls noch nicht.

Rosa fühlte sich von dem Inneren von Lebewesen wie magisch angezogen. Sie tötete die Tiere nicht nur, sie sezierte sie. Rosa zerlegte sie Stück für Stück, anfangs unbedarft und eher triebhaft. Während andere Kinder die Geschenke, die sie zum Geburtstag und zu Weihnachten bekamen, aus den Verpackungen rissen, so riss Rosa die toten Tiere auf und freute sich jedes Mal über den Anblick, den Geruch und die Besonderheiten der Gedärme.

Schon bald wurde ihr klar: Dies war ihre Welt. Und bald darauf wurde dem durchaus intelligenten neunjährigen Mädchen noch etwas anderes klar: Ihre Welt war für alle anderen Menschen unerreichbar.

Sie hatten keinen Zugang zu der Freude und dem Mysterium, in das Eingeweide, Blut und ausgelöschte Lebendigkeit Rosa hüllten.

Das Mädchen fing an, ihr Hobby in Einsamkeit und Abgeschiedenheit weiterzuführen, und sie wurde zunehmend einfallsreicher, was ihre Ausreden und die Möglichkeiten der Kadaververnichtung anging.

Auf ihren Wanderungen in die Wälder rund um Regensburg sammelte sie Blätter und Blumen und trocknete sie zwischen Buchseiten, um sie anschließend in ein mit rosa Herzen verziertes Album zu kleben. Von dem spärlichen Taschengeld, das sie im Waisenhaus erhielt, kaufte sich Rosa gebrauchte Handbücher über die heimische Pflanzenwelt, und von dem Geld, das sie einigen Mädchen aus dem Heim und den Kindern aus ihrer Schule abnahm, erstand sie weit mehr Literatur über die Anatomie von Mensch und Tier sowie über Autopsien und schließlich ein altes, verrostetes Skalpell.

Wann immer sich ein Moment als günstig erwies, zeigte sie ihr Album mit den getrockneten Blumen und Blättern allen Erwachsenen, mit denen sie in Kontakt stand. Dabei plapperte sie ununterbrochen, blätterte durch die Handbücher, klärte die Leute darüber auf, welche Sorten und Arten ihr noch fehlten, wo sie welches Blatt und wo welche Blume gepflückt hatte, so lange, bis selbst der interessierteste und hartgesottenste Lehrer oder Erzieher die Schnauze voll hatte und dem Mädchen mit seinem Album aus dem Weg ging. Dabei machte Rosa stets ein aufgeregtes, glückliches Kleines-Mädchen-Gesicht.

Diesen Gesichtsausdruck täuschte Rosa nicht vor. Tief innen empfand sie diese Entzückung tatsächlich, wenngleich sie nicht auf die Trockenpflanzen zurückzuführen war. Sie rührte von dem, was Rosa tat, wenn sie tief in den Wäldern angekommen war und aufhörte, irgendwelchen Unrat am Wegesrand zusammenzuklauben.

So viel Spaß die kindlichen Obduktionen ihr auch machten, so fand Rosa es irgendwann nicht mehr vertretbar, die kostbaren Tierleichen einfach im Wald liegen zu lassen, wie sie es bisher gemacht hatte. Sie war inzwischen zehn Jahre alt und hatte das verrostete Skalpell gegen ein ganzes Edelstahl-Set ausgetauscht, das eigentlich für den Bastelbedarf gedacht war. Es schien ihr nicht nur ein Frevel zu sein, die Kadaver zurückzulassen, es wurde auch gefährlich. Sie erzählte allen, woher sie die Pflanzen hatte, und wer konnte schon sagen, ob ihr nicht irgendwann jemand auf diesen Pfaden folgte und die autopsierten Tiere fand?

Rosa fing an, die Leichen zu vergraben. Als es kurz darauf Herbst wurde und bald so kalt, dass der Boden gefror, stand sie wieder vor demselben Problem.

Die zündende Idee hatte sie, als sie auf einem ihrer Heimwege an einer Schweinezucht vorbeikam. Rosa stand lange an einem der Gatter und beobachtete die freilaufenden Tiere. Zuerst drehten sich ihre Überlegungen ausschließlich darum, wie sie an eines der Viecher – insbesondere an eines der süßen Ferkel – herankommen könnte, um es auseinanderzunehmen. Ein Schwein fehlte noch auf ihrer Liste. Sie hatte gehört, dass Schweine genauso intelligent wie Hunde seien, und Hunde lockte Rosa an, indem sie ihnen etwas zu fressen hinhielt. Sie überlegte, was Schweine wohl gern fraßen, und erinnerte sich unvermittelt an einen Film, den sie heimlich mit einem der Mädchen aus dem Heim angeschaut hatte. Darin hatten Gangster Leichen an Schweine verfüttert.

Von nun an führte Rosas Heimweg immer an der Schweinezucht vorbei, und jedes Mal stahl sie sich auf das Anwesen und warf die Kadaver in die Tröge. Irgendwann, als sie sich gerade hinausstehlen wollte, erwischte sie natürlich der Landwirt, aber diese Gefahr hatte Rosa vorhergesehen und entsprechend im Kopf durchgespielt.

Sie präsentierte ihm ihr Pflanzen-Album, lächelte mädchenhaft, kicherte viel, entschuldigte sich mehrfach, beichtete ihre Liebe zu Schweinen, vor allem zu den süßen Ferkeln, und zum Schluss (der bärbeißige Mann war bis dahin noch nicht so recht auf sie angesprungen) erzählte sie, dass sie Waisenkind war und sich sehr einsam fühle. Der Landwirt gab sich geschlagen und erlaubte ihr den Zutritt auf die Farm, wenn sie nur keinen Unsinn mache, die Tiere nicht aufrege – und sie nicht füttere. Rosa versprach es hoch und heilig und hatte dabei Tränen in den Augen, echte Tränen, schlicht vor Erleichterung.

Recht schnell war Rosa auf der ganzen Schweinezucht bekannt, die Säue rannten ihr schon entgegen, wenn sie nur den Weg entlangkam, und die Angestellten und die Bäuerin schlossen das Mädchen mit der Stupsnase und den niedlichen blonden Locken ins Herz. Sie musste sich nicht mehr verstecken und konnte sich frei bewegen, nach Lust und Laune die Leichen loswerden, und danach bekam sie von der Bäuerin stets einen heißen Kakao und Kekse oder Kuchen.

Einige Zeit, bevor ihr das Glück in Form von gefräßigen Schweinen in den Schoß fiel, hatte Rosa ausreichend Geld beieinander, um sich das Skalpell-Set zu kaufen. Künstler benutzten die scharfen Chirurgenmesser, um verschiedene Materialien zu schneiden und zu modellieren, bei denen es auf Präzision ankam. Eine furchtbare Entweihung, fand Rosa, wobei sie dennoch dankbar dafür war, denn wie hätte sie sonst an das Set kommen sollen? Als sie sich in dem Geschäft umsah, hatte sie einen weiteren Geistesblitz.

Das zweite große Problem, das sie seit einer Weile belastete, war der Umstand, dass sie bereits ungezählte Tiere autopsiert hatte, die einzelnen Schritte sowie die Ergebnisse aber nur unzureichend dokumentieren konnte. Sie schrieb alles nieder, sicher, aber die konkretisierenden Abbildungen fehlten. Einen Fotoapparat besaß sie, den hatte sie einem pickligen Mitschüler abgenommen, aber wie sähe das wohl aus, wenn ein zehnjähriges Mädchen derartige Bilder entwickeln lassen würde? Das ginge nicht gut.

Das Bastelgeschäft beantwortete diese Frage. Rosa Hartmann, geborene Tita Lupardus, wovon sie allerdings noch nichts wusste, verließ es frohgemut und voller Zuversicht.

Von nun an skizzierte sie die Leichen und die Gedärme, merkte aber schnell, dass ihre Zeichnungen mies waren, um es gelinde auszudrücken. Rosa fing deswegen an, diese Fähigkeit zu schulen, und weil das sehr zeitaufwändig war, musste sie es überall tun können, also auch in der Öffentlichkeit und unter den Blicken der Lehrer, Pfleger, Mitschüler und Heimkinder. Als Motive benutzte sie – logischerweise – die gesammelten Blätter und Blumen. Rosa übte tagein, tagaus, man sah sie kaum noch ohne ihren Skizzenblock und die Bleistifte.

Ein weiteres Jahr zog ins Land, ihre Sammelalben wurden immer zahlreicher, die Liste der getöteten und sezierten Tiere immer länger, die Schweinebäuche immer dicker, Rosas Zeichenfähigkeiten immer besser, präziser und realitätsgetreuer … Und ein neues Problem tauchte auf, eines, das sich als weit beträchtlicher erwies als alle vorherigen.

Es reichte ihr nicht länger, nur Tiere auseinanderzunehmen. Rosa verspürte ein triebhaftes Verlangen danach, in einen Menschen hineinzusehen.

Eine Woche vor ihrem zwölften Geburtstag saß sie zeichnend in ihrem Zimmer, und als ihre Mitbewohnerin hereinkam, ein mageres Ding mit dünnen Haaren wie herunterhängenden Spagetti, einer silberglänzenden Zahnspange und der Angewohnheit, ängstlich vor sich hinzukichern, sobald Rosa in der Nähe war, zuckte sie in Gedanken die Schultern.

Warum nicht?, dachte sie, während sie den Blick auf das kichernde Mädchen richtete.

3

Tizian Wolff kannte die Vergangenheit seiner Halbschwester, und das nicht nur aus den Aktenbergen, die ihre Schandtaten dokumentierten. Die Strafverfolgungsbehörden wussten viel, aber sie wussten bei weitem nicht alles.

In einem gewissen Sinn hatte sich David Hedock nicht getäuscht. Tizian verfügte über eine besondere Fähigkeit, die allerdings nicht darin bestand, in die Köpfe der Menschen einzudringen und sich deren Erinnerungen zu eigen zu machen. Es hing vielmehr mit der Art und Weise zusammen, in der die Wahrnehmung seines Gegenübers funktionierte. Unter gewissen Umständen – und dazu gehörte unter anderem Nüchternheit – erhielt Tizian einen sehr tiefgründigen und detaillierten Eindruck davon, *wie* jemand die Welt um sich herum wahrnahm, was wiederum aufzeigte, *was* er sah und *wer* er war. Schließlich ist es die Wahrnehmung, die das erzeugt, was wir die Realität nennen.

Als seine Schwester ihm jetzt aus so kurzer Distanz in die Augen sah, dass er den Blick kaum fokussieren konnte, war Tizian Wolff nicht nüchtern. Er hatte sich auf der Präsidiumstoilette eine Substanz gespritzt, die seine spezielle Fähigkeit vorübergehend lahmlegte. Er war froh darum, denn er hatte Rosa – *Tita* – nicht ohne Grund seit Jahren nicht mehr gesehen.

Er kannte die Eiseskälte, die sich dort in seiner Schwester befand, wo sich bei anderen Seelenqualen, Kümmernisse, Sorgen, aber auch die Freuden, die Fröhlichkeit, das Glück und die Liebe tummelten.

Tizian erinnerte sich an das Gefühl, in einen Schlund zu fallen, auf dessen Grund ein See auf ihn wartete, so arktisch kalt, dass er ihn lähmte und sich das Wasser um ihn herum schloss wie ein Schraubstock, der ihm die Luft aus den Lungen presste.

Er hatte aus diesem eisigen Wasser heraus durch ihre Augen in die Welt geblickt, durch ihre Ohren gehört, durch ihre Nase gerochen und die abnorme Balance gespürt, mit der sie mit beiden Beinen auf dieser Erdenkugel stand, so fest und unerschütterlich wie kein anderer Mensch, dem Tizian je begegnet war. Sie war eine Königin des Gleichgewichts, des inneren ebenso wie des äußeren.

Tita wusste von seiner Fähigkeit, und er hatte die Faszination, die er deshalb auf sie ausübte, wie etwas empfunden, das sich klebrig und gallertartig in ihrem Abgrund – in dem eiskalten Wasser – ausbreitete, blutrot einfärbte und ihn doch um kein einziges Grad erwärmte. Er war für sie ein Spielzeug, bloße Unterhaltung, so wie die Leichen auch, mit dem Unterschied, dass sie ihn nicht aufschneiden konnte, um nachzusehen, wie seine Fähigkeit aussah. Und wahrscheinlich war es dieser Umstand, der ihn für sie so abartig interessant machte: Tita musste einen anderen Weg finden, um in ihn hineinsehen zu können.

Noch etwas harrte in ihrem Inneren, abseits der Eiseskälte, und dieser Sumpf war der Grund, warum sich Tizian keinen Millimeter weit bewegte und sogar die Luft anhielt: Neid.

Sie beneidete ihn für seine Kindheit, für seine Jugend, für seine Ausbildung, und darum hasste sie ihn. Sie missverstand, wer und was Tizian war, denn ihr fehlte jegliche Empathie. Sie hatte nie über die Fähigkeit, mitzufühlen oder mitzuleiden, verfügt. Anstelle dieser Auffassungskraft gab es das arktische Wasser, in dem alle Bitten, Rufe, die guten Zureden, jeder qualvolle Blick ihrer Opfer, jede Träne, jede ihr entgegengebrachte Zuneigung, jede Bestrafung und jeder Schuldspruch – kurzum: *jede Emotion* – jämmerlich ertranken.

Antisoziale Persönlichkeitsstörung, so hatte schon der Psychiater geurteilt, als Rosa zum ersten Mal im Alter von fünfzehn Jahren wegen

Mordes an der Mutter ihres ersten festen Freundes in die Forensische Psychiatrie eingewiesen worden war. Damals wie heute wusste niemand etwas von dem kichernden Mädchen, ihrem ersten Opfer, oder von den fünf anderen Kindern, die sie zwischen ihrem zwölften und fünfzehnten Lebensjahr getötet hatte.

Nur Tizian wusste von ihnen, wusste, wie sie gestorben waren und wie Tita ihre Leichen entsorgt hatte.

Das wusste er, weil Tita ihn abgrundtief hasste, dennoch diese klebrige Faszination verspürte und seine Fähigkeit dazu missbrauchte, um ihm wehzutun.

Und sie tat ihm weh.

Es schmerzte Tizian nicht nur, durch die Eiseskälte ihrer Wahrnehmung in die Welt zu schauen, sondern es schmerzte ihn auch, dass er eine solche Schwester besaß. Er hatte eine aufreibende Jugend hinter sich bringen müssen, eine Jugend voller Depressionen und Überforderungen, an deren Ende die Erlösung in Form jenes Mannes gekommen war, der ihn für das Bundeskriminalamt rekrutiert und ihn über seine Fähigkeit aufgeklärt hatte. Im Schlepptau hatte der Mann nicht nur die Substanz gehabt, die es Tizian erlaubte, diese kräftezehrende, erschöpfende Fähigkeit zeitweilig stillzulegen, sondern auch die Akten, die ihm verrieten, dass er ein Adoptivkind und der Sohn einer Prostituierten war.

Damals hatte Tizian mit seinen Adoptiveltern Monika und Manfred Wolff gebrochen und sich dafür entschieden, etwas Sinnvolles mit seinem restlichen Leben anzufangen. Dieser Sinn schien darin zu liegen, für die Regierung zu arbeiten und seine Fähigkeit zum Wohl der Allgemeinheit einzusetzen. Ein wirklich hehres Anliegen, über das Tizian heute nur noch freudlos lachen konnte.

Inmitten der jugendlichen Idealvorstellungen war die Existenz seiner Halbschwester so dienlich wie ein Eiterpickel im Gesicht eines Models, das sein erstes großes Shooting hat. Dass diese Ansicht über die Maßen egoistisch und rein gar nicht hehr war, erschloss sich Tizian erst, als er das wirkliche Ausmaß des Schicksalsschlages in Fleisch und Blut vor sich hatte, als er seiner Schwester zum ersten Mal gegenübersaß und in den Abgrund ihrer Wahrnehmung stürzte.

Jahre später, während er im Rahmen seiner Ausbildung in der Negevwüste blutend und niedergeschlagen – im wahrsten Sinne des Wortes – auf dem Boden lag, sich den Schweiß aus den sandverklebten Augen wischte und den Tag verfluchte, an dem ihn seine Hurenmutter geworfen hatte, erkannte er, wie geschickt man ihn manipuliert hatte. Aber da war es schon zu spät gewesen.

Sie – jene Leute vom Bundeskriminalamt, die Agenten und Ermittler wie Tizian auswählten und in Ausbildung schickten – hatten ihn zuerst vor der destruktiven Seite seiner Fähigkeit gerettet und so sein Vertrauen gewonnen. Anschließend hatten sie ihn emotional und physisch von allem, was ihm lieb und teuer war (denn *ja*, er hatte seine Adoptiveltern *geliebt*) getrennt, ihm dabei klargemacht, dass er ein Hurenkind mit einer Mörderschwester war, und ihm so den Halt genommen, um ihn zu der Marionette machen zu können, die sie brauchten. Er hatte nach ihrer Anerkennung *gelechzt*, und er hatte sie in wohlproportionierten Dosen bekommen, damit er den verfluchten Wisch unterschrieb, der ihn zeit seines Lebens an diesen Job band.

Wen wunderte es da noch, dass er mit gestrecktem Mittelfinger am Domizil seines jetzigen Chefs vorbeifuhr, der in keiner Weise besser war als der alte Sack, der ihn rekrutiert hatte? Wen wunderte es? Und wenn die beiden ihm noch fünfzehn Schlagzeuge in fünfzehn Luxus-Wohnmobilen hinstellten – der Mittelfinger würde sich niemals senken.

Tizian erwiderte Titas Blick, wagte es aber nicht, etwas zu sagen. Er wagte kaum zu atmen, während sie ihn aus kurzer Distanz mit ihren kalten Augen anstierte.

Er wusste, dass sie ihn abknallen würde, wenn der Hass die Oberhand gewönne. Ihm blieb nichts anderes übrig als abzuwarten, in der Hoffnung, sie würde sich an die Faszination erinnern, die seine Fähigkeit auf sie ausübte und die sie gnadenlos benutzte, um ihm zu zeigen, wozu *sie* fähig war.

Tita liebte es, den Schmerz aus seinem Gesicht zu lesen, während sie sich an ihre Gräueltaten erinnerte, die Erinnerungen damit in ihr Bewusstsein holte und auf diese Weise Tizian nachfühlen ließ, was sie empfand.

Aber das ging im Moment nicht. Tizian hatte diese Substanz intus, er fiel weder in ihren Abgrund noch konnte er wahrnehmen, was sie wahrnahm.

»Blödmann«, sagte sie unvermittelt und wich zurück, richtete sich auf und strich sich mit der Hand, in der sie die Waffe hielt, über die kurzgeschorenen Haare. Die Pistole war noch immer entsichert. Tizian bekam eine Gänsehaut, als er das sah. Danach richtete sie die Mündung wieder auf ihn.

»Nicht heute«, sagte sie, und es klang, als würde sie einem Kind etwas erklären. »Du wirst zwar durch meine Hand sterben, das ist so sicher wie der Fakt, dass du dir gerade fast in die Hosen gepisst hast, aber nicht heute. Bis es so weit ist, bis deine Zeit abgelaufen ist, Bruderherz, werde ich ein fürsorgliches Auge auf dich haben.«

Wieder wanderte die Pistolenmündung, diesmal deutete sie damit auf ihr rechtes Auge, das sie weit aufsperrte. Sie lächelte, und erneut dachte Tizian widerstrebend, dass sie schön sein könnte, auf eine extravagante Art und Weise. Sie besaß eine hohe Stirn, dieselbe Augenpartie wie er, also Augen, die einen Tick zu groß waren, eine kleine Nase und volle, makellose Lippen.

Noch schöner fände er es, wenn die Waffe jetzt losgehen würde, denn dann wären seine Probleme mit ihr ein für alle Mal gelöst. Und sie hätte zum einzigen und ersten Mal in ihrem Leben etwas umgebracht, das den Tod verdiente.

Tizians Handy fing zu klingeln an. Das Geräusch, das aus seiner Hosentasche kam, bereitete ihm einen solchen Schreck, dass er zusammenzuckte und mit dem Kopf gegen die Schublade hinter sich stieß.

Das brachte Tita zum Lachen. Sie richtete die Waffe erneut auf ihn und ließ sie jetzt im Takt zu dem Song *Call Me the Breeze* von Lynyrd Skynyrd wippen.

»Das letzte Mal war dein Klingelton aber noch *Child in Time* von Deep Purple«, sagte sie vorwurfsvoll. »Ich dachte wirklich, das wäre dein Lieblingssong. In froher Erwartung auf unser Wiedersehen habe ich in den vergangenen zwei Wochen nichts anderes angehört.«

Tizian antwortete nicht. Er saß unverändert da, schaute zu ihr auf und verzog keine Miene, während sein Handy weiterklingelte.

»Du darfst ruhig sprechen«, sagte Tita, ihr Tonfall wurde scharf.

»Das ist Ewigkeiten her«, antwortete Tizian also. »Damals war ich nicht gut drauf, ich war ziemlich enttäuscht von meinen Adoptiveltern. Und von dir.« Er maß sie, aber sie wirkte nicht wütend über seine Ausführung. Darum setzte er nach: »Wenn du mich nicht umbringen willst, was willst du dann von mir?«

»Exakt das Gegenteil«, meinte sie leichthin, und im selben Augenblick brach das Klingeln ab. »Ich bin hier, um meine Pflicht als Schwester zu tun, und wahrscheinlich rette ich dir sogar deinen Arsch damit.«

»Indem du mit einem Ast auf mich und mein Schlagzeug eindrischst?«

»Das war nur meine Art, meine Freude über unser Wiedersehen auszudrücken.«

»Wie nett. Steht das so im Knigge?«

»Wenn nicht, dann sollte es dort stehen.« Tita machte ein nachdenkliches Gesicht. »Der Typ, den du da gerade jagst, der mit dem Augenfetisch, ist gefährlich.«

Tizian grinste spöttisch. »Um das zu sagen, bist du extra aus dem BKH ausgebrochen? Ich hoffe, du hast noch mehr auf Lager, denn das war mir klar. Zum einen war das nicht sein erstes Opfer, oder er hat Wissen in Sachen Kriminalistik, oder beides. Er ist zu geschickt vorgegangen, er hat ja nicht einmal ein Hautschüppchen am Tatort zurückgelassen – der übrigens perfekt gewählt war als einer der wenigen öffentlichen Plätze, die nicht kameraüberwacht sind. Zum anderen ist seine ganze Vorgehensweise mehr als distanziert. Der Strom, die Glasaugen, die Positionierung der Leiche …« Tizian schüttelte den Kopf. »Das war keine Beziehungstat, aber auch kein Zufallsopfer. Wahrscheinlich kannte er sie nicht, vielleicht hatte sie nur die richtige – oder falsche – Augenfarbe oder ihm hat die Form ihres Hinterns nicht gefallen. Für mich deutete alles darauf hin, dass wir es mit einem Serientäter zu tun haben, der gerade dabei ist, seine Vorgehensweise zu verfeinern und seine Opfer wie künstlerische Installationen zu präsentieren. Wenn du mit deinem Knüppel nicht hier aufgetaucht wärst«, er deutete zu dem Ast hinüber, der noch immer halb auf den weißen Kacheln der Nasszelle, halb auf den Holzdielen lag, »wäre ich schon längst dabei, die Leichenfunde in und um Regensburg der vergangenen Monate nach ähnlichen Mustern durchzugehen.«

Tita dachte eine Weile über seine Ausführung nach, ihr Blick war gen Decke gerichtet. Schließlich nickte sie. »Was meinst du? Ist er psychisch krank?«

Tizian zuckte die Schultern. »Ist mir scheißegal, um ehrlich zu sein.«

Wieder klingelte sein Handy. Diesmal sah er Tita fragend an, denn sie schien sich beruhigt zu haben. Sie würde ihn wohl wirklich nicht töten. Jedenfalls nicht heute.

Aber sie schüttelte den Kopf. »Sehe ich so doof aus? Am Ende hast du mit deinen achtbaren Polenten-Kollegen ein Codewort vereinbart, und ehe ich mich versehe, stehen die Penner mit schwerem Geschütz vor der Tür. Nein, das Handy bleibt in deiner Hosentasche, Bruderherz. Keine Mätzchen, sonst …« Sie fuchtelte mit der Pistole herum.

»Schon gut! Hör auf damit! Du hast da einen entsicherten Colt in der Hand, keinen Ast, verdammt!«

Sie lächelte. »Wenn du mich fragst, hat er einen an der Waffel«, fuhr sie fort, ohne auf seine Worte einzugehen. Die Pistole hielt sie aber jetzt still. »Du weißt ja, wie das bei mir ist. Ich kann in Echtzeit in meinem Kopf Bildausschnitte sehen, aber ich kann nicht dieses Weichei-Zeug wie du, ich weiß also nicht, wie er tickt. Trotzdem, manchmal reichen die Bilder, damit ich einen Einblick bekomme. Ich glaube, er hat einen an der Waffel. Eine Psychose vielleicht, vielleicht auch eine Zwangsneurose, oder er hat dasselbe wie ich.«

Es stimmte. Tita Lupardus besaß eine ähnlich geartete Fähigkeit wie ihr Bruder, wenngleich sich diese auf andere Art offenbarte. Mit ausreichend Kontemplation und Ausdauer konnte Tita Bilder empfangen wie eine Fernsehantenne. Welche Bilder das waren, hing davon ab, worauf sie sich konzentrierte. Da sie nur ein einziges Hobby hatte, war klar, welche *Sender* sie bevorzugte: die mit dem vielen Blut und den freiliegenden Gedärmen.

Stünde sie auf der anderen Seite, stünde sie auf Tizians Seite (und wenn ihre Persönlichkeit nicht so gestört wäre), hätte sie mit dieser Fähigkeit eine außerordentlich gute Ermittlerin abgegeben. Stattdessen missbrauchte sie die Gabe derzeit dazu, die Jahre ihrer Gefangenschaft mangels eigener Auslebung ihrer Triebe zu überstehen.

Das brachte Tizian auf einen Gedanken. »Was wird das hier?«, fragte er. »Ist das eine außerordentliche Dienstbesprechung? Oder geilst du dich daran auf, wenn wir über den Mord und den Irren sprechen?«

Sie rollte mit den Augen und seufzte laut. »Und wenn schon, Mister Moralapostel! Gönn mir den Spaß! Nach all den Jahren in der Irrenanstalt mit diesen ganzen … *Hirntoten!* Mein Gott, wenn du wüsstest, wie öde das da ist! Ich wünschte, ich wäre in einem *richtigen* Gefängnis mit *richtigen* Killern! Mit so harten Burschen, wie man sie in alten Western oder Thrillern manchmal sieht, so Hannibal Lecter-Typen. Ja, das wär's! Stattdessen habe ich es mit Triebtätern, psychotischen

Vollidioten und sabbernden Fotzen zu tun, die Angst bekommen, wenn ich ihnen einen Bleistift hinhalte. Pah!«

Tizian sagte nichts. Dazu gab es nichts zu sagen. Er konnte sich so ungefähr vorstellen, wie es den Mitinhaftierten von Tita erging, dass wahrscheinlich allesamt Angst vor ihr hatten, Bleistift hin oder her.

Tita blickte auf ihn hinunter, als warte sie auf eine Erwiderung. Irgendwann zuckte sie die Schultern, und erneut griff sie nach hinten in die Gesäßtasche ihrer Jeans, diesmal in die linke. Sie holte ein zweimal gefaltetes Blatt Papier hervor, das sie Tizian vor die Füße warf.

Er sah es an und erkannte, dass es zwei Blätter waren, übereinandergelegt und gemeinsam gefaltet. Sein Blick ging wieder nach oben zu seiner Schwester.

»Was ist das?«

»Die Zeichnungen. Die vom ersten Mord und die von dem von heute Morgen. Was denkst du, warum ich ausgerechnet heute ausgebrochen bin, hä? Meinst du, ich wusste gleich nach dem ersten Augen-Auslöffeln, dass der Kerl ein Serienmörder ist? Nee, das wurde mir erst heute klar. Logisch, jedes Mal, wenn mir bewusst wird, dass ein Killer in Regensburg unterwegs ist, hoffe ich darauf, er könnte mehr als einen killen, weil man ja dann dich Experten einfliegen lassen würde, aber bis jetzt hatte ich kein Glück. Als dann das zweite Paar Augen als Pampe auf dem Boden gelandet ist, war klar, dass du mit deinem Spielzeug-Camper eingetroffen sein musst. Darum bin ich losgezogen.«

Tizian war kaum imstande, ihren Ausführungen zu folgen. Er hörte nur die Begriffe *Augenauslöffeln* und *Pampe auf dem Boden*, und da fiel sein Blick erneut auf die Papiere.

»Mach die Schellen los«, sagte er mit vor Aufregung rauer Stimme. »Ich will die Zeichnungen sehen.«

Tita lachte, diesmal klang es freudig. »Denke ich mir. Ich sagte doch, dass ich hier bin, um dir zu helfen. Ich will nicht, dass du mit ausgekratzten Augen irgendwo ausgestellt wirst, Bruderherz.« Sie deutete mit der Mündung auf die Skizzen. »Wenn ich wieder was durchbekomme, lasse ich es dir zukommen – aber nur, wenn du versprichst, dass du meine Freunde aus der Forensischen nicht anrufst, sobald ich mich vom Acker gemacht habe. Wenn sie dich fragen, weißt du von nichts, du hast mich seit Jahren nicht gesehen. Deal?«

Tizian sah ihr in die Raubtieraugen und hatte überhaupt keine Probleme damit, zu nicken und zu sagen: »Deal«, obwohl das eine aalglatte Lüge war. Je nachdem, wie wertvoll sich die Zeichnungen erweisen mochten, war es nur eine Frage der Zeit, bis er seine Schwester hinhängen würde. Wenn nötig, würde er sogar selbst losziehen und sie einfangen, wenn der Moment gekommen war.

Entgegen ihrer Annahme, er könnte sie nicht töten, würde er auch dies tun, falls es sich nicht vermeiden ließ. Tita verwechselte ihn noch immer mit dem zweiundzwanzigjährigen Tizian, den mit den Idealen und Moralvorstellungen, die ihm allerdings allesamt in der Sinai- und Negevwüste abhandengekommen waren.

Er würde sie erschießen, vergiften, mit bloßen Händen erwürgen; er war zu allem bereit, nur um sie und ihre eiskalten Abgründe loszuwerden.

»Schön«, sagte Tita, und ihre durch die antisoziale Persönlichkeitsstörung fehlende Empathie machte es ihr unmöglich, Tizians Gesichtsausdruck und seinen Tonfall korrekt zu deuten. »Dann sage ich tschüss, bis zum nächsten Mal, Bruderherz.«

Sie sicherte die Pistole, machte drei Schritte rückwärts, ohne Tizian aus den Augen zu lassen, steckte sich die Faustfeuerwaffe am Rücken in den Hosenbund und schob das schwarze Topp darüber.

»Was ist mit den Handschellen?«, fragte Tizian.

Tita grinste und verdrehte wieder die Augen. »Das sind Plüsch-Handschellen, Bruderherz, Spielzeug, das ich vorne in deinem Handschuhfach am Beifahrersitz gefunden habe. Du weißt, dass solche Teile *immer* einen kleinen Hebel an den Bügeln haben, damit man sie auch ohne den Plastikschlüssel aufbekommt.«

Tizian nahm die Hände vom Rücken hervor – das Schauspiel war anscheinend nun vorbei – und die Schellen fielen klimpernd auf den Boden. »In meinem Handschuhfach? Wirklich?«

Tita nickte. Sie war an der Tür angekommen, tippte mit dem Finger gegen die Fensterscheibe und das LED-Tastenfeld erschien. »Wirklich«, erwiderte sie und gab den Code ein, die Tür glitt auf.

»Tita«, sagte er, bevor sie verschwand. Seine Schwester sah ihn noch einmal an. »Könntest du womöglich davon absehen, deine Lieblingsbeschäftigung auszuleben, solange du auf freiem Fuß bist?«

Sie lächelte breit. »Ich dachte schon, du fragst nie. Einen Haken muss das alles schon haben, Baby, denn ich handle weder bedingungs- noch selbstlos. Mein ganzes Streben gilt deinem Leid, jedenfalls seit wir uns kennen, und du sollst wissen, dass ich *schrecklich* bestialisch vorgehen und in Rekordgeschwindigkeit töten werde. Meine erste Tat liegt bereits hinter mir, ich war den Tag über nicht faul.«

Das Lächeln wurde noch breiter. »Umso schneller du also den Augen-Fetischisten einfängst, desto weniger arme Würstchen werde ich killen. Das ist der wahre Deal.« Sie zwinkerte. »Denn wir wissen beide, dass du Jagd auf mich machen wirst, sobald du diesen Fall abgeschlossen hast und mich nicht mehr brauchst. Du solltest also aufhören, Zeit mit Schlagzeugspielen zu vergeuden, und du solltest dir nicht mehr diese Drogen reinhauen, die deine lebensrettende Fähigkeit blockieren, auch wenn sie dich *soooo* fertigmacht, dass du manchmal fast den Verstand verlierst.«

Sie war schon halb draußen, steckte nur noch Kopf und Schultern herein und hielt sich dabei am Türrahmen fest. Sie lächelte zwar noch immer, doch ihre Augen waren nach wie vor leer und hohl, und dennoch – in ihnen funkelte etwas Wildes, als sie Tizian bleich werden sah, dem das Ausmaß dessen bewusst wurde, was sie da sagte.

»Geschwisterherzen bluten doppelt, weißt du, und ich *liebe* Blut!«

Sie sprang nach draußen und verschwand im Dämmerlicht der hereinbrechenden Nacht.

Dritter Teil

Carpe diem … oder lebe mit deinem Gewissen

1

Tizian Wolff brauchte einige Sekunden, um sich zu fangen. Die Stimme seiner Halbschwester, das, was sie gesagt hatte, hallte wie eine dröhnende Sirene durch seinen Kopf, und er konnte nicht entscheiden, was von ihrem abscheulichen Plan am schwersten wog: Die Tatsache, dass sie morden würde (und das würde sie, wie am Fließband; Tita machte diesbezüglich keine Witze), dass sie ihm damit ein zeitliches Ultimatum stellte, oder dass sie ihn zwang, nüchtern zu bleiben, eben weil jede Sekunde zählte und er es sich nicht erlauben durfte, die Substanz zu spritzen und womöglich etwas zu übersehen, was ihm seine Fähigkeit mitteilen konnte.

Ihm brach der Schweiß aus, gleichzeitig wurde es in seinem Herzen schneidend kalt.

Es gab eine weitere Tatsache, und die lag unter all dem begraben wie eine Landmine, die nach dem Kriegsgeschehen nicht unmittelbar entdeckt wird und eine stetige Gefahr darstellt: Tizians Gewissen.

Diese Mine ging jetzt hoch. Er trat mit dem Fuß auf sie und abrupt riss sie ein riesiges Loch in sein Herz, als ihm klar wurde, dass bereits ein Menschenleben auf seinem Gewissen lastete.

Tita war seinetwegen ausgebrochen, und sie hatte bereits einen Menschen getötet.

In die lastende Stille hinein – in das Schrillen in seinem Kopf – schellte jetzt die Melodie von *Call Me the Breeze*. Tizians Handy klingelte wieder. Der Song wollte überhaupt nicht zur Situation passen, und dieser Umstand war es, der ihn aus der Erstarrung rettete.

Wie betäubt griff Tizian in die Hosentasche, gleichzeitig beugte er sich vor und hob die zusammengefalteten Zettel auf. Er hielt sich das Smartphone ans Ohr, mit der anderen Hand faltete er die Skizzen auseinander.

»Wolff«, meldete er sich, und seine Stimme klang fast genauso kalt und bleiern wie die seiner Schwester.

»Hier spricht David«, hörte er jemanden aus dem Handy sagen, während er die beiden Bleistiftzeichnungen vor sich auf den Boden legte und anstarrte. »Ich versuche schon seit einer Weile, Sie zu erreichen. Es gibt ein weiteres Opfer. Sie sollten herkommen. Ich bin schon am Fundort.«

Tizian betrachtete das zweite Opfer längst. Er sah nicht den Fundort, das nicht. Was er sah, das war der Moment der Tötung, eingefroren in einer Bleistiftzeichnung, die merkwürdigerweise Ähnlichkeiten mit Cartoons oder Comics aufwies. Auf jedem Bild gab es einen roten Blickfänger, einen Anziehungspunkt, von dem die Augen eingefangen wurden wie Motten vom Licht. Die Zeichnungen waren trotz des Comichaften realistisch genug, dass Tizian würgen musste. Das Bild war der berühmte Tropfen, der das sprichwörtliche Fass zum Überlaufen brachte.

Ihm fiel das Handy aus der Hand, er beugte sich zur Seite und übergab sich vor den Küchenblock.

Tizian stand eine Minute später vor dem riesigen Spiegel in der Nasszelle, spritzte sich eiskaltes Wasser ins Gesicht und spülte sich den Mund aus. Danach sah er sich in die Augen, denen die Übernächtigung anzusehen war, ganz zu schweigen davon, dass sie unmissverständlich Angst und Verzweiflung ausdrückten. Indirektes Licht strahlte durch die Paneelen an der Decke und von den Seiten des Spiegels hervor, hinter ihm zeichnete sich die großzügige Duschkabine ab. Alles war weiß und hell, was ihn noch blasser und abgehetzter aussehen ließ.

Reiß dich zusammen, dachte er und stieß sich energisch vom Waschbecken ab, kehrte zur Küche zurück und hob das Handy auf. David Hedock war noch immer in der Leitung, er hörte ihn mit jemandem sprechen.

»David?«, fragte er, hob währenddessen die Bilder auf und legte sie auf die Küchenzeile. Als er sie diesmal betrachtete, tat er das mit ernstem, besonnenem Blick. Er speicherte jeden Bleistiftstrich ab.

»Tizian? Ich bin noch dran. Was ist los bei Ihnen? Alles okay? Das hat sich angehört, als würden Sie …«

»Ja, alles okay«, unterbrach Tizian. »Geben Sie mir die Adresse, dann bin ich so gut wie unterwegs.«

Er merkte sich die Anschrift, legte auf und zögerte. Er wollte die Zeichnungen nicht mit sich tragen, aber auch nicht offen herumliegen lassen. Kurzerhand zog er eine der Schubladen heraus, die mit dem Besteck, warf die Skizzen hinein und ließ die Schublade wieder zugleiten.

Tizian nahm die Lederjacke von dem Sessel, auf den er sie hatte fallen lassen, setzte sich und zog aus der Jackentasche das Etui mit den Spritzen heraus. Es folgte dasselbe Prozedere wie auf der Toilette – Schuhe aus, Socke aus, Spritze bereitmachen, Inhalt injizieren, Spritze in den Müll werfen, Schuhe und Socke wieder anziehen –, nur dass es diesmal eine andere Substanz war, eine, die sich in einer blaugefärbten Einweg-Kunststoffspritze befand, und dass er sich keine Zeit ließ, sondern sich beeilte.

Durch den Schlag auf den Kopf breitete sich vom Nacken ein Pochen aus, das bestimmt nicht schwächer werden würde, sobald er seiner Fähigkeit wieder ausgeliefert war, darum nahm er zwei starke Schmerztabletten, spülte mit einem Glas Wasser nach und schlüpfte in die Lederjacke.

Bevor er den Luxuswagen verließ und auf seine Vespa stieg, um zum Leichen-Fundort zu fahren, schrieb er noch hastig seinem Chef eine

Kurznachricht. Tizian tippte: *Ein RIESEN Problem ist aufgetaucht, das den Namen meiner Schwester trägt und meine Dienstwaffe geklaut hat. Brauche eine Neue. Möchte Sie treffen, so schnell wie möglich.* Er schickte sie ab und sprang hinaus in die Nacht.

2

Die Adresse führte Tizian zu einem abgelegenen Biergarten in Regensburg Prüfening, nach dem gen Westen hinaus Bahngleise lagen. Zwischen Letzterem und dem Biergarten befand sich eine bewaldete Anhöhe, ein Naturschutzgebiet, wie das Schild am Beginn des Schotterweges verriet. Am Fuße der Anhöhe lag ein Erdbeerfeld, das momentan allerdings verwaist war. Es war wiederum ein Schild, das das Feld auswies und zum Pflücken gegen ein freiwilliges Entgelt während der Saison einlud. Danach kam noch ein Feld, ehe das Naturschutzgebiet begann.

Am Fuß der Anhöhe, bei einer rot-weißen Schranke, die die Zufahrt ins Naturschutzgebiet verhindern sollte, stand ein Polizeibeamter. Tizian sah mehrere Fahrzeuge, die besagten Schotterweg bis hinauf zu den Anfängen des Waldes gefolgt waren und nun dort parkten. Er hielt die Vespa bei dem Beamten und reichte ihm seinen Dienstausweis.

Der junge Mann von ungefähr sechsundzwanzig Jahren warf einen Blick darauf, reichte ihn zurück und nickte über seine Schulter nach hinten. »Immer der Nase nach. Sie können's nicht verfehlen.«

Tizian bedankte sich und fuhr weiter. Der Vespa-Motor beschwerte sich lautstark, als er ihn die 45-Grad-Steigung hinaufquälte.

Er fuhr zwischen den geparkten Wagen hindurch, mit dem schmalen Roller konnte er das, bis er dort ankam, wo der befahrbare Weg in einen schmaleren Pfad überging. Da stellte er die Vespa ab, verstaute den Helm und ging den restlichen Weg zu Fuß.

Die Zeit nutzte er, um das Handy aus der Hosentasche zu nehmen. Wie erwartet hatte sein Chef bereits geantwortet; darin war er schnell, eine Rückmeldung von ihm ließ nie lange auf sich warten.

In einer Stunde auf dem Parkplatz des Prüfeninger Biergartens, hatte er geschrieben.

Tizian wunderte sich kein bisschen darüber, dass der Typ wusste, wo er sich befand. Kein bisschen. Er seufzte nur und antwortete: *Alles klar.*

Dann fing Tizian zu laufen an – er hatte schlicht nach allem, was geschehen war, nicht die Muße, einen Spaziergang zu unternehmen – und joggte an dem zweiten Feld vorbei. Er erreichte den Waldanfang, bei dem sich der Feldweg gabelte. Im Neunziggradwinkel ging ein Pfad nach rechts ab, der ursprüngliche Weg verlief weiter die Anhöhe hinauf, in den Wald hinein.

Er musste nicht lange überlegen, wo es weiterging, denn an der rechten Abzweigung stand ein Beamter, eine Frau, hinter einem zwei Meter langen Stück Flatterband, das sie über den dortigen Pfad gespannt hatten, festgemacht an zwei Baumstämmen. Wieder zückte er seinen Ausweis, wieder wurde er durchgewinkt. Auf der anderen Seite der Absperrung nahm er unaufgefordert einen der Overalls aus dem Plastikbehältnis, das am Wegesrand stand, und schlüpfte rasch hinein.

In etwa hundert Metern sah er eine Menschentraube. Unterhalb des Pfades, in der Schneise vor dem Feld, stapfte ein Polizist mit einer Taschenlampe entlang, den Blick konzentriert auf den Boden gerichtet. Es war nun beinahe schon finster, die Sonne war untergegangen, es herrschte Zwielicht. Links von Tizian wurde der Pfad von Gebüschen und Laubbäumen gesäumt, dahinter hörte er Äste knacken und in weiterer Entfernung jemanden etwas rufen. Der Fundort wurde demnach bereits vorläufig abgesucht, wobei sich Tizian sicher war, sie würden weder jetzt noch bei der Spurensicherung im morgigen Tageslicht irgendetwas Verwertbares finden.

Er kam bei der Menschentraube an, die aus jenen Leuten bestand, die er während der Dienstbesprechung am Nachmittag kennengelernt hatte. Nur der Pressesprecher fehlte, ansonsten waren alle da, plus einiger Gesichter, die er noch nicht kannte. Sie alle wandten sich zu ihm um, als er näherkam, und wichen automatisch auseinander, sodass er sich neben David Hedock stellen konnte und freie Sicht auf die Leiche hatte.

In Tizian verwoben sich nun die Eindrücke, die er von seinem Gespräch mit David am Vormittag bekommen hatte, mit den Skizzen seiner Schwester und dem, was er tatsächlich mit eigenen Augen sah.

Diese Frau war beleibter als die erste. *Sie hat schwere Knochen,* hatte David sich erinnert, *weil es das war, was seine Großmutter väterlicherseits immer zu seinem fetten großen Bruder gesagt hatte. Schwere Knochen. Knochen, die sich teigig wie Halbkreise von Schwimmreifen durch das dünne Hemdchen abzeichneten, am Oberschenkel gegen die Ketten der Schaukel pressten und sie in ihrer Schwammigkeit beinahe umschlungen hatten, beinahe. Knochen, die aus Oberarmen Oberschenkel und aus Oberschenkeln Keulen machten.*

Die rosa Unterhose der zweiten Toten schnitt sowohl am Bauch als auch an den Schenkeln – den *Keulen* – ins Fleisch. Sie trug statt eines Hemdchens ein T-Shirt, das allerdings genauso eng anlag.

Auf Titas Zeichnung stand sie aufrecht, sie saß nicht. Sie lehnte an etwas, war in etwas eingezwängt, das seine Schwester mit wenigen Schatten nur angedeutet, aber nicht fertiggestellt hatte (wahrscheinlich, weil sie es nicht interessiert hatte). Ihr Bauch – karikaturesk dargestellt – hing unter dem T-Shirt heraus, an Armen und Beinen waren die Dehnungsstreifen der Haut eingezeichnet, die nicht elastisch genug für eine solche Gewichtszunahme war: schraffierte Streifen auf grauem Grund.

Die tote Frau vor Tizian, im Hier und Jetzt, saß. Es war die gleiche Pose, in der sie auch die erste Leiche vorgefunden hatten.

Die Frau saß, hatte David sich in dem Café erinnert, *die Knie nur leicht angewinkelt, die Fersen in die Erde gestemmt, sodass die Zehen nach oben gerichtet waren. Sie trug keine Schuhe, keine Strümpfe, keine Hose. Ihre Schultern und ihr Kopf waren nach vorne gesackt, die Hände lagen mit den Handflächen nach oben auf ihren gräulich hellen Schenkeln. Fettiges, schulterlanges Haar in der Farbe von Schlick verbarg zu einem Gutteil ihr Gesicht, bildete über der Augen- und Nasenpartie ein offenes Dreieck, ehe es auf Höhe der Nasenspitze zusammenkam wie ein schlecht geschlossener Bühnenvorhang.*

Diese Tote, die vor Tizian auf einer Parkbank hockte, hatte längeres, blondes Haar, nicht braunes. Es reichte fast bis zum Brustansatz hinunter. Auch ihre Mähne fungierte nun als Vorhang, verdeckte ihr Gesicht bis auf das Dreieck, durch das man einen Teil von Augen- und Nasenpartie erkennen konnte.

Ansonsten war es die gleiche Körperhaltung.

Tizian konzentrierte sich, blendete die Umgebung aus, blendete aus, was die Leute um ihn herum sagten – denn sie redeten, David gab irgendjemandem Befehle, Oliver telefoniert, und Linda, die Leiterin des Erkennungsdienstes, sprach mit ihm, Tizian – und glich Titas Zeichnung mit dem Opfer vor sich ab.

Auf dem Bild stand ein schemenhaft dargestellter Mann vor der Toten, auch nur ansatzweise eingezeichnet wie das Etwas, in dem sein Opfer eingezwängt war. Er war nichts weiter als ein halbierter Mann, nur seine linke Körperhälfte war von hinten zu erkennen. Er war bis auf ein Haarnetz und eine Schürze, die im Nacken und an der Hüfte zusammengebunden war, nackt. Der linke Arm war angewinkelt, der Unterarm nicht sichtbar, weil er ihn vermutlich vor sich hielt.

Auch der rechte Arm und die rechte Hand waren nicht zu sehen, aber Tizian hatte so eine Ahnung, was er in dieser Hand hielt, genauso, wie er nun wusste, warum die Leichen keine Fesselmale aufwiesen.

» … die gleichen Strommarken wie Frau Lindt …«, sagte Linda Müller-Probst gerade, als Tizian die Latexhandschuhe aus den Taschen des Overalls nahm, in die er sie gesteckt hatte, und in sie hineinschlüpfte. Sein Blick galt weiterhin der Toten, er hörte weder Linda noch David, der ihn fragte, was er vorhatte.

Er machte zwei Schritte vorwärts, hinaus aus dem Kreis der Beamten, blieb unmittelbar vor der Leiche stehen und beugte sich hinunter. Mit der Linken strich er langsam und sanft, als könnte er der Frau ansonsten Schmerz bereiten, die eine Seite des Haarvorhanges zurück, warf es ihr über die bleiche Schulter und legte so nicht nur das Gesicht frei, sondern auch eine weitere Strommarke an ihrem Hals, eine verhältnismäßig kleine. Dasselbe tat er mit dem Haar auf der rechten Seite, diesmal mit der rechten Hand, genauso gemächlich und vorsichtig.

Tizian betrachtete das Gesicht. Feiste Wangen mit hohen Jochbeinen, ein zu kleiner Mund mit vollen Lippen, eine schmale Nase mit Höcker und vielen winzigen geplatzten Äderchen auf den Flügeln, gerade, nicht gezupfte Brauen – und schließlich die Augen.

Pupille und Regenbogenhaut waren deutlich erkennbar, hatte David sich am Nachmittag für Tizian erinnert, *besaßen klare Konturen, und das Weiß außenherum war blütenrein. Nicht ein Äderchen trübte es. Es gab keine Sprenkel. Die Augen waren grün-braun, ja, aber sie waren nicht gesprenkelt. Sie waren …* schraffiert. *Das Braun und das Grün verliefen in regelmäßigen Mustern abwechselnd ineinander, wobei Braun die Hintergrundfarbe war, die mit Grün schraffiert zu sein schien.*

Diese Leiche, vor der Tizian nun kniete, hatte blaue Pupillen. Hellblau war der Hintergrund, fast weiß die Schraffur.

Leblose Augen, starr und apathisch, ohne Tiefgang oder Ausdruck. Augen, die nicht tot und stumpf waren, weil aus ihnen das verschwunden war, was sie dereinst belebt hatte – der Mensch, seine Seele, sein Geist, was auch immer –, sondern weil sie niemals gelebt hatten.

Glasaugen für Schaufensterpuppen oder lebensgroße Künstlerpuppen, hatte Linda in der Dienstbesprechung klargestellt, Augen aus

Acryl, die jedermann kaufen konnte, im Internet genauso wie im Fachgeschäft für Bastelbedarf.

Bastelbedarf.

Tizian dachte an seine Schwester, dachte an die Zeichnung, die den Moment der Tötung darstellte.

»Pinzette und Asservatenbeutel bitte«, sagte er, flüsterte fast, hielt die rechte offene Hand nach hinten, blickte sich aber nicht um.

»Was haben Sie vor?«, fragte David Hedock zum vierten Mal, aber erst dieses Mal hörte Tizian ihn.

»Ich zeige Ihnen die Strommarke, die zum Tod geführt hat«, antwortete er und winkte mit der Hand. »Beutel und Pinzette bitte.«

Ihm wurde nach wenigen Sekunden beides ausgehändigt. Die Pinzette wanderte in die rechte Hand, den geöffneten, bereiten Beutel legte er auf dem Schoß der Leiche ab.

Tizian spreizte das rechte Auge mit Daumen und Zeigefinger der linken Hand auf, schob die Lider so weit wie möglich auseinander, und dann setzte er die Pinzette an das Glasauge und verschob es etwas, sodass er es herausnehmen konnte.

Oliver Markl empfand Tizian Wolff gegenüber eine Mischung aus abgrundtiefer Aversion, einem fast genauso abgrundtiefen Respekt und einer Idee Missgunst.

Im Grunde empfand er diese Mixtur allen Menschen gegenüber, nur war sie jeweils anders portioniert. Bei David beispielsweise überwog der Respekt, der allerdings nicht einer gesunden Grundstimmung entsprang, sondern schlicht dem Umstand, dass David wiederum ihn respektierte. Man könnte sagen, er respektierte David, weil der *ihn* respektierte; er respektierte Davids Respekt.

Eigentlich, wenn man es genau nehmen wollte – und Tizian blieb beizeiten gar nichts anderes übrig, als es genau zu nehmen, dazu zwang ihn seine Fähigkeit –, respektierte Oliver nichts anderes als Davids Unterwürfigkeit. Denn die verwechselte Oliver mit echtem, gesundem Respekt.

Im Augenblick wurde Tizian Wolff nicht nur Zeuge dieser Mixtur, sondern auch Opfer von Olivers Blick, den David für sarkastisch, manchmal sogar für ironisch hielt. In Wahrheit war er nur giftig: Ein Blick, der sich wie die zwei Giftzähne einer Schlange in die Welt bohrte und unablässig seinen toxischen Selbsthass absonderte. Dieser Blick ruhte nun auf Tizian.

»Woher wussten Sie, wo sich die tödliche Strommarke befindet?«, fragte Oliver Markl.

David Hedock war noch immer damit beschäftigt, vor der Leiche zu knien und ihr ins Gesicht zu sehen. Tizian konnte im Moment nicht auf seine Wahrnehmung zugreifen. David hatte noch nicht mit ihm gesprochen, und das war ein weiteres Muss, damit er seine Fähigkeit einsetzen konnte: Man musste mit Tizian sprechen, Auge in Auge, von Angesicht zu Angesicht. Tizian wollte es auch nicht. Er wusste ohnehin, was in David vorging, er kannte die mystische Anziehungskraft, die die Glasaugen und leeren Höhlen auf den Kommissar ausübten.

Tizian zuckte die Schultern und setzte das Gesicht auf, das er immer aufsetzte, wenn er einer so destruktiven Wahrnehmung wie der Olivers ausgeliefert war: ein nichtssagendes. Er wandte sich von dem Mann ab und David zu, neben dem inzwischen Linda kniete.

»Mein Gott, wie grausam«, murmelte Linda. »Ins Auge …«

»Macht das einen Unterschied? Weißt du das?«, fragte David. »Was die Art und Weise angeht, wie sie gestorben ist, meine ich.«

»Nein, ich glaube nicht. Das Herz setzt aus, egal an welcher Stelle am Körper der Storm einfließt. Aber stell dir die Angst vor, die sie durchgestanden haben muss! Die Arme!«

Tizian warf einen Blick auf die Uhr auf seinem Smartphone. Er hatte noch zwanzig Minuten, dann fand das Treffen mit seinem Chef statt.

»Du hast recht«, meinte David.

»Wenigstens bekommt man bei einem Stromschlag in einer Stärke, der solche Marken hinterlässt, nicht mehr viel mit. Da ist man innerhalb von Sekunden tot.« Linda schwieg kurz, dann fügte sie hinzu: »Gesehen hat sie auch nichts. Ich weiß nicht, ob es das besser macht, aber vielleicht wusste sie nichts von dem, was ihr bevorsteht, weil sie nicht sehen konnte, was er vorhat.«

»Tot ist tot«, raunzte Oliver. »Was macht es da für einen Unterschied, ob man zwei Sekunden vorher Angst hat oder nicht?«

Es wäre mir ein Vergnügen, dir den Unterschied zu verdeutlichen, dachte Tizian, sprach es aber nicht aus und verzog auch keine Miene. Allerdings richtete er den Blick auf Oliver, das konnte er nicht vermeiden, und sah ihn einen Moment lang abschätzig an.

»Nehmen wir sie von der Parkbank und entkleiden wir sie«, beschloss David und kam in die Höhe.

»Wer hat sie gefunden?«, fragte Tizian mit einem weiteren Blick auf sein Handy.

»Ein älterer Mann, der hier mit seinem Hund spazieren gegangen ist«, antwortete Linda.

»Wo ist er jetzt?«

David deutete den Weg entlang, der von der Anhöhe hinunterführte. »Wir haben ihn ins Präsidium bringen lassen. Da wartet er darauf, seine Aussage machen zu können, und ich habe dafür gesorgt, dass sich ein Psychologe seiner annimmt. Er hat einen sehr verstörten Eindruck gemacht.«

»Okay.« Tizian blickte David an. »Ich muss jetzt leider gehen.«

Betretenes, verwirrtes Schweigen folgte.

»Sie wollen nicht dabei sein, wenn wir sie entkleiden?«, brach David das Schweigen mit einem Stirnrunzeln und einem sehr neugierigem Gesichtsausdruck.

»Nein. Das wird keine neuen Erkenntnisse bringen. Ich komme später für die Zeugenaussage ins Präsidium.«

Wieder Schweigen. Wieder war es David, der es brach. »Woher wollen Sie denn wissen, dass das nichts bringt?«

»Das erkläre ich Ihnen später«, sagte Tizian. »Ich muss jetzt wirklich los.«

Man konnte regelrecht sehen, wie sich David geschlagen gab, obwohl die Neugier nur weiter zunahm. »Also gut. Dann bis später im Präsidium.«

Tizian drehte sich um und ging davon. Er konnte hören, wie Oliver sagte: »Hallo, ich bin der Sonderermittler. Ich lasse andere die Drecksarbeit machen, halte solange ein Nickerchen und heimse anschließend die Lorbeeren ein«, dann fing er zu laufen an.

3

Pechschwarzes, mit Pomade oder Gel streng nach hinten gekämmtes Haar; pechschwarzer Anzug, krawattenlos, unter dem Sakko ein pechschwarzes Hemd, bis obenhin zugeknöpft; eine Hand in der Hosentasche, in der anderen eine brennende Zigarette; blasse Porzellanhaut, als würde sie niemals der Sonne ausgesetzt; eine so abartig aufrechte, gerade Haltung (Schultern durchgedrückt, Rücken gerade, Gewicht auf beiden Beinen, Brust rausgestreckt, Kinn leicht gesenkt), dass Tizian Phantomrückenschmerzen bekam; blaugraue Augen, die so kalt wie Eisberge unter pechschwarzen, fast feminin geschwungenen Brauen lauerten; eine so inhaltslose Mimik, dass man auf die Idee kommen konnte, hinter all dem gäbe es nicht im Entferntesten so etwas wie eine Seele, zumal es unmöglich war, das Alter aus all dieser Farblosigkeit herauszulesen: Das war Tizians Chef, wie er leibte und lebte.

Vor drei Jahren war sein einstiger Chef, jener, der Tizian rekrutiert hatte, in Pension gegangen, und seither war er dieser Ausgeburt der Nächstenliebe und Lebendigkeit, dieser *Frohnatur,* unterstellt.

Der Mann war all das, was aus Tizian innerhalb der neun Jahre Ausbildung hätte werden sollen. Jedenfalls glaubte er, dass sie sich in etwa einen solchen Typus Mensch vorstellten, wenn sie die Leute unter ihre Fittiche nahmen.

Tizian hielt die Vespa neben dem dunkelgrauen Porsche seines Chefs am Rand des Parkplatzes, der schräg gegenüber der Einfahrt lag, die auf die Anhöhe hinaufführte. Unter anderen Umständen hätte er sich jetzt Zeit gelassen, um den Kerl so aus der Reserve zu locken, aber diesmal war Tizian wahrlich nicht nach Spielchen zumute. Er sprang von seiner Vespa – er hatte sich für die kurze Strecke nicht den Helm aufgesetzt – und ging direkt auf ihn zu.

»Herr Wolff«, grüßte der Mann mit seiner dunklen, unbeseelten Stimme und atmete dabei Rauch aus. Die toten Eisaugen in dem alterslosen Gesicht richteten sich auf ihn (Tizian wusste, dass der Kerl nur ein paar Jährchen mehr auf dem Buckel hatte als er selbst).

»Ja, auch hallo«, sagte Tizian. »Sie sehen gut aus, wie Gevatter Tod persönlich, und ich sehe auch gut aus, wie ein Rockstar nach seiner misslungenen zehnten Entziehungskur. Alles beim Alten also, alles wunderbar. Smalltalk beendet.«

Der Mann lächelte leicht. »Als hätte ich jemals *mit Ihnen* Smalltalk geführt. Hier, bitte, Ihre mittlerweile vierte Dienstwaffe in zwei Jahren. Niemand sonst hat einen solchen Verschleiß.«

Tizian nahm den unauffälligen schwarzen Koffer entgegen. »Danke. Sie wissen, dass meine Schwester aus dem BKH ausgebrochen ist?«

»Natürlich.« Wieder ein Zug von der Zigarette. »Ich weiß auch, dass ihre Flucht bereits ein Opfer nach sich gezogen hat.«

Wahrheit: Das war neben der Nüchternheit und dem Blickkontakt ein weiterer Faktor, der gegeben sein musste, damit Tizians Fähigkeit anschlug wie ein mechanischer Spielzeugaffe, der nach dem Aufziehen scheinbar gar nicht mehr aufhören will, in die Hände zu klatschen, exzentrische Kreise zu laufen und dabei ein Liedchen zu dudeln, das das ausdauerndste Elternpaar in den Wahnsinn treibt. Jedes Mal, wenn Tizian spürte, wie seine Nervenenden, seine Synapsen und sein emotionales Innenleben von etwas Fremdem übernommen wurden, wenn ihn das Gefühl überkam, die Welt unter seinen Füßen und das Panorama vor seinen Augen sei von einem Atemzug zum nächsten jäh ausgewechselt worden wie das Bühnenbild einer Theatervorstellung beim Szenenwechsel, wünschte er sich, die Menschen würden mehr Lügen erzählen.

Machten sie aber nicht. Sie sagten viel zu oft die (belanglose) Wahrheit, auch wenn sie sie meistens hinter Schönfärberei, Übertreibung oder einem Understatement zu verstecken suchten. Und das, meine Damen und Herren der Skepsis, sind ebenfalls Wahrheiten und keine Lügen – Wahrheiten mit einem farblichen Anstrich, wenn man so will, mit einem Hut auf und einem falschen Schnurrbart auf der Oberlippe.

Hallo, Loki von Schallern, dachte Tizian Wolff, während das Aufziehäffchen mit seinem Stepptanz loslegte und das Panorama vor seinen Augen zugunsten eines neuen Bühnenbildes wechselte. Denn sein Chef hatte die Wahrheit gesagt, er wusste über Tita und ihren Mord Bescheid.

Tizian hatte in diesem Ausnahmefall, der die Regel bestätigte, gehofft, sein Chef würde Wahrhaftigkeiten äußern, weil dieser Mann der Ausnahmefall schlechthin *war*. Es gab nur sehr, sehr, sehr, sehr wenige Menschen, bei denen Tizian das Äffchen lossausen lassen wollte, und diese Parodie von einem Agenten in Schwarz-Weiß war einer davon.

Sie sahen sich an, blaugraue Eisaugen und obsidiandunkle Wissbegier, und ein Mundwinkel in dem ansonsten unbewegten Gesicht seines Chefs wanderte leicht nach oben, nur ein klitzekleines bisschen, doch es reichte, damit es ein Lächeln war. Sein Chef kannte Tizians Fähigkeit, und er wusste, was gerade geschah.

Tizian schmeckte Zigarettenrauch, als Loki von Schallern ihn inhalierte, hörte abrupt lauter, heller und klarer, als wäre ein schalldämmender Belag von seinen Trommelfellen genommen worden (ein Motorengeräusch, ein Lachen, ein Zug, den Schrei eines Vogels, Grillenzirpen, noch ein Motorengeräusch, den Lärm der Autos auf der entfernten Autobahn), und er fühlte die glatte, weiche Kleidung des teuren Anzugs auf der Haut, glatter und weicher als seine eigene jemals gewesen war und aller Wahrscheinlichkeit nach je sein würde. Da war noch mehr, was die sensorischen Reize betraf, viel mehr (er hörte besser und mehr, schmeckte besser und mehr, sah besser und mehr, roch besser und mehr und erfühlte mit dem Tastsinn besser und mehr als Tizian), doch das alles war nebensächlich. Es gab ausreichend Menschen, die in all dem besser waren als Tizian, das war wirklich keine Sensation. Das waren lediglich die Resultate der *Sinnesorgane*, der physischen, biologischen Ausstattungen, die seiner Wahrnehmung zugrunde lagen.

Tizian interessierten aber vor allem die *Interpretationen* dieser Reize.

Um das, was einem die Sinnesorgane vermitteln, verarbeiten zu können, braucht man Wissen in irgendeiner Form, Vorwissen, Erfahrung, einen Kontext, Erinnerungen, et cetera … und meistens waren es die Erinnerungen, auf die die Menschen zugriffen, wenn sie alltäglichen Situationen ausgesetzt waren. Sie glichen ihre Erinnerungen – und ihre Erfahrungen – unablässig mit der Gegenwart ab.

Eine Blechbüchse auf zwei Rädern, die eine unbekannte Sprache spricht und die Augen schließt, sobald sie stillsteht? Klar doch, das war eine Vespa! Onkel Theo hat mich immer auf seiner mitgenommen, als ich grünen Sand, der sich in Wasser auflöst und auf der Zunge so ekelhaft fantastisch bitzelt, noch für das höchste Wunderwerk der Moderne gehalten habe. Und da gab es doch diese Werbung, in der King Kong die wunderschöne Frau auf dem Roller verspeist und mit ihrem BH die Vespa poliert …

So ungefähr funktionierte das. Nur ungefähr, weil es das Gehirn fertigbringt, diese Assoziationen außerhalb der bewussten Wahrnehmung zu halten, es innerhalb von Millisekunden geschehen zu lassen und man sich danach nur verwirrt fragt, warum man plötzlich den chemischen Geruch von Waldmeister-Brause in der Nase hat.

Loki von Schallern erinnerte sich nur an eines: an sein Wissen bezüglich Mimikresonanz und Körpersprache. Darin war er ein Experte, jedenfalls glaubte er das von sich selbst. Tizian hatte in diesen Unterrichtseinheiten zu wenig aufgepasst, um das beurteilen zu können; er wusste nur eines mit Sicherheit: von Schallern war nicht schlecht. Doch an dieses Wissen erinnerte er sich nicht nur, er wandte es mit eiserner Selbstbeherrschung an – und das nicht an irgendjemandem, sondern an Tizian.

Im Resultat nahm sich das in etwa so aus, als blicke Tizian in einen Spiegel und als ertöne eine Gedankenstimme aus dem Off, die ihm haarklein ausklamüserte, wer er war, was er momentan fühlte und wie er sich seit ihrer letzten Begegnung verändert hatte – und dass er besser daran täte, all dies nicht offen zur Schau zu tragen wie ein blödsinniger kleiner Junge, der gefragt wurde, was fünf mal neun ist und dessen Mund ein O bildete und dessen Augen hohl dreinschauten, während er angestrengt versuchte, diese delikate Aufgabe mit seinen zehn Fingern zu lösen.

Tricktrick, dachte Tizian säuerlich, und gegen seinen Willen auch mit einer gehörigen Portion Achtung. Sein Chef konnte seine Fähigkeit nicht blockieren, dagegen gab es kein Mittel, aber der Typ war erfinderisch und clever. Und, zum Teufel noch mal, er war diszipliniert!

Der Mann war nicht der Einzige, der über Tizian Bescheid wusste, und damit war er auch nicht der Erste, der es zu verhindern versuchte. Meistens ging die Chose nach hinten los, meistens verwandelte sich die Wahrnehmung desjenigen in ein misslungenes Impro-Konzert, bei dem jeder Musiker eine andere Melodie in anderen Tonarten spielt, die Scheinwerfer der Lightshow ein Eigenleben annehmen und für jeden Musiker ein anderes Tänzchen aufführen und die Backgroundtänzer hysterisch durcheinanderlaufen: Das pure Chaos. Der Mensch war nun einmal nicht fähig, keine Sinneseindrücke aufzunehmen und sie nicht fast zeitgleich aufzufasern. Jeder Versuch verursachte diese Erkenntnis, und diese Erkenntnis beschwor Panik herauf, und los ging das Impro-Konzert.

Loki von Schallern hingegen konzentrierte sich mit schier übermenschlicher Disziplin allein auf das, was er an Tizians Äußerem, seiner Haltung und seiner Mimik ablesen konnte, und das war ein verteufelt geistvoller Trick.

Tizian entsetzte vor allem die besagte Disziplin. Assoziationen waren nun einmal hauptsächlich so etwas wie ein geordnetes Chaos: beim ersten Blick zusammenhanglos und konfus, erst beim zweiten Blick ergaben sie Sinn und bildeten eine logische Kette. Das Gehirn zog Erinnerungen in Form von *allen* Erfahrungen heran, von Gerüchen genauso wie von Gefühlen oder Bildern, all dies verlief parallel, dabei ging es eben keine geraden Wege. Vespa = Onkel = Kindheit = chemischer Geruch = King Kong = grün und so weiter und so fort.

Sein Chef unterband diese Erinnerungen, die nicht direkt etwas mit Tizian zu tun hatten, sobald sie aufzusteigen begannen. Um das zu können, musste man nicht nur zu hundertundein Prozent bei der Sache sein, sondern sein Innenleben und die Art und Weise, in der es funktionierte, besser kennen als sein Spiegelbild.

Tricktrick, dachte Tizian noch einmal, ehe auch er leicht lächeln musste.

Das Beherrschen des Innenlebens sagte über Loki von Schallern natürlich genauso viel aus wie das Impro-Konzert über andere. Vor allem die übermenschlich anmutende Intensität verriet einiges. Auch die rein sachliche Analyse, in der er seine Eindrücke interpretierte – also das, was er an Tizian sah – sprach Bände, genauso wie die Arroganz, die er hin und wieder wie wohl gesetzte Hiebe mit einem spitzen Dolch austeilte.

Tizian könnte gekränkt darüber sein. Er hätte allen Grund. Die Leute verwendeten nicht umsonst Euphemismen, färbten ihre Worte nicht umsonst in hübsche Tarnfarben, sprachen um den heißen Brei herum und ließen Charakterschwächen wie brachliegendes Potenzial aussehen, das einer Entfaltung würdig sein könnte. Es tut einfach scheißweh, wenn man erfährt, dass man in den Augen der anderen gar nicht der smarte, eloquente Bekannte ist, sondern ein absonderlich grinsender und Dünnschiss plappernder Clown, dem man besser aus dem Weg geht. Keiner will so etwas hören.

So funktionierte das aber nicht. Die Wahrnehmung war kein Satz, den man umformulieren konnte. Sie tat einfach, was sie tat, was ihr zu tun beigebracht worden war. Tizian hörte Loki von Schallern nicht sprechen. Er nahm wahr, was er wahrnahm, und er erhielt Einblick in das, was sein Chef als Vergleichsobjekte heranzog. Und Loki von Schallern wählte ausnahmslos seine Idealvorstellungen, was Tizian daneben wie einen ungelenken, unbeherrschten und minderbemittelten Idioten aussehen ließ.

Darüber könnte Tizian wütend sein, über diesen Vergleich mit einem Ideal, dem kaum ein normaler Mensch gerecht werden konnte. Er war durchaus gekränkt, aber das war eine alte, verschorfte Wunde, viel zu oft aufgerissen und wieder verheilt, als dass der Schmerz, der von ihr ausging, noch etwas anderes war als ein stetiges Hintergrundpochen. Tizians Fähigkeit zeigte ihm einfach zu oft und zu ungeschönt, was die Menschen hinter ihren freundlichen Lächeln tatsächlich in ihm sahen.

Er hatte auf die harte Tour gelernt, was der Unterschied zwischen Sein und Schein war und was es für einen Kraftaufwand bedeutete, wenn man den Schein ununterbrochen aufrechterhalten und das Sein darunter verbergen wollte, damit die anderen einen liebhatten, damit man von ihnen ausreichend Anerkennung bekam. Nicht ohne Grund war er mit entsprießender Pubertät in eine Sinnkrise gefallen, die aus dem netten Buben mit der alten Seele (so hatten sie es alle gesagt, er sei ein netter Bub mit uralter Seele, denn anders hatten sie sich das Kind mit der so unkindlichen Liebenswürdigkeit, Umsichtigkeit und dem Pflichtbewusstsein nicht erklären können) einen vermeintlich jäh melancholischen, depressiven und zunehmend aggressiven Einzelgänger gemacht hatte.

Deshalb kümmerte Tizian kaum, was sein Chef gern von ihm hätte, in welcher Verfassung, innerlich wie äußerlich, er seinen Untergebenen am liebsten sehen würde. Die Weltachse, um die sich alles drehte, hieß Egoismus, und damit Tizian weiterhin um sie kreisen konnte, ohne dabei unablässig kotzen zu müssen, stellte er eben diese Selbsterkenntnis alias Egoismus ins Zentrum seines Mikrokosmos und scherte sich fortan einen Dreck um den Schein, dessen geerntete Anerkennung ja doch in Sekundenschnelle verrottete, weil sie keinem fruchtbaren Boden entkeimt war.

Niemand wusste besser als er, dass selbst das höchste Prinzip der Liebe, die er in der Fähigkeit zur Empathie beheimatet glaubte, auch nichts anderem als Egoismus entsprang, denn empathisch konnte man nur sein, wenn man selbst schon einmal in der Form empfunden oder gefühlt hatte oder sich aufgrund anderer Erfahrungen vorzustellen vermochte, welche Konsequenzen manches bedeuten könnte. Und darum war er zu einem simplen Schluss gekommen: Es war nicht nur dumm, Menschlichkeit zu verherrlichen, sondern auch gefährlich. Aufgrund übersteigerter Erwartungen konnte man im Handumdrehen zum Psychopathen mutieren.

Loki von Schallerns Mundwinkel lächelte also ganz leicht, indem er ein klitzekleines Stückchen nach oben wanderte, das Aufziehäffchen in Tizian fing an, mit klatschenden Händen Kreise zu laufen, und Tizian nahm die Disziplin, die Einschätzung seiner Person und die Kränkung wahr.

All dies dauerte nicht länger als zwanzig Sekunden.

Die Hand, die sein Chef in der Hosentasche gehabt hatte, bewegte sich nun und beförderte ein Smartphone zutage. Er unterbrach den Blickkontakt zu Tizian, bediente den Touchscreen und hielt ihn seinem Untergebenen entgegen, ohne das Gerät aus der Hand zu geben.

»Diesmal hält sich Ihre Schwester nicht damit auf, die Leichen auf ewig verschwinden zu lassen«, sagte Loki von Schallern trocken.

Tizian sah eine junge Frau, die auf einem Esstisch mit gemusterter Tischdecke lag. Sie war vollständig nackt, ihr rotblondes Haar gewellt und kurz, auf der Nase saß eine Brille, die zur Stirn hinauf verrutscht war. Soweit er das anhand des Fotos auf dem kleinen Bildschirm beurteilen konnte, war ihr Rumpf professionell geöffnet worden, so wie es ein Pathologe bei einer Obduktion mit dem berühmten Y-Schnitt tun würde. Allerdings war sie nicht wieder zugenäht worden, und Tizian wusste, dass sie zu Beginn der *Behandlung* noch bei Bewusstsein gewesen war. Das, wie auch der Fakt, dass sie auf einem Esstisch lag sowie die Behältnisse neben ihrem Körper waren klare Indizien dafür, dass kein professioneller Chirurg Hand angelegt hatte.

Ihr Inneres war leer, vollständig ausgeräumt, vom Herzen über die Lunge und die Därme bis zur Gebärmutter. Die Innereien befanden sich stattdessen in Schüsseln, Töpfen und auf Tellern, die sorgsam um die Frau herum angeordnet waren, für jedes Organ ein Behältnis. Aus dem Muskelgewebe, das in einem silbergrauen flachen Topf lag und das er für den Dünndarm hielt, ragte Essbesteck in die Höhe, eine Gabel und drei Messer unterschiedlicher Größe, darunter ein stumpfes zum Brötchenschmieren sowie zwei mit längeren und schärferen, gezahnten Klingen: Das Werkzeug, mit dem die Behandlung vorgenommen worden war.

»Verfluchte Scheiße!«, sagte Tizian.

»Der Mord fand heute um die Mittagszeit herum statt. Das Opfer wohnte nur zwei Querstraßen vom Bezirksklinikum entfernt. Dem Anschein nach hat Ihre Schwester keine Zeit vergeudet.«

»Die Einschnitte wurden mit linker und mit rechter Hand vorgenommen?«

Das war Titas Eigenart: Sie war mit links genauso geschickt wie mit rechts, und dieses Geschick wendete sie auch an, wenn sie ihre Opfer ausnahm wie gemästete Gänse.

Von Schallern nickte und ließ die zu Ende gerauchte Zigarette auf den Boden fallen. »Ihre Schwester hielt sich drei Stunden lang in der

Wohnung auf. Sie hat ihre Spuren nicht verwischt, im Gegenteil. Sie obduzierte die Frau bei lebendigem Leib, anschließend duschte sie und rasierte sich am ganzen Körper, einschließlich des Kopfhaares. Man fand ihre Haare im Abfluss, auf den Badezimmerfliesen und im Rasierapparat. Danach kleidete sie sich neu ein, und es ist sicherlich kein Zufall, dass das Opfer dieselbe Konfektionsgröße wie Ihre Schwester hatte. Allem Anschein nach hat sich Ihre Schwester hiernach ein Mittagessen zubereitet, einen Gurkensalat und etwas, das viel Gemeinsamkeit mit Haggis, der Spezialität aus Schottland, gemein hat.« Die graublauen Augen sahen Tizian forschend an. »Sie wissen Bescheid?«

Tizian wusste nicht Bescheid, aber ihm graute vor der Antwort.

»Haggis ist der Magen eines Schafes, der mit Herz, Leber, Lunge, Zwiebeln und Mehl gefüllt wird. Sie können sich gewiss vorstellen, dass es sich in diesem Fall nicht um die Kaldaunen eines Schafs gehandelt hat.«

Tizian wurde doppelt übel, weil seinem Chef fast noch schlechter war als ihm selbst und seine Fähigkeit ihn das spüren ließ. Es war eine Ironie, dass sich ihre beiden Mägen bei dieser Vorstellung zusammenzogen, als wollten sie auf keinen Fall, dass ihnen Nahrung in dieser Form zugeführt wurde. Tizian, der so lange schon nichts mehr zu sich genommen hatte, dass er sich an die letzte Mahlzeit nicht mehr erinnern konnte – wahrscheinlich irgendwann während seines Aufenthalts in Bielefeld – und dessen Magen seit Titas Abgang in seinem Wohnwagen ohnehin geleert war, fühlte Magensäure aufsteigen. Er schluckte mehrfach hintereinander, um sie wieder dorthin zu befördert, wo sie hingehörte.

»Hat sie …«, setzte er an, schluckte wieder. »Sie hat doch nicht …? Oder …?«

Von Schallern blickte ihn nur an. Diesmal ließ er Erinnerungen in sein Bewusstsein vordringen, ließ sie heraufziehen wie Wolken am Himmel, blass und grau, aber anschauliche Zeugen für den nahenden

Regen. Sie wurden von Wehmut und einem weiteren Gefühl begleitet, das Tizian erst nach einer Weile erkannte: Mitgefühl.

Tita – Rosa – *hatte* das fürchterliche Mahl gegessen. Und nicht nur das: Sie hatte den Teller sogar ausgeschleckt. Spuren ihres Speichels waren über den ganzen Teller verteilt gefunden worden.

»Sie ändert ihren Modus Operandi«, flüsterte Tizian, der nichts anderes als ein Flüstern zustande brachte, aus Angst, ihm könnte die Stimme versagen, wenn er sie zu sehr beanspruchte.

Von Schallerns Wahrnehmung wechselte erneut. Während er in die Innentasche seines Jacketts griff und eine Zigarettenschachtel herausholte, sie öffnete und Tizian hinhielt, ruhte seine Aufmerksamkeit auf Tizians Mimik. Von Schallern erkannte, wie tief Tizian das Gehörte und Gezeigte verletzte, er las es in seinem Gesicht, und er verband es mit einer eigenen Erinnerung, die er Tizian nicht sehen ließ – sie blieb namen- und gesichtslos, doch sie hatte etwas mit von Schallerns Vater zu tun, soviel ließ er erkennen. Allerdings offenbarte er deren Auswüchse anhand des Schmerzes, der sein emotionales Innenleben entflammte und beinahe verkohlte. Wieder verspürte Tizian doppelte Seelenqual, seine eigene ebenso wie die von Schallerns.

»Man kann sich die Familie nicht aussuchen«, kommentierte sein Chef und hielt die geöffnete Zigarettenschachtel höher. »Bitte, bedienen Sie sich. Ein paar Züge zur Nervenberuhigung.«

Tizian griff zu, ließ sich Feuer geben und schluckte eins ums andere Mal einen Felsbrocken hinunter, jedenfalls fühlte es sich danach an. Er wünschte inständig, er könnte sich die verfluchte Substanz spritzen, damit er sich mit seinen *eigenen* Emotionen befassen konnte, statt andauernd mit denen Fremder konfrontiert zu werden, wobei er dennoch dankbar war für die Disziplin, die sein Chef an den Tag legte.

Auch die Zigarette zeitigte Wirkung, ebenso wie das Zugeständnis, das sein Chef soeben gemacht hatte, indem er Tizian einen Einblick in seine Seelenqualen gestattet hatte. Dem Anschein nach war er nicht der Einzige, der ein psychopathisches Familienmitglied vorweisen konnte. Von Schallern besaß auch eines.

Nach drei tiefen Zügen von der Zigarette, die ihn schwindlig machten, warf er die Kippe auf den Boden und trat sie aus. Er hatte seit mindestens drei Monaten nicht mehr geraucht. Tizian rauchte nur, wenn er so betrunken war, dass er sich nicht mehr daran erinnern konnte, Nichtraucher zu sein. So betrunken war er nur, wenn er in einem Fall feststeckte, wie damals vor drei Monaten, als er sich aus Langeweile darauf verlegt hatte, Kriminalromane bis kurz vor Klärung des Falles zu lesen und zu versuchen, selbst auf die Lösung zu kommen – was überraschend gut gelang, bis er auf ein Buch von Valentina Vogt stieß, an dem er sich die Zähne ausbiss.

Er wandte den Blick von dem bleichen Gesicht ab und ließ ihn die Straße hinunterwandern.

Just in diesem Moment kamen David Hedock und Oliver Markl von der Anhöhe herunter und traten auf die von Laternen beschienene Straße. Ihre Blicke kreuzten sich, und selbst aus der Entfernung konnte Tizian sehen, wie die beiden Kommissare seinen Chef musterten. David winkte ihm schließlich zu, und Tizian winkte zurück.

»Na dann, Mister Narziss«, sagte er und drehte sich wieder zu von Schallern um. »Dann werde ich Ihnen jetzt mal erzählen, warum Sie finden, dass ich eine so erbärmliche Körperhaltung an den Tag lege, die unbedingt Mitleid erfordert.«

Tizian berichtete von dem Besuch seiner Schwester, erläuterte ihre Beweggründe für ihren Ausbruch und warum sie die Leiche der jungen Frau nach vollbrachter Tat nicht hatte verschwinden lassen wie früher, warum sie gewollt hatte, dass man sie fand und mit ihr in Verbindung brachte.

Obwohl ihn wieder das Gefühl überkam, er müsste eigentlich unterwegs sein und etwas unternehmen, laufen, laufen, *laufen*, weil auch die Zeit lief und nicht stillstand, weil seine Schwester höchstwahrscheinlich augenblicklich dabei war, ihr zweites Opfer ins Visier zu nehmen, falls es nicht bereits unter ihrem Messer lag (oder nicht das zweite, sondern schon das *dritte* war – wer konnte das wissen?), und weil es da noch diesen Schlächter gab, der mit Elektrizität und Löffel hantierte, Augen ausschabte und Herzen unter Strom setzte – obwohl ihn all dies rastlos machte, ihn schier in den Wahnsinn trieb, sprach er trotzdem langsam und ruhig.

Noch immer lief das klatschende Äffchen Kreise, und es zeigte ganz deutlich, dass Loki von Schallern ein stoischer Mann war. Das lag nicht in seiner Natur, es hatte sich schlichtweg als nützlich für ihn erwiesen. Gelassenheit und Bedachtsamkeit breitete er über alles aus, was er wahrnahm, keinen Finger rührte er, keinen Blick richtete er irgendwohin, ohne vorher gründlich darüber nachgedacht zu haben. Das beruhigte auch Tizian, minderte die Erbitterung etwas, wenn es sie auch nicht auslöschen konnte. Dass er sogar damit aufhörte, nervös mit dem Zeige- und Mittelfinger der rechten Hand einen Rhythmus gegen den Oberschenkel zu klopfen (einen Tusch, scheinbar ohne Anfang und Ende, ohne erlösenden Beckenschlag), dass er das überhaupt getan hatte, merkte er erst, als Loki von Schallerns Aufmerksamkeit auf das ausbleibende Geräusch fiel und er Zufriedenheit über die Beeinflussung von Tizians Gemütszustand verspürte (was wiederum in seiner Natur lag; das Manipulieren von seinen Mitmenschen war gewissermaßen so normal für ihn wie Atmen und Rauchen).

Tizian beendete seinen Bericht, musterte seinen Chef und fügte an: »Ich bin gut, das wissen Sie, aber ich bin nicht so gut, dass ich es mit zwei Psychos auf einmal aufnehmen kann, vor allem nicht, wenn einer davon mein verfluchtes Schlagzeug demoliert. Ich brauche Hilfe.«

Loki von Schallerns Miene blieb unbewegt, er war weiterhin damit beschäftigt, Tizian zu analysieren. Gegenwärtig schien er Tizians

Charakter mit dem eines anderen abzugleichen, und es machte ganz den Eindruck, als würde er das nicht zum ersten Mal machen, als würde er nur sichergehen wollen, sich in keinem Punkt zu täuschen.

Tizian schüttelte den Kopf, als ihm klarwurde, was der Typ vorhatte. »Nein«, sagte er. »Nein, oh nein! Das hilft mir nicht! Ich will, dass Sie den Augenfetischisten-Fall jemand anderem geben! Das nimmt Tita den Wind aus den Segeln, ruiniert ihren Plan, und es gibt mir die Zeit, die ich brauche, um ihren Arsch wieder in die Irrenanstalt zu verfrachten.«

Sein Chef nahm einen letzten Zug von der Zigarette und ließ sie der ersten gen Boden folgen, ohne von Tizian wegzusehen.

»David Hedock«, sagte er mit seiner tonlosen Stimme und ignorierte geflissentlich Tizians erneutes Kopfschütteln. »Sie haben die Erlaubnis, ihn in alles einzuweihen. Sein Hintergrundcheck erlaubt uns dies. Und mit *alles* meine ich auch *alles*, Herr Wolff. Ziehen Sie ihn ins Vertrauen, und das nicht nur beruflich. Es ist wahrlich an der Zeit, dass Sie sich einen … nun, einen *Vertrauten* zulegen.« Er machte eine Pause, wählte die Worte mit Bedacht. »Ich könnte Ihnen nun sagen, Sie müssten es für David Hedock machen, weil der Mann Sie braucht. Ich könnte versuchen, Sie zu manipulieren, indem ich Ihnen das Gefühl gebe, in den Augen eines anderen wichtig zu sein. Es stimmt natürlich, Herr Hedock braucht jemanden, aber wir wissen beide, dass Sie für ihn und den Fall austauschbar sind, Herr Wolff. Darum bleiben wir bei der Wahrheit, die Sie so sehr schätzen. *Sie* sind es, der David Hedock braucht, und *Sie* sind es, der sich mit dieser Sache auseinandersetzen muss.«

Wieder eine Pause, diesmal eine kürzere, die er nur machte, um Tizian mit dem Blick aus seinen stechenden Eisaugen schier zu durchbohren.

»Damit Sie mich richtig verstehen, Herr Wolff«, und nun machte er einen Schritt nach vorn und stand dicht vor Tizian. »Dies ist Ihre persönliche Schlacht, und das sollten Sie sich gestern schon bewusst gemacht haben, nicht erst jetzt. Mit Ihrer Rückkehr nach Regensburg hat die Schlacht begonnen, und Sie sind ein Narr, wenn Sie wirklich gedacht haben, Sie könnten Ihrer Vergangenheit ins Gesicht blicken, ohne sich dabei die Augen zu verblitzen. Ein noch größerer Narr wären Sie allerdings, wären Sie weiterhin davongelaufen. Sie werden feststellen, dass es oftmals einfacher ist, die Verantwortung, die von den Ahnen und unserer Familie auf uns übergeht, auf sich zu nehmen, statt vor ihr davonzulaufen wie jemand, der sich vor seinem Schatten fürchtet und ihm doch nie entkommen kann.«

Die Worte erinnerten Tizian unvermittelt an das, was David am Nachmittag im Café zu ihm gesagt hatte: »Zu einem gewissen Grad ist man die anderen. Es ist eine Illusion zu glauben, man wäre ein Einzelwesen, abgetrennt von denen, mit denen man täglich zu tun hat. Das ist man nicht. Nein, das ist man nicht.«

Er erinnerte sich auch daran, wie sehnsüchtig der Kommissar auf eine Reaktion von Tizian gewartet hatte, wie sehr er gehofft hatte, sein Gegenüber, dem er aus ihm unverständlichen Gründen das Herz ausschüttete, würde ihm beipflichten.

Tizian hatte beigepflichtet. Natürlich hatte er das. David mochte das, was er da gesagt hatte, aus guten Gründen begreifen, das Leben hatte ihn zu dieser Erkenntnis geführt, aber er kannte die Tiefe nicht, die dieses Verständnis erreichen konnte. David hatte keine sadistische Schwester, die soeben zur Kannibalin mutiert war. Sicher, da war sein Vater, der gemein genug gewesen war, dennoch lag ein weiter Weg zwischen Davids Vater und Tita, zwischen dem, was die beiden anzurichten imstande waren und dem Gewicht der Verantwortung, das sie jeweils mit ihren Taten auf ihre nächsten Angehörigen übertrugen.

Davids Vater hatte mittels emotionaler Gewalt die eigene Familie verletzt, Tita verletzte ihren Bruder *und* die Familien derer, die sie bestialisch ermordete.

»Sie sollen die Bedingungen, die Ihnen Ihre Schwester mit ihrem Plan auferlegt hat, nicht akzeptieren«, sprach Loki von Schallern weiter, »aber Sie sollten sich dennoch auf das Spiel einlassen. Ändern Sie die Spielregeln zu Ihren Gunsten. Nutzen Sie Ihre Ausbildung und Ihre berufliche Stellung, um ein für alle Mal mit der Vergangenheit abzuschließen. Und machen Sie all dies nicht für irgendjemanden, Herr Wolff, sondern tun Sie es ausschließlich für sich selbst. Diese Schlacht führen Sie nicht gegen Ihre Schwester oder gegen Doktor Pfeifer, der Sie rekrutiert hat, auch nicht gegen mich. Sie führen sie gegen den jungen Tizian Wolff, der sich so leicht hat einfangen lassen, der so gebrochen und manipulierbar war, und der noch immer in Ihnen kauert und ängstlich die Augen vor der Gegenwart verschließt. Befreien Sie ihn, lassen Sie ihn gehen.«

Diesmal schien Tizian keinen Felsbrocken zu schlucken, diesmal war es der Himalaya persönlich, den er hinunterzuwürgen versuchte. Der Typ vor ihm, die Schwarz-Weiß-Karikatur von einem Spielfilm-Agenten, war nicht mehr derselbe Typ, den er vor drei Jahren vor sich gehabt hatte, als sie einander vorgestellt worden waren.

Während er seinen gefühlsbetonten, ja fast spirituell-trunkenen Vortrag gehalten hatte, hatte er Tizian erneut einige Einblicke gewährt, und das hätte der Typ von damals nie getan. Niemals. Nicht einmal dann, wenn er kurz vor dem Abkratzen gestanden hätte.

Tizian verstand, dass Loki von Schallern auf seiner Seite war. Er verstand, dass er auf seiner Seite war, weil sie beide auf dieselbe Weise manipuliert, ausgebildet und benutzt worden waren, und weil sie beide all dies durchschaut hatten. Es gefiel Tizian nicht, überhaupt nicht, aber sie waren sich so verdammt ähnlich, weil sie eine so verdammt ähnliche Vergangenheit hatten. Der Unterschied zwischen ihnen, wie sie jetzt hier standen, war nur der: Loki von Schallern hatte sich bereits daraus befreit, während Tizian nicht einmal gewusst hatte, dass er noch im Spinnennetz dieses alten Tattergreises Doktor Pfeifer, seines ehemaligen Mentors, festhing wie eine Fliege. Ihn wunderte, wie sanft sich das ausnahm, was Loki von Schallern empfand, sobald er an ihrer beider Mentor dachte.

Vielleicht war in den vergangenen drei Jahren im Leben seines Chefs so viel geschehen, dass dieser sich derart verändert hatte, vielleicht war Tizian bei ihrer letzten Begegnung auch schlicht nicht fähig gewesen, ihn unvoreingenommen zu betrachten. Auf alle Fälle schwand die Feindseligkeit, die er ihm bisher entgegengebracht hatte. Er konnte fühlen, dass Loki von Schallern das wieder mal von ihm ablas, als sei Tizians Äußeres eine Gebrauchsanweisung für ihn.

Er hielt dem Blick aus den blaugrauen Augen stand, der sich anschickte, seine Seele zu pfählen, und sagte: »Ich will volle Handlungsfreiheit, was meine Schwester betrifft. Bevor Sie wieder zu einem Vortrag ansetzen, lassen Sie es mich auf Deutsch und nicht in diesem bescheuerten Schönsprech sagen, damit Sie begreifen, wie ernst es mir ist: Ich will Ihre Erlaubnis, meine Schwester töten zu dürfen.«

Diesmal konnte von Schallern die Empfindung (die Erinnerung) nicht schnell genug unterbinden. Seine Gesichtszüge blieben eisern, aber in seinem Inneren tat sich eine Tür in einen geheimen Raum auf, nur einen Spalt weit, ehe er sie so vehement zuschlug, dass ein anderer (normaler) Mensch dabei gewankt wäre wie eine dünne Rigipswand. Was Tizian davor allerdings durch den Spalt hatte sehen können, kam nahe an das heran, was man wohl unter einem seelischen Inferno verstehen mochte. Tizian konnte nicht einmal im Ansatz nachempfinden, welche Selbstdisziplin es kosten mochte, solche emotionalen Belastungen unter Kontrolle zu halten. Dabei hatte er nur durch einen Spalt gesehen, und das für Millisekunden.

Kein Zweifel, der Mann hatte in den vergangenen Jahren *einiges* erlebt.

Tizian grinste, und er spürte, wie verzerrt das Grinsen sein musste, denn es fühlte sich falsch an. »Kommen Sie schon! Hören Sie auf mit dem Theater! Als könnten Sie sich nicht zusammenreißen, als hätten Sie nicht absichtlich die Tür geöffnet und mich in Ihr persönliches Fegefeuer schauen lassen! Sie sind und bleiben ein Manipulator. Ihnen ist so klar wie mir, dass Ihre Beweggründe noch so großmütig sein können, aber nichts an schlichten Fakten ändern. Ein Bär ist und bleibt ein gefährliches Raubtier, auch wenn wir ihn Teddy nennen und ihm Knopfaugen verpassen.«

Sein Chef senkte den Kopf ein wenig, und da er kleiner war, blickte er nun unter seinen Brauen hinweg Tizian eindringlich an. »Dass ich das ausgerechnet Ihnen sagen muss! Fakten existieren in diesem Kontext nicht. Es gibt nur unsere Wahrnehmung, und die ist nun einmal immer subjektiv. Umso länger ich lebe, Herr Wolff, desto mehr drängt sich mir die Erkenntnis auf, dass das gleichbedeutend mit dem ist, was Sie das Fegefeuer nennen. Welche Parabel Sie auch anwenden möchten, es liegt einzig an Ihnen, es zu schüren oder einzudämmen.«

Er machte auf dem Absatz kehrt und ging um den Porsche herum zur Fahrertür. »Carpe diem, Herr Wolff«, sagte von Schallern über das Autodach hinweg. »Richten Sie Frau Linda Müller-Probst bitte ebenfalls meine Grüße aus.«

Er stieg in den Wagen und fuhr davon.

Tizian hob einen faustgroßen Stein auf, der an der Einfriedung des Schotterparkplatzes lag, und warf ihn den beiden kleiner werdenden roten Höllenfenstern nach, die die Rücklichter des Porsches waren.

»Klugscheißer!«, rief er und lachte trocken, während der Stein irgendwo zwischen Fußgängerweg und der Mauer, die den Biergarten der Gaststätte umgab, im Gebüsch landete.

Vierter Teil

Aus Eins mach Zwei

1

Über Regensburg hing ein sternenklarer Nachthimmel, der nicht sonderlich spektakulär war. Die Stadt strahlte zu hell, als dass man mehr als vereinzelte Flimmerpunkte zwischen den einschlägigen Sternbildern erkennen konnte. Tizian, der so manche schlaflose Nacht vor seinem Wohnwagen verbrachte, war imstande, so einige Konstellationen zu benennen und am Firmament ausfindig zu machen, vom Großen Bären über den Wolf bis hin zu den Sternzeichen. Was er im Sommer stets fand, war das Gestirn des Schützen, seines Sternzeichens.

Nun aber hatte ihn die Unrast wieder ergriffen, er wollte laufen, laufen, laufen, hatte das Gefühl, als würde die gesamte Welt samt den Flimmerpunkten über ihm mit der Rotation aufhören, wenn er stillstand.

Er lief nicht, er trieb seine Vespa auf ganze 98 km/h und raste durch die Stadt, von West nach Ost, ein Geräusch hinter sich herziehend, als würde der Motor nicht nur jeden Moment das Zeitliche segnen, sondern als würde er das mit lautem Getöse tun, als würde er bald hochgehen wie eine Sprengladung, die komplette Vespa inklusive Tizian auf der Straße verteilen und brennende Geschosse gen Himmel entsenden, die wie Kometen mit ihrem Schweif über Regensburg niedergingen.

Wie ein Reiter auf seinem Ross bei vollem Galopp nicht mehr im Sattel sitzt, sondern vielmehr in den Steigbügeln steht und sich mit dem Oberkörper nach vorn lehnt, so ritt auch Tizian jetzt seinen Roller. Er trieb ihn zum Campingplatz, der nur wenige Straßen vom zweiten Fundort entfernt lag, preschte durch die Einfahrt, achtete nicht auf den Wärter, der fast von seinem Hocker in seinem Kabäuschen fiel, lärmte die geteerte einspurige Straße zwischen den Stellplätzen hinunter, die von Laternen beschienen war, legte sich in die Kurven, als sei sein Gaul ein Motorrad und keine Vespa, erreichte den Wohnwagen und gönnte dem Gefährt eine Pause von eineinhalb Minuten.

In diesen eineinhalb Minuten riss er die Schublade mit dem Besteck auf, holte die unglückseligen Zeichnungen heraus und schob sie sich gefaltet in die Hosentasche. Den schwarzen Koffer, den er von seinem Chef bekommen hatte, schwang er mit einem Poltern auf die Küchenanrichte, klappte ihn auf und setzte mit geübten, gezielten Handgriffen die Pistole zusammen, sicherte sie und schob sie in das leere Holster an seiner Hüfte. Danach gönnte er sich zehn Sekunden, um die Tom seines Schlagzeugs in Augenschein zu nehmen, die bei seinem Kampf mit Tita in Mitleidenschaft gezogen worden war.

Er fuhr mit dem Finger über die zehn Zentimeter lange Kerbe, die sein Stick auf ihr hinterlassen hatte. Stracks empfand er den heißen Stachel eines wilden Zorns, der in seine Fingerkuppe zu schlüpfen schien wie ein sich windender, lebendig gewordener Parasit, der von dem Riss auf seine Hand übersprang, sich seinen Arm hinauf und bis in sein Herz fraß.

Die verwundete Tom stand stellvertretend für alles, was seine Schwester und ihresgleichen je vernichtet, was sie entzweit und geschändet hatten. Der feine, nicht sehr tiefe Riss war Sinnbild für jede Zerstörung, die die Menschen verursachten; für jede Hand, die eine Klinge führte, um mit ihr die zarte Hülle eines menschlichen Körpers zu verunstalten; für jede Pranke, die sich gegen ein Kind richtete; für jeden Fuß, der gleichgültig auf das Meisterwerk trampelte, das eine Blume in ihrem filigranen Aufbau war; für jeden groben Geist, der aus Unvernunft und Missgunst Feinsinnigkeit tötete – für jeden, der aus Menschen Psychopathen machte.

Noch bevor sein Finger den Riss gänzlich entlanggefahren war, bevor sich der parasitäre Stachel in seinem Inneren vollständig eingenistet hatte, begriff Tizian: Sein Chef von Schallern hatte ihm nicht nur seine subjektive Interpretation seines Äußeren geliefert, er hatte ihm ein viel wahrhaftigeres Spiegelbild gezeigt. *Er selbst* war das Spiegelbild, Loki von Schallern selbst.

Sie beide übten diesen Beruf nicht aus, weil sie sich manipulieren und einfangen hatten lassen. Sie übten ihn aus, weil sie es nicht ertrugen, dass Feinsinnigkeit getötet wurde – weil sie den giftigen Stachel in ihren Herzen trugen – weil sie laufen, laufen, laufen mussten – weil sie wussten, dass sie nicht siegen konnten, weil ihre Blicke zu klar waren und sie den Namen der Weltachse kannten, weil für jeden Samen, den sie pflanzten, ganze Felder gerodet wurden – weil sie das Wissen *nicht ertragen konnten*, mit allen anderen um die Weltachse zu kreisen und aus denselben Gründen zu laufen wie die ganze blinde Menschheit, dabei klarzusehen und kurzlebige Samen zu pflanzen, die sie mit ihren eigenen Füßen wieder niedertrampelten.

Sie waren Gefangene in sich selbst und es würde sie wahnsinnig machen, wenn sie stehenblieben.

Es wäre, dachte Tizian, als sein Finger das Ende des Kratzers erreicht hatte, als säßen wir in einem Spiegelkabinett gefangen und müssten bis in alle Ewigkeit in unser eigenes hässliches Angesicht starren, das sich in alle Himmelsrichtungen erstreckt, wieder und wieder und wieder … überall nur die eigene Fratze, bis unser Verstand den Siedepunkt erreicht hat und etwas in uns switcht.

Er zwang sich, eine Sekunde länger auszuharren und den Gedanken zu Ende zu führen, denn Tizian hatte das drängende Gefühl, einer elementaren, universellen Wahrheit auf der Spur zu sein.

Stehenbleiben, dachte er (und es fiel ihm nicht leicht, über diese

Schwelle zu treten, über die ihn sein Chef schubsen wollte), in diesem Spiegelkabinett stehenzubleiben und ins eigene Angesicht zu starren, würde bedeuten, in alle Gesichter zu schauen, die mir in meinem Leben begegnet sind und die ich für hässlich erachtet habe. Sie würden mir allesamt entgegenblicken und mich mit meinem eigenen Mund verspotten. Ich würde unter ihrem Hohngelächter zu Grunde gehen.

Er war nicht Ermittler, weil er dazu gezwungen worden war. Er war Ermittler, weil er diese hässlichen Gesichter in sich selbst jagte und sie wegsperrte, auf dass sie nichts mehr zerstören konnten.

David Hedock lag richtiger, als er es ahnen konnte: Man *war* verantwortlich für die anderen, weil sie die hässlichen Fratzen waren, die man in dem Spiegelkabinett in seiner eigenen Seele mit sich herumtrug.

Das war die elementare, universelle Wahrheit, die wahrhaftige Wahrheit, und sie trug weder einen Hut noch einen falschen Schnurrbart. Sie rannten vor sich selbst davon, im Versuch, sich selbst einzufangen. So wahnwitzig und aussichtslos dieses Unterfangen auch sein mochte, garantierte es paradoxerweise dennoch geistige Gesundheit.

Mit dieser Gewissheit wandte sich Tizian von der Tom ab und stellte sich wieder den Naturgesetzen, die allem und jedem Bewegung abverlangten und keinen Stillstand zuließen. Das genehmigten sie weder dem Einzeller noch dem riesigen Universum.

Eineinhalb Minuten, nachdem er ins Wohnmobil gesprungen war, saß Tizian wieder auf seinem Vespa-Ross und pflügte mit röhrendem, ächzendem Motor über die nächtlichen Regensburger Straßen, von West nach Ost, das Sternenbild der Zwillinge im Rücken.

2

Fünfzehn Minuten später erreichte Tizian auf seinem Metallross die Bajuwarenstraße, in der die Kriminalpolizeiinspektion lag. Es war Sonntagabend, und entsprechend gering war das Verkehrsaufkommen, zumal Regensburg überschaubar groß war, und er seiner Vespa weiterhin das Äußerste abverlangte.

Er parkte das Gefährt im Innenhof, lief im Laufschritt in das große, weiß gestrichene Gebäude mit den Erkern über einen Seiteneingang hinein und verschaffte sich Zugang ins Innere, indem er seinen Dienstausweis über eine Scannervorrichtung in einem kleinen Vorraum zog. Tizian ließ die Aufzüge links liegen und eilte die Treppen hinauf in den zweiten Stock. Bis auf seine eigenen Schritte, die laut von den Wänden widerhallten, war es gespenstisch still.

An der Tür des Treppenhauses kam ihm Linda Müller-Probst entgegen. Sie trug einen Papierstapel in den Armen, den sie beinahe fallen ließ, als Tizian jäh um die Ecke des Treppenabsatzes geschossen kam.

»Mein Gott! Haben Sie mich erschreckt!«, sagte sie und drückte sich die Papiere in letzter Sekunde an die Brust.

Tizian reagierte ebenfalls sofort und streckte die Hände aus, und als klar war, dass das Unglück nicht stattfinden würde, nahm er sie zurück und sah Linda in die Augen. Sie sagte just in diesem Moment: »Haben Sie mich erschreckt!«, und der Affe in Tizians Kopf fing mit seinem Tänzchen an.

Na klasse, dachte er, machte einen Schritt zur Seite und um Linda herum, um anzudeuten, dass er es eilig hatte. Tizian entschuldigte sich und legte eine Hand auf den Türgriff. Linda murmelte eine knappe Erwiderung: »Schon gut«, und bevor sie »Tschüss«, anfügen konnte, tauchte in ihrer Wahrnehmung etwas auf. Etwas Interessantes.

Doch Tizian wollte sich jetzt nicht damit aufhalten, immerhin war es nicht wichtig. Interessant, das schon; ungefähr so interessant wie ein Gerücht über einen undurchsichtigen Nachbarn. Mehr aber nicht.

Er verabschiedete sich und hastete weiter.

In den Räumen, in dem die vorübergehend einberufene Mordkommission untergebracht war, herrschte hingegen selbst um diese Stunde und an einem Sonntag Betriebsamkeit. Es waren nicht alle der vierunddreißig Schreibtische im Großraumbüro besetzt, aber über die Hälfte davon war es. Für kaum einen der Beamten würde es in dieser Nacht Schlaf geben, denn sie hatten eine zweite Leiche, und die nächsten Stunden waren ausschlaggebend. Jene, die nicht an ihren Plätzen saßen, waren zweifellos auch nicht in ihren Betten, sondern unterwegs zu Familienangehörigen der Toten, noch am Fundort oder anderweitig beschäftigt.

Drei von den Anwesenden, zwei Frauen und ein Mann, standen bei den Flipcharts an der linken Wand und waren dabei, die neuen Fotos anzubringen und die bereits gesammelten Fakten niederzuschreiben. Als Tizian die Tür zum Büro aufriss und hineinhetzte, hielten sie in ihrer Arbeit inne.

Er ging mit großen, schnellen Schritten an ihnen vorbei, den Blick gen Boden gesenkt, und zwang sich, nicht wieder zu laufen anzufangen. Sie nahmen ihn ohnehin alle zusammen in Augenschein, sie alle, da musste er nicht auch noch rennen wie ein Irrer, auch wenn sie ihn wahrscheinlich inzwischen sowieso für einen hielten. Über ihn wurde meistens getuschelt, er war der Fremdling, der in ihre Reviere eindrang.

Streng genommen war er *immer* der Fremdling, egal wohin er ging. Ob in seiner Eigenschaft als Sonderermittler oder als Privatmann, Tizian fiel auf. Früher hatte es an dem Fingerspitzengefühl und der Herzlichkeit gelegen, mit der er allen begegnet war, inzwischen lag es daran, dass er entweder übertrieben schweigsam war und nach Möglichkeit nahe Kontakte vermied – wenn er seiner Fähigkeit ausgesetzt war – oder so benebelt aussah wie ein Betäubungsmittel-Junkie – wenn er die Substanz intus hatte, die zwar nicht high machte wie echte Betäubungsmittel oder andere Drogen, die ihm aber leider dieses Aussehen verlieh, weil sie seinen ohnehin tiefdunklen und deshalb weich wirkenden Augen den aufmerksamen, mitunter durchdringenden Ausdruck stahl. Natürlich war es vor allem dieser Wechsel zwischen den beiden Extremen, der die Leute verunsicherte und nicht selten gegen ihn aufbrachte.

Am Ende des Großraumes befand sich ein durch eine dünne, zur Hälfte verglaste Wand abgetrenntes Büro, das dem jeweilig eingesetzten leitenden Ermittler diente. Derzeit war das David Hedock, und weil momentan die Lamellen vor den Fenstern geöffnet waren, konnte Tizian ebendiesen zusammen mit Oliver Markl sehen, die sich am Schreibtisch gegenübersaßen. Die Tür zum Kabäuschen stand offen, darum trat er ohne Umschweife ein.

» … und die Vermisstenanzeigen …«, sagte Markl gerade, verstummte aber und drehte sich zu Tizian um, um ihm einen vorwurfsvollen Blick zuzuwerfen. »Ah, Sie«, spie er regelrecht anstelle einer Begrüßung aus. Er wandte sich wieder David zu und sprach an ihn gerichtet weiter. »Dann liegen Sie also doch nicht längst in Ihrem warmen Bettchen und träumen von den Schulterklopfern, die Sie bekommen, wenn *wir* den Fall gelöst haben?«

Tizian ignorierte ihn. »Ich muss mit Ihnen reden.« Das galt David.

Davids Blick ging zwischen Oliver und dem Sonderermittler hin und her. Tizians Fähigkeit hatte noch nicht angeschlagen – nur Gott wusste, wann, ob und bei wem sie das machen würde –, aber er brauchte sie nicht, um zu wissen, was in David vorging.

Während ihres Cafébesuchs hatte er ausreichend Einblick in die Wahrnehmung Hedocks erhalten, um eins und eins zusammenzählen zu können. Der Kommissar wollte beiden Anwesenden gefallen, Oliver genauso wie Tizian, und die Abneigung, die sich ausgerechnet sein langjähriger Kollege und er entgegenbrachten, machte ihm das schwer. Vor nichts hatte David mehr Angst, als dass ihn jemand negativ beurteilen könnte.

Dafür hatte Tizian jetzt allerdings keinen Nerv.

»Bitte gehen Sie«, sagte er zu Oliver.

Dieser blieb sitzen, hob nur die Brauen fragend in Davids Richtung, was wohl so viel heißen sollte wie: Auf den da höre ich nicht, da musst du schon eine Entscheidung treffen, Bursche. Anscheinend verließ er sich darauf, den jüngeren Kommissar in der Hand zu haben, und er verließ sich zu Recht darauf, wie Tizian wusste.

Nein, dafür hatte er nun wirklich keinen Nerv, ein drittes Mal bat er nicht höflich. Oliver Markl trank gerade einen Schluck aus einer Kaffeetasse, auf der in geschwungener Schrift und auf weiß-blauer Bayernflagge *Dahoam is dahoam*, daheim ist daheim, stand – eine weitere Provokation, dieses gemütliche Kaffeetrinken –, als er den Atem ausstieß und mit einer schnellen, ruckartigen Bewegung seinen linken Arm packte und ihn in die Höhe zerrte.

»Lassen Sie uns allein«, sagte Tizian dabei in Befehlston. »Gehen Sie und vergiften Sie irgendwo anders die Atmosphäre.« Er ließ den Arm los und wischte sich die Hand an der Jeans ab, als hätte er sich die Finger schmutzig gemacht.

»Jesses!«, entfuhr es Oliver Markl, der durch die jähe ruppige Behandlung Kaffee über seinen Hemdärmel und den Kragen verschüttete. Fassungslosigkeit zeichnete seine derben Züge, wie er da vor dem Schreibtisch stand, die Tasse von sich streckte und an sich hinunterblickte.

»Herr Wolff, ich bitte Sie, was …«, setzte David an, kam auf die Beine und hielt Oliver über den Tisch hinweg ein Taschentuch hin.

Tizian unterbrach ihn, indem er noch einmal laut ausatmete, das Taschentuch Davids Fingern entriss und es Oliver vor die Brust klatschte, ihn gleichzeitig und mit der anderen Hand an der Schulter packte und in Richtung Tür zerrte.

»Raus, habe ich gesagt«, wiederholte er.

Die Fassungslosigkeit, die die Lederhaut gezeichnet hatte, die Olivers Gesicht war, war inzwischen blankem Hass gewichen. Ihm blieb nichts anderes übrig, als dem Ranghöheren zu gehorchen, aber eines war sicher: Das würde ein Nachspiel haben.

Das sprach er auch aus, auf seine Weise. Er hielt sich im Türrahmen fest und drehte sich zu Tizian um. »Ich habe mich nach Ihnen erkundigt«, zischte er im Flüsterton und fletschte die Zähne, so wütend war er. »Ihre Akten sind unter Verschluss, aber ich weiß, dass Sie eine Weile im Nahen Osten für den BND gearbeitet haben.«

Oliver Markl war einen halben Kopf kleiner als Tizian, dennoch kam er näher und starrte ihn aus seinen arglistigen Schlitzaugen an. Tizian roch Aftershave, Schweiß, und als der Mann weitersprach, einen fauligen Mundgeruch, in den sich Kaffeearoma mengte.

»Was haben Sie getan, damit man Ihre Personalakte unter Verschluss hält? Ein paar irakische Kinder abgeknallt? Oder im Gefecht ein paar Kollegen umgelegt? Vielleicht weil Sie ein Drogenproblem haben und nicht ganz klar im Hirn sind? Was es auch ist, ich werde wegen dem, was hier gerade passiert ist, Beschwerde gegen Sie einreichen, und bestimmt kommt Ihnen das nicht zugute. Ich werde dafür sorgen, dass Sie die längste Zeit Sonderermittler waren!«

Aus den Augenwinkeln sah Tizian David Hedock, der um den Schreibtisch herumkam und dazwischen gehen wollte. Er wusste auch, dass die Geschäftigkeit im Großraumbüro nachgelassen hatte. Die Geräuschkulisse war auf null Dezibel gesunken, weil über ein Duzend Ohrenpaare zu verstehen versuchten, was zwischen ihren

Chefs vorging, warum sie sich gegenüberstanden wie zähnefletschende Hunde.

Trotzdem konnte er nicht anders. Tizian Wolff konnte nicht anders, weil seine Fähigkeit angeschlagen hatte, just in dem Augenblick, in dem Oliver Markl zwischen seinen stinkenden Atemzügen »Ich weiß, dass Sie eine Weile im Nahen Osten für den BND gearbeitet haben« ausgespien hatte. Sie schlug an, und seine Nervenenden, seine Synapsen und sein emotionales Innenleben wurden von etwas Fremdem übernommen, von etwas kriecherisch Fremden, etwas Abartigem, etwas, das ihn zutiefst anekelte.

Deshalb hob er den Arm und bremste Davids Einmischung, indem er ihm die Handfläche hinhielt wie ein Stoppschild, wobei er sich zu voller Größe aufrichtete, die Schultern straffte und keine Sekunde lang den Blickkontakt zu Oliver Markl unterbrach.

In seiner Jugend hätte er zugeschlagen. Dies war eine Situation, wie er sie schon so viele Male durchgestanden hatte, und stets war es zu einer Schlägerei gekommen.

Der heranwachsende, depressive Tizian Wolff war nicht schlecht gewesen, was das Austeilen von Backpfeifen und hübsch platzierten Fausthieben anging, doch er hatte auch einiges einstecken müssen. Seine Nase war der beste Beweis dafür, die krumme Nase und die vielen gebrochenen und angebrochenen Rippen sowie insgesamt vier Narben von Platzwunden auf seinem Kopf, die er unter dem langen Haar verbarg.

Im Vergleich mit dem heutigen war der jugendliche Tizian allerdings nichts weiter als ein unkoordiniert um sich boxendes jähzorniges Kind. Wie bereits erwähnt, hatten bestimmte körperliche Ertüchtigungen zu seiner Ausbildung gezählt, und die machten den eklatanten Unterschied aus.

Wenn er nicht gerade hinterrücks mit einem Ast vom Hocker geschlagen wurde, war Tizian Wolff ein ernstzunehmender Gegner. Dank seiner Ausbildung war er schnell, er wusste, wohin man schlagen musste, damit es wehtat, und weil er ein begeisterter Langstreckenschwimmer war, war er auch in bester körperlicher Verfassung.

Doch zwischen dem kindischen Tizian und dem heutigen lag nun einmal diese Ausbildung, die Oliver Markl fälschlicherweise (und weil das mehr oder weniger das Ammenmärchen war, das die Behörde verbreitete, um die Wahrheit zu kaschieren) für einen Auslandseinsatz unter der Schirmherrschaft des Bundesnachrichtendienstes in Kriegsgebieten hielt. Diese Ausbildung hatte Tizians Verzweiflung, die seine Fähigkeit in ihn gefressen und die die Aggression ausgelöst hatte, im Wüstensand erstickt.

Darum schlug er nicht zu. Darum machte er, was er seither stets tat. Er verwendete seine Fähigkeit, das Übel selbst, gegen diejenigen, die ihn angriffen oder die er für ihre Verbrechen überführen wollte.

So hatte er auch in der Bar in Bielefeld seine Fähigkeit bei der Mörderin angewendet, indem er sie gefragt hatte, ob ihr ihr Drink schmeckte. Eine unverfängliche Frage, auf die sie wahrhaftig geantwortet hatte. Damit war alles erfüllt gewesen, was erfüllt sein musste, sodass der mechanische Affe lostanzte; wenn nicht eines seiner Rädchen stockte und das Getriebe lahmlegte, was aus unerfindlichen Gründen hin und wieder geschah. Sie hatten Blickkontakt, sie hatte die Wahrheit gesagt, und er war nüchtern. Mit seiner nächsten Frage, wo sie die Mordwaffe versteckt hielt, beschwor er in ihrem Geist zwangsläufig die Erinnerung herauf, sie stieg aus ihren unbewussten Tiefen in ihr Bewusstsein, und damit hatte er alles, was die Bielefelder Mordkommission brauchte, um die Männermörderin dingfest machen zu können.

Genauso ging er nun auch bei Oliver Markl vor, dessen Wahrnehmung bereits über der seinen hing wie der muffige, erstickende und die Sonne verdunkelnde Smog über einer Millionenstadt.

Tizian flüsterte: »Was machen Sie an den freien Abenden, wenn sich Ihr klitzekleiner Pimmel in Ihrer Hose regt?«

Ganz gleich, was Männer wie Oliver Markl machten, *wenn sich deren klitzekleine Pimmel regten*, es war für sie zwangsläufig eine Erniedrigung, danach gefragt zu werden. Es war für jeden eine Erniedrigung, in dieser Art und Weise und in einer solchen Situation – das ganze Präsidium beobachtete sie – nach etwas gefragt zu werden, was man niemals in die Öffentlichkeit trägt, auch wenn es so natürlich und unabwendbar ist wie Hunger zu haben.

In jedermanns Leben gibt es Gelegenheiten, da schlägt die jahrhundertealte gesellschaftliche Unterdrückung dieses besonderen natürlichen Gelüstes zu und fordert ihren Tribut.

Man gerät zu leicht in eine Lage, in der man dem Verlangen nachgibt und sich danach wie ein kleiner erbärmlicher Sünder fühlt, unrein und befleckt. Man versucht alles, damit niemand davon Wind bekommt. Man verdrängt es sogar vor sich selbst, jedenfalls so lange, bis es einen beim nächsten Mal wieder antörnt.

Jeder kennt das, jeder hat es durchgemacht, es sei denn, er ist außerhalb der kulturellen Gepflogenheiten aufgewachsen, die die Katholische Kirche diesseits des Globus in das Genmaterial eines jedes ihrer Schäfchen gebrannt hat.

Die einen fühlten sich gedemütigt, weil sie es mit ihrem Partner in einer Stellung getrieben haben, die man vielleicht als exotisch bezeichnen könnte, andere, weil sie Dinge in den Mund genommen, angefasst oder in andere Körperöffnungen gesteckt haben, die sie nicht einmal beim Namen nennen würden. Wieder andere verloren ihre Jungfräulichkeit an eine Prostituierte und schämten sich dafür. Mancher hatte einschlägige Erfahrungen mit Tieren gemacht, sei es mit deren Zungen, ihren Mäulern oder anderweitig. Die Gesellschaft wäre *entsetzt*, wenn sie erführe, wie oft Tizian solchen Menschen gegenüberstand, wie oft Köter fett und Katzen noch fetter waren, weil sie so viel Schlagsahne von bestimmten nackten Körperteilen schlecken durften; *entsetzt* … Für wie abartig oder banal man gewisse Praktiken auch halten mochte, es gab immer jemanden, der sich für sie schämte.

Die menschlichen Abgründe offenbaren sich immer dort, wo eine Kultur der Natur moralische Maßstäbe auferlegt.

Entsprechend war dies die heimtückischste Frage, die Tizian stellen konnte. Keiner (abgesehen von seinem Chef vielleicht, wobei er es bei ihm noch nicht versucht hatte) konnte sich dem Gefühl, erniedrigt zu werden, entziehen, weil sich keiner für unschuldig hielt. Darin lag der (fette) Hund begraben: Alle fühlten sich in flagranti ertappt.

Und alle dachten unabwendbar an ihr in ihren Augen peinlichstes Erlebnis, während dem sie sich hatten gehen lassen, und holten es damit in ihr Bewusstsein.

Tizian grinste, und es war nicht das warme, freundliche Grinsen.

»Ich weiß es«, setzte er sacht und im Flüsterton nach. »Wenn Sie nicht wollen, dass ich meine Stimme hebe«, die letzten drei Wörter sagte er so laut, dass Oliver zusammenzuckte; danach senkte er sie wieder, sodass nur Oliver sie hören konnte, »und Ihren Arbeitskameraden, die Sie tagtäglich mit Ihren infantilen Mätzchen schikanieren, oder gar Ihrer Frau von Ihrer Vorliebe für das großbusige blondhaarige Amüsiermädchen erzähle, oder davon, was Sie Ihnen anzustellen erlaubt, dann kommen Sie mir besser nicht mehr in die Quere.«

Oliver Markl war ein harter Hund, wie David festgestellt hatte, und darum erblasste er nicht, er wurde auch nicht kleinmütig oder wich zurück. Er blieb knallhart an Ort und Stelle stehen und starrte Tizian an, und das einzige Merkmal, das er äußerlich zeigte, war eine leichte rötliche Einfärbung der Wangen.

Innerlich hingegen kochte er, und das Verhältnis von Missgunst, Respekt und Aversion, das er allen entgegenbrachte, verlagerte sich in rasender Geschwindigkeit. Der Respekt (der nicht echt war) verschwand vollständig, stattdessen nahm die Aversion zu, und die Missgunst steigerte sich so sehr und in einer solchen Intensität, dass Tizian spürte, wie sie in Oliver ein entsetzliches Druckgefühl im Magen auslöste. Ihm wurde dabei selbst übel.

Das war ein Fehler, dachte Tizian unvermittelt, während er sich durch Markls Augen selbst betrachtete. Er hatte den Widerling falsch eingeschätzt. Statt ihn mit dieser Drohung loszuwerden, empfand er Olivers Hass wie eine Schlinge, die sich um ihn legte, mit der er ihn an sich band. Mit Oliver Markl war er noch nicht fertig. Richtiger: Oliver Markl war mit *ihm* noch nicht fertig, denn der Kommissar würde sich rächen. Das war so sicher wie die Tatsache, dass Markl ein Magengeschwür haben musste.

Der Kommissar fühlte sich nicht nur herausgefordert, er *hasste* Tizian, und wenn Markl hasste, dann gab es für ihn nur noch ein Ziel: Vergeltung.

Nun war es zu spät, es gab kein Zurück mehr. Er hatte sich einen weiteren Feind gemacht. Weil es schon egal war und Tizian den Widerling endlich loswerden wollte (er wollte *laufen*), goss er noch mehr Benzin ins Feuer, indem er die störrische Körperhaltung aufgab, einen Schritt zurückmachte und ihm in großspuriger Geste die Tür aufhielt.

»Bitte sehr«, sagte Tizian, und nun sprach er laut in die Stille des Großraumbüros hinein, lächelte liebenswürdig und unterdrückte das Bedürfnis, den Mann anzuschreien, damit er endlich ging.

Oliver Markl registrierte erst jetzt, dass aller Augen auf ihm ruhten, darauf wartend, wie er reagieren würde. Sein Blick glitt durch das Büro, fand anschließend David, der mit entgeistertem Gesichtsausdruck dastand, dann wanderte er zurück zu Tizian.

»Wir sind noch nicht fertig!«, herrschte er.

Dem ließ er seinen ach so moralischen Zeigefinger folgen, mit dem er auf Tizian zeigte, bevor er auf seinen zu kurzen O-Beinen hinausstapfte, schnaufend wie ein Stier und mit geballten Fäusten an den Seiten.

Tizian gab der Tür einen Schubs. Die dünne Wand wackelte, als sie in die Angeln fiel.

3

Mein Gott, was sollte denn das, Herr Wolff? Musste das sein?« David Hedock setzte ein erbostes Gesicht auf und deutete über die Fenster nach draußen.

Das ist das Problem mit dir, dachte Tizian. Du setzt die Gesichter nur auf, aber es sind nicht deine wahren Gesichter.

Das war nur Show für seine Untergebenen, eine Darbietung, die deutlich machen sollte, dass David seinen Kollegen Oliver sowohl verteidigte (und das war für ihn wohl am wichtigsten) als auch für seine Courage, sich mit einem Ranghöheren anzulegen, wenn der sich nicht anständig benahm.

Tizian nutzte Davids ausgestreckten Zeigefinger, um sich der Fensterfront zuzuwenden und die Rollos zu schließen. Es wurde Zeit, aus der Bühne einen realen Ort zu machen, an dem sich zwei Erwachsene vernünftig unterhalten konnten.

Durch die zuklappenden Schlitze der Lamellen fiel Tizians Blick auf Oliver Markl, der an seinem Schreibtisch stand, noch immer mit gefletschten Zähnen und blitzenden Augen. Der Rest der Belegschaft starrte ebenfalls noch, doch da Tizian ihnen nun entgegensah, senkten sie die Lider und wandten sich wieder ihrer Arbeit zu.

Tizian setzte sich unaufgefordert auf den Stuhl, auf dem vor wenigen Minuten Oliver gesessen hatte, schlüpfte aus der Lederjacke und warf sie achtlos über die Lehne. Mit einem Nicken forderte er David auf, sich ebenfalls zu setzen.

»Wir müssen reden«, wiederholte er, und jetzt, da er saß, das

Adrenalin sich aufbrauchte und er keine Entspannung, aber doch eine gewisse Entlastung verspürte, schlug die Müdigkeit zu. Tizian gähnte.

»Wann haben Sie zuletzt geschlafen, Mann?«, fragte David, und er stand noch immer neben seinem Schreibtisch, wirkte mehr als unglücklich.

Tizians Blick richtete sich auf die Kaffeemaschine, die sich auf einer billigen Kommode neben einem Aktenschrank hinter dem Tisch an der Wand befand. Sie war eingeschaltet, und das Beste: Sie war noch halbvoll gefüllt. Er kam auf die Beine, schnappte sich eine der umgedreht auf einem Tablett stehenden Tassen, schenkte sich ein und kehrte zu seinem Stuhl zurück.

»Keine Ahnung«, antwortete er währenddessen. »Vor drei Tagen? Scheißegal. Setzen Sie sich endlich, damit wir mit der Unterhaltung beginnen können. Es gibt da einiges, was ich Ihnen über mich erzählen sollte. Erzählen darf. Muss.« Tizian winkte ab.

David ging zu seinem Platz, zögerte jedoch weiterhin, fuhr sich mehrfach mit der Zunge über die Lippen. »Hören Sie«, setzte er an. »Wir haben eine zweite Leiche. Ich habe noch einmal den Mantrailer angefordert, er ist schon unterwegs zum Fundort. Wir haben jetzt ein Opferprofil und bisher insgesamt vier Vermisstenanzeigen, die auf dieses Profil passen. Vier! Verstehen Sie das? Wahrscheinlich haben wir die Tote schon als eine von ihnen identifiziert. Ihr Ehemann ist auf dem Weg zu uns. Außerdem wartet der Zeuge, der die Leiche entdeckt hat, immer noch darauf, vernommen zu werden. Ich kann jetzt nicht schon wieder mit Ihnen Kaffeetrinken und Zeit verplempern. Das geht einfach nicht.«

Zunächst hielt Tizian den Blick konsequent auf die Tischplatte gesenkt. Als Davids Stimme aber einen verzweifelten Ton annahm, sah er sich gezwungen, den Kopf zu heben und den Kommissar anzusehen. Er sollte nicht glauben, Tizian würde ihn nicht ernst nehmen.

Tizians Fähigkeit war in dieser Nacht in Höchstform, sie schlug bereits nach dem zweiten Satz aus Davids Mund zu. Aber es war weit weniger schlimm, als Tizian befürchtet hatte. Es war sogar eine Erleichterung, denn Davids Wahrnehmung fühlte sich im direkten Vergleich mit der von Markls an wie das selige Nachlassen von starken Schmerzen, die man viel zu lange hatte ertragen müssen.

Davids Wahrnehmung und deren Interpretation waren fein, sanft, zart; so filigran gebaut wie eine Schneeflocke und ebenso geräuschlos. Er zerfraß sich nicht selbst, obwohl auch in ihm ein verletzter kleiner Junge tobte und verängstigt heulte. Mit dem Jungen beschäftigte er sich inwendig, er ließ ihn nicht in unkontrollierten Schüben heraus.

Selig sollst du sein, David Hedock, dachte Tizian und lächelte dabei leicht, heiliger Mann unter höllischen Voraussetzungen.

»Pass auf«, hob Tizian das Wort, und weil er den Kommissar in Gedanken mit Du ansprach, sprach er ihn auch jetzt damit an. Er räusperte sich. »Sorry. Passen *Sie* auf. Wir können an dem Fall nicht weiterarbeiten, wenn wir dieses Gespräch nicht führen. Keiner ist deshalb unruhiger als ich, das können Sie mir glauben, aber es hilft alles nichts. Wir *müssen* dieses Gespräch führen. Also setzen Sie sich bitte.«

David blieb weiterhin stehen. Seine Neugier, was der Sonderermittler ihm mitteilen wollte, und seine Neigung, sich selbst für einen Langweiler zu halten und deshalb ein Faible für Sonderlinge zu hegen, stritten mit dem Umstand, dass er am liebsten nach draußen laufen und sich bei Markl für Tizians Verhalten entschuldigen wollte.

Die Zeit drängte, der Kommissar hatte es selbst gesagt, und dennoch musste Tizian nun mit Fingerspitzengefühl vorgehen. Er trank einen kräftigen Schluck schwarzen Kaffee und stellte die Tasse laut auf dem Tisch ab.

»Setzen Sie sich«, wiederholte er zum ungezählten Mal. »Verflucht, Hedock, hocken Sie sich endlich auf Ihren Arsch!« Soviel zum Fingerspitzengefühl. »Wenn Sie sich damit wohler fühlen, dann mache ich das jetzt eben zu einem Befehl: Setzen Sie sich und hören Sie mir zu!«

Ich muss wirklich Schlaf finden, sonst vermassle ich noch den ganzen Fall, stellte Tizian nüchtern fest, als er spürte, wie sich in David

Abneigung und der Anklang eines begründeten Zorns entwickelten. Wenn Tizian so weitermachte, würde er in einer Stunde das ganze Präsidium gegen sich haben.

Da war sie also wieder, die Angriffslust, die ihn packte, sobald er das Gefühl hatte, seiner Fähigkeit vollkommen ausgeliefert zu sein. Darunter schlummerte die Angst vor all den Dingen, die er würde aufnehmen müssen, und das ohne Verschnaufpause, ohne die Möglichkeit, sich von den fremden Eindrücken abgrenzen oder sie verarbeiten zu können. Diese Pausen hatte ihm Tita mit ihrem zeitlichen Ultimatum genommen. Kein Schlagzeugspielen, keine Runden im Schwimmbad, kein Herumsitzen vor dem Wohnwagen und in den Nachthimmel blicken.

Niemand wusste, wie es war, permanent der Tatsache ausgesetzt zu sein, dass jeder Mensch unter der Sonne bis in jede seiner Zellen unter den oberflächlichen Regungen mit einer vagen und doch alles bestimmenden Sehnsucht nach *mehr* angereichert war. Mehr von allem. Mehr von Würdigung, Liebe, Romantik, Leben, Zeit, Geld, Sex, Erfolg, Tugend, Gott, Sinn … in der Summe: nach Transzendenz. Und die gab es nicht, es gab sie schlichtweg nicht. Nicht innerhalb der Endlichkeit.

Alle hielten liebeskrank die Hände auf, mit wunden Augen und wunden Herzen, und alles, was sie bekamen, war Sand, der ihnen durch die Finger rann.

Tizian wurde fortwährend an die Sinnlosigkeit dieser Sehnsucht erinnert, an das Unvermögen, den offenen Händen und wunden Herzen etwas bieten zu können, am Ende selbst nicht mehr zu sein als das Bedürfnis nach Transzendenz, das nie befriedigt werden würde.

Tizian schloss die Augen und rieb sie.

Miststück, dachte er.

»Was hat Ihr Vater getan?«, hörte er sich schließlich fragen, als er die Lider wieder nach oben schlug und den Blick auf David richtete.

»Hat er Ihre jüngeren Geschwister verdroschen, wenn Sie ihm nicht gehorcht haben? War es das?«

Das war es nicht. David wurde kreidebleich, das schon, doch in die Erschütterung, die nun seine Wahrnehmung trübte, mischte sich nicht gänzlich die Erkenntnis, dass der Sonderermittler über ihn Bescheid wusste. Darum setzte Tizian nach.

»*Sieh hin*, hat er zu Ihnen gesagt. Richtig? Das haben Sie mir im Café nicht erzählt, David, aber daran haben Sie sich erinnert. *Sieh hin*, hat er gesagt. *Siehst du, was du anrichtest? Schau hin! Schau dir an, was du anrichtest! SCHAU HIN, du Bengel von einem Kind, du Ausgeburt des schlechten Benehmens, du missratener Balg von einem Sohn! SCHAU HIN!* Das hat er zu Ihnen gesagt.«

David war starr vor Bestürzung, äußerlich ebenso wie innerlich. Kälte breitete sich über seinen Körper aus, sein Kopf lief derweil heiß. Die Hitze machte es ihm unmöglich, klare Gedanken zu fassen, und deshalb konnte er sich auch nicht fragen, woher Tizian das wusste. Darum stieg auch die Erinnerung nicht auf, was sein Vater getan hatte, während er solche Dinge zu seinem Sohn sagte.

Ein paar Augenblicke vergingen stillschweigend. Tizian ließ sie vorüberziehen, weil er wusste, dass sich der Kriminalkommissar nun endlich setzen würde. Seine Beine verwandelten sich in breiige Spagetti, und schon streckte David eine Hand aus, tastete wie blind nach der Stuhllehne, und im letzten Moment fand er sie und hielt sich fest. Eine Sekunde später sank er auf den Stuhl nieder.

»Das ist es, was ich Ihnen erklären will«, sagte Tizian sanft und leise. »Das, wie auch den Grund für meine vernebelten Augen heute Nachmittag und für die Aktion mit Ihrem Kollegen.«

David hatte den Schreck nicht überwunden, aber sein Verstand setzte wieder ein. »Dann erklären Sie mal«, erwiderte er rau, während die Wut auf Tizian (auf seinen Vater; David projizierte sie nur auf Tizian) in ihm langsam anwuchs.

Tja, dachte Tizian, und wie beginne ich jetzt? Ich habe ihn vor seiner

Mannschaft vorgeführt, seinem Kollegen gedroht und ihm befohlen, sich auf seinen Arsch zu setzen. Danach habe ich die Worte gesagt, die er am meisten fürchtet und hasst. Gute Voraussetzungen, um ihm nun zu offenbaren, dass ich cin Frcak mit cincr mysteriösen Fähigkeit bin, die mich die Welt durch seine Augen sehen lässt.

Perfekt.

»Das wird sich sicher total verrückt anhören«, begann Tizian und trank noch einen ausgiebigen Schluck Kaffee. Über den Tassenrand hinweg blickte er David an, und ihm gefiel nicht, was er sah, geschweige denn, was er empfand.

David war zutiefst verletzt. Offenbar glaubte er, Tizian sei durch seine höhergestellte Position an Informationen über ihn herangekommen, die er soeben gegen ihn verwendete. Jedenfalls reimte sich Tizian das aufgrund der Enttäuschung zusammen, die David verspürte, und die seine farbenreiche Welt fahl und eng werden ließ, als kämen die vier schmucklosen Wände um ihn herum immer näher.

Er verglich das Geschehen mit zurückliegenden Fehlschlägen, was seine Einschätzung von Personen betraf, und er war drauf und dran, Tizian Wolff als einen solchen Fehlschlag zu verbuchen.

Zeit für einen Blick in mich selbst, beschied Tizian, und er war nicht überrascht, Reue zu finden. Gar nicht.

»Ich habe Ihnen nicht nachgeschnüffelt«, stellte Tizian klar, »und ich bin auch keine Enttäuschung. Wenn das arrogant klingt, dann nur, weil ich Ihr abwegiges Selbstbild kenne und weiß, dass Sie am liebsten mit irgendeinem Star befreundet wären. Welcher das ist, wäre Ihnen gleichgültig, Hauptsache ein Star. Damit das gleich vom Tisch ist: Ich bin kein Star, Gott steh mir bei. Ich bin nur ein vom Leben gebeutelter Mann, ziemlich kaputt und hinüber. Was Sie intuitiv so interessant an mir finden, ist der eigentliche Grund dafür, warum ich manchmal so ein Arschloch bin. Und hey«, Tizian versuchte ein Lächeln und hob die Hände, »Sie waren echt nah dran! Heute im Café, da wären Sie fast draufgekommen!«

In David überwog mittlerweile wieder die Verwirrung. Aus seinen Augen schaute weiterhin die Enttäuschung hervor, in ihm herrschte unterdessen das totale Chaos, das in seiner Gänze die Form eines riesigen Fragezeichens annahm.

Er sieht aus wie ein nasser Hund, der am Verhungern ist und dem ich gerade einen Knochen vor der Schnauze weggeklaut habe, dachte Tizian. Komm zum Punkt, sonst bringst du ihn noch um.

Aber das war leichter gedacht als getan. Zum ersten Mal in seinem Leben stand Tizian vor dieser Aufgabe, und sie entpuppte sich als knifflig. Seit ihm sein Chef die Erlaubnis erteilt hatte, David einzuweihen, hatte er nicht eine Sekunde mit der Frage vergeudet, wie er das machen wollte oder was es für ihn bedeuten würde. Nun, da er mittendrin war, musste er sich eingestehen, dass er sich wie Oliver Markl fühlte, dem er diese delikate Frage gestellt hatte: Als hätte man ihn in flagranti bei einer niederträchtigen Tat ertappt.

Tizian hielt seine Fähigkeit nicht für eine Gabe, sondern für einen Fluch. Der einzige Grund, warum er unaufhörlich mit Menschen wie Markl aneinandergeriet, war der Fakt, dass sie sich selbst, ihre Vergangenheit und ihre Zukunft hassten. Der Selbsthass nahm Gestalt im anderen an, der Anblick war zu grausam, und darum schlugen sie drauf.

Verfluchtes Spiegelkabinett, entschied Tizian mit einem freudlosen Lächeln, rutschte dabei überreizt auf seinem Stuhl herum und suchte nach den nächsten Worten, indes David an verschiedene, in die Geschichte eingegangene Psycho- und Soziopathen dachte, aber auch Schizophrenie in Erwägung zog.

Bring's hinter dich, mach schon!, befahl Tizian sich.

»Ich kann wahrnehmen, was andere wahrnehmen«, stieß er aus und ließ eine Hand auf die Tischfläche fallen, so als wollte er damit das

Gesagte in die Realität zwingen. Er maß David, und mit einer untypischen Wissbegier fühlte er nach, was der Kommissar fühlte.

Glaubte er ihm?

Das Fragezeichen über Davids Kopf wuchs und dehnte sich aus. Alles, was sich bisher zwischen ihnen abgespielt hatte, von der ersten Begegnung über seinen Monolog im Café bis hin zu der Sache mit Oliver, geisterte durch sein Bewusstsein, auf der Suche nach einer Übereinstimmung mit dem, was der möglicherweise psychisch Kranke an seinem Schreibtisch gesagt hatte.

»In erster Linie«, beeilte sich Tizian hinzuzufügen, »läuft das über die sensorischen Reize aus der Umwelt. Ihnen ist kalt? Ihre Nervenenden reagieren, senden ein Signal an Ihr Gehirn, und letztlich *spüren* Sie Kälte und holen das Empfinden in Ihr Bewusstsein. Meistens jedenfalls. Und sobald es im Bewusstsein angekommen ist und einige, na ja, Umstände gegeben sind, kann ich mit meiner Wahrnehmung in Ihre, äh, schauen. Ich sehe, was Sie sehen, fühle, was Sie fühlen, spüre, was Sie spüren, höre, was Sie hören und so weiter. Und wenn Sie die Stimme Ihres Vaters hören, die übrigens tatsächlich in Wahrheit die Ihres Unbewussten ist, weil Sie sich aus irgendeinem Grund an sie erinnern und sie in Ihr Bewusstsein holen, dann …«

»Hören Sie sie auch«, beendete David den Satz.

Tizian nickte langsam. Die Stimmung zwischen ihnen verlangte nach dieser Langsamkeit der Bewegungen. Davids Gemütsverfassung, der schnelle Wechsel zwischen Einsicht, Entsetzen und Ungläubigkeit, war ein mentales Glashaus, das beim geringsten Steinwurf, und sei es ein Kieselstein, in sich zusammenbrechen würde. Noch stand alles auf der Kippe, alles war möglich. David Hedock war noch zu keinem Entschluss gekommen, seine Zweifel an Tizian entgegen aller Beweise und trotz seiner Intuition waren groß.

Ein allzu bekanntes Problem des Menschen: Wenn er keine vergleichbare Erfahrung (Erinnerung) hat, womit soll er Gegenwärtiges als existent oder wahr verifizieren? Zu leicht tut der Mensch ab, was ihm fremd ist, und man kann es ihm nur selten vorwerfen. Es als gegeben zu akzeptieren, würde bedeuten, Verantwortung zu übernehmen, und die meisten hatten das nie gelernt.

»Das ist eine Bürde«, sagte Tizian, blickte dabei in seine Kaffeetasse. »Dieses Wissen, meine ich. Es tut mir leid, dass ich Ihnen das aufbrumme. Ich werde Ihnen jetzt eine Nummer schicken, die Sie anrufen. Sie werden meinen Vorgesetzten am Apparat haben. Bitten Sie ihn um meine Personalakte. Er soll sie Ihnen online zuschicken. Lesen Sie sie, während ich gehe, mich bei Oliver Markl entschuldige und alle weiteren Schritte in Ihrem Sinne veranlasse, damit der Fall vorangetrieben wird.«

Tizian kam auf die Beine. Er fühlte sich seltsam leicht, so als könnte er jeden Moment abheben und davonfliegen. Er hatte den Boden unter den Füßen verloren, weil sein Leben jäh aus den eingefahrenen Bahnen geriet, und das in vielerlei Hinsicht. Zu all dem Unheil kam nun hinzu, dass ein Fremder über ihn Bescheid wusste und in den nächsten Minuten ein Urteil über ihn fällen würde.

Tizian atmete tief durch. »In meiner Akte werden Sie alle Ihre Fragen beantwortet finden. Es gibt nur eine Bedingung, Herr Hedock.«

David war ruhig und gefasst, jedenfalls äußerlich, sah zu Tizian auf und hob fragend die Brauen.

»Sie dürfen keinem ein Wort davon erzählen. Das ist die Bedingung. Bis wir uns wiedersehen, kein Wort über das, was ich Ihnen gesagt habe. Zu niemandem. Lesen Sie die Akte. Meinetwegen telefonieren Sie mit meinem Vorgesetzten. Aber ansonsten – kein Wort zu irgendwem.«

David erwiderte nichts, er reagierte gar nicht. Er blieb unverändert sitzen und sah Tizian nach, wie er das Zimmer verließ und die Tür hinter sich schloss. So saß er auch eine halbe Minute später noch da, als sein Handy piepte und ihm mitteilte, dass Tizian ihm die versprochene Telefonnummer zugeschickt hatte.

Tizian hatte nicht vor, sich bei Markl zu entschuldigen. Das verbot ihm sein Stolz. Er würde es sehr viel geschickter angehen.

Er blieb an der Tür einen Moment stehen, sammelte sich und marschierte dann zielstrebig zu dem alten Narren hinüber, der an seinem Schreibtisch saß und ihm entgegensah. Markl hatte sich inzwischen gefasst, die Röte war aus seinem Gesicht verschwunden, nur sein Blick verriet, dass er nicht vergessen würde.

»Gibt es Neuigkeiten?«, fragte Tizian mit möglichst unverfänglichem Ton, zog einen freien Stuhl heran und setzte sich, damit er nicht über dem Kommissar aufragte und von oben herab zu ihm redete.

Markl beäugte ihn aufmerksam, ließ den Kugelschreiber, den er in der Rechten gehalten hatte, auf den Tisch fallen, lehnte sich zurück und verschränkte die Arme. Ein knappes Nicken folgte.

»Wir wissen, wer die Frau ist, ihr Mann hat sie identifiziert.« Noch ein Nicken, diesmal in Richtung der Flipchart. »Steht alles da. Der Hund ist auch am Fundort eingetroffen und wartet da auf uns. Die Jungs sind dabei, die letzten Stunden der anderen Vermissten, die auf das Opferprofil passen, und die der zweiten Toten nachzuvollziehen, um mal zu sehen, ob sich da nicht ein Schema zeigt. Und der Zeuge wartet noch immer.«

Tizian stand auf und trat an die Flipchart. Maria Zenger. Das war der Name der zweiten Frau ohne Augen und mit den Strommarken. Maria Zenger, neunundvierzig, Mutter von zwei Kindern, verheiratet, Angestellte in einem Supermarkt.

Er wandte sich mit dem Oberkörper leicht zu Markl um, ohne von der Flipchart wegzusehen. »Vergleichen wir doch mal. Die eine war geschieden, sie hier ist verheiratet. Die eine war arbeitslos, sie hatte Arbeit. Beide hatten Kinder, Lindt einen erwachsenen Sohn, Zenger einen Sohn im Teenageralter und eine Tochter von zwanzig.« Aus den Augenwinkeln sah er Oliver, der sich neben ihn stellte. »Beide in Regensburg geboren und anscheinend immer hier wohnhaft gewesen, Lindts letzte Wohnung lag im Osten, die von Zenger im Stadtzentrum. Lindt fanden wir im Osten, unweit ihrer Wohnung, Zenger aber im Westen. Warum?«

Er wandte sich wieder mit dem Oberkörper Markl zu, machte ein nachdenkliches Gesicht.

Markl deutete auf das Blatt Papier, auf dem in Stichpunkten die Fakten über Zenger standen. »Sie hat im Westen gearbeitet, in der Prüfeninger Schlossstraße, die direkt zum Fundort führt. Sie ist vor neun Tagen morgens um halb sieben zur Arbeit aufgebrochen, mit dem Fahrrad, aber nie da angekommen. Als sie am Abend nicht heim kam, der Mann im Supermarkt anrief und man ihm sagte, sie wäre unentschuldigt ausgeblieben, gab er die Vermisstenanzeige auf. Sie wissen ja, wie das läuft. Zu dem Zeitpunkt ging niemand davon aus, dass sie in akuter Gefahr ist, nichts hat darauf hingewiesen, darum wurde auch keine Fahndung eingeleitet.«

»Er wird überprüft?«

»Der Gatte? Logisch. Bis jetzt nichts Stichhaltiges, keine Einträge im Strafregister, keine Hinweise darauf, dass sie ehelichen Zoff hatten oder so, bis auf die normalen Streitereien halt. Wir werden sehen. Ich habe für morgen Früh eine Nachbarschaftsbefragung in die Wege geleitet.«

»Gut.« Tizian machte damit weiter, die zwei Opfer zu vergleichen, sah zwischen den Fotos, die von ihnen an den Fundorten gemacht worden waren, hin und her. »Diese Haltung«, sagte er. »Die Zehen nach oben, die Hände auf den Schenkeln, die Haare vor den Gesichtern, das Sitzen … Was halten Sie davon?«

Markl stieß ein leises, bellendes Lachen aus, das Tizian dazu brachte, ihn anzusehen. Er wollte Blickkontakt vermeiden, doch es ging manchmal nicht anders.

»Was wird das hier?«, fragte Markl, und sein Unterbiss gab ihm wieder das Aussehen eines zähnefletschenden Hundes. »Halten Sie mich für blöd? Als würde Sie meine Meinung interessieren. Typen wie Sie wissen doch immer alles besser, warum also das Theater und Interesse vortäuschen? Auf die Weise machen Sie mich auf jeden Fall nicht gefügig, das kann ich Ihnen versprechen. Darauf falle ich nicht rein.«

Tizian seufzte und widmete sich wieder den Bildern. »Ich schlage nur Zeit tot«, erwiderte er. »Herr Hedock muss nach etwas recherchieren, und bis er fertig ist, wollte ich was Sinnvolles tun. Sie müssen mir nicht Gesellschaft leisten, wenn Sie wichtigeren Aufgaben nachgehen müssen.«

Schweigen folgte. Markl trat von einem Fuß auf den anderen, kehrte aber nicht zu seinem Tisch zurück.

»Er hat die Leichenstarre abgewartet«, sagte Tizian, und damit sprach er nichts aus, was ihm nicht längst klar gewesen war, dennoch ließ er es so klingen. »Schauen Sie. Die Leichenflecken an den Oberschenkeln, an den Unterarmen und den Fußballen.« Er deutete auf die jeweiligen Stellen auf beiden Bildern. »Steht darüber etwas im forensischen Bericht über Lindt?«

Markl verschwand, kurz darauf war er mit einem zusammengehefteten Stoß Papier zurück, in dem er zu blättern anfing. »Ja«, sagte er schließlich. »Hier steht, sie hätte so dagehockt, schon bevor die Leichenstarre eingesetzt hat.« Er ließ den Papierstoß sinken. »Heißt das, der Irre hat sie nicht in dieser Position getötet, sondern nachträglich so drapiert, damit sie auch auf der Schaukel so hockenbleibt?«

Tizian nickte. »Ein inszeniertes und lange geplantes Verbrechen. Geneigter Kopf, fehlende Augen: Schau mich nicht an, konfrontiere mich nicht mit dem, was ich dir angetan habe. Die leeren, offenen Handflächen nach oben: Verletzlichkeit, Bedürftigkeit, eine Art der Bloßstellung. Die Haltung des Rückens, die gebeugten Schultern: Demut, Untertänigkeit, Ehrerbietung.«

»Die Augen wurden ihnen kurz nach ihrer Entführung ausgekratzt«, gab Markl zu bedenken. »Also nicht: Konfrontiere mich nicht mit dem, was ich dir angetan habe, sondern: Konfrontiere mich nicht mit dem, was ich dir antun *werde*. Mit einem Stromkabel, wohlgemerkt.«

»Ja. Richtig. Der Strom. Die Folter.« Tizians Blick huschte zwischen den Fotos hin und her. »Es sind dieselben Stellen, an denen die Marken sitzen. Jedenfalls beinahe. Wie groß waren die Frauen?«

Wieder verschwand Markl, wieder tauchte er auf, diesmal mit einem Tablet-PC. Er klickte sich durch verschiedene Akten, dann antwortete er: »Lindt eins Komma achtundsiebzig, Zenger eins Komma siebzig.«

Sie betrachteten beide einige Sekunden lang die Bilder.

»Scheiße, Sie haben recht«, knurrte Markl schließlich. »Acht Zentimeter rauf, acht runter – es sind immer dieselben Stellen. Was bedeutet das? Misst er sie vorher aus und setzt dann das Kabel an?«

Er hält sie irgendwo eingesperrt, dachte Tizian, sagte es aber nicht und zuckte nur die Schultern. Markl würde niemals von den Zeichnungen erfahren, die Tita ihm gegeben hatte, weder von ihnen noch von seiner Schwester oder dem, was sie womöglich in diesem Augenblick tat.

»Scheiße noch eins«, fluchte Markl. »Der Kerl ist ein Psycho. Was wetten wir? Das wird im Täterprofil stehen, wenn wir es morgen bekommen: ein Psychopath, wie er im Buche steht. Wie sonst erklärt sich diese verfluchte Scheiße? Er hat das alles geplant und eiskalt durchgeführt, ohne Skrupel und Mitgefühl. Ein Psycho, ich sag's Ihnen.«

Tizian wandte sich von den Bildern ab, sah sich im Büro um. »Nicht unbedingt. Es gibt verschiedene psychische Krankheiten, die eine Erklärung bieten könnten. Soziopathie fiele mir ein, vor allem, wenn ich das mit den Augen bedenke. Oder eine antisoziale Persönlichkeitsstörung, wobei da wiederum die Augensache dagegenspricht.«

»Wie meinen Sie das? Was ist mit der Augensache?«

Tizian richtete den Blick auf den alten Kommissar und stellte zufrieden fest, dass weder seine Fähigkeit ansprang noch Markl die Zähne fletschte. Jedenfalls nicht im Augenblick.

»Ich glaube, der Täter projiziert etwas in diese Frauen hinein, das ihn in Rage bringt. Irgendetwas an ihnen erinnert ihn an ein traumatisches Erlebnis, und aus irgendeinem Grund bringt ihn das dermaßen auf, dass er ihnen die Augen auskratzt. Das widerspricht Ihrer Annahme, er könnte ein Psychopath sein, weil Psychopathen immer die Ruhe bewahren, Herr Markl. Psychopathen haben keine Emotionen, und darum haben sie keinen Anlass, um anders zu handeln als berechnend und ruhig. Dasselbe trifft auf Menschen zu, die an der antisozialen Persönlichkeitsstörung leiden.«

Und die, fügte Tizian in Gedanken an, kratzen nicht blindwütig Augen aus, sondern sezieren Menschen mit aller Muße bei lebendigem Leib, essen ihre Gedärme und spucken einem Speichel ins Gesicht, während sie vortäuschen, wütend zu sein, weil man sie nicht mit dem korrekten Namen anspricht.

»Wer sagt, dass das nicht berechnend ist, das mit den Augen?«

Tizian zuckte die Schultern. »Die Art und Weise der Ausführung sagt das, der Rest des Verbrechens sagt es und dass es ausgerechnet die Augen sind, spricht auch dafür. Sie wurden mit einem stumpfen Gegenstand herausgekratzt, dilettantisch, wohl aus persönlichen Gründen, die ihren Ursprung in der Vergangenheit des Mörders haben müssen. Sie haben es selbst auf den Punkt gebracht: Konfrontiere mich nicht mit dem, was ich dir antun werde. Wenn das nicht persönlich ist … Die Strommarken hingegen sind nicht persönlicher Natur, sie sprechen für die Distanz des Mörders zu seinen Opfern. Er kannte sie nicht, jedenfalls nicht näher. Und er achtet penibel darauf, dass er keine Spuren zurücklässt. Ergo: Er tickt nur einmal aus, nur ein einziges Mal, nämlich wenn die Opfer noch ihre Augen haben. Danach sind sie nur noch Objekte für ihn, entmenschlicht und nicht des Lebens wert.«

Markl betrachtete nachdenklich die Bilder. Nun konnte Tizian in Ansätzen nachvollziehen, warum David den Mann für einen guten Kommissar hielt. Er erinnerte schlichtweg an einen Hund, und wenn er so konzentriert dreinschaute wie gerade, hatte man das Gefühl, er hätte Blut geleckt. Als müsste man ihn nur noch von der Leine lassen, damit er los saust wie ein tollwütiger Köter, der den Täter bis ans Ende der Welt jagt.

Selbstverständlich trog der Schein, so wie er es immer tut. In Wahrheit war Oliver Markl ein fauler alter Mann, der Gefallen daran fand, andere herumzukommandieren. Wenn er so dreinschaute wie gerade, dann suchte er nur nach Fehlern in dem, was andere taten oder sagten, um sie denunzieren oder herabwürdigen zu können. Er war kritiksüchtig und missgünstig, und das war die ganze traurige Wahrheit. Das, und der Umstand, dass man innerhalb eines Apparates wie dem der Polizei im Laufe der Dienstjahre automatisch befördert wurde, ob man nun gut war oder nicht, täuschten David.

Doch dann sagte Oliver Markl etwas, das Tizian kurzzeitig vergessen ließ, dass er innerlich zappelte und schwitzte und in Erwartung auf Davids Urteil Ängste ausstand, dass seine Schwester ihn unter Druck setzte und er nach einer der Spritzen gierte wie ein Drogenjunkie nach seinem nächsten Schuss.

Oliver Markl richtete den Blick auf Tizian und sagte: »Ich glaube, Sie liegen nicht ganz richtig. Ich glaube, er kratzt ihnen die Augen nicht raus, weil er sie erst noch zu Objekten machen muss, sondern weil sie einfach nur damit schauen. Ich glaube, darum sind es auch genau diese Frauen. Sie schauen auf eine bestimmte Art, und er bestraft sie oder so eine Scheiße, indem er sie ihnen rauskratzt und sie so im Dunkeln lässt, was während ihrer Gefangenschaft mit ihnen passiert. Denn vergessen Sie nicht, dass sie nichts sehen, wenn er sie mit den Stromschlägen foltert.«

Oh Gott, dachte Tizian, blinzelte, befreite sich aus der Schockstarre und drehte sich wieder zu der Flipchart um. Oh Gott, die Glasaugen! Die *künstlichen* Augen!

Leblose Augen, hatte David gesagt, *starr und apathisch, ohne Tiefgang oder Ausdruck. Augen, die nicht tot und stumpf waren, weil aus ihnen das verschwunden war, was sie dereinst belebt hatte – der Mensch, seine Seele, sein Geist, was auch immer –, sondern weil sie* niemals gelebt hatten.

Tot und stumpf. *Siehst du, was du anrichtest? Schau hin!*

Starr und apathisch. *Schau dir an, was du anrichtest! SCHAU HIN, du Bengel von einem Kind!*

Ohne Seele oder Geist, ohne Leben. *Du Ausgeburt des schlechten Benehmens, du missratener Balg von einem Sohn! SCHAU HIN!*

Oh Gott.

4

Er übertrug Oliver Markl die Ermittlungsleitung. Der alte Boxer von einem Hund fletschte sofort wieder die Zähne und kehrte in die Angriffsstellung zurück, und so ließ Tizian ihn stehen.

Markl bekam keine Erklärung, was ihm allerdings nur einige Sekunden lang zu schaffen machte; genau so lange, bis er merkte, dass er vom Sonderermittler ignoriert wurde. Daraufhin zuckte er die Schultern, denn irgendwann würde er herausfinden, was David verkehrt gemacht hatte, und bis es so weit war, würde er eben ein ums andere Mal unter Beweis stellen, welch fähiger Kommissar er war.

Markl machte sich daran, die Ermittlung zu retten, wie er glaubte, und Tizian suchte sich einen der freien Tische aus. Er wählte einen nah an Davids Büro, aber abseits der besetzten, wischte die Unterlagen, Stifte und eine Packung Gummibärchen zur Seite, fuhr den PC hoch und loggte sich mit seiner Dienstnummer in das hiesige Polizeiarchiv und das der Münchner Kommission ein.

Die nächsten zehn Minuten recherchierte er, und umso klarer ihm die Zusammenhänge und die Unausweichlichkeit dessen, was er tun musste, wurden, desto stiller wurde es in ihm.

Über die Unruhe breitete sich ein allzu bekanntes Gespinst aus, eines, das aus der Kälte rein rationaler Erkenntnis und des während seiner Ausbildung konditionierten Pragmatismus gewoben war. Vor allem Letzteres sollte der Überwindung der Emotionen dienen, die den Blick in die Abgründe der menschlichen Seelen trüben konnten oder es gänzlich verboten, bis ganz hinunter zu sehen – womit Tizian natürlich keine Schwierigkeiten hatte. Nein, ihm diente der kalte Mantel dazu, auch dann weiterzuarbeiten (weiterzu*laufen*), wenn seine Fähigkeit die Hand aufhielt, um von ihm das Entgelt einzukassieren, das er nie bezahlen konnte, sodass die Summe auf seinem Schuldschein mit jedem Tag anwuchs.

Überwindung der Emotionen nannten sie es. Eine Anmaßung, sonst nichts. Nicht einmal eine weitere Wahrheit mit Hut auf und falschem Schnauzer auf der Oberlippe, sondern eine pure Lüge, in deren Geburtsurkunde *Verdrängung* neben den Vermerken *Vater: Selbstschutz* und *Mutter: Angst* stand.

»Vögelt der Selbsterhaltungstrieb mit der emotionalen Überforderung«, hatte der zweiundzwanzigjährige Tizian dereinst zu einem seiner Lehrer gesagt, einem Texaner mit schlohweißem, in John Fogerty-Manier frisiertem Haar, das ihm voll und glatt bis in den Nacken fiel, die Ohren verdeckte und die breite Stirn durch zwei Strähnen rechts und links schmälerte; einem Mann in Flanellhemd, am Saum aufgeschlagenen Jeans und staubigen Cowboystiefeln, wobei er natürlich kein Cowboy war, sondern Politikersohn mit elitärer Ausbildung, der früh erkannt hatte, dass die Strippen nicht im Rampenlicht der Regierungsgeschäfte gezogen wurden, »kommen so einige psychisch kranke Kids dabei raus, aber bestimmt keine, die die Emotionen überwunden haben. Emotionen kann man nicht überwinden, man kann sie nur bewerten. Basta. Erzählen Sie Ihre Märchen den anderen Idioten, die sie glauben, und verschonen Sie mich damit.«

Die vielen Strafarbeiten und Sanktionen änderten nichts an Tizians Überzeugung, und sie hielten ihn nicht davon ab, auch weiterhin den Mund aufzusperren, wenn sie ihn auch nach den ersten Wörtern mit Wüstensand, Ausgrenzung aus ihrer Gemeinschaft und einer nicht unerheblichen Anzahl an verbalen und realen Maulschellen stopften.

Tizian kannte sich mit Wahrheiten aus, und er kannte sich mit den Mechanismen aus, die sie in den Menschen bedingten. Es zu wissen, war das besagte Spiegelkabinett, in dem er seine eigene Fratze anstarrte und doch nichts gegen ihre Hässlichkeit tun konnte, weil der reine Anblick tatsächlich nichts weiter war als die Kälte rationaler Erkenntnis, die den Pragmatismus genauso dringend erforderte wie Anstrengung das Ausruhen.

Tizian nahm die Fakten in sich auf, stellte die Zusammenhänge her, und der kalte Mantel legte sich über ihn. Warum er ihn automatisch anzog, so selbstverständlich wie er atmete, darüber musste er nicht nachdenken.

Er mochte David Hedock (das war eine unüberwindbare Emotion) und er hatte wider besseres Wissen gehofft (auch dies war eine), dass sich seine Einsamkeit ein klein wenig verringern könnte (ja, auch hier starrte ihm Tizians Fratze aus einem der Spiegel in seinem persönlichen Kabinett entgegen).

Tizian Wolff hatte gehofft, in David Hedock vielleicht einen Freund zu finden.

Der kalte Mantel ermöglichte es ihm, mit der Arbeit fortzufahren.

Tizian schrieb seinem Chef eine knappe Kurznachricht und erhielt umgehend die Antwort, dass dieser seinem Anliegen nachkäme und sich umgehend wieder melde.

Die eine Sache hatte Tizian damit so weit nachverfolgt, wie es ihm von diesem Schreibtisch aus möglich war, und deshalb machte er sich nun an die zweite, die ihm im Nacken saß und an den Nervenenden in seiner Wirbelsäule knabberte.

Tita Lupardus, offiziell bekannt als Rosa Hartmann.

Tizian stöberte durch die Polizeiberichte der hiesigen Kommission und wurde prompt fündig. Ihre Flucht aus dem Bezirksklinikum war von der Streifenpolizei an die Kriminalabteilung weitergeleitet und von dort unter anderem an das Bundeskriminalamt sowie an Interpol übermittelt worden. Gängige Praxis, immerhin war Tita nicht irgendwer, sondern eine hochgefährliche, sehr intelligente, psychisch kranke Frau, auf deren Gewissen bereits mehrere Menschenleben lasteten.

Die restlichen Akten zum Fall waren unter Verschluss, das Bundeskriminalamt hatte aufgrund besagter Gefahr und der Brisanz der Sache alles Weitere in die eigenen Hände genommen. Das hieß, Loki von Schallern hatte es in die Hände genommen und vor anderthalb Stunden an Tizian übergeben.

Darum bekam er Zugang zu den Akten, indem er ein weiteres Mal seine Dienstnummer eintippte.

»Oh Heiland«, murmelte Tizian und wich vor dem Monitor zurück, als er sich insgesamt vier Ordnern mit den Titeln *Opfer #1* bis *Opfer #4* gegenübersah.

Er warf einen Blick auf die Uhr. Halb eins in der Nacht. Zwölf Stunden für vier Morde.

Eine Weile blieb er so sitzen. Er musste die Ordner nicht öffnen, um zu wissen, was er in ihnen finden würde, musste keines der Tatortfotos ansehen. Sie alle würden Menschen zeigen, die bei lebendigem Leib seziert und zu einem Anteil verspeist worden waren.

Trotzdem tat er es. Einen Ordner nach dem anderen öffnete er, druckte die Dokumente aus, legte sie vor sich umgedreht auf den Tisch, bis er einen fünf Zentimeter hohen Stapel vor sich hatte. Tizian suchte in den drei Schubladen des Tisches nach einem leeren Hefter, fand keinen, nahm einen, der in Benutzung war und ließ die darin befindlichen Papiere offen in die Schublade fallen, um stattdessen seine Unterlagen in den Hefter hineinzulegen.

In diesem Moment ging die Tür zu David Hedocks Büro auf, er erschien im Türrahmen und rief über die Geräuschkulisse des Großraumbüros hinweg: »Herr Wolff, bitte kommen Sie.«

ZWISCHENSPIEL

Tita Lupardus besaß nicht die Fähigkeit ihres Bruders, und zugegebenermaßen hatte sie ihre lieben Probleme damit, manche Handlungsweisen ihrer Mitmenschen nachvollziehen zu können. Beispielsweise begriff sie nicht im Ansatz, warum der dämliche Kerl nach der Fernbedienung gegriffen und die Flimmerkiste abgeschaltet hatte, als sie durch seine offen stehende Balkontür spaziert war. Worin lag der Sinn dieser Handlung? Aber sie glaubte, im Großen und Ganzen die Hauptantriebsfedern zu kennen, die die Evolution in ihnen angelegt hatte, damit sie nicht reihenweise über die Klippen und aus ihren sinnentleerten Leben dem Tod in die Arme sprangen.

Das war auch gut so, das hatte Tita bereits in jungen Jahren begriffen. Ihre Lebensaufgabe, ihre Passion, ihre *Leidenschaft* wäre nicht einmal halb so berauschend und inspirierend, besäßen die Menschen nicht eine so tief verankerte Angst vor dem Tod, die in schiere Panik ausuferte, sobald ihnen klar wurde, dass sie sterblich waren wie alle anderen auch und noch zur Stunde über die Klippe springen würden.

Exakt diese Erfahrung machte der dämliche Kerl, der den Fernseher abgeschaltet hatte. Wertvolle Zeit hatte er darauf verschwendet, Unsinniges zu tun, und dabei hätte er sie mit seinen eins achtzig und den im Fitnessstudio aufgepumpten Muckis (in seinem Geldbeutel fand sich die Mitgliedskarte, die ihn als Premiumbesucher der Muckibude auswies) problemlos überwältigen können. *Hätte können.* Taten aber die wenigsten. Die meisten waren erst einmal perplex, dann empört und letztlich entsetzt, weil Tita ihrerseits nun mal keine Zeit verschwendete, sondern sofort zuschlug. Damit rechnete keiner, auch dieses Exemplar nicht.

Während er nach der Fernbedienung griff, den Kasten abschaltete und seine widerliche Fresse zu einer Grimasse bloßer Geistesarmut verzerrte, um das, was er seinen Mund nannte und was doch nichts anderes war als die Schleuse, durch die er Abfall in beide Richtungen lieferte, zu einem »Hey!« zu öffnen, schlug ihm Tita schon den Pflanzenkübel gegen den Schädel.

Ein schöner Pflanzenkübel war das, hatte sich gut auf dem Fensterbrett gemacht. Massiv. Mit einem Kaktus darin, dessen Dornen danach schrien, in die widerliche Fratze gepresst zu werden.

Er fiel zurück, angeschlagen, aber nicht handlungsunfähig, und darum sprang Tita mit einem Satz auf die Couch und drosch weiter mit dem wirklich robusten Kübel auf ihn ein, solange, bis dieser bei einer seiner Kollisionen mit dem Dickschädel endlich unterlag. Der Idiot war schon nach den ersten Schlägen ausgeknockt, stöhnte nun vor sich hin und wand sich wie ein Regenwurm, den man aus der Sicherheit seines feuchten, erdigen Territoriums gerissen hat. Dabei rutschte er von der Couch und zuckte auf dem Boden weiter.

Tita unterdessen betrachtete das tellergroße Stück des Kübels, das sie noch in der Hand hielt, und schnalzte anerkennend mit der Zunge, bevor sie es sich über die Schulter warf. Ein fachkundiger Blick genügte, um sicherzustellen, dass die Kopfwunde, durch die man den angeschlagenen Schädelknochen weiß hervorleuchten sah, ausreichend war, um den Muckibude-Premiumbesucher einstweilen links liegen lassen zu können. Der würde nicht so schnell wieder aufstehen.

Sie schloss die Balkontür und zog die schweren Vorhänge vor. Dann schlenderte sie durch die Wohnung und blätterte durch ein paar Aktenordner, die den Idioten als Betriebsfachwirt eines mittelständischen Unternehmens auswiesen. Sie schnalzte noch einmal anerkennend mit der Zunge, diesmal wegen seines jährlichen Einkommens, und gleich noch einmal, als sie in seiner Steuererklärung seine Ausgaben sah, die die Einnahmen überstiegen. Tita ließ den Ordner auf den Boden fallen und machte mit der Erkundungstour weiter.

Die unterhaltsamsten Utensilien fand man stets im Bade- und Schlafzimmer, das wusste sie aus Erfahrung, deshalb unterzog sie diese beiden Räume einer gründlichen Untersuchung.

Tita riss Schubläden auf, warf Kleidungsstücke, Handtücher, Bettzeug, noch mehr Unterlagen aus einer Kommode im Schlafzimmer, Lotionen, Enthaarungsmittel, Rasierer, Kämme, Haarpflegeprodukte ... Sie zog einfach alles hervor und warf es achtlos hinter sich, sodass es in beiden Räumen nach kurzer Zeit aussah, als wäre ein Dieb am Werk gewesen. Oben auf dem Kleiderschrank fand sie eine hölzerne Schatulle, die vielversprechend wirkte, doch leider enthielt sie nur 08/15-Sexspielzeug: einen Dildo, eine kleine Peitsche, Gleitgel, ein Buch über Massagen und eines übers Kamasutra, Plüsch-Handschellen (rosa, genau wie die von Titus und tausender anderer Leute), einen Schlüpfer mit einem Loch im Schritt und, warum auch immer, einen lila Nagellack.

Tita nahm den Nagellack mit und wandte sich dem letzten verbliebenen Raum zu, der wohl so etwas wie ein Arbeitszimmer sein sollte. Es gab einen Schreibtisch und noch mehr Aktenordner, doch hauptsächlich war es das Domizil eines kindischen Bürohengstes, der sich selbst das Gefühl geben wollte, ein echter Mann zu sein.

Den meisten Platz nahm eine Werkbank ein, über der sauber aufgereiht verschiedene Werkzeuge hingen; sehr saubere Werkzeuge, silberglänzend, als wären sie poliert; nicht verrostet, die Griffe nicht abgewetzt, keine Schneide schien stumpf. An der Wand neben der Werkbank lehnten Holzplatten in verschiedenen Größen, davor stand ein bearbeitetes Werkstück, das wohl irgendwann einmal ein Tisch werden sollte. Man erkannte sofort, dass das Ding niemals stehen würde, jedenfalls nicht gleichmäßig, weil eines der zwei bereits anmontierten Beine kürzer war als das andere.

Anscheinend hatte der Bürohengst das auch begriffen und seine zwei linken Hände, die ganz sicher hervorragend Papierseiten umblättern konnten, alsdann mit dem Bau von Modellflugzeugen beschäftigt. Statt Hammer und Säge hatte er also Kunststoffkleber und Pinsel verwendet, um seine Männlichkeit zum Ausdruck zu bringen.

Die Flugzeuge standen überall herum, ein paar Kampfjets hingen an Nylonschnüren von der Decke. Tita stupste eines an, dessen Rumpf an die dreißig Zentimeter lang war, ließ es hin und her schwingen und lächelte leicht.

Die Werkbank und die Gerätschaften waren viel zu hübsch. Sie durften nicht länger ungenutzt bleiben.

Tita kehrte ins Wohnzimmer zurück, ein bisschen ernüchtert, weil sie keine anzüglichen Hintergründe über den Mann hatte ausgraben können. Doch was war schon dabei? Die meisten Menschen waren langweilig, das war nun einmal so.

Darin lag gewissermaßen auch der Reiz: Sie lebten alle nur dahin, dumpf und besinnungslos, und es war ein Riesenspaß, sie aus ihrem Koma aufzurütteln, wenn auch nur für Minuten. Wobei sich unter den richtigen Umständen die Minuten zu Stunden dehnen ließen, wenn man die Zeit, die Muße und die Werkzeuge dafür hatte. All dies schien gegeben zu sein.

»Ach, wie süß!«, sagte sie, als sie den Mucki-Betriebswirt-Flugzeugbauer erblickte.

Er hatte es tatsächlich fertiggebracht, drei Meter über den Boden zu kriechen. Sein Haar war inzwischen blutgetränkt und klebte rund um die Platzwunden am Kopf, die Hälfte seines Gesichts war feuerrot, das meiste des Blutes allerdings wurde von der Kapuze seines Pullovers aufgesogen, die ihm über die Schulter hing. Wunden am Schädel bluteten einfach immer wie Sau, gleichgültig wie oberflächlich sie sein mochten. Seine war es beileibe nicht, jedenfalls nicht jene rechts über der Schläfe, wohin Tita nicht ohne Grund gezielt hatte. Das war keine offene Schädelfraktur, zugegeben, aber mindestens eine Gehirnerschütterung.

Es war offensichtlich, wohin er hatte robben wollen: zu seinem Handy, das auf dem niedrigen, fünf Meter langen und wirklich sehr schicken Fernsehtisch in seiner futuristischen Dockingstation stand, die nicht nur als Akkuladegerät, sondern auch als Stereoanlage fungierte.

Vielleicht hatte sie ihm doch weit mehr als nur eine Gehirnerschütterung zugefügt, denn der Typ schien sie weder zu hören noch zu sehen, obwohl sein stumpfer Blick in Richtung ihrer Schuhe ging. Tita war es momentan egal, denn wichtig war nur, dass er noch lebte. Sie trat ihm mit voller Wucht den Fuß gegen den Kiefer, und dabei übertönte das Knacken seiner Knochen die der ihren.

Tita fluchte. Turnschuhe mit dünner Sohle waren einfach nicht für sie gemacht, nein, bestimmt nicht. Sie wackelte mit den Zehen in den verhassten Stoffteilen, und es brannte zwar ein bisschen, aber sie hatte nicht den Eindruck, sich etwas gebrochen zu haben.

Der dümmliche Mucki-Mann lag jetzt still. Sein Kopf war nach rechts hinten geschnellt und wieder nach vorn gekippt, und da lag er nun mitten auf der Fresse und blutete mannhaft seinen edlen Parkettboden voll.

Tita bückte sich, drehte ihn auf den Rücken, hievte seinen Oberkörper etwas in die Höhe und lehnte ihn gegen ihre Knie, winkelte seine Arme an und legte sie ihm auf die Brust. Sie griff unter seinen Achseln durch, packte mit der Rechten seinen rechten Unterarm, mit der Linken den linken, und dann fing sie an, ihn in sein Arbeitszimmer zu schleifen.

Eine Stunde später betrachtete Tita in der Helligkeit der Tageslichtlampe vor der Werkbank ihre lila lackierten Fingernägel. Sie entdeckte einen winzigen Spritzer Blut an ihrem Handgelenkknöchel, den sie bei ihrer Reinigung übersehen hatte, und rubbelte ihn weg.

Vor ihr auf der Werkbank lag der nackte Betriebsfachwirt. Er war mit Kabelbindern an die Beine des Tisches gefesselt. Leider war er ein bisschen zu groß für die Tischfläche, darum hatte Tita improvisieren müssen. Seine Knie waren angewinkelt, die Unterschenkel hingen hinunter, sie hatte ihm die Beine gespreizt und sie auf jeder Seite zweimal an die Tischbeine gebunden, einmal an den Knöcheln und einmal an der schmalen Stelle unterhalb der Knie, bevor die Waden anfingen. Die Arme lagen ausgestreckt auf dem Tisch, die Handgelenke festgezurrt mit den Kabelbindern, die wiederum an den dortigen Tischbeinen befestigt waren.

Sein rechter, Tita zugewandter Unterarm war von der Achsel bis zum Handgelenk geöffnet, wobei sie die Oberarmschlagader sowie die Zwischenknochen- und die Nebenarterien abgebunden hatte, damit er nicht verblutete. Das Ellbogengelenk lag frei, außerdem hatte Tita einige der Sehnen freigelegt, bevor sie begonnen hatte, sich die Nägel zu lackieren.

Von Zeit zu Zeit stöhnte der Mann durch seinen Knebel, der aus dem Schlüpfer mit dem Loch im Schritt, das sie ihm in sein Abfallmaul gestopft hatte, und einem Klebeband bestand, das mehrfach um seinen Schädel gewickelt war und seine Lippen teilte, dabei tief in die Mundwinkel schnitt. Er war phasenweise bei Bewusstsein, doch immer, wenn er zu sich kam, den Kopf drehte und sah, was Tita tat, fiel er wieder in Ohnmacht. Manchmal versuchte er auch zu schreien, bevor es ihn wieder wegbeamte.

Noch hatte er nicht begriffen, noch war der Ausdruck in seinen Augen nicht mit der letzten aller Erkenntnisse angefüllt, doch das würde noch geschehen. Dafür würde Tita sorgen. Ehe er in den Abgrund und dem Tod in die Arme sprang, würde er bei Bewusstsein sein. Das war so sicher wie Tizians Tod durch ihre Hand, und nur durch ihre.

Tita überzeugte sich, dass der Lack auf den Nägeln, die sie aus rein praktischen Gründen so kurz wie möglich hielt, getrocknet war. War er.

Sie schraubte das Fläschchen zu und warf es in den Rucksack, der jetzt ihr gehörte und einstmals Eigentum ihres ersten Opfers gewesen war, der Frau, von der sie in Ermangelung anständigerer Stiefel die elenden Turnschuhe und den Rest ihres schwarzen Outfits … nun, *mitgenommen* hatte, denn diese würde all dies nicht mehr brauchen. So wie der Mucki-Bürohengst, der den Nagellack nicht mehr brauchen würde.

»Hast du damit deinen Betthäschen die Fußnägel lackiert?«, fragte sie ihn in heiterem Ton. »Ist es das? Stehst du auf Zehen und Füße, ja? Bist du so einer? Es heißt, davon liefen einige herum, mehr, als man glauben will.«

Während sie redete, setzte sie sich auf den warmen Dielenboden. Nun galt es, einen Blick auf ihr wahres Opfer zu werfen, um das es Tita in dem ganzen Spiel ging, ohne das es nicht halb so lustig wäre, all die Idioten über den Abgrund zu schubsen.

Sie schlug die Beine unter und nahm eine aufrechte Sitzposition ein, schloss die Augen und begann mit einer Meditationstechnik, die sie sich im Laufe ihrer Gefangenschaft mithilfe diverser esoterischer Bücher angeeignet hatte. Es war eine Mischung aus allen möglichen bekannten Techniken, die sie auf sich zugeschnitten hatte und längst nicht mehr auseinanderhalten konnte.

Tita interessierte all der Kram nicht, den die Menschen um simple Hilfsmittel strikten, um allem einen heiligen Anschein zu geben, als sei jeder einzelne der Geweihteste unter seinesgleichen, wo er doch in Wahrheit nur ein Sack voller Gedärme war, die in ihrer molekularen Zusammenarbeit ein Gespinst namens Bewusstsein erzeugten, das auseinanderfiel, sobald man die Zusammenarbeit störte oder gänzlich unterband – was Tita immer wieder bewies.

Tita interessierte nur der Umstand, dass sie mit dem Hilfsmittel der Meditation zu der Konzentration finden konnte, die am Ende in die Trance führte, die sie brauchte, um ihre Fähigkeit ausüben zu können.

Zuerst hörte sie sich beim Atmen zu. Sie veränderte den Atemrhythmus nicht, sie hörte sich nur zu. Als sie ausschließlich auf das

Geräusch fokussiert war, begann sie damit, dem Atem nachzufühlen, wie er durch die Nase strömte, die Luftröhre hinunter, die Lungen ausfüllte, sich ihr Bauch ausdehnte. Sie hielt die Luft kurz an, ehe sie sich auf das Ausströmen konzentrierte. So machte sie immer weiter.

Fünf Minuten später waren die Gedanken, die ihre Aufmerksamkeit trübten, so weit von ihr entfernt, als seien sie nicht mehr Bestandteil ihres Selbst, sondern von ihr abgetrennt. Das war der Moment, in dem Tita vor ihren geschlossenen Augen das Gesicht ihres Bruders heraufbeschwor. Es wurde zunehmend deutlicher, und mit der Klarheit fing es an, sich zu bewegen und ein Eigenleben anzunehmen.

Tita war dort angekommen, wohin sie gewollt hatte.

Sie schaute mit ihrer Fähigkeit auf ihren Bruder hinab, der just in diesem Moment ein Büro betrat.

5

»Ich habe ein langes Gespräch mit Ihrem Chef geführt«, sagte David ohne Umschweife, noch bevor Tizian die Tür hinter sich geschlossen hatte. »Ein sehr gradliniger Mann, der kein Blatt vor den Mund nimmt, was?«

Tizian setzte sich und musterte David eingehend. Natürlich bockte seine Fähigkeit, jetzt, da er sie gebrauchen konnte! Das würde ihn irgendwann wirklich noch fertig machen, dieses klatschende Äffchen mit seinen Zicken, das immer dann laut dudelnd seine Kreise lief, wenn er wollte, dass es still war, und das schwieg, wenn es losmarschieren sollte.

»Kann man so sagen«, entgegnete Tizian.

Etwas in Davids blauen Augen, die so hell und leuchtend waren wie die Augen eines Neugeborenen, ließ sie abgestumpft aussehen. Tizian hätte alles gegeben, um nachfühlen zu können, was verantwortlich dafür war. Nun ja, beinahe alles.

Davids Blick ruhte auf dem Smartphone, das er vor sich auf dem Schreibtisch liegen hatte. »Er nannte mich einen Traumtänzer, der seine Wahnbilder über die Realität stülpt wie … wie Kondome … die jegliche intellektuelle Befruchtung verhindern«, sagte er, räusperte sich und schob das Handy mit einem Finger von sich fort, als könnte er damit das, was von Schallern gesagt hatte, von sich weisen. »Er meinte, deshalb seien wir ein effizientes Team, wir beide, weil wir uns ergänzen und womöglich zusammen einen vernünftigen Menschen abgeben könnten. Wie war der Wortlaut, was sagte er über Sie? Sie seien ein Realist, der das Träumen zugunsten von resignierendem Selbstmitleid aufgegeben habe. Ja, so sagte er es.«

Tizian unterdrückte im letzten Moment ein Auflachen. Er biss sich innen in die Wange, bis es wehtat; ein alter Trick, den er seit frühester Kindheit anwandte. Für ihn war das nichts Neues, vor knapp einer Stunde hatte er das und mehr aus von Schallerns Wahrnehmung entnommen. Er wusste, wie ihn der Schwarz-Weiß-Agent einschätzte, der dem Film *Sin City* entsprungen sein musste. Und seine Charakterisierung, was David Hedock betraf, nun ja … das brachte es auf den Punkt. So sehr Tizian auch wünschte, er könnte etwas anderes sagen, er hätte es nun einmal nicht besser zum Ausdruck bringen können.

Ein Traumtänzer, der seine Wahnbilder über die Realität stülpt wie Kondome, die jegliche intellektuelle Befruchtung verhindern …

Wieder stieg ein Lachen auf, und wieder biss er sich auf die Wange. Diesmal schmeckte er Blut. Tizian hielt sich eine Hand vor den Mund, richtete sich im Sitzen auf und überlegte, was er erwidern könnte, doch ihm fiel nichts ein. Er begegnete Davids Blick und zuckte in einer Geste, die seine Ratlosigkeit ausdrücken sollte, die Schultern.

»Hat er Ihnen meine Akte gegeben?«, fragte er schließlich.

David nickte. »Er hat sie mir zugeschickt, keine fünf Sekunden, nachdem er einfach aufgelegt hat. Ich bin noch nicht dazugekommen, sie zu lesen. Das werde ich aber noch machen. Ihr Chef hat mir nicht bestätigt, was Sie gesagt haben, er hat etwas anderes getan.«

»Ach?« Tizian ahnte Schlimmes.

»Ja.« Wieder hielt David den Blick gesenkt. »Er meinte, ich sollte aufhören, Fragen zu stellen, deren Antworten ich bereits kenne.« Davids Adamsapfel sprang, als er schwer schluckte. »Wenn mir etwas an meinem geistigen Wachstum liege, sollte ich damit anfangen, meine eigenen Auffassungen denen anderer vorzuziehen. Er hat mir als Lektüre Schopenhauers Aphorismen empfohlen. Dann hat er einfach aufgelegt.«

Davids Blick huschte zu Tizian, und dieser versuchte mit allen Mitteln, möglichst gleichmütig dreinzuschauen. Später, wenn er dafür ein paar Sekunden Zeit hätte, würde er seinem Chef eine sehr freundliche Nachricht schreiben, entschied Tizian. Eine *sehr* freundliche.

Tizian ballte eine Faust im Schoß und fragte: »Und? Haben Sie sich entschieden?«

Wieder hielt David den Blick gesenkt, diesmal dauerte es eine Weile, bis er reagierte. »Ich habe meinen Vorgesetzten angerufen und mich nach Ihrem erkundigt. Keine Angst, ich habe als Grund nur angegeben, dass mir der Name untergekommen sei. Ich konnte nicht anders. Man wird nicht alle Tage mit … solchen Dingen konfrontiert.«

Erneut warf er Tizian einen prüfenden Blick zu, und Tizian nickte verständnisvoll.

David fuhr fort. »Mein Vorgesetzter kennt ihn. Er sagte, ich sollte mich lieber um meinen eigenen Kram kümmern und den Mann vergessen, weil der in der Hierarchie so weit über uns stünde, dass er mich, meinen Vorgesetzten und alle, die je mit mir zu tun hatten, mit einem einzigen Anruf von unseren Ämtern entheben könnte. Mein Chef ist kein Sprücheklopfer, wirklich nicht.« David räusperte sich wieder. »Darum bin ich entgegen allem, was ich glaube, bereit, vorerst davon auszugehen, dass Sie mich nicht anlügen.«

Tizian sank im Stuhl nach unten, ließ den Kopf hängen und atmete laut aus. »Gott sei gedankt«, sagte er und richtete sich wieder auf. »Dann können wir endlich loslegen. Sie wissen, dass es heute zu einem weiteren Leichenfund in Regensburg gekommen ist? Eine Frau, die auf ihrem eigenen Esstisch ausgenommen worden ist?«

»Ja. Gesprächsthema Nummer eins innerhalb des Präsidiums, gleich nach unserem Fall, und das nicht nur wegen der Grausamkeit, sondern auch, weil uns der Fall vom Landeskriminalamt weggenommen worden ist.«

Tizian nickte aufgeregt, stand auf und goss sich frischen Kaffee auf das Bisschen, das sich noch in seiner Tasse befand. »Das stimmt so nicht ganz. Der Fall wurde uns nicht weggenommen, es soll nur so aussehen. *Ich* habe den Fall. Jetzt haben *wir beide* ihn.« Er setzte sich wieder. »Wo wir endlich beim Thema wären: Ich muss Ihnen von meiner Schwester erzählen, die auch eine Fähigkeit hat, nur eine andere als ich. Wie Sie wissen, bin ich als Adoptivkind aufgewachsen, genauso wie sie. Das heißt, den Großteil ihrer Kindheit und Jugend hat sie im Waisenhaus verbracht, jedenfalls bevor sie in den Maßregelvollzug kam. Sie ist so was wie eine Antenne, wissen Sie. Sie kann Bilder empfangen, wenn sie sich auf etwas Bestimmtes konzentriert, das Teil dieses Bildes ist. Im Alter von acht Jahren hat sie begonnen, Tiere auszunehmen, und mit zwölf hat sie den ersten Menschen getötet. Sie …«

Er wurde immer leiser und verstummte dann ganz.

David Hedock hatte die Augen aufgerissen, und das bereits nach dem Sätzen: »Ich habe den Fall. Jetzt haben wir beide ihn«, und sie waren immer größer und größer geworden, mit jedem nachfolgenden Wort, bis er sie nicht weiter aufreißen konnte und sie stattdessen schloss, das Gesicht unter einer Hand verbarg und leise murmelte: »Das halte ich nicht aus. Nein, das halte ich nicht aus!« Und dann fügte er mit erhobener Stimme an, obwohl Tizian bereits still war: »*Halten Sie die Klappe*!«

Sieben Minuten später stand David am Fenster und blickte auf den Innenhof hinaus. Er hatte angefangen, frischen Kaffee aufzusetzen, es sich dann anders überlegt und für den Blick nach draußen entschieden. Dort stand er nun, die Hände in die Hüften gestemmt, Tizian den Rücken zugekehrt.

Tizian rieb sich unterdessen die müden, überreizten Augen und wünschte sich von hier fort. Nicht in seinen Wohnwagen, nicht an sein Schlagzeug, an keinen anderen Ort auf der Welt, sondern irgendwohin, wo es keinen Sauerstoff zum Atmen gab.

»Mir ist klar, wie schwer das für Sie sein muss«, setzte er an, wurde aber von David unterbrochen.

»Machen Sie das gerade?«, fragte der Kommissar, ohne sich umzudrehen. »Sehen Sie, was ich sehe?«

Tizian schüttelte den Kopf. »Nein. Ich kann es nicht steuern. Es kommt und geht, solange ich nüchtern bin. Es gibt ein Mittel, mit dem ich die Fähigkeit blockieren kann ...« Tizian verstummte und fügte in Gedanken an: Und ich bin möglicherweise süchtig danach. Es heißt zwar, man könnte körperlich nicht abhängig werden, aber ich glaube, psychisch schon.

David drehte sich um. Seine blauen Augen waren noch trüber als zuvor, sein Gesicht schien jäh gealtert. Er wirkte wie ein Mann, dem man gerade alles genommen hatte. Und er sprach das aus, was Tizian gedacht hatte.

»Sie sind süchtig nach diesem Mittel.« Das war keine Frage, es war eine Feststellung. »Darum benehmen Sie sich wie ein Wilder, legen sich mit Oliver an, werden ausfallend und sind in der nächsten Sekunde wieder die Sanftmut in Person.«

Tizian wollte antworten, das wollte er wirklich (ja, ich bin süchtig, und das werde ich immer bleiben), aber ihm kam kein Ton über die Lippen. Er schaffte es nicht einmal, dem Kommissar weiterhin in die Augen zu sehen. Das überraschte ihn, und die Überraschung lähmte seine Zunge.

Er wusste, er war süchtig. Er wusste, er war mit seinen lächerlichen dreißig Jahren bereits ein Wrack. Er wusste, das alles würde sich niemals ändern, er hatte sich damit abgefunden. Jeder Tag würde sein wie der vorige, die Einsamkeit war seine Gemahlin und die Gleichförmigkeit seine Schwiegermutter. Begegnungen mit anderen Menschen blieben anonym, und Beziehungen zu Frauen waren rein sexueller Natur, weil das alles war, was er zulassen konnte. Seine Sucht war nur die Manifestation all dessen, ein Symptom in einer langen Reihe von Symptomen, die auf seine Fähigkeit zurückzuführen waren. Und die ließ sich nicht aus dem Fleisch schneiden wie eine Warze am Fuß oder ein Furunkel auf der Nase.

Er hatte sich damit abgefunden.

Oder?

Plötzlich lachte David. Es war ein leises Lachen, das tief aus der Kehle aufzusteigen schien, und es wurde immer lauter und lauter. Der Kommissar stand weiterhin am Fenster, doch jetzt krümmte er sich leicht in der Taille, hielt sich beide Hände vor den Mund und lachte so herzhaft, dass es seine eins achtzig große und schlanke Gestalt nur so durchschüttelte.

»Meine Oma«, brachte er zwischen den Lachsalven hervor, »hat immer … gesagt … man sollte aufpassen … was man sich wünscht.«

Sein Blick fiel auf Tizian, und das Gelächter setzte sich fort. Währenddessen wankte er zu seinem Stuhl zurück, setzte sich, zog eine Schublade auf und nahm eine Packung Taschentücher heraus. Er hielt sich eines vors Gesicht, wischte sich die Augen, und allmählich wurde aus dem lauten Lachen ein leises Glucksen. Schließlich hob er eine Hand, als wollte er Tizian davon abhalten, etwas zu sagen, was der nicht vorhatte; er hatte keine Ahnung, wie er mit der Situation umgehen sollte.

David lehnte sich zurück und richtete den Blick auf Tizian. Das Lachen war abgeebbt, dennoch kräuselten sich seine Mundwinkel leicht. »Okay. Jetzt habe ich mich so einigermaßen damit abgefunden, dass es anscheinend Leute gibt, die irgendwelche Zaubertricks drauf haben. Glaube ich jedenfalls.« Er machte eine Pause. »Heute im Café, als ich dachte, Sie würden in meiner Erinnerung wühlen – da haben Sie das wirklich getan, richtig?«

»Wegen des Mordes«, antwortete Tizian. »Ich musste es machen.«

»Klar.« David zog Atem ein. »Wie läuft das? Ich meine, wenn Sie zu einem Fall hinzugezogen werden. Mir ist jetzt klar, warum Sie so gut sind. Sie lesen es den Mördern aus dem Gehirn, nehme ich an. Aber was passiert dann? Das ist doch kein zulässiges Beweismittel vor Gericht.«

Ihre Blicke begegneten sich, sie maßen einander.

»Auf oberster Führungsebene«, erklärte Tizian, »weiß man von Menschen wie mir. Es gibt mehr als mich und meine irre Schwester. Auf dieser Ebene gelten andere Bedingungen, Herr Hedock. Dennoch sammeln wir genauso Beweise wie Sie auch, die vor Gericht Bestand haben müssen. Wir gehen in dieser Angelegenheit genauso vor, auch wenn der Weg ein anderer ist.«

David dachte darüber nach, mit zusammengekniffenen Augen. »Soll das heißen, irgendwer hier in diesem Dezernat, in *meiner* Mordkommission, weiß von Ihrer Fähigkeit?«

»Bettina Hellron. Und Linda Müller-Probst, wobei das eher Zufall sein dürfte. Bettina Hellron ist ausschlaggebend.«

David blinzelte mehrmals. »Was? *Bettina*? Die eiserne Frau im Hosenanzug? Sprechen wir von derselben?«

»Eben die.«

»Oh mein Gott! Und Linda!« Davids Hand zuckte zum wiederholten Mal hinauf und legte sich über seinen Mund. »Sind sie auch … ich meine, haben sie auch …?«

»Fähigkeiten? Hellron nicht. Sie ist nur eingeweiht, das ist alles. Linda hingegen … Sie sollten sie selbst danach fragen.« Tizian kam auf die Beine, ließ den Aktenordner auf dem Stuhl liegen und machte an der Kaffeemaschine dort weiter, wo David aufgehört hatte. »Ich habe die offizielle Ermittlungsleitung an Markl übergeben«, sagte er, um das Thema wieder auf den Fall zu lenken. »Wir beide werden von jetzt an im Hintergrund arbeiten.«

Von David kam keine Antwort. Tizian erwartete auch keine. Er hatte genug zu verdauen, und dabei waren sie noch nicht einmal bei der Hälfte all dessen angekommen, was Tizian ihm noch nahebringen musste.

Als der Kaffee aufgesetzt war, ging er zurück zu seinem Stuhl, hob die Akte hoch und reichte sie über den Tisch hinweg David.

»Bitte schauen Sie sich das an.«

Tizians Stimme war leise und sanft, er betrachtete das Gesicht des Kommissars aber angelegentlich. David wirkte weiterhin recht blass, doch dieses helle, kindliche Glitzern war in seine Augen zurückgekehrt. Mehr noch, es wirkte intensiver und tiefer als zuvor, als wäre es entfesselt worden und könnte sich nun frei austoben.

Er sieht aus wie ein sechzehnjähriges Mädchen, dachte Tizian, dem endlich sein glitzernder Vampir begegnet ist: Zu guter Letzt erfüllen sich die albernen, halbseidenen Hoffnungen, auserwählt zu sein. Besser gesagt: Das Streben nach Selbstverherrlichung (in Davids Fall aus Minderwertigkeit geboren) findet fruchtbaren Boden.

Tizian seufzte schwer.

»Von Schallern hat recht«, sagte er und ließ sich in den Stuhl fallen. »Sie sind ein Traumtänzer. Öffnen Sie die Akte, vielleicht holt Sie das zurück auf den berüchtigten Boden der Tatsachen. Ich glitzere nicht, ich werde Sie nicht heiraten, und ich werde nachts auch nicht mit Ihnen in Strumpfhosen um die Häuser ziehen und Jungfrauen retten. Wenn überhaupt, dann bin ich höchstens eine dieser halbschürig verkorksten Marvel-Figuren, die rumhuren, saufen und lasche Witze reißen, um am Ende gegen jede ethische Regel zu verstoßen und zu eiskalten Mördern zu werden.«

Die Verständnislosigkeit hielt wieder Einzug in Davids Gebaren, darum nickte Tizian noch einmal zu der Akte hin.

»Öffnen Sie sie und schauen Sie sich die Tatortfotos an. Na los. Führen Sie sich zu Gemüte, womit gewisse Menschen mit Fähigkeiten wie meiner ihre Lebenszeit verbringen. Vielleicht begreifen Sie dann, was ich Ihnen längst mitgeteilt habe: Sie dürfen das Wort ›auserwählt‹ nicht glorifizieren. Sie sollten ihm besser sehr skeptisch gegenüberstehen, das wäre gesünder. Und klüger.« Wieder ein Nicken in Richtung Akte.

David sah Tizian noch einen Moment mit gerunzelter Stirn an, wobei seine Augen weiterhin in kindlicher Freude strahlten, ehe er den Blick auf die Akte senkte, sie vor sich hinlegte und aufschlug.

Tizian hingegen wandte den Blick ab, kam erneut auf die Beine und machte sich wieder an der Kaffeemaschine hinter David zu schaffen. Sie war noch nicht ganz durchgelaufen, aber zwei Tassen konnte er schon ausschenken, und das tat er nun. Zuerst wollte er Davids benutzte Tasse holen, hielt jedoch inne, weil er dabei Gefahr laufen würde, zu sehen, was der Kommissar gerade sah. Stattdessen nahm er eine frische.

Im Raum herrschte Stille, nur der Kaffee plätscherte in die Tassen. Von draußen war das Läuten eines Telefons zu hören, das undeutliche Murmeln von Gesprächen und die Stimme einer Frau, die alles andere kurz übertönte, vielleicht weil sie jemanden zu sich rief. Das Klingeln brach ab, eine Frau lachte (dieselbe, die zuvor gerufen hatte?), zwei weitere Männer fielen in das Lachen ein.

Tizian Wolff überließ die Maschine wieder ihrer Arbeit und kehrte mit den beiden Tassen zu seinem Platz zurück. Er stellte Davids vor ihm ab, setzte sich, behielt seinen Kaffee in der Hand und vermerkte, dass David die Fotos fein säuberlich übereinander auf dem Mappendeckel abgelegt hatte, Rückseiten nach oben. Nun las er sich einen Obduktionsbericht durch.

Ohne aufzusehen, fragte er: »Wer sind diese Leute, von denen die Unterlagen stammen? Welche Teams waren das? Ich kenne keinen der Namen, und ich dachte, ich würde so ziemlich alle kennen, die beim Regensburger Erkennungsdienst und in der Rechtsmedizin arbeiten, jedenfalls die leitenden Angestellten.«

Tizian trank einen Schluck Kaffee, und das starke Gebräu rann angenehm heiß die Speiseröhre hinunter, der satte Geruch füllte seine Nase aus und vertrieb beinahe allein die Müdigkeit.

»Das sind Spezialteams vom Bundeskriminalamt. Von Schallern hat sie beauftragt.«

Es gäbe mehr über sie zu sagen, zum Beispiel, dass sie schneller anrückten als ein Finger nach einem Bienenstich anschwellen konnte, oder dass sie mit mobilen Labors in Form von Bussen unterwegs waren, die in technologischer Hinsicht moderner waren als jede herkömmliche Einrichtung, ganz zu schweigen von der Blitzesschnelle und Effizienz, mit der sie zu Werke gingen … doch er hielt den Mund.

Besagte technologische wie auch ökologische Vorsprünge behielt sich die Behörde nicht aus Jux und Tollerei vor, ehe sie gewissermaßen serienmäßig in alle polizeilichen Einrichtungen Einzug hielten. Sie brauchten den Vorsprung schlichtweg, mussten stets drei Schritte voraus sein, weil nicht alle so begeistert reagierten wie David, wenn sie von der Existenz bestimmter Individuen erfuhren.

Die Geschichte (und mitunter die Mythologie Schrägstrich die religiösen Überlieferungen mancher Völker) verifizierte das. Aber auch davon wusste David natürlich nichts, denn er hatte auf seinen Schulen andere Geschichtsbücher vorgelegt und andere Geschichten erzählt bekommen als Tizian während seiner Ausbildung. So einige ethnische Gruppen waren nicht wegen ihrer Hautfarbe oder ihrem Glauben gejagt, gefoltert, geächtet, abgeschlachtet worden … wenigstens nicht primär.

Wenn Tizian auch nichts von Auserwählten und den Auswüchsen solcher Anschauungen hielt, so hielt er doch viel von den Eitergeschwüren der Missgunst, des Ressentiments und der Angst. Jedenfalls hatte er großen Respekt davor. Bevor er oder irgendjemand seinesgleichen sich auf dem Scheiterhaufen eines Mobs wiederfand, der sich vor lauter Angst, Hass und Neid (die gefährlichste Synthese an Gefühlen, wie ihm schien) zur blinden Raserei hochgeschaukelt hatte, hielt er lieber die Klappe und versuchte stattdessen sicherzustellen, dem Mob drei Schritte voraus zu sein.

David schloss die Mappe, ohne die Fotos noch einmal umzudrehen, er schlug nur den Deckel zu. Sein Blick fand die frisch gefüllte Tasse, die neben der leeren und gebrauchten stand, und er trank ebenfalls einen tiefen Schluck, bevor er Tizians Blick erwiderte.

»Rosa Hartmann, die Frau, die das verbrochen hat«, er tippte auf die Mappe, »ist Ihre Schwester?«

Ein Nicken. »All dies macht sie, weil sie mir schaden, mir wehtun will. Sie wird nichts unversucht lassen, um mich zu verletzen. Nichts.«

»Na prima. Und ich dachte schon, meine Familie sei verkorkst.«

Tizian beugte sich vor, stützte sich mit den Ellbogen am Tisch ab und verschränkte die Finger. »Gut, dass Sie das ansprechen. Ich muss Sie nämlich jetzt bitten, dass Sie mir von Ihrem Vater erzählen.«

Ein ungläubiges Auflachen folgte. »Machen Sie Scherze? Sie sind an der Reihe! Erzählen Sie mir von Ihrer Schwester und warum ausgerechnet wir beide sie dingfest machen sollen, wo wir doch schon den einen Irren am Hals haben!«

»Die Fälle hängen zusammen. Den Zusammenhang kann ich Ihnen aber nur sagen, wenn Sie mir vorher von Ihrem Vater erzählen. Und wenn dabei meine Fähigkeit endlich wieder anspringt.«

David lehnte sich zurück, maß Tizian, schüttelte den Kopf. »Was soll das heißen, Sie können mir noch nicht von diesem Zusammenhang erzählen? Warum nicht?«

Tizian fühlte, wie sich wieder das Gespinst über ihn breitete, dieser kalte Mantel aus Pragmatismus, der alles unter sich begrub, was später auf seinem Schuldschein landen würde. Verdrängt, beiseitegeschoben, verbannt in die Räume seines Unbewussten, wo es niemals ruhen, aber doch ein wenig einstauben würde.

Lauf, Tizian, lauf! Bleib nicht stehen! Laufe, um die Angesichte im Spiegelkabinett einfangen zu können!

»Im Café haben Sie mir von dem Gefühl erzählt, Sie hätten Ihr Leben lang nur auf den Moment gewartet, dieser einen Leiche in die Augen zu sehen.« Er deutete mit Zeige- und Mittelfinger auf seine Augen. »Sie sagten, Sie hätten es unmittelbar davor gewusst, dass Ihre«, nun richtete sich der Zeigefinger auf David, »Vergangenheit auf diesen Moment zugestrebt sei. Mithilfe meiner Fähigkeit konnte ich die Stimme Ihres Vaters hören, konnte seine Worte hören, an die Sie sich erinnert haben, die aus Ihrem Unbewussten aufstiegen. *Sieh hin.* Die Augen haben Sie magisch angezogen, David. Augen, die herausgekratzt und durch Plastik ersetzt worden sind.«

Er machte eine Pause, um das Gesagte wirken zu lassen. David ließ äußerlich nichts erkennen, jedenfalls bemühte er sich, aber Tizian sah die leichte Weitung der Augen, als der Kommissar ahnte, worauf das hinauslaufen würde.

Tizian zog den kalten Mantel enger um sich und sprach stoisch weiter.

»Sie wussten vorher nichts von den Plastikaugen, weder Sie noch Markl noch sonst jemand Ihres Teams. Es gab nicht einmal ein Anzeichen dafür, dass etwas mit den Augen der Leiche im Argen lag. Trotzdem haben Sie die Stimme Ihres Vaters gehört, ausgerechnet des Mannes, der Sie in Ihrer Kindheit dazu aufforderte hinzusehen. Und nun wollte er von Ihnen, dass Sie sich eine Leiche ganz genau ansehen, der auf bestialische Weise die Augen ausgeschabt worden sind.« Eine neuerliche Pause. »Als hätten Sie es gewusst.« Wieder einige Sekunden Stille.

Dann stellte er die entscheidende Frage: »Haben Sie es gewusst, David?«

Das ist ungeheuerlich, was bilden Sie sich ein, Sie arrogantes Arschloch, kommen Sie mir nicht so, gehen Sie dahin zurück, woher Sie gekommen sind, wahrscheinlich glauben Sie auch noch an den Weihnachtsmann, Sie sollten einen Psychiater aufsuchen, oder wie es Oliver Markl formuliert hatte: die Dienstaufsichtsbeschwerde wird gesalzen und gepfeffert sein – die Respektsbezeugungen, die Tizian Wolff im Laufe der vergangenen Jahre von verschiedenen Kommissaren und

Konsorten, von Zeugen und Tatverdächtigen beziehungsweise Tätern zu hören bekommen hatte, waren vielfältig im Wortlaut, aber einheitlich in der Bedeutung. Nicht überall schickte man ihn mit einem Dankeschön nach Hause, wie es in Bielefeld geschehen war.

Bis heute hatte er noch keinem Kollegen einen mehrfachen Mord unterstellt, doch er argwöhnte, Davids Erwiderung würde in dieselbe Richtung gehen, wenn nicht sogar drastischer ausfallen. Umso erstaunter war Tizian, als sie ausblieb.

»Schauen Sie mir gerade in den Kopf?«, fragte David Hedock lediglich, und dabei zuckte nur ein Nasenflügel leicht nach oben, ein kleines Anzeichen für den Widerwillen, den er offenbar empfand.

Tizian hätte den Mann am liebsten geschlagen, gleich nachdem er sich das Stirnrunzeln aus dem Gesicht gewischt hatte.

»Wie bitte?«

David zuckte die Schultern. Nun röteten sich seine Wangen leicht, nahmen einen ähnlichen Farbton wie sein Haar an. »Wenn Sie mir in den Kopf schauen, dann wissen Sie ja, dass Sie totalen Bullshit reden. Ganz einfach.«

Da zieht die Büffelherde heran, dachte Tizian, mit geblähten Nüstern und stampfenden Hufen, vor Zorn und Erregung starren, wässrigen Blicken und vom Adrenalin schweißgebadet, um alles niederzuwalzen, was ihnen im Weg steht. Halleluja!

Er schüttelte den Kopf.

»Aber Sie *haben* mir bereits in den Kopf gesehen«, fuhr die Büffelherde fort, die in Wahrheit ein Mann namens David Hedock war, dessen rotes Haar augenblicklich mit der Färbung seiner Wangen wetteiferte. »Sie wissen, dass ich nicht der Killer bin! Sie wissen es! Im Café haben Sie zu mir gesagt, Sie wären schnell im Aufstellen von Hypothesen, und ich sollte nur widersprechen, wenn ich stichhaltige Beweise hätte. Hier ist einer: Ich weiß aus sicherer Quelle, dass ich nicht der Mörder bin! Sie haben ja nicht alle Tassen im Schrank!«

Die Wangen gewannen das Rennen ums tiefere Rot.

»Um Ihre Frage zu beantworten«, herrschte David, »nein, ich wusste es nicht. Nein, ich wusste nicht, dass ich keine echten Augen vorfinden würde, und nein, ich wusste nicht, dass der Leiche Glasaugen eingesetzt worden waren! *Nein!*«

Tizian blieb ruhig sitzen, die Hände auf dem Tisch verschränkt, eine nichtssagende Miene aufgesetzt, in der sich jetzt ganz leicht eine Braue hob. Nur ganz leicht, denn es waren die kleinen Gesten, die die Menschen auf die Palme brachten. Oder irritierten. Oder nachdenklich stimmten.

Der kleinen Geste fügte er zwei Fragen an: »Haben Sie Aussetzer, David? Leiden Sie an Gedächtnislücken?«

»Was?«

Verwirrung, dann Erkenntnis. Ein Adrenalinschub schien in den Kommissar zu fahren, denn er sprang von seinem Stuhl auf. David machte einen Schritt zum Fenster, drehte sich um, stand unschlüssig da und ballte und entspannte abwechselnd die Fäuste an den Seiten.

»Wollen Sie mir jetzt etwa auch noch Schizophrenie unterstellen, oder was?«

»Dissoziative Identitätsstörung«, antwortete Tizian ruhig. »Leider verwechselt der Volksmund das mit Schizophrenie. Die dissoziative Störung ist es, die verschiedene Persönlichkeiten im Menschen ›weckt‹, nicht die Schizophrenie.«

»Na prima!« David warf die Arme in die Höhe. »Ein Klugscheißer sind Sie also auch noch!«

Er schien noch immer aufgebracht, der Blick aus den blauen Augen allerdings war nachdenklich, ja besorgt, als er ruhelos durch das Büro glitt. Schließlich schüttelte David den Kopf.

»Haben Sie das in mir mit Ihrer Gabe gesehen?«, fragte er, und dabei senkte er die Stimme wieder. »Haben Sie diese Krankheit an mir erkannt?« Ein weiteres Kopfschütteln, als wollte er sich selbst Auskunft geben.

Seine Lider waren nun rotgerändert. Innerhalb von Sekunden hatte sich das aufgeregte Strahlen gänzlich verabschiedet und gefleckte Wangen und geäderte, umrandete Augen waren aufgezogen wie das Hereinbrechen des Abendrots im Zeitraffer.

Tizian schluckte (wieder einmal den Himalaya, wie es schien) und lehnte sich im Stuhl zurück. Ihm war klar, dass ihm das eigene Elend in riesigen Lettern ins Gesicht geschrieben stand, und er machte sich auch nicht die geringste Mühe, es zu verbergen.

Sein Zeigefinger richtete sich wieder auf David. »So einfach ist das nicht. Ich nehme wahr, was Sie wahrnehmen, mehr nicht. Um meine Hypothese ad acta legen zu können, müssen Sie mir von Ihrem Vater erzählen.«

David trat von einem Bein auf das andere. »Damit Sie wieder in mich schauen können, ja?«

»Korrekt. Kommen Sie, setzen Sie sich. Bringen wir es hinter uns.«

»Und wenn ich mich weigere?«

Tizian erwiderte den Blick. »Dann werde ich Sie suspendieren und vorläufig festnehmen.«

6

Es war einmal … So begann Davids Geschichte. Er sank zurück auf den Stuhl, erschöpft und von Tizian schachmatt gesetzt, bis auf die Umrandung der Augen und sein Haar weiß wie Kalk, und sagte: »Es war einmal eine Familie: Mutter, Vater und zwei Söhne.«

In seinen Personalakten stand nichts über das Verhältnis, das David Hedock zu seinen Eltern gehabt hatte. Tizian hatte einen etwaigen Eindruck erhalten, weil seine Behörde ein wenig … *geflissentlicher* darauf achtete, die Vergangenheit von Personen zu durchleuchten, als es die Kommissariate taten. Wie es sein Chef gesagt hatte: Sie hatten Davids Hintergrund gecheckt, und ein solcher Check nahm sich zumeist wie ein biografischer Roman aus. Tizian hatte Davids Vita, die sein Chef im Verzeichnis angelegt hatte, geöffnet, die erste Seite überflogen und wieder geschlossen.

Er wollte es von David hören, wollte unvoreingenommen sein. Und vor allem wollte er auf seine eigenen Interpretationen vertrauen, nicht auf die von irgendwelchen Bürohengsten, die Fakten zusammentrugen und diese bar jeder Relation zum Leben auslegten.

Während David sich in sein Schicksal ergab und mit seiner Geschichte begann, schenkte sich Tizian frischen Kaffee ein, machte es sich auf dem Stuhl so bequem wie möglich und hielt Blickkontakt, in der Hoffnung, das störrische Äffchen möge bald aus seinem Schlaf erwachen.

Es war fast zwei Uhr nachts.

Sabine Hedock, geborene van Dongen, war eine ehrgeizige Frau. Jedenfalls ließ sie keine Gelegenheit aus, um ihrem Ehrgeiz verbalen Ausdruck zu verleihen, und wenn sie dabei noch ihre holländische adlige Abstammung erwähnen konnte, war der Tag gemacht.

Es gab wenige ruhige Momente mit ihr, doch an sie erinnerte sich David in eigenartiger Klarheit. Dachte er an die Mutter seiner Kindheit, sah er wirbelnde Röcke und davoneilende Hosenbeine, roch er ihr Parfum, das ihn hungrig auf Lakritz machte, hörte er ihr glucksendes Lachen, wenn sie mit einer ihrer vielen Freundinnen telefonierte, dabei an dem dunklen Sekretär saß und Muster auf einen Notizzettel kritzelte.

Adrett und immer modisch gekleidet, das Haar eine Variante aus Gold und Sonnenröte, das Lächeln auf den rosigen Lippen eine dauernde Verheißung liebevoller Gute-Nacht-Küsse, die Figur trotz zweier Geburten die einer Elfe: Das war Sabine Hedock.

Sie nannte sich selbst einen gefallenen Engel, und wenn David und sein kleiner Bruder Armin auch nicht so recht verstanden, was sie damit meinte, verstanden sie mit der unangreifbaren Gewissheit, die Kindern eigen ist, dass sie einen Engel zur Mutter hatten. Später begriffen sie natürlich. Ihre Mutter war weniger ein Engel Gottes, der von irgendeiner Wolke heruntergefallen war, sondern sie betrachtete sich vielmehr als Opfer des Zweiten Weltkriegs, der ihre Familie um das Ansehen und das Vermögen gebracht hatte.

Besonders gut stand David ein Winterabend in Erinnerung, an dem aus irgendeinem Grund der Strom im ganzen Stadtteil für eine längere Zeit ausgefallen war. Er und Armin, sie mussten sechs und fünf Jahre alt gewesen sein, hatten sich auf das hübsche Sofa gekuschelt, auf das sie nur mit Mutters Erlaubnis durften, und Sabine Hedock gesellte sich zu ihnen.

Draußen entledigte sich die scheinbar den ganzen Himmel umfassende Wolkendecke ihrer Schneeflocken, die so groß wie Armins geballte Faust waren, vereinzelte Räumfahrzeuge schoben die Massen vor sich her, die das Röhren ihrer Motoren schluckten, Schneelawinen rutschten von den Hausdächern und Büsche, Bäume und Wiesen schienen unter dem endlosen Weiß zu einer Ebene zu verschmelzen.

Sie saßen im Schein mehrerer Kerzen beisammen, Sabine in der Mitte, ihre Söhne neben ihr, David links, Armin rechts, beide eng an sie geschmiegt. In ihren Augen – die der Knaben von demselben frühlingshaften Blau, das ein sonniger Tag am Morgen in den Himmel malt, die der Mutter von einem, in das sich das Grün eines frisch gewachsenen Rasens gemischt hatte – spiegelte sich die Flamme der Kerze, die vor ihnen auf dem niedrigen Tisch aus Akazienholz stand und in die sie alle drei hineinblickten, wie gebannt vom Ballett, das das Feuer für sie aufführte.

Ihre Welt beschränkte sich auf diese wenigen Meter Licht, als hätte es ein *Draußen* nie gegeben. Außerhalb ihrer Welt lauerten tiefe Schatten, die in den Jungen den Eindruck erweckten, sie lägen mit dem Kerzenschein im Gefecht, als würde die Finsternis um die alleinige Vorherrschaft ringen und versuchen, diese letzte Bastion Helligkeit ebenfalls zu besetzen.

An der Seite der Mutter wägten sie sich in Sicherheit. Die Mutter *war* Licht; wenn nicht sie, wer dann?

»Geht es Papa gut?«, fragte David, der sich nicht vorstellen konnte, jemand könne dort draußen in der Kälte der stromlosen anbrechenden Nacht etwas anderes tun als sich ängstlich irgendwo zusammenzukauern.

Sabine Hedock strich ihm in abwesender Geste über den Kopf, vom Hinterkopf über sein kurzgeschorenes Haar nach vorn in die Stirn, dann gab sie ihm einen Kuss auf den Scheitel.

»Bestimmt. Papa ist bei Freunden im Wirtshaus.« Ihre Stimme klang auch abwesend, und doch schwang ein bitterer Unterton mit.

Gegenüber schoss die Flamme der Kerze, die auf dem Sekretär neben dem Telefon stand, wie ein böses Omen in die Höhe, und die Schatten schnellten an der Wand darüber zurück. Das Gemälde einer Sommerlandschaft schälte sich kurz aus dem Dunkel, eines der vielen Bilder, die ihre Mutter von einem der vielen Künstler geschenkt bekommen oder gekauft hatte, die sie ihre Freunde nannte.

David hörte seinen kleinen Bruder leise schluchzen, und wie es seine Angewohnheit war, drängte er sofort die eigene Angst zurück, um nach dem Rechten zu sehen. Armin verbarg das Gesicht am Ärmel der Mutter und klammerte sich mit beiden Händen an sie. Sabine schien das überhaupt nicht zu bemerken. Sie starrte noch immer in die Flamme, die von unten her ihr fein geschnittenes Gesicht beleuchtete.

»Armin hat Angst, Mama«, sagte David.

Seine Mutter blinzelte, als müsste sie sich aus dem Bann der Kerze befreien. Ihr Blick fand David, ehe er sich auf den jüngeren Sohn richtete. Ein Moment verging. Schließlich nahm sie die Hände aus dem Schoß, hob die Arme und legte sie um ihre beiden Kinder, zog sie noch enger an sich.

»Nicht doch. Das ist nur ein Stromausfall. Früher, als ich klein war, ist der Strom oft ausgefallen. Wenn das passiert ist, hat mir mein Vater, euer Opa, immer ein Märchen erzählt. Er hat sie aus dem Gedächtnis aufgesagt, welche von den Gebrüdern Grimm und auch welche von Anderson. Er hatte ein hervorragendes Gedächtnis, konnte sich Reime und Gedichte gut merken. Das musste er auch, sonst hätte er sie mir nicht erzählen können, weil wir kein Geld hatten, um Kinderbücher zu kaufen. Wir waren arm wie Kirchenmäuse. Wusstet ihr das?«

Sabine Hedock sprach fast ausschließlich von ihrem Vater, kaum von ihrer Mutter. Dem jungen David fiel das nicht auf, aber als er um die Dreißig war, wurde es ihm klar. Erst da erkundigte er sich nach seiner Großmutter, die so früh verstorben war und von der er so gut wie nichts wusste.

Auf dem hübschen Sofa schüttelte David nur den Kopf, um anschließend zu nicken. Ja und nein. Dass der Opa seiner Tochter Geschichten erzählt hatte, wenn der Strom ausfiel – *damals*, zu den unvorstellbaren Urzeiten, die sich der Sechsjährige wie das Mittelalter vorstellte –, hatte er nicht gewusst. Dass sie arm wie Kirchenmäuse gewesen waren, das hatte er gewusst, denn weder Opa noch Mama kamen in die Verlegenheit, es unerwähnt zu lassen.

Iss schön auf, wir damals hatten so etwas Gutes nicht; pass auf dein Spielzeug auf, das ist Luxus, wir hatten so etwas nicht; spring nicht durch die Pfützen (wahlweise auch: in den Matsch, auf den Rasen, ins Stroh, in den Sand …), so schöne Schuhe und Anziehsachen hatten wir nicht; das ist ein bequemes Bett, das du da hast, wir hatten so eines nicht; jedes Geschwisterlein ein eigenes Zimmer, wir hatten das nicht; tu schön lernen, damit du einen guten Beruf bekommst, wir hatten diese Möglichkeit nicht; du hast aber eine schöne Frisur, wir kannten so etwas wie Friseurbesuche nicht … denn wir waren arm wie Kirchenmäuse und konnten es uns nicht leisten.

David empfand bis in die Jugend hinein große Ehrfurcht vor *damals*, und er bewunderte seine Mutter, die all diese Nöte überlebt hatte.

»Erzählst du uns auch ein Märchen?«, fragte David, nachdem er einen weiteren prüfenden Blick auf das Schatten-Licht-Gefecht über dem Sekretär und anschließend auf seinen furchtsamen kleinen Bruder geworfen hatte.

Armin sprang darauf natürlich sofort an. »Oh ja, bitte!«, quäkte er und klammerte sich noch fester an Mutter.

Zunächst machte Sabine Hedock ein zweifelndes Gesicht. Es war das Gesicht einer Mutter, die darüber nachdachte, ob ihre Sprösslinge vor dem Abendessen Süßigkeiten naschen durften. Bei dieser Mutter wusste man nie, wie die Entscheidung ausfallen würde, und darum hielt Armin unbewusst die Luft an, etwas, das er auch als Erwachsener in gewissen Situationen noch tat.

»Kennt ihr die Geschichte von der Prinzessin, die von einem bösen

Mann verzaubert wurde?«, fragte sie schließlich, und ihre Gesichtszüge entspannten sich zugunsten eines kleinen Lächelns.

»Nein«, antwortete David, weil von seinem Bruder keine Antwort kommen würde. Armin war noch beschäftigt damit, Luft zu holen, das Gesicht der Mutter zu studieren und über die Frage nachzudenken. Davids Erwiderung schien ihm folgerichtig, weil er sich dann doch beeilte, den Kopf zu schütteln.

Sabine Hedocks Lächeln wurde breiter. Sie blickte wieder in die Kerzenflamme.

»Erzählen Sie mir von dem Märchen«, verlangte Tizian Wolff, und David Hedock musste nicht nachfragen. Er konnte es *spüren*: Die Fähigkeit des Sonderermittlers hatte ihre Arbeit aufgenommen.

Die Atmosphäre, die vorherrschte, war genauso zwiegespalten wie am Tag zuvor im Café. Tizian Wolffs Blick schnitt scharf wie ein Präzisionsmesser in Davids Erzählung (*Wahrnehmung*), und dennoch lag etwas Entrücktes im Obsidianschwarz der Augen.

Nur, diesmal wusste David es besser. Weder baute er mit seinen Worten Brücken noch marschierte Tizian über diese Brücken und blickte in Davids Kopf. Es war schlimmer. David musste überhaupt nichts sagen. Es genügte, dass er sich erinnerte.

Nun verstand er das, was er zuvor fälschlicherweise für eine Diskrepanz gehalten hatte. Die Entrückung und die Schärfe passten sehr wohl zusammen, denn Tizian Wolff war bis zum Zerreißen konzentriert, jedenfalls machte er diesen Eindruck, und er war entrückt, weil er irgendwie nicht mehr durch die eigene Wahrnehmung blickte, sondern durch die seines Gegenübers. Ver-rückt war er, könnte man sagen.

So einfach, dachte David Hedock, und als der Sonderermittler daraufhin leicht lächelte, erwiderte David das Lächeln automatisch.

Auch dies schien eine Art der Konversation zu sein, fügte er in Gedanken an.

Dann erzählte er – erinnerte er sich – weiter, um zu beweisen, dass er keine gespaltene Persönlichkeit besaß.

Sie war eine schöne Prinzessin, erklärte Sabine Hedock. Das einzige Kind eines Königs, der sie liebte und ihr keinen Wunsch abschlagen konnte. Das Königreich, über das er herrschte, war klein und nicht sehr reich, dennoch war er ein gutmütiger Herrscher und sein Volk schätzte ihn aufgrund seiner Wohltaten und seiner Intelligenz hoch.

Die Frau Königin verstarb eines Nachts an einer plötzlichen Krankheit, jede ärztliche Hilfe kam zu spät. Sie hinterließ dem König keinen Sohn, und der König wollte keine andere Frau, darum fragte er sein Volk, ob es damit einverstanden wäre, wenn er seine Tochter als Thronerbin einsetzte.

Natürlich, antwortete das Volk, deine Tochter wird einmal genauso weise werden wie du, denn sie ist gescheit. Außerdem wird sie die schönste Königin, die es jemals gab. Aber sie braucht einen Mann an ihrer Seite, oh Hoheit, und dieser Mann sollte aus unseren Reihen kommen, aus dem Volk.

Mit diesem Kompromiss (und Davids Mutter erklärte ihren Söhnen, was ein Kompromiss war) waren alle einverstanden, auch die Prinzessin. Ihr Vater, der König, versprach ihr, dass sie frei unter allen Bewerbern wählen dürfte, er würde ihr keine Vorschriften machen.

So machten sich alle Jünglinge im heiratsfähigen Alter dazu auf, der Prinzessin den Hof zu machen.

Siebenundneunzig kamen und gingen. Siebenundneunzig Tage zogen ins Land, weil die Prinzessin jedem Kandidaten einen ganzen Tag Zeit schenkte, um ihn kennenlernen zu können. Aber keiner weckte die Liebe auf den ersten Blick in ihr, keiner war der Richtige, bei keinem fühlte sich die Prinzessin rundum wohl.

Als der achtundneunzigste Bewerber ging, rief der König seine Tochter zu sich. Er sprach ihr ins Gewissen, denn es blieben nur noch drei Bewerber übrig. Einen von all diesen jungen Männern müsste sie auswählen, sagte er. Die Prinzessin wusste das, und sie wusste auch, dass sie sich für den tüchtigsten, klügsten und humorvollsten entscheiden würde, sollte sich die Liebe nicht einstellen.

Zwei weitere Tage strichen ins Land. Zwei weitere Bewerber schickte die Prinzessin fort. Nun blieb nur noch einer übrig, der Sohn eines Schullehrers, der zwar gebildet war, aber auch verschlagen und nichtsnutzig. Dieser junge Mann erkannte seine Chance, an der Seite der Prinzessin ein faules und bequemes Leben führen zu können, und er fasste am Abend vor dem Treffen mit der Prinzessin einen bösen Plan.

So wie auch die anderen verbrachte er den Tag mit ihr im Schloss und in dessen Gärten. Sie gingen spazieren, sie unterhielten sich, die Prinzessin zeigte ihm die Räume (was waren das für wunderschöne Räume voller wunderschöner Sachen!) und erzählte ihm von ihrem Wunsch, später einmal genauso weise zu werden wie ihr Vater und das Volk vor Krieg, Armut und Kummer zu bewahren. Mittags begaben sie sich gemeinsam in den Speisesaal, um ungestört das Kennenlernen beim Essen fortführen zu können.

Die Prinzessin suchte davor die Toilette auf (weil sie Pipi musste, sagte Armin, und Mutter bestätigte das). Sie hatte bereits entschieden, was den jungen Mann anging, denn die Gespräche am Vormittag hatten ausgereicht, um ihr zu zeigen, wie heimtückisch und faul der Bewerber war. Ihn würde sie keinesfalls auswählen, das stand fest.

Während sie fort war, setzte der junge Mann seinen bösen Plan um: Er schüttete das Getränk weg, das die Bediensteten für die Prinzessin gebracht hatten, und füllte den Kelch mit einer Flüssigkeit auf, die er die ganze Zeit unter seinem Mantel bei sich getragen hatte. In dem Traubensaft befand sich ein Zaubertrank, den er von einem herzlosen, geldgierigen Alten bekommen hatte, dem Schankwirt des Königreichs.

Als die Prinzessin zurückkam, forderte er sie zu einem lustigen Spiel auf: Sie sollten beide ihre Kelche mit einem Zug leeren, um zu sehen, wer der Schnellere war.

Die Prinzessin dachte sich nichts dabei, sie wusste nichts von dem Zaubertrank. Darum machte sie mit und leerte den Kelch in einem Zug.

(Die beiden Knaben David und Armin schlugen sich gleichzeitig eine Hand vor den Mund, und Sabine Hedock nickte angelegentlich, blickte von einem zum anderen, eine dramaturgisch wertvolle Pause einlegend, zumindest für Kinder dieses Alters dramaturgisch wertvoll.)

Nach dem Mittagessen war die Prinzessin nicht mehr dieselbe. Ihre Gedanken waren wie von Nebel umwölkt, und alles Pflicht- und Verantwortungsgefühl, das sie dem Volk gegenüber hegte, waren wie verschwunden, als hätte es sie nie gegeben. Doch es kam noch schlimmer. Weil sie verzaubert war, verliebte sie sich in den letzten jungen Mann, in diesen teuflischen Kerl.

Nur eine Stunde nach dem Mittagessen suchte sie ihren Vater auf, um ihm zu sagen, dass sie sich verliebt und einen Mann ausgesucht hatte.

Der König war misstrauisch, er erkannte seine Tochter nicht wieder. Sie war stets ein vernünftiges Mädchen gewesen, doch nun war sie wie ausgewechselt. Außerdem mochte er den Mann nicht. Aber leider konnte er nichts tun, denn er hatte ihr versprochen, sich in ihre Entscheidung nicht einzumischen.

So heiratete sie den faulen, niederträchtigen Mann noch am selben Tag, bevor der Zaubertrank zu wirken aufhörte. Als achtbare Prinzessin voller Würde blieb sie auch dann an seiner Seite, als sie wieder bei Sinnen war und ihren Fehler erkannte …

Eine Schneelawine rutschte vom Dach und krachte vor dem Wohnzimmerfenster in die Blumenbeete. Alle drei Hedocks zuckten ob des plötzlichen Geräuschs zusammen. Armin fing zu weinen an.

»Nicht doch«, sagte Mutter Hedock und knuffte ihren Jüngsten ein bisschen zu fest. »Das ist doch nur Schnee.«

David blinzelte die eigenen Tränen weg. »Ich glaube, er weint wegen der Prinzessin.« Er hatte sich bemüht, hatte er wirklich, trotzdem klang seine Stimme so hoch wie die eines Mädchens, und bevor er *Prinzessin* hatte sagen können, war ihm ein leises Schluchzen über die Lippen gekommen.

Sabine Hedock zog Armin auf ihren Schoß, ließ dafür David los, und wiegte den Jüngsten sachte hin und her. »So ist das Leben«, lautete ihre Besänftigung. »Märchen enden nicht immer gut, weil das Leben nicht immer gut endet. In manchen Märchen landen die Buben im Fleischwolf, und das sind die wirklich schlimmen Märchen. Ihr könnt euch froh schätzen, dass ich euch nicht eins davon erzählt habe.«

Armin weinte noch lauter, und David behielt wieder die Schatten im Auge, die seiner Meinung nach näher an sie herangerückt waren. Wenn nicht das, dann waren sie jetzt tiefer, so tief wie die Schlammgrube am Ende der Straße, die Bagger ausgehoben hatten, um ein Haus darauf zu bauen, was niemals passiert war. Jetzt gab es nur diese tiefe Senke, die sich im Frühjahr und im Herbst unter anhaltenden Regenfällen in eine Schlammgrube verwandelte und der sie sich nicht nähern durften, weil man darin versank und erstickte, wie Mutter ihnen eingebläut hatte. David hatte das Gefühl, er würde auch in diesen Schatten versinken und ersticken, sollte er mit ihnen in Berührung kommen.

Die Tatsache, dass das Leben manche Kinder durch Fleischwölfe drehte und Prinzessinnen nicht gerettet wurden, welkte jäh dahin, als mit einem leisen Klicken, das aus dem Hausflur kam, der Storm wieder ansprang. Die Helligkeit von der Deckenlampe war zu viel, und darum versank Davids Welt noch einmal in Dunkelheit, als er die Augen schloss.

Wenigstens hörte Armin zu weinen auf.

Als sich Davids Augen an die Helligkeit gewöhnt hatten, waren alles, was er von seiner Mutter noch sah, die Hosenbeine und die Absätze ihrer Hausschuhe, die um die Ecke verschwanden.

7

David Hedock, der Erwachsene im Büro, unterbrach sich, um sich ein Glas Leitungswasser einzuschenken und den Kaffee in seiner Tasse nachzufüllen.

Tizian saß zurückgelehnt im Stuhl und hielt die Hände vor der Brust verschränkt, was er nur machte, um nicht nervös gegen die Tischkante oder seinen Oberschenkel zu trommeln; einen Tusch, der nie erlöst würde. Den Müdigkeitsschub hatte er überwunden, inzwischen befand er sich in einem hellwachen Zustand, der zumeist eintritt, wenn man sich dem Schlafbedürfnis nicht sofort hingibt. Letzteres würde wiederkommen, ganz klar, aber es gab noch ausreichend Kaffee, den sie aufbrühen konnten.

David hatte aufgehört zu reden, aber er hatte nicht aufgehört, sich zu erinnern. Ohne seine Worte nahm Tizian nur vage Bilder wahr, in die sich die Eindrücke mischten, die sich ihm gegenwärtig boten, während er mit dem Wasser zurückkam und sich setzte. Dies zu analysieren war ungefähr so, als hätte man zehn 3D-Puzzle mit hohem Schwierigkeitsgrad zusammengeworfen und sollte sie nun nicht nur auseinanderklamüsern, sondern auch korrekt zusammensetzen.

Nur sehr selten waren die wahrgenommenen Eindrücke der Menschen so klar, dass Tizian sie nachvollziehen konnte. Nur selten dachten Menschen in Sätzen, und wenn sie es taten, waren sie lediglich das Ergebnis einer langen, verschiedenartig hergeleiteten Ereigniskette, die sich in Worten erhärtete. Manchmal wussten sie selbst nichts von diesem vorangegangenen Prozess.

Die Perfektion unterdessen, mit der sich Menschen selbst etwas vorgaukelten, war für Tizian nichts Neues. Das waren die Wahrheiten mit falschem Schnauzer und Hut auf. Und ja, verehrte Damen und Herren, es *waren* Wahrheiten, weil sie für denjenigen, der sie sich vorgaukelte, wahr waren. Sie bestimmten oftmals sein ganzes Leben. Und was könnte wahrer sein als ein Leben, das man gelebt hat?

Wie hatte es sein Chef formuliert? *Fakten existieren in diesem Kontext nicht. Es gibt nur unsere Wahrnehmung, und die ist nun einmal immer subjektiv.* Und darum, fügte Tizian in Gedanken an, gibt es *nur* Wahrheiten, Schnauzer hin oder her.

David Hedock war in Sachen Schnauzer und Hut nicht minder bekleidet als andere Menschen: Er trug viele verschiedene Schnauzer und Hüte, manche davon waren so groß, dass ihm der Schatten der Hutkrempe den Blick verwehrte und der Schnauzer den Mund verdeckte, sodass er nicht mehr sprechen konnte. Am größten aber waren der Schnurrbart und die Kopfbedeckung, die er aufsetzte, sobald es um seine Eltern ging.

Damit sah er aus wie ein Narr, fand Tizian. Fehlte nur noch, dass er mit acht Bällen jonglierte, einen Teller auf der Nase drehte und irgendeinen Witz aufsagte, bei dem er danach die Pointe erklären musste.

Geht ein Vater um die Ecke und ist verschwunden. – Haha! Versteht ihr? Er geht um die Ecke und ist verschwunden! Natürlich ist er verschwunden, wenn er um die Ecke geht, oder nicht? Das liegt in der Natur der Ecke, oder? Haha! Er ist verschwunden, weil wir ihn nicht mehr sehen*! Versteht ihr? Sehen!* Hinsehen …!

»Ist Ihnen bewusst«, fragte Tizian, nachdem sich David wieder gesetzt hatte, »dass ich Sie um Erinnerungen an Ihren Vater gebeten habe und dass Sie seither ausschließlich von Ihrer Mutter erzählt haben?«

In das müde Gesicht mit den geröteten Augen trat ein unwilliger Zug. »Sie wollten doch, dass ich so ausführlich wie möglich berichte!

Das haben Sie im Café gesagt, und darum hole ich auch jetzt aus. Außerdem, Sie wollten das blöde Märchen hören!«

Tizian neigte den Kopf, um anzudeuten, dass er zustimmte. In Gedanken konterte er: Ich habe dich gebeten, so ausführlich wie möglich deine Eindrücke *zu einem Thema* zu schildern, und nicht, ein gänzlich anderes aufs Tapet zu bringen. Das Märchen betraf deinen Vater, auch wenn du das nicht begreifst. Aber nur zu! Ich werde dich nicht von deinem närrischen Schnurrbart und deiner übergroßen Narrenkappe befreien.

»Dann fahren Sie doch bitte fort«, sagte er und verstärkte den Griff der verschränkten Finger, um die Ungeduld und Ruhelosigkeit niederzukämpfen.

David trank einen großen Schluck Wasser, stellte das Glas ab und blickte hinein, als läge darin die Erinnerung versunken.

Nach einer dieser schlimmen Nächte, die der kindliche David wie nichts anderes fürchtete, richtete er am Tag darauf zusammen mit seinem Vater den Rasenmäher.

In der Nacht hatte er wach gelegen, weil sich seine Eltern wieder einmal angekeift hatten. Meistens gingen sie zum Streiten hinaus in die Garage, aber manchmal verpassten sie den Moment, in dem sie das noch konnten, bevor es so hitzig und laut wurde, dass sie alles um sich herum vergaßen, inklusive ihrer Kinder.

Adrian Hedock, damals knappe vierzig Jahre alt, war keinesfalls ein unansehnlicher Bursche, und das mochte mit ein Grund sein, warum sich die engelsgleiche Sabine ihrer Zeit für ihn entschieden hatte: Seine eins siebenundachtzig große Gestalt bekundete seine Liebe zum Sport (der Fußball war seine favorisierte Disziplin), und die breiten Schultern, die schmale Taille und das ausgeprägte Kinn waren allesamt Merkmale dessen, was man allgemein für männliche Attraktivitätsideale hielt. Seine Haut war zu jeder Jahreszeit von den Aktivitäten im Freien gebräunt, das Haar golden, an den Seiten leicht ergraut und stets kurz gehalten, die Augen von einem Eichenholzbraun, sanftmütig, aber vital. Wollte man an seinem Äußeren etwas Hässliches finden, musste man genau und aus unmittelbarer Nähe hinsehen.

Sein Charakter liebäugelte mit seinem Aussehen, und dasselbe traf auf seine Eigenschaft als Sportler zu. In seinem Fußballverein galt er als aggressiver, aber fairer Spieler, und die Kids in der D-Jugend, die er trainierte, kannten sein aufbrausendes Temperament genauso wie die Schulklassen, die er in seiner beruflichen Laufbahn als Sportlehrer an einem Regensburger Gymnasium unterrichtete.

Ja, er war fair, aber irgendwie waren das alle, oder nicht? Es gibt immer jemanden, der den größten Despoten für seinen hochanständigen und gerechten Stil lobt. Und es gibt immer jemanden, der sich ungerecht behandelt fühlt.

Wettkämpfe jedenfalls lagen Adrian Hedock, zumindest so lange er als Sieger daraus hervorging. Sah er seine Gegner am Horizont gen Zielgerade verschwinden und blieb in deren Staubwolken zurück, verwandelte er sich schneller in einen Berserker mit roter Birne, einem beachtlichen Repertoire an Grobheiten und offenem Mund, aus dem verbale Fouls und Speichel quollen, als der Schiedsrichter in seine Pfeife blasen und die Rote Karte heben konnte. Den Konkurrenten ins Gesicht zu spucken, gehörte da genauso dazu, wie sie mutwillig schweren Verletzungen wie Bänderrissen oder Knochenbrüchen auszusetzen. Jedes Foul, das Adrian austeilte, war für ihn ein strategisches. Er besaß unterschiedliche Maßstäbe, könnte man sagen, und setzte sie unterschiedlich an, je nachdem, welches ihm zum Vorteil gereichte.

Er liebte den Sport – nicht um der Sache an sich willen, auch nicht wegen der Kameradschaft oder des Teamgeistes, sondern wegen des Gewinnens.

(Adrian Hedock war ein Musterbeispiel des Zeitgeistes, dachte Tizian. Die neue egomane Mittelmäßigkeit, in der nichts weiter als

Leere vorherrscht; ein strebsames Rotieren um die Weltachse, ein Näherschwingen an sie, bis man sich so fest um sie gewickelt hat, dass kein Entkommen mehr möglich ist.)

Sein Leben war ein Wettkampf, ganz klar, da war kein Platz für mehr. Es gab nur einen einzigen Rivalen, dem er nicht früher oder später erfolgreich ein Bein stellen konnte. Diesem hatte er einen Ring an den Finger gesteckt und vor dem Herrn ewige Liebe geschworen.

(Tizian gewahrte den stolzen Unterton in Davids Stimme, und er hörte auch die Verachtung, die darin mitschwang. Eine absonderliche Mischung, wenn man nicht wusste, wohin welche Empfindung gehörte: den Stolz fühlte er für die Mutter, die Verachtung für das vor dem Herren abgegebene Ehrenwort oder vielmehr für das Nichteinhalten desselben. Darauf würde David ganz sicher noch zu sprechen kommen, so sicher, wie Tizian in wenigen Stunden wieder die Spritze zwischen seine Zehen setzen und sich die Substanz in die Blutbahn jagen würde.)

Wenn Adrian Hedock eine Niederlage gegen seine Ehefrau erlitt, war er für mehrere Tage so leidlich wie ein ausgehungerter Alligator: Er holte sich seine Nahrung, wo er nur konnte. Er machte seine Schüler rund, focht Matches noch erbitterter aus als sonst, und verfiel in das, was David und Armin insgeheim *den Tasmanischen Teufel spielen* nannten. Nicht lange, und Adrian wurde von seinen Söhnen nur noch als *Tasman* bezeichnet.

»Der Tasman ist im Garten unterwegs«; »Der Tasman tauscht im Badezimmer den Spülkasten aus«; »Der Tasman streicht die Küche neu«; »Der Tasman wäscht das Auto«; »Der Tasman repariert den Rasenmäher« … Ungefähr so hörten sich die Warnungen an, die sich die Knaben zuraunten, sobald der Tasmanische Teufel spielte.

Armin entwischte dem erweckten Teufel so gut wie immer. David hingegen war Fortuna nicht gesonnen; irgendetwas gab es immer zu tun, irgendwelche Reparaturen am oder im Haus oder Garten waren immer zu erledigen, und wen rief ein Vater, um sich die Werkzeuge reichen zu lassen? Wen zog er hinzu, wenn der Gartenzaun einen frischen Anstrich benötigte? Wer sollte lernen, wie man Mörtel anrührte, Sträucher und Bäume stutzte, vor dem Bohren feststellte, wo elektrische Leitungen in der Wand verliefen oder wie man Rasenmäher richtete?

Der Erstgeborene – das Kind in der Kette der Nachkommen, das das Glück hatte, keine gebrauchte Kleidung vom Vorgänger tragen zu müssen und vom Älteren gepiesackt zu werden, und das Pech, dass die Eltern noch in einem Alter waren, in dem ihnen die Erfahrung und die Gelassenheit des Lebensherbstes fehlten.

Nun kamen sie zu der Sache mit dem Hinsehen. Tizian spürte Davids Widerwillen, sich dem Thema zu nähern, das dennoch latent hinter jedem Wort aus seinem Mund schlummerte.

Das wahre Leben wie auch menschliche Beziehungen waren zu kompliziert, um starke Emotionen in einzelne Wörter wie *Hass* zu kleiden, darum war das, was David für seinen Vater empfand, mit diesem Begriff keineswegs beschrieben. David hasste seinen Vater nicht, aber er schaffte es auch nicht, ihn zu lieben. Er fühlte die Zuneigung, die ein Kind für seine Eltern von Natur aus zu empfinden schien, dieses undefinierte *Blut ist dicker als Wasser*-Gehabe, das in der Praxis mehr war als nur ein Sprichwort. Trotzdem gab es massenhaft Momente, in denen er ihn eigenhändig hätte umbringen wollen, und er hätte es womöglich getan, wenn er gekonnt hätte. Massenhaft Momente.

Diese Mordlust stand augenblicklich im Vordergrund, während David nach einem Weg suchte, seine Erzählung fortzuführen. Dabei rang er nicht nur mit sich, sondern auch mit den Worten, die er trotz seines Wissens um Tizians Fähigkeit wohl bedacht wählen wollte, damit er niemandem, schon gar nicht seiner Familie (unglückseliger Vater hin oder her), Unrecht tat.

Damit die bösen Worte nicht auf dich zurückfallen wie schlechtes Karma, dachte Tizian.

Als David nach einem tiefen Atemzug den Mund wieder aufmachte, gab Tizians Smartphone eine leise Tonfolge von sich. Er warf David einen entschuldigenden Blick zu, griff in die Hosentasche und holte es heraus.

Es handelte sich um eine Nachricht von seinem Chef mit einem Anhang.

Chapeau, Herr Wolff, stand darin. *Eins Plus mit Sternchen. Weiter so und Sie bekommen ein Fleißbildchen von mir. Fünf Fleißbildchen können Sie dann gegen einen Besuch bei meinem Friseur eintauschen, damit Sie auch einmal so etwas wie eine Frisur auf dem Kopf haben.*

Tizian öffnete die angehängte Datei, die ein fast hundertseitiges Schreiben enthielt. Von Schallern hatte die Brisanz des Materials erkannt und die wichtigen Seiten und Zeilen mit virtuellen Lesezeichen und Markierungen versehen, sodass Tizian nicht lange suchen musste. Er überflog die Fakten, die ein Recherche-Team für ihn innerhalb kürzester Zeit – mitten in der Nacht – zusammengestellt hatte. Er sah seine Hypothese bestätigt und blieb einen Moment so sitzen, den Blick auf das Smartphone gerichtet, um David nicht anschauen zu müssen.

Sie sollen die Bedingungen, die Ihnen Ihre Schwester mit ihrem Plan auferlegt hat, nicht akzeptieren, hatte Loki von Schallern gesagt, *aber Sie sollten sich dennoch auf das Spiel einlassen. Ändern Sie die Spielregeln zu Ihren Gunsten.*

Immer drei Schritte voraus, was, Mister Titus Lupardus?, dachte Tizian ironisch. Laufe, Spross einer irren Familie, der du tagein, tagaus nichts anderes tust, als Schlüsse aus der Herkunft Fremder auf ihren Charakter zu ziehen. Lauf! Beurteile diesen Mann, weil er ein Problem mit seinem Vater hat, während sich deine Schwester wahrscheinlich just in diesem Moment ein ganz besonderes Mahl zubereitet!

Seine Hypothese hatte sich bestätigt: Tizian Wolff wusste jetzt mit Gewissheit, wer der Augen-Ausschaber war. Und er würde das Wissen benutzen, um an seine Schwester heranzukommen.

Sein Smartphone zeigte zehn Minuten vor fünf Uhr morgens. Tizian war erfüllt von dem, was David seinem Vater gegenüber empfand, nur dass es sich nicht gegen jemand anderes, sondern gegen sich selbst richtete. Er konnte dem daraus resultierenden Druck nicht Luft machen, aber er konnte *etwas* tun.

Tizian schrieb eine Antwort an seinen Chef: *Bevor ich zu Ihrem Friseur gehe, Sie pomadiger Comic-Agent, lasse ich mich von einem Mähdrescher frisieren. Das hier ist echt kein Grund zum Feiern. Behalten Sie die Fleißbildchen und tauschen Sie sie lieber gegen ein bisschen Empathie ein, die können Sie brauchen. Gezeichnet, T.W. on his way to hell. C u soon.*

Er schob das Gerät in die Hosentasche, lehnte sich im Stuhl zurück und richtete langsam den ausdruckslosen Blick auf David Hedock, sah ihn durchdringend an. Das Äffchen tanzte derweil seine Kreise und machte unlustige Musik.

»Entschuldigen Sie die Unterbrechung«, sagte Tizian tonlos. »Bitte fahren Sie fort.«

Was an dem prähistorischen Rasenmäher, der damals schon bejahrt war, kaputt war, wusste David nicht mehr. Wenn er an diesen Tag dachte, roch er Sägespäne, einen leisen Anklang von Schmiermitteln und den unmissverständlichen Mief von Schimmel. Er sah die unordentliche Werkstatt seines Vaters vor sich, die durchaus eine Ordnung besaß. Adrian Hedock allein wusste, welche das war.

Auf übereinandergelegten Brettern in einem Regalfach, die verdammt danach aussahen, als handelte es sich um unbrauchbare abmontierte Stuhllehnen und -beine, lag ein luftleerer Fußball, seine Bemalung war heruntergebröckelt, das Leder darunter rissig und abgerieben. In einem alten Karton, in dem sich rostige Schrauben und gebrauchte Dübel ein Stelldichein gaben, ruhte obenauf ein länglicher Streifen Glaswolle, vielleicht, damit die Schrauben nicht froren. Über der Werkbank mit der integrierten Spannvorrichtung, in der immer irgendetwas eingespannt war, so als wollte Adrian nicht, dass das Gerät untätig herumlungerte, hingen die Werkzeuge, neue wie alte, einige davon hatten einst Davids Großvater gehört, was man ihnen ansah. Zwischen einem Gummihammer und einer Rohrzange – Letzteres zählte zu Großvaters Erbe und war so rostig, dass fragwürdig war, ob man die Spannweite noch verstellen konnte – hing ein einzelner Fußballschuh, der am Haken mit den Schuhbändern festgeknotet war. Die metallenen Schraubstollen, von denen einer fehlte, waren in den Raum hinein gerichtet.

So ging das weiter: Neben einer grünen Gießkanne stand ein Kübel mit Sand, auf der Tischkreissäge lag ein zusammengefalteter Regenschirm, neben dem Radio auf der Werkbank eine funktionstüchtige Armbanduhr, daneben wiederum ein Arsenal an Gartenwerkzeugen …

Adrian Hedock hatte sein Aussehen an seinen Erstgeborenen weitergegeben, zumindest im Großen und Ganzen. David hatte die Gesichtszüge und die Statur seines Vaters, und das fand er nicht schlecht, auch wenn er ansonsten darum bemüht war, ihm so unähnlich wie möglich zu sein. Haar- und Augenfarbe hingegen stammten von der Mutter: blondes Rot und reines Blau.

(Deine Mutter hat blaugrüne Augen, dachte Tizian, verbuchte diese Wahrheit erneut unter denen mit Hut und Bart und unterbrach David nicht, weil er sich langsam, aber stetig dem Kern der Angelegenheit näherte. Dass er dabei Haken schlug wie ein flüchtender Hase, änderte nichts am Ziel.)

Aus dem Drang, dem Vater möglichst unähnlich zu sein, entwickelte David eine Vorliebe für eine *nachvollziehbare* Ordnung, eine mit Logik, in der nicht nur er selbst seine Dinge wiederfand, sondern auch jeder beliebige andere.

»Verabscheute ich die Werkstatt mit ihrem Geruch?«, fragte David sich selbst und nickte dabei. »Oh ja. Ich ging niemals freiwillig hinein. Die schlimmsten Stunden meiner Kindheit fanden da drinnen statt, abgesehen von denen, in denen sie sich stritten. Das war die Höhle des Tasman, in der er zu wüten pflegte. Manchmal schlug er mit dem Hammer einfach wahllos auf irgendwelche Sachen ein, so wie an diesem Tag.«

An diesen Tag erinnerte David sich deshalb so gut, weil er all die vielen anderen Male in der Werkstatt in ihrer ganzen Erbarmungslosigkeit bündelte. Nicht alle Spiele des Tasman waren gleich, natürlich nicht. Manchmal tat er das eine, manchmal das andere. Manchmal spuckte er den Gegnern ins Gesicht, wenn der Schiri nicht hersah, manchmal unterstrich er die Geste durch einen Ellbogen zwischen die Rippen, manchmal stellte er nur ein Bein, manchmal sagte er bloß etwas Verletzendes.

An diesem Tag tat er alles auf einmal.

»Hast du jemals daran gedacht, was aus mir hätte werden können, wenn ich nicht an dich gebunden wäre wie eine Gehängte an den Galgen?«

Männliche Stimmen durchdringen Wände leichter als hohe. Sie dringen gut und gern durch mehrere Wände. Die Tiefe, ihre Schwingung, hat Schuld daran. Man versteht womöglich nicht, was gesagt wird, aber man spürt den Bass als Vibration im Körper. Weibliche Stimmen dagegen tragen nicht so gut durch Wände, aber wenn doch, dann versteht man ganze Sätze. Das liegt wahrscheinlich nicht nur an den Grundregeln der Akustik, sondern auch daran, dass Frauen sich gern dem Irrtum hingeben, gegen die tiefere Stimme nicht anzukommen und deshalb laut werden zu müssen.

David hatte seine Mutter in der Nacht vor dem Rasenmäherrichten gut verstanden. Sein Schlafzimmer lag gleich neben ihrem, der Schall musste nicht durch mehrere Wände. Was anfangs nichts weiter gewesen war als ein Raunen, das ihn ansonsten sanft in den Schlaf trug, ein Hintergrundgeräusch, das dem jungen David ein Gefühl von Geborgenheit gab, artete diesmal in besagten Streit aus.

»Ich wünschte, ich hätte dich nie geheiratet!«, sagte Sabine Hedock mit erhobener Stimme, sodass der junge David sie verstehen konnte. »Du hast mich doch nur geschwängert, damit ich dich nicht verlasse! Ich hätte einen besseren Mann haben können, denk nur an Benedikt! Seine Firma hat jetzt sogar einen Sitz in New York!«

Ein Schluchzen folgte, ein so unglückliches, dass David die Hand unter der Decke hochgleiten ließ und sie sich auf die Brust legte – eine Geste, als wollte er sein Herz festhalten.

David sprach es Tizian gegenüber nicht aus, aber eine weitere Erinnerung stieg in ihm auf, als er von der geschwängerten Mutter berichtete. Es war eine flüchtige Assoziation, deren Heraufdrängen er selbst nicht bewusst wahrnahm, aber Tizian nahm sie wahr. Es waren nur drei unscharfe Bilder, die Tizian erspähte, Bilder, die ein Jugendlicher anhand von fremden Erinnerungen gemalt hatte

Im ersten Bild war eine Arznei zu sehen, neben der eine Flasche Wein stand. Im zweiten warf Adrian Hedock, nichts weiter als ein Schemen, die Arznei weg und hob den Wein hoch. Im dritten war die Flasche geleert und Sabine Hedock, weit mehr als ein Schemen, ein betrunkenes Wrack, das willen- und hilflos am Tisch saß.

Man musste kein Psychoanalytiker sein, um die Bedeutung dieser Bilder zu erfassen.

Die Prinzessin, die vom heimtückischen Mann verzaubert wird, dachte Tizian. Verhext von dem Gebräu, das der Mann beim Schankwirt erstanden hat und das nichts anderes als Alkohol ist, den er ihr einflößt, damit sie vergisst, die Pille zu nehmen.

Er hätte fast aufgelacht. Fast. Im letzten Moment biss sich Tizian auf die Innenseite der Wange und unterdrückte das Lachen. Es wäre eines geworden, das man dann ausstößt, wenn man alles andere als erheitert ist und eigentlich weinen will.

David sprach unterdessen weiter, ahnte weder etwas von dem Lachen noch von den Bildern, die sein Unbewusstes ihm so gern präsentiert hätte.

Adrian Hedock erwiderte etwas. David konnte nur die Worte »dass ich nicht lache« und »diese Leier« verstehen, alles andere war nichts weiter als ein Ineinanderfließen von tiefem Gemurmel. Unverkennbar war allerdings die Aufgebrachtheit, sie ließ sich klar aus jedem Brummton heraushören.

Jetzt gehen sie in die Garage, dachte der Dreizehnjährige. Nun war der Punkt erreicht, das Scharmützel ließ sich nicht mehr verhindern, und darum würden sie die Türe aufreißen und schweigend den Flur hinunterstapfen, um in ihren Morgenmänteln in der Garage das Gefecht weiterzuführen.

Statt dem Klicken des Türschlosses und den Schritten hörte David seine Mutter antworten.

»Wie kannst du so etwas sagen!«, klagte sie. »Du bist so grausam! Wenn dir so gut gefällt, dass diese Schlampe arbeitet, dann geh doch zu ihr! Geh zu ihr und drangsaliere sie!«

Wieder das Brummen, nicht erheblich lauter, aber durchtränkt von Sarkasmus. Diesmal ließen sich die Wörter »sollte ich« und »bringst mich noch dazu« heraushören.

Danach Stille. Das unverkennbare Geräusch von kaputten Sprungfedern und dem hölzernen Bettgestell folgte, das die Hedocks seit ihrem Einzug in dieses Haus besaßen: Jemand hatte sich auf die Matratze gesetzt, und David stellte sich vor, dass es seine Mutter war, dass sie sich setzen musste, weil sie unter dem Gewicht des Gezankes nicht mehr stehen konnte und sich die schmalen Hände vor das Gesicht schlagen musste, um zu weinen.

Tatsächlich war es anschließend wieder die Stimme des Vaters, die durch die Zimmerwand zu David herüberflüsterte. Kein Ton offenbarte sich als verständliches Wort. Es war nicht einmal gewiss, ob er noch aufgebracht oder spöttisch sprach.

»Daran bist doch du schuld!«, wehklagte die Mutter, noch ehe das Brummen verklungen war. Ihre Stimme war eine Spur lauter und schriller als zuvor, und bei jedem *Du* und *Dir* überschlug sie sich. »*Du* hast diese Aktien gekauft! Ich hätte wissen müssen, was dabei herauskommt! Aber ich bin immer wieder zu weichherzig und gebe *dir* eine zweite Chance nach der anderen! Ich hätte wissen müssen, dass *du* ein Versager bist und bleibst und unser Erspartes in den Sand setzt! Ich hätte es wissen müssen!«

»Wer von uns wollte, dass ich in diese beschissenen Aktien investiere?« Jetzt brüllte Adrian. Jetzt war jedes Wort klar und deutlich zu verstehen, wahrscheinlich bis auf die Straße hinaus. David zog unwillkürlich den Kopf zwischen die Schultern, die Hand auf seinem Herz krallte sich in den Schlafanzug. Er hatte das Gefühl, sein ganzes Zimmer würde unter der Stimme seines Vaters wackeln.

»Doch nicht in *diese!*«, schrie Sabine Hedock zurück. »In *irgendwelche!* In gute! In solche, die uns Geld einbringen und es uns nicht aus der Tasche ziehen!«

Davids Vater parierte sofort. »Sportlehrer, kein Banker«, »weiß nicht, was du von mir erwartest« und »gehe ich zu Gabriele und du zu deinem Benedikt« waren die Satzfragmente, die sich nachvollziehen ließen. Daran schloss er ein Schimpfwort an, eines, das David niemals sagen würde, nicht einmal dann, wenn er in einem der schlimmen Streits mit Armin lag, etwa wie letztens, als sein kleiner Bruder unbedingt zu dem Treffen mit Davids Freunden mitkommen und nicht hatte einsehen wollen, dass er zu jung zum Kartenspielen war. *Du Schwein!* war David herausgerutscht, weil Armin ihm damit gedroht hatte, zur Mutter zu gehen und ihn zu verpetzen. Der Einsatz, um am Spiel teilzunehmen, waren zwanzig Pfennig, und Sabine hatte entschieden etwas dagegen, dass ihre Söhne um Geld spielten. David schämte sich lange für diese Beleidigung, die ihm herausgerutscht war. Das, was sein Vater seiner Frau gegenüber äußerte, war sehr viel krasser als *Du Schwein!*

In Davids Augen sammelten sich Tränen.

»Oh Gott, du bist so erbärmlich!«, hielt Sabine Hedock dagegen. Ihre Stimme klang nun gefasster, besaß einen Unterton, den David kannte. Den benutzte sie, wenn sie ihre Söhne zur Vernunft bringen wollte. *Benehmt euch nicht wie Idioten*, sagte dieser Ton. »Wenn du mit Argumenten nicht mehr weiterkommst, wirst du eben ausfallend. Du bist ein Neandertaler, nichts weiter. Ich werde dir sagen, was passiert, weil du nicht fähig bist, uns zu retten: Morgen Früh werde ich meinen Vater anrufen und ihn bitten, uns aus dieser Lage herauszuholen. Viel werde ich ihm nicht erklären müssen, er weiß ja, was für einen Schwiegersohn er da hat.«

»Das wirst du nicht machen!«, herrschte Adrian Hedock. »Wir schnallen den Gürtel einfach enger, dann schaffen wir das schon! Aber ich werde nie wieder Geld von diesem eingebildeten Holländer annehmen, nie wieder!«

Davids Mutter lachte grell auf. Ihre Stimme besaß weiterhin den vernünftigen Unterton. »Oh doch, das wirst du! Ich schnalle gar nichts enger, nur weil du ein Neandertaler bist! Das kannst du vergessen.«

»*Ich verbiete es dir!*«

Die vier Worte waren wie Donnerschläge, die durch das Haus polterten. Wenn Armin bis jetzt noch nicht aufgewacht war, dann würde er von einem der akustischen Schläge geweckt werden. David lag im Dunkel seines Zimmers, die rechte Hand in das Nachthemd gekrallt, die andere ballte er zur Faust, um sich damit die Tränen von den Wangen zu wischen. Er unterdrückte ein Schluchzen, das leichte Zittern seines Leibes konnte er aber nicht verhindern. Er hoffte, sein kleiner Bruder würde noch schlafen, hoffte, Armin müsste nicht mitanhören, was er mitanhören musste.

Das Lachen seiner Mutter war wie ein heller Lichtstrahl, der durch düstere Sturmwolken bricht. Sie lachte herzhaft, als hätte ihr Mann einen wirklich guten Witz gemacht.

Worte wurden danach keine mehr gewechselt, jedenfalls hörte David nicht einmal ein Murmeln. Stattdessen war die Schlafzimmertür zu hören, für einen Moment drang Mutters Lachen klarer und lauter durch das Haus.

Adrian Hedock verließ das Schlafzimmer und marschierte den Flur hinunter, um die Nacht auf der Couch im Wohnzimmer zu verbringen.

Keine drei Minuten, nachdem die Schritte auf dem Flur und Sabines Lachen verklungen waren, öffnete sich Davids Tür einen Spalt. Eine kleine, schmale Gestalt schlüpfte hindurch, und David setzte sich im Bett auf, rutschte eng an die Wand, um Platz zu machen, und schlug die Decke zurück.

Armin rannte zu ihm, legte sich neben seinen großen Bruder und fing sofort leise zu weinen an.

8

Tränen schimmerten in den Augen des erwachsenen David Hedock. Tizian spürte die Scham, die dieser deswegen empfand, und er spürte auch den Stolz, der es ihm verbot, das Gesicht abzuwenden oder die Tränen wegzublinzeln.

Umso besser er David kennenlernte, desto elender fühlte Tizian sich. Der Mann war klug, und das nicht auf der rationalen Ebene, die derzeit so hochgehalten und bis ins Lächerliche idealisiert wurde (und die Krüppel-Gedanken wie »Was habe ich von der Sache?«, »Wo ist mein Vorteil?« oder »Das steht mir zu« hervorbrachte), sondern auf einer darüberliegenden, höheren Stufe, auf der die Gegensätze des Lebens als solche akzeptiert und in Einklang gebracht werden.

David wusste, dass er kaum etwas vor Tizian verbergen konnte, und brachte sie beide keine Sekunde lang in die Verlegenheit, trotzdem einen Versuch zu wagen. David war klar, dass es in seinem Unbewussten das eine oder andere Schreckgespenst gab, Fratzen, die er selbst nicht sehen konnte, die aber Tizian sehen würde. Trotzdem harrte er aus, erfüllt von einem ungekünstelten Stolz, der von ebenjener Klugheit zeugte.

Das war kein Stolz mit Hut und Schnurrbart, wie es ihn so oft gab, geboren aus purem Narzissmus. Das war Würde, wahrhaftige Würde, geboren aus dem freien Blick auf Schwarz und Weiß und die Nuancen dazwischen.

David wusste, dass er weder etwas an Tizians Fähigkeit noch an dem, was er fühlte, ändern konnte, und er wehrte sich gegen nichts davon.

Er schämte sich? Na und! Sollte Tizian die Scham nachempfinden! Er wusste nicht, welche Aspekte seiner Erzählungen für ihn im Schlund seines Unbewussten lagen und was davon Tizian würde sehen können. Na und! Das war nun einmal so! Er litt noch immer unter den Vorkommnissen seiner Kindheit? Na und! Sollte Tizian es wissen und mit dem Wissen anfangen, was er konnte!

Er selbst hatte sich mit all dem abgefunden, akzeptierte es als Teil von sich – so wie er die Stimme seines Vaters als die Stimme seines Unbewussten akzeptierte – und machte auf seine Weise das Beste daraus.

Dies war die Ebene, die die rationale Klugheit überstieg. Es war die Ebene, auf der sich die rationale und die emotionale Klugheit gegenüberstanden, damit man sie als gleichwertige Aspekte ein- und derselben Sache betrachten konnte.

David Hedock war dem Urteil von Tizian Wolff vollständig ausgeliefert, und so sehr er sich auch wünschte, Anerkennung und Gerechtigkeit zu finden – und das wünschte er sich wie nichts anderes –, behielt er doch seine Würde. Weil er wusste, wie er funktionierte. Weil David wusste, wie sehr er die Wertschätzung anderer brauchte. Er wusste es.

Tizian hätte gern gesagt: »Meine haben Sie. Oh ja, meine Wertschätzung haben Sie! Von Ihnen kann ich noch etwas lernen, wenn Sie mich lassen«, aber er hielt den Mund. Er verzog nicht einmal das Gesicht, saß weiterhin unbewegt da, die Finger ineinander verschränkt, den Blick gleichmütig auf David gerichtet.

Deshalb erzählte David weiter, nachdem er sich und Tizian Wasser und Kaffee nachgeschenkt hatte.

Die Uhr zeigte zwanzig Minuten vor sechs.

David verabscheute die Werkstatt mit ihren Gerüchen; nicht die einzelnen Gerüche an sich, aber ihre Kombination, dieses Gemisch aus Schmiere, langsam verrottendem Holz, Sägespäne und Schimmel. Letzteres rührte von den alten Wänden her, genauso moderig roch es im Keller des Hauses.

»Einen Hauch von Schimmel von altem Gemäuer liebe ich«, sagte David mit einem leisen Lächeln. »Wenn ich daheim bei Mutter bin, hole ich ihr gerne Dinge aus dem Keller oder bringe welche hinunter, nur um eine Nase voll Schimmel riechen zu können. Verrückt, ich weiß.«

Viel verrückter ist, dass die richtig üblen Augenblicke im Leben meistens recht harmlos beginnen. Beispielsweise mit einer Frage, die ein Vater seinem Sohn beim Reparieren des Rasenmähers stellt.

Mütter wissen, woran sie erkennen können, wann ihre Kinder lügen oder wann es ihnen nicht gutgeht. Wenn nicht der berühmte Siebte Sinn dafür verantwortlich ist, dann ein Gesichtsausdruck, ein Blick, eine Geste oder womöglich eine bestimmte Wortwahl. Irgendetwas verrät sie immer.

Genauso wissen Kinder, wann sie ihren Eltern besser aus dem Weg gehen. Wenn der Tasman spielte, dann auf jeden Fall, das war glasklar. Und auch, wenn Adrian Hedock seine Frage ruhig vortrug, wusste David doch, dass dies einem harmlosen Augenblick gleichen mochte, es aber keiner war.

»Mama sagte, du willst das Wahlfach Natur und Technik nicht mehr besuchen, stimmt das?«

David stand neben der Werkbank und beobachtete, wie sein Vater den Rasenmäher hinaufwuchtete. Er beobachtete das, als interessiere ihn das ganz außerordentlich, obwohl er eigentlich gar nicht wirklich zusah.

Aus dem Garten klang das Gekreische einer Amsel in das kleine Seitenhaus herein. So kreischte das Vieh nur, wenn die Nachbarskatze herumschlich, auf der Pirsch nach irgendwelchem Kleingetier, das sie jagen, mit dem sie ihr Unwesen treiben konnte.

Ich wäre jetzt lieber beim Zahnarzt wie Armin, dachte David. Ich würde auch keine Sekunde lang meckern, schon gar nicht heulen.

Sein Vater griff nach seinen Handschuhen und hielt David ebenfalls ein Paar hin. Dabei sah er seinen Sohn scharf an. Sie schlüpften in die Fäustlinge, wobei Davids viel zu groß waren, groß und steif vor Dreck und Schweiß.

Er nickte fast unmerklich, betastete mit einer Hand die andere, als wollte er sich vergewissern, dass sich wirklich Finger in den Handschuhen befanden. Die Dinger verliehen ihm Ähnlichkeit mit *Bernd das Brot*, der Figur des Kinderfernsehsenders KiKA, der erst über ein Jahrzehnt später seinen Schabernack vor der Kamera treiben würde.

»Warum?«, hakte Adrian nach.

Weil ich das Fach und Lehrer Lang hasse und jeden Mittwoch bis fünf Uhr in der Schule sitzen muss, wäre die Wahrheit gewesen. Stattdessen antwortete David mit dünner Stimme: »Ich komme von der Vier nicht runter. Das Fach macht mein Zeugnis kaputt. Und ich glaube, Lang mag mich nicht.«

Adrian wandte den Blick ab und fing an, das Gehäuse vom Motorblock zu schrauben. Die erste Schraube entfernte er schweigend, reichte sie seinem Sohn, ohne ihn anzuschauen, machte sich an die nächste.

»Was macht er denn mit dir, der Lang?«, fragte er wie nebenbei.

David balancierte die Schraube auf der harten Oberfläche des Handschuhs in seiner Rechten, hielt die Hand vor sich ausgestreckt. Er zuckte die Schultern. »Weiß auch nicht. Er fragt mich immer was, wenn er weiß, dass ich es nicht weiß. Nimmt mich nie dran, wenn ich mich melde. Gibt mir schlechte mündliche Noten, obwohl ich in den schriftlichen gar nicht so schlecht war. So was halt.«

Die zweite Schraube wanderte in Davids Hand.

»Und was hast du dagegen getan? Hast du mit ihm geredet?«

Adrians Stimme war noch immer ruhig und normal. Davon ließ David sich aber nicht täuschen, nicht mehr. Wieder schrie die Amsel, wieder wünschte er sich, er wäre mit Armin und Mutter beim Zahnarzt.

»Na ja, nein. Das heißt, Mama hat es versucht.« Er redete so leise, er konnte sich selbst kaum verstehen.

David musste nicht lauter sprechen, weil Adrian vorher schon gewusst hatte, wie die Antwort ausfallen würde. Als hätte er nicht längst gewusst, was es mit dem Wahlfach und Lang auf sich hatte. Als hätte Sabine Hedock ihrem Mann nicht davon erzählt. Davon, wie auch von dem Gespräch, das sie mit dem unglückseligen Lehrer geführt hatte.

Es lief stets auf diese Weise ab. Zuerst kamen harmlose Fragen, bis der Name der Mutter fiel, und dann …

Dann kam dieser Gesichtsausdruck: das Zusammenpressen der Lippen, das Zucken der Nasenflügel, das Herabsinken der Brauen. Die Bitterkeit war zuvor etwas Unbestimmtes gewesen, nun breitete sie sich zwischen ihnen aus wie eine leichte Elektrisierung in der Luft.

Adrian befreite die nächste Schraube aus dem Gewinde, streckte den Arm ruckartig aus und klatschte das Utensil in Davids Hand. Er setzte den Schraubenzieher so grob an dem Gehäuse an, dass er abrutschte. Der Schraubenzieher riss die grüne Lackierung auf und hinterließ eine hässliche Schramme. Adrian stieß sich den Ellbogen.

Es gab da einen Film mit Martin Short, *Clifford – Das kleine Scheusal*, der genauso wie *Bernd das Brot* erst Jahre später über die Flimmerkisten laufen sollte. David hatte ihn mit Armin gesehen, den Streifen über den Bengel, der seinen Vater in den Wahnsinn treibt und ihn dazu bringt, ein so wütendes Gesicht zu machen, dass es schon wieder lustig ist. Wenn das geschieht, pflegt Clifford zu sagen: »Jetzt geht's schon wieder los«.

Den Film und den Moment, in dem Adrian Hedocks Verfassung in das kippte, was die Brüder den Tasman nannten, brachte David später stets in Verbindung. »Jetzt geht's schon wieder los« dachte er, sobald er sich an die zusammengepressten Lippen, die zuckenden Nasenflügel und die heruntergesunkenen Brauen erinnerte.

Der junge David, der sich zum Zahnarzt wünschte und das Amselgekeife für einen unguten Vorboten hielt, dachte etwas Ähnliches, nur dass es für ihn beileibe mit keiner Komödie verbunden war. Der junge David zitterte und musste sich zwingen, die Schrauben nicht auf den Boden fallen zu lassen und davonzulaufen.

Davongelaufen war er genau einmal, mit neun Jahren, und er hatte sich vorgenommen, es nie wieder zu tun. Von seinem Vater *Weichei* und *Drückeberger* genannt zu werden, war mehr, als der Junge ertragen konnte. Lieber ertrug er den entfesselten Tasman.

Adrian Hedock verwendete einen vergleichsweise harmlosen Fluch: »Splitter und Scherben!«, und ließ den Schraubenzieher fallen. Er schüttelte den Arm, und David wusste, warum: Er hatte sich die empfindliche Stelle gestoßen, den Musikerknochen. Für ganze zehn Sekunden, während der stromschlagartige Schmerz bis in den kleinen Finger hinunter wütete, war Adrian mit sich selbst beschäftigt. Er rieb den Ellbogen, und dabei bemerkte er das Blut an seinen Fingern. Die Schramme war nicht tief, David hatte sich dessen bereits versichert. Nur eine Abschürfung der Haut, nichts, was dank Mutters Aloe-Vera-Saft nicht bis morgen Früh verschorft sein würde.

»Dieser Rasenmäher!«, stieß Adrian aus, packte mit beiden Händen das Gehäuse und zerrte daran; erfolglos, die übrigen Schrauben ließen nicht locker. Das linke Hinterrad geriet bei dem ungestümen Zerren über die Tischkante, der hochaufragende Griff schwenkte in Davids Richtung. Er duckte sich darunter weg. Unterdessen rutschte auch das linke Vorderrad über die Kante, das Gerät kam aus dem Gleichgewicht und fiel.

Es fiel gegen Adrian Hedock, der noch immer das Gehäuse festhielt und jetzt losließ, kippte gegen ihn, bohrte den Motorblock in seinen Bauch, ehe es mit der scharfen unteren Kante der Verkleidung auf seine Zehen stürzte.

Niemand von ihnen wusste etwas von der Kollision von Rosa Hartmanns – Tita Lupardus – Zehen mit dem Kopf des Muskelmannes, aber mit Adrian Hedock und dem Rasenmäher verhielt es sich ähnlich. Seine Turnschuhe waren hochwertiger, an den Seiten aus hartem Leder, die Vorderkappen aus weichem Wildleder, die Sohlen aus irgendeinem Gummigemisch. Trotzdem, es tat weh. Seinem Gesichtsausdruck nach verdammt weh, viel weher als der Ellbogen.

Er stieß einen spitzen Schrei aus, zog die Füße unter dem Gerät hervor und machte einige watschelnde Schritte von der Werkbank weg. Später, zwei Stunden, nachdem seine Frau mit dem Zweitältesten vom Zahnarzt zurück sein würde, würde er sich ausreichend beruhigt haben und mit seinen geschwollenen Füßen ins Auto steigen, um zum Arzt zu fahren. Dort würde man ihn röntgen und ihm sagen, er habe sich einen Splitterbruch irgendwo in der Mitte des linken Fußes zugezogen.

Am Abend würde der Vater mit dem bandagierten Fuß und einem wehmütigen Gesichtsausdruck seinen Erstgeborenen aufsuchen und ihn bitten, die Angelegenheit zu vergessen und allen, die danach fragten, zu sagen, sie hätten Fußball gespielt und dabei sei Adrian zu Schaden gekommen. »Wir haben an meiner Technik gefeilt«, würde David am nächsten Tag zu Großmutter sagen, und das mit einer Stimme, die viel zu abgehärtet für einen Dreizehnjährigen klang. Eine Stimme, die die Großmutter väterlicherseits frösteln lassen würde, weil sie sie an einen Erwachsenen erinnerte, der vom Leben nichts mehr erwartete außer weiteren tiefen Tälern mit jeder Menge Enttäuschungen.

Das alles geschah aber erst später. Noch waren sie in der Werkstatt, noch kreischte die Amsel, noch war Armin beim Zahnarzt. Der Rasenmäher lag seitlich auf dem Boden, das rechte Vorderrad drehte sich. Davids Blick fixierte einen verdorrten Grashalm, der im Profil feststeckte und sich drehte, drehte, drehte, drehte … während Adrian abwechselnd die Füße be- und entlastete und dabei undeutlich vor sich hin murmelte.

Sieh mich nicht an, flehte der Junge in Gedanken. Mach irgendwas hier drinnen kaputt, aber bitte nicht mich. Bitte, lieber Gott, hilf mir, betete er, und der Reifen wurde immer langsamer, der Grashalm mit ihm.

Sowenig Fortuna ihm gesonnen war, sowenig erhörte Gott seine Gebete. Adrians Blick fand den Rasenmäher, aber er fand auch David. Zunächst packte er eines der verrottenden Stuhlbeine in dem Regal, zog es heraus und drosch damit so sehr auf den Rasenmäher ein, dass das marode Holz splitterte. David machte mehrere Schritte zurück, schützte das Gesicht mit einem erhobenen Arm und versuchte, das Schlottern seiner Gliedmaßen zu verbergen. Die Knie zitterten ihm so stark, dass er Angst hatte, sie würden nachgeben. Auf Adrians Stirn bildeten sich Schweißperlen, seine Muskeln arbeiteten, sein Gesicht war zur Grimasse verzerrt, Holzfetzen flogen herum. Der Metallrahmen des Mähers dellte unter der Wucht der Schläge ein, mit jedem Hieb ein bisschen mehr.

Als das Stuhlbein endlich nachgab (so wie der Blumenkübel, den Rosa – Tita – gegen den Muskelmann eingesetzt hatte) und das ellenlange, abgebrochene Stück nach dem letzten Schlag noch einmal hochsegelte, um knapp vor Davids Füßen zum Liegen zu kommen, hielt Adrian inne. Er senkte die Arme. Sein Atem kam laut. Er ließ das Stuhlbein, das er noch festhielt, zu Boden fallen.

Nun folgte der Blick auf David. Sein Sohn erwiderte ihn, weil der Tasman bereits auf etwas eingeschlagen hatte und er glaubte, damit sei diese Etappe seiner Raserei genommen. Die nächste würde folgen, noch war es nicht vorbei, das bezeugte das übriggebliebene Funkeln in Adrians Augen. Doch dieser Teilabschnitt, der mit der blinden Zerstörungswut, war erledigt. Glaubte David.

Adrian Hedock *verprügelte* seine Söhne nicht, nicht ein einziges Mal hatte er das getan. Was er aber getan hatte, war, ihnen Hiebe auf den Hintern zu geben, jedenfalls bis sie in ein bestimmtes Alter kamen. David konnte nicht genau sagen, wann sein Vater den Hieb auf den

Allerwertesten unterließ, um ihn mit etwas anderem zu ersetzen, aber er schätzte, dass er um die zehn Jahre alt gewesen sein musste.

Er bekam keinen Hieb auf den Hintern. Er bekam entgegen seines Glaubens eine Ohrfeige, ausgeteilt mit der flachen rechten Hand. Adrian holte so weit aus, um seinem Sohn eine zu kleben, dass er danach selbst von seinen Fingern bis über das Handgelenk hinauf pulsierende Taubheit verspürte.

»Du hast das Ding nicht festgehalten!«, schrie er. »Du Bengel hast das Ding nicht festgehalten! Es ist auf mich drauf gefallen, *und du hast es nicht festgehalten!*«

David hörte ihn nicht. Sein Kopf wurde zur Seite gerissen, seine Wange zerfetzt, die Zähne schlugen zusammen und fielen aus, er biss sich die Zunge ab, die Nase brach, in sein Genick bohrte jemand ein brennendes Schwert, vor seinen Augen tanzten schwarze und weiße Lichter. Das alles spürte er, und er war sich in diesem Moment sicher, dass alles davon wahr war. Er würde zusammenbrechen, und bevor er auf dem Boden aufschlug, wäre er tot. Wenn nicht wegen des Schmerzes im Genick, dann weil er an dem Gefühl sterben würde, das ihm die Kehle zuschnürte und ihm den Atem stahl.

»Sieh mich an!«, herrschte Adrian, und nun senkte er die Stimme etwas, vielleicht damit ihn die Nachbarn nicht hören konnten.

David bekam das nicht mit. Er war noch damit beschäftigt, Angst vor dem Tod zu haben, der da in Schwarz-Weiß vor seinen Augen flimmerte und flackerte wie der Kerzenschein dereinst an den Wänden, als der Strom ausgefallen war und Sabine ihren Kindern ein Märchen erzählt hatte.

Der Tod sollte nicht an diesem Tag in der Werkstatt kommen, und das wurde dem Dreizehnjährigen bewusst, als sich sein Blickfeld langsam wieder klärte. Das mit dem Atmen erwies sich nicht als Folge der Ohrfeige, jedenfalls nicht als direkte. Er konnte wieder atmen, die Kehle aber blieb eng. Die Zunge war nicht durchgebissen, sie war nicht einmal verletzt, soweit er das momentan beurteilen konnte.

Die Zähne waren auch noch alle da, wenngleich sie sich in ihren Zahnfleischbetten wund anfühlten. Nur Genick, Nase und Wange schmerzen weiterhin höllisch.

Die Kehle blieb eng, und sie öffnete sich in den nächsten Minuten nicht mehr. Es war keine körperliche Angelegenheit, die sie verengte, sondern eine seelische.

An diesem Tag wurde das in David gelegt, was ihn beim frühzeitigen Tod seines Vaters Jahre später dazu brachte, zuerst zu trauern, dann sehr wütend zu sein und anschließend so erleichtert, dass er sich für die Intensität des Gefühls schämte.

David Hedock und Tizian Wolff saßen sich gegenüber. Letzterer hatte die verschränkten Hände auf dem Tisch liegen, Davids lagen in seinem Schoß. Sie sahen sich an, die eine Miene so offen wie die Worte, die ihre Lippen verließen, die andere so verschlossen wie ihr Mund.

Wie jede Unterbrechung nutzte Tizian auch diese, um in sich hineinzufühlen. Empfand er Mitleid für den Jungen, der vor Schamgefühl, Enttäuschung und eines nicht unerheblichen Anteils an Beängstigung über die unerwartete Schelle keine Luft mehr bekommen hatte? Nein. Tizian empfand Mit*gefühl.* Und er empfand es nicht für den Jungen, sondern für den Erwachsenen. Der Junge war längst nicht mehr; gewissermaßen starb er trotz eigener Aussage an diesem Tag in der Werkstatt. Zumindest starben einige Illusionen, die er über sich selbst und seinen Vater gehabt hatte.

Mitgefühl empfand Tizian für den Erwachsenen, den er dazu zwang, sich mit Ereignissen zu beschäftigen, die er vergraben hatte, weil er sie am liebsten vergessen würde. Tizian zwang ihn, sie wieder auszugraben und ans Licht zu zerren, und daher rührte das Mitgefühl.

Irgendwo in Tizians eigenem Inneren saß ein kleiner Tizian, der erbarmungslos heulte. Er heulte sich die Augen und die Nase wund, indes ihm das trübe Wasser des Selbstmitleids und Eigenhasses bereits bis zum Kinn reichte. *Ich wollte doch auch nur einen Freund zum Spielen!*, klagte der rotznäsige Tizian, und der echte warf rasch wieder die Tür zu seinem Inneren zu.

Wenigstens das erledigt sich von selbst, dachte er mürrisch, würde der imaginäre kleine Tizian doch in dem See ersaufen, den er heulte.

Er konzentrierte sich wieder auf David.

Sie näherten sich dem Ende ihres nächtlichen Intermezzos. Durch die Rillen der Rollos an der Fensterfront drang bereits seit gut einer halben Stunde das erste graue Tageslicht herein. In einer Stunde würde der ganze Bau vor morgendlicher Betriebsamkeit wimmeln, und Tizian würde, wenn alles nach Plan verlief, unterwegs sein, um beide Fälle abzuschließen.

Er bewegte automatisch die Zehen in den Boots, als er daran dachte, dass er in zwei Stunden schon die Spritzen setzen konnte. Zwei Stunden.

Dann wurde seine Wahrnehmung wieder von Davids übernommen; über*tönt* traf es besser. David dachte etwas, und es war so bewusst und nachhaltig, dass Tizian regelrecht komplette Sätze hören konnte.

Wenn wir das durchhaben, dachte David in etwa, sind Sie an der Reihe. Das ist nur fair. Sie werden mir eine delikate Geschichte aus Ihrer Kindheit erzählen, etwas über Ihre Pflegeeltern, zu denen Sie keinen Kontakt mehr haben. Vielleicht über den Grund des Kontaktabbruchs. Darauf werde ich bestehen, weil Sie jetzt mehr über mich wissen als ich selbst, und auch ich will etwas Belastendes über Sie wissen.

Tizians Gesicht blieb nichtssagend. Innerlich lächelte er, war dieses tapfere Anliegen doch nur ein weiterer Grund, David zu mögen. Aber selbst wenn David nach diesem anbrechenden Tag noch mehr für Tizian übrig haben sollte als Verachtung, würde er dem Wunsch nicht nachkommen.

Ein Fließbandarbeiter in einem Legehennenbetrieb aß keine Eier, weil er wusste, was in so einer Küken-Schredder-Fabrik vor sich ging;

ein Bäcker aß seine Backwaren nicht, weil er wusste, wie viele Ratten und Kakerlaken sich zwischen Mehl und Korn heimisch fühlten; ein Softwareentwickler eines Automobilherstellers kaufte keinen Wagen seines Arbeitgebers, weil er die Mängel kannte – und Tizian Wolff erzählte *niemandem* ganze Episoden aus seiner Vergangenheit, weil keiner besser wusste als er, auf wie viele Arten das gefährlich war.

Oh ja, das Leben ist ein einziges Paradoxon, dachte er. Sie halten irgendetwas für ein Geschenk, David? Dann warten Sie einfach ab. Irgendwann offenbart alles seine dunkle Seite, egal, wie schön die andere glitzert. Schlimmer noch: umso glitzernder die eine, desto dunkler die andere. Sie müssen nur abwarten. Sagen Sie mir anschließend, ob Sie das Attribut ›auserwählt‹ noch länger glorifizieren wollen.

Tizian blieb stumm, sein Gesicht eisern. Er zuckte mit keiner Wimper.

Er nahm wahr, wie David die Sache vertagte. Einstweilen gab er sich geschlagen, weil er den Zeitpunkt nicht für richtig hielt, doch er würde darauf zurückkommen. Er wusste ja nichts von Tizians Plan, darum glaubte er, er würde ganz bestimmt darauf zurückkommen können. Nun aber konzentrierte er sich ein letztes Mal, holte die schrecklichste Erinnerung in Zusammenhang mit seinem Vater hervor und sog tief den Atem ein.

Er holte so tief Atem, wie es der dreizehnjährige David in der Werkstatt nicht gekonnt hatte, nur um sie mit den Worten zusammen auszustoßen, auf die Tizian wartete.

»Sieh mich an! *Sieh hin!*«

Der Dreizehnjährige hörte die Worte durch das Summen, das sein linkes Trommelfell von sich gab. Die Wucht des Schlages hatte einen Muskel in seinem Nacken gezerrt, was er für den Schwertstich gehalten hatte. Von dort aus kroch der Schmerz nun über das Ohr in seinen Schädel hinauf, und wäre er zu einem Arzt gegangen, hätte der womöglich ein Schleudertrauma diagnostiziert. David kam auch ohne die Diagnose klar; nach vier Tagen konnte er den Kopf schon wieder drehen, auch wenn es noch etwas schmerzte, nach einer Woche ließ das Surren im Ohr nach, die Kopfschmerzen hörten nach fünfzehn Tagen auf. Kinder stecken viel weg, jedenfalls vorläufig.

Er war noch immer benommen, und er blickte seinen Vater nicht deshalb an, weil der ihn dazu aufforderte, sondern weil es einfach das Naheliegende war. Es war ein fragender Blick, als wollte David wissen, wie spät es war, oder warum er auf dem Boden saß. Mit der linken Hand betastete er seine Wange. Sie war geschwollen und heiß, David spürte etwas Feuchtes. Es kam aus seiner Nase.

David betrachtete das Blut auf seinen Fingern, als hätte er nie zuvor welches gesehen, dann schaute er wieder Adrian an.

Sein Vater kniete vor ihm. Der Tasman hatte fertig gespielt, das war offenkundig. Statt wütend und erbittert dreinzuschauen, wirkte Adrian nun weinerlich. Irgendwo am Rande vermerkte David, dass die erste Etappe heute aus zwei Einheiten bestanden hatte, nämlich aus der Demolierung des Rasenmähers *und* der Schelle. Bis jetzt hatte er entweder das eine oder das andere getan, ehe er zum nächsten Abschnitt überging. Und nie hatte er so fest zugeschlagen.

»Ich musste das machen«, sagte Adrian, flüsterte fast. Seine Augen flehten geradezu nach Verständnis. »Verstehst du, warum ich es machen musste? Verstehst du das?«

David verstand es nicht, obwohl er die Erklärung schon gefühlte hunderte von Malen gehört hatte, aber er nickte wie betäubt. Sein Vater schlüpfte aus dem T-Shirt und wischte damit seinem Sohn das Blut vom Gesicht, dann hielt er es ihm an die Nase, um den Blutfluss zu stoppen oder zumindest aufzufangen. David nahm es ihm ab, blinzelte und fragte sich, wann er sich hingesetzt hatte. Er konnte sich nicht erinnern. Anscheinend hatten die zittrigen Knie am Ende doch nachgegeben.

Obwohl der Dreizehnjährige wusste, was auf ihn zukam, jetzt, da sich der Tasman ausgetobt hatte, obwohl er die Tirade kannte, traf ihn jedes Wort mindestens so hart wie die Ohrfeige. Es war, als hätte ihm der Schlag jede Möglichkeit genommen, sich in sich selbst zurückzuziehen, sich zu verschließen, den Trotz und die Verdrossenheit aufsteigen zu lassen, die ihn ansonsten schützten.

»Sieh hin«, wiederholte Adrian Hedock im Flüsterton und deutete auf sein Gesicht. »Sieh genau hin. Sieh dir an, was mit denen passiert, die unter Menschen wie deiner Mutter leben müssen. *Sieh hin!*«

David sah hin. Unter dem Geflüster lauerte der Tasman, darum war es angeraten hinzusehen.

»Du wirst wie deine Mutter«, wisperte sein Vater. »Du hast den Rasenmäher auf mich fallen lassen. Darum musst du zuhören, damit du verstehst! Sieh mich an!«

David hatte nicht weggesehen. Trotzdem sah er noch einmal genauer hin, musterte das Gesicht seines Vaters, die roten Flecken in der Sonnenbräune, die Schweißperlen auf Stirn und Nase, und ganz besonders genau sah er ihm in die cremefarbenen Augen, die nun vor Traurigkeit glänzten, nicht mehr vor Wut.

»Sieh hin! Siehst du, was du anrichtest? Schau hin! Schau dir an, was du anrichtest!« Mit jedem Wort wurde Adrian wieder lauter, das Winseln und Flehen ausgeprägter. Er wiederholte die Sätze, erklärte, was Sabine aus ihm gemacht habe, was niemals aus David werden dürfe, und dabei krallte er seine Hände in Davids Hemd und zog ihn näher zu sich heran.

Als sie nur noch zwei Fingerbreit voneinander entfernt waren, senkte sich seine Stimme erneut zu einem Flüstern, und er sagte: »SCHAU HIN, du Bengel von einem Kind, du Ausgeburt des schlechten Benehmens, du missratener Balg von einem Sohn! SCHAU HIN!«

David sah hin, sehr genau und aus unmittelbarer Nähe. Darum konnte er das Hässliche am Äußeren seines Vaters erkennen.

Fünfter Teil

Klappe, die Fünfte … uuund Action!

1

Zum zweiten Mal herrschte eine Stille im Großraumbüro, die stark an die während einer Beerdigung erinnerte. Es fehlten nur die vereinzelten Schluchzer und Schnäuzgeräusche.

Oliver Markl, der just vom Einsatz des Mantrailers zurückgekommen war, stand in seiner Jacke an der Spitze der Beamtenschar, die ihre blassen, übernächtigten Gesichter allesamt in David Hedocks Richtung hielten. Ein Hauch von Unwirklichkeit überdeckte die Situation wie abgestandene Luft.

Tizian hatte das trügerische Gefühl, Zuschauer eines Filmausschnittes zu sein, bei dem jemand die Slow-Motion-Funktion so weit heruntergedreht hatte, dass die Bewegungsabläufe fast stillstanden.

Er vermied den Blick auf David und richtete ihn stattdessen unverwandt auf den jungen Mann an einem der vorderen Schreibtische.

»Festnehmen, habe ich gesagt«, wiederholte Tizian seinen Befehl, und er musste nicht laut sprechen, damit ihn jeder im Büro hören konnte. Er hätte es auch nicht fertiggebracht.

Nach einem weiteren Moment des Stillstands und des Unglaubens setzte sich der junge Mann in Bewegung. Er trat vor Tizian und David, sah seinem Chef ins Gesicht und setzte eine fragende Miene auf.

Sie respektieren ihren Chef, dachte Tizian. Mehr noch, einige von ihnen lieben ihn sogar. Der hier liebt ihn. Liebt ihn wie einen Arbeitsplatz-Vater.

Was nicht weiter verwunderlich war, verdiente sich David diesen Respekt und diese Liebe doch selbst in diesem Augenblick, indem er aufrecht dastand, sich tapfer gab und dem jungen Beamten knapp zunickte: Ja, verhafte mich. Hör auf ihn.

Pflichteifrig, verlässlich und gefällig bis zum Ende, das war David Hedock. Wäre dies der Gang zum Schafott, und gewissermaßen war er das in einer neumodischen Form, hätte David sich nicht weniger mannhaft verhalten.

Tizian schluckte, und diesmal war es nicht nur der Himalaya. Es fühlte sich eher nach dem ganzen Planeten an. Er hielt David am Oberarm fest, übergab ihn nun dem Beamten und sagte mit seiner leisen, tonlosen Stimme: »Inhaftieren Sie ihn wegen des dringenden Tatverdachts auf mehrfachen Mord.« Ein Nicken zur Flipchart.

Die andächtige Stille war ungebrochen; kein Raunen, kein Geflüster, nicht einmal das Rascheln einer Bewegung oder ein leises Husten, nur zweifelnde Gesichter, die wie Gespenster im Neonschein über unbewegten Körpern schwebten.

Der junge Beamte machte einen Schritt in Richtung Tür, David weiterhin am Arm festhaltend, aber Tizian schüttelte den Kopf.

»Nein«, sagte er. »Legen Sie ihm Handschellen an.«

Sein Blick fiel währenddessen auf Oliver Markl. Das alte, ledrige Gesicht des Kommissars war wohl das einzige im großen Raum, das nicht ungläubig dreinschaute. Tizians Affe wurde nicht benötigt, um die inneren Bewegungen Markls wahrzunehmen. Man konnte sie ihm problemlos vom Gesicht ablesen.

Perfekt, dachte Tizian. Einfach perfekt.

Der junge Beamte räusperte sich. »Das ist doch nicht nötig«, sagte er.

»Legen Sie ihm Handschellen an.«

Tizian betrachtete weiterhin Markl, richtete seinen ganzen Zorn, seine Wut, seine innere Raserei auf den alten Hundesohn, konzentrierte sich darauf mit all der Willenskraft, die sie in den Wüsten des Nahen Ostens geschult hatten.

Er unternahm nicht eine Sekunde lang den Versuch, seine eigenen

Gesichtszüge unter Kontrolle zu halten. Er hätte es gekonnt, nicht so gut wie sein Chef, aber er hätte eine nichtssagende Miene zustande gebracht. Selbst jetzt.

Der junge Beamte bewegte sich ruckartig, um seinem Unmut Ausdruck zu verschaffen. Er riss die Handschellen von seinem Gürtel, ging um David herum und stieß dabei absichtlich und mit nicht wenig Kraft seine Schulter gegen Tizians. Tizian schwankte, blieb aber stehen, rührte sich nicht vom Fleck.

David streckte die Arme nach hinten, hielt die Hände dem Beamten hin. Dabei richtete er den Blick auf Tizian. Dieser spürte ihn auf sich, diesen Blick aus rotgeränderten, brillierend blauen Augen, aber er brachte es nicht über sich, ihn zu erwidern.

Der Gang zum Schafott begann. Was war wohl schlimmer? Dieser Gang oder das anschließende Ausharren in der kahlen Zelle?

Die Gesichter bewegten sich mit David und dem Beamten, der ihn abführte. Sie folgten ihnen, drehten sich ihnen zu, ließen nicht von ihnen ab, solange, bis die Tür hinter den beiden ins Schloss fiel. Dann kehrten sie in die Ausgangsstellung zurück, hin zu der Stelle, an der David und Tizian gestanden hatten.

Aber beide waren fort. Die Tür zum Büro des leitenden Ermittlers war fest verschlossen.

Tizian Wolff sank auf den Stuhl und rieb sich die Augen.

Vor wenigen Minuten hatte er hier noch David gegenübergesessen. David hatte seinen Vortrag zu Ende gebracht, sie hatten sich angesehen, der klatschende Affe in Tizian hatte mit seinen Runden aufgehört und war in sich zusammengesackt wie eine Handpuppe, die beiseitegelegt wird.

Was hatte David Hedock gesagt, nachdem er sein Inneres vor einem Fremden nach außen gekehrt hatte? Nicht etwa das Naheliegende, nicht: »Wissen Sie jetzt, dass ich keine gespaltene Persönlichkeit habe?«

Nein, das hätte David nicht ähnlich gesehen.

»Geht es Ihnen gut?«, fragte er. »Sie sehen blass aus.«

Nach diesen Worten hätte Tizian den Kommissar fast umgebracht. In Gedanken sah er sich über den Tisch hechten, die Hände nach seinem Hals ausstrecken und ihn fest umschließen. Der Stuhl kippte, sie fielen zu Boden, Tizian setzte sich auf den Kommissar und würgte ihn. Die Chimäre verlor ihren Reiz, als Tizian klar wurde, dass David selbst dann keine Hand gegen ihn heben würde. Womöglich würde er sich nicht einmal verteidigen.

Tizian benutzte die Wut, so wie er sie immer benutzte. Ohne Umschweife stand er auf, ging um den Tisch herum und zerrte David auf die Beine. Er packte ihn grob an, weil alles andere unmöglich war. Hätte er nur eine Sekunde nachgegeben, hätte er nicht weitermachen können.

»Sie sind verhaftet«, war alles, was er herausbrachte. Keine Erklärung, keine weiteren Ausführungen, keine Hinweise auf die Beweislast, die er hinter Davids Erzählungen sah. Als sie so dastanden nach dieser abscheulichen Nacht mit dem vielen Kaffee und den vielen Offenbarungen, blickten sie sich zum letzten Mal für eine ganze Weile in die Augen.

Es stimmt also wirklich, sagte Davids Blick. Gott steh mir bei, es stimmt wirklich.

Vergib mir, sagte Tizians Obsidianschwarz. Vergib mir, wenn du kannst.

»Kein Wort mehr«, flüsterte Tizian heiser und wandte den Blick ab. Daraufhin zerrte er den Kommissar aus dem Kabuff und ins Großraumbüro.

Jetzt, allein in ebenjenem Kabuff, drängte eine Erinnerung an die Oberfläche, die er längst für vergessen geglaubt hatte. Angestoßen durch das Miterleben von Davids Vergangenheit, sah Tizian eine jugendliche Ausgabe von sich selbst in seinem ehemaligen Zimmer mit gesenktem Kopf auf dem Bett sitzen und weinen.

Er drängte die Erinnerung beiseite. Weg mit dir, wieder hinunter in die Schattenreiche des Unbewussten, dorthin, wohin niemals ein Lichtstrahl fällt und sich die drachen- und wurmartigen Ungetüme ineinanderschlingen wie Wasser und Schlick in einem vom Sturm gepeitschten Tümpel. Weg, einfach nur weg damit!

Sieh hin!, hörte Tizian jäh die Stimme Davids, die diese Worte immer und immer wieder artikuliert hatte. *SCHAU HIN! Wenn ich hinsehen konnte, schaffst du es wohl auch, oder? Man trägt immer die Verantwortung für alle, mit denen man in Kontakt kommt,* immer*! Also trage die deine wie ein Mann und SCHAU HIN!*

Als hätte er eine Wahl. Als hätte er die Erinnerung erfolgreich verdrängen können, jetzt, da sie aufstieg aus der Magengegend und sich in sein Gehirn stahl, um verblasste Bilder vor das innere Auge zu malen.

Er, weinend, keine fünfzehn Jahre alt, auf dem schmalen Bett sitzend, an dessen Stirnseite an der Wand ein Poster von John Bonham hing, dem Drummer von Led Zeppelin, den er damals verehrt und dem er nachgeeifert hatte, zumindest musikalisch. Neben ihm auf der Bettkante saß sein Vater (Korrektur: *Adoptiv*vater), die großen Hände im Schoß gefaltet. Man sah dem dürren, großen Mann mit den gebeugten Schultern an, dass er keine Ahnung hatte, wie er mit einem weinenden Teenager umgehen sollte.

Das waren die Anfänge von Tizians Erschöpfungszustände, ausgelöst durch die Fähigkeit. Er weinte, ohne zu wissen, warum er weinte. Er weinte, weil er keine Kraft hatte, die Tränen zurückzuhalten, so als verlange das Nichtweinen eine andauernde Anstrengung, wie Atemanhalten etwa.

Oh, wenn ich damals schon gewusst hätte …!, dachte Tizian, und sofort meldete sich eine zweite Stimme: Hast du aber nicht, also Schluss mit dem Selbstmitleid! Sei still und schau hin!

Doch es gab nicht mehr zu sehen. Sein Vater fand keine tröstenden Worte, weil er kein Mann der Worte war. Er saß einfach nur da, während sein adoptiertes Kind weinte. Er nahm ihn nicht einmal in den Arm; er war auch kein Mann der Gesten. Unbeholfenheit? Ja, Unbeholfenheit. Kaum imstande, mit den eigenen Gefühlen klarzukommen, das war Manfred Wolff. Wie also hätte er mit einem regelrechten *Ansturm* klarkommen sollen, der da in Form von schier unversiegbaren Tränen aus den Augen seines Kindes quoll?!

Das reicht, befand Tizian. Es war beileibe nicht der richtige Moment, um sich mit eigenen quälenden Erinnerungen aufzuhalten, schon gar nicht mit solchen, die rein gar nichts bedeuteten …

Plötzlich wurde das Bild klarer, wechselte gewissermaßen die Perspektive. Er sah sich nicht mehr von oben aus der Vogelperspektive, er sah nun aus den Augen des Jugendlichen. Da erinnerte er sich *richtig*, erinnerte sich *vollständig*.

Seine Fähigkeit! Natürlich! Er war ihr ausgeliefert gewesen, darum weinte er ja ursprünglich, auch wenn er das damals nicht gewusst hatte.

Tizian fühlte sich, als schlüge ein Blitz in seinen Leib. Ein Ruck ging durch ihn, eher im übertragenen Sinne, wenngleich er tatsächlich zusammenzuckte. Ein Schauder jagte sein Rückgrat hinab und breitete sich über Arme und Beine aus.

In der Erwartung, der ältere Mensch, der doch allwissend sein müsste, würde irgendetwas unternehmen, hatte Tizian zu seinem Vater aufgesehen. Sofort war seine Fähigkeit angesprungen, einfach so, ohne vorige ausgesprochene Wahrheit. Einfach so. Weil das sein Vater war. Weil sie Wahrheiten teilten, mit und ohne Hut, grundlegende Wahrheiten, die nicht im Blut lagen, das nicht, jedenfalls nicht wissenschaftlich gesehen – und irgendwie taten sie das doch in einer Weise, die Tizian nicht beschreiben konnte, die aber so gegeben war wie die Luft, die er atmete.

Ich habe es gewusst, dachte Tizian, und der Schauder bekam eine ganz neue Intensität. Er starrte die aufgerichteten schwarzen Härchen in ihren bergigen Poren an seinem Arm an, ohne sie wirklich zu sehen. Ich habe von der Adoption gewusst, immer schon, die ganze Zeit. Ich konnte es *sehen*. Weil ich diese Fähigkeit besitze. Jene Fähigkeit, die ich verfluche und mit Spritzen behandle, und deren Mitteilung ich doch vergessen habe, so wie man traumatische Erlebnisse vergisst, obwohl man täglich ihren Auswüchsen in Form von Triggern ausgeliefert ist.

Aber da war noch mehr. Da war noch die Wärme und Zuneigung, die sein Vater für ihn empfand und die so deutlich in seiner Wahrnehmung stand, wie Tizian augenblicklich die Härchen sehen konnte. Wärme, Zuneigung und bedingungslose Liebe, selbst zu diesem heulenden Kind, das mit einer Plötzlichkeit und Nachhaltigkeit aggressiv werden konnte, die den Vater erschreckte. Zu einem Kind, das nicht sein eigen Fleisch und Blut war.

Tizian merkte erst, dass er nicht nur in der Erinnerung weinte, als sein Arm mit den sich senkenden Härchen vor seinem Blick verschwamm.

Wahrheiten mit falschem Schnauzer und Hut auf. Wahrheiten, die man verkleidet, um Erklärungen zu finden, damit sie ins Weltbild passen. Um Illusionen zu schützen.

Noch etwas gestand er sich ein, einer weiteren Wahrheit zog er den falschen Schnauzer von der Oberlippe und nahm den Hut herunter: Hätte er sich die Substanz im Café nicht gespritzt, die seine Fähigkeit blockierte, hätte er am ersten Tag in Regensburg, nach der ersten Dienstbesprechung, schon gewusst oder zumindest geahnt, wer der Täter war.

Sie sind ein Realist, der das Träumen zugunsten von resignierendem Selbstmitleid aufgegeben hat, hatte sein Chef von Schallern über ihn gesagt.

Korrekt.

Wieder hatte der Kerl recht. Aber hatte das zur Einsicht geführt? Nein. Weil Worte niemals zu Einsichten und Erkenntnissen führten.

Von dir kann ich noch viel lernen, David, dachte Tizian, und mit diesem Gedanken kehrte er in die Gegenwart zurück. Er hatte etwas begonnen, das er zu Ende bringen musste. Das war nach dieser Erkenntnis noch wichtiger als zuvor.

Es war so weit. Er durfte laufen, laufen, laufen. Und diesmal würde er eine der Fratzen in seinem Spiegelkabinett zu fassen bekommen, um sie endgültig auszuradieren: die Angst vor seiner Schwester. Genauer gesagt: die Angst vor seiner Herkunft.

Er ließ die Faust auf den Tisch niederfahren und sprang ein ums andere Mal auf die Beine. Er ging zur Tür, riss sie auf und schrie hinaus: »Markl, zu mir!«, kehrte an den Schreibtisch zurück und ließ sich in Davids Stuhl fallen.

Lasset die Spiele nach *meinen* Regeln beginnen, dachte er.

2

David Hedock spürte noch immer die Blicke auf sich, obwohl sie längst im Treppenhaus waren und die Stufen schweigend hinunterstiegen.

Niemals hätte er es für möglich gehalten, doch die vergangene Nacht und der anbrechende Tag waren schlimmer als jene Stunde in der Werkstatt, die er für Tizian Wolff wiederaufleben hatte lassen. Dabei waren es nicht allein diese Blicke, die ihm seine Arbeitskollegen, Untergebenen und Freunde hatten angedeihen lassen, diese Blicke voller Enttäuschung, Bestürzung und Abscheu. Schlimmer war die Erkenntnis, dass sie berechtigt waren. Und am schlimmsten wog der *eigene* Blick, den David nun gezwungen war, auf sich zu richten.

Er war nicht nur hochgradig psychisch krank – er war auch ein mehrfacher Mörder.

Er nahm die Umgebung kaum wahr, die Handschellen nicht, Andreas nicht, der ihn zu den Zellen im Untergeschoss führte, und doch sah er alles um sich herum mit einer unnatürlichen Deutlichkeit. Dort schwebte ein Staubpartikel, hier fand sich ein schwarzer Streifen Dreck an der Wand, knapp über einer der Stufen, wahrscheinlich von einem Schuh. Die Ecken der Treppe waren schmutzig, nicht ordentlich geputzt. An der Klinke der Tür, die in Stockwerk zwei führte, hatte sich eine Schmutzschicht abgelagert, wahrscheinlich vom Schweiß ungezählter Hände …

Er dachte an Marlies und an Emil. Wie würden sie reagieren, wenn sie erfuhren, dass Freund und Vater ein Serienmörder mit gespaltener Persönlichkeit war? Wie würden sie diese Nachricht verkraften können? Wie würden sie ihn ansehen? Welche Blicke würden sie seinetwegen ertragen müssen?

Was hatte er ihnen nur angetan!

Dies war der erste Moment in David Hedocks Leben, in dem er sich umgebracht hätte, wäre er allein gewesen. Nicht, weil er selbst den Konsequenzen entgehen wollte, sondern weil er glaubte, damit Marlies und Emil einen Gefallen zu tun. Wie viel einfacher wäre es für sie weiterzuleben, wenn das Monstrum nicht mehr war, das ihnen das antat!

In Davids Kopf war keine Stimme da, die ihm die Unsinnigkeit dieses Glaubens nahelegte. Alle Stimmen bis auf diese eine waren verstummt, selbst der Vater schwieg. Die eine verbleibende Stimme war unstet und leidenschaftlich, sie sprang von Gedanke zu Gedanke und hielt doch keinen fest, keinen, bis auf jenen an Freundin und Sohn.

»Herr Hedock! Reißen Sie sich zusammen!«

Jemand schlug ihn. Es war eine Ohrfeige, aber sie war fast zärtlich, nicht vergleichbar mit der, die er von seinem Vater dereinst bekommen hatte. Seine Wange wurde warm, das war auch schon alles.

David starrte in Augen von einem verblassten Blau, die er gut kannte. Er hatte sie schon mit einem verklärten Ausdruck gesehen, obwohl das kaum vorstellbar war, weil sie selbst dann beißend in die Welt blickten, wenn das ihnen zugehörige Gesicht entspannt war. Wahrscheinlich war der Moment des Orgasmus' auch der einzige, der sie verklären konnte.

Vor David stand Bettina Hellron. Selbst zu dieser frühen Stunde war sie makellos zurechtgemacht, heute in schwarzem Hosenanzug, das lockige Haar wie immer streng nach hinten gebunden.

Er blinzelte sie verständnislos an. Dann dachte er, sie sei gekommen, um seinem Niedergang beizuwohnen, um als Staatsanwältin seine Unterbringung in der Untersuchungshaft höchstselbst in die Hände zu nehmen.

Ein Schritt hinter David stand der Beamte Andreas. Bettina bedeutete ihm jetzt mit der Hand, ihr zu folgen. Sie befanden sich bereits im Untergeschoss, aber die Staatsanwältin schritt nicht durch die Tür, die zu den Zellen führte. Sie öffnete die schwere Eisentür zur Tiefgarage.

»Nehmen Sie ihm die Handschellen ab«, befahl Bettina, während hinter ihnen die Tür mit einem lauten Knall zufiel. Sie blieb im Schatten einer Trägersäule stehen und ließ den Blick prüfend durch die Garage schweifen. Bis auf zwei Streifenwagen direkt bei der Tür, einem Jeep in einiger Entfernung und einem weißen Kleinwagen zu ihrer Rechten schien sie verlassen.

Andreas zögerte keine Sekunde. Er fragte nicht nach, sondern machte sich sofort an Davids Handschellen zu schaffen, sein Gesicht verriet Erleichterung.

»Was soll das?«, fragte David.

»Sie werden nicht hier inhaftiert«, erwiderte Hellron mit ungerührter Stimme. Sie griff nach ihrer Handtasche, holte einen Umschlag heraus und reichte ihn Andreas. »Die Papiere. Ich habe veranlasst, dass Herr Hedock sofort in die JVA gebracht wird. Alles offiziell, alles vom Richter abgezeichnet. Und jetzt hören Sie mir genau zu, Sie beide. Behalten Sie nach Möglichkeit Ihre Gesichtszüge unter Kontrolle. Kein Lächeln, keine Erleichterung. Schauen Sie einfach weiter so dämlich drein.«

Sie beide, sagte sie, trotzdem sah Bettina Hellron von nun an nur noch David an. Niemals war ihr Blick stechender gewesen als jetzt.

»Herr Wolff hat mich bereits vor Stunden informiert, vor Ihrer … *Unterhaltung*. Was hier geschieht, geschieht nicht mit meinem Einverständnis, aber ich fürchte, ich habe da nicht viel mitzureden. Sie sind nicht schizophren, Herr Hedock, und Sie sind auch kein Mörder. Schauen Sie nicht so! Haben Sie das denn wirklich geglaubt? Rechnen Sie mal nach, Sie selten dummer Hohlkopf! Während der Tatzeiten waren Sie stets im Dienst. Mein Gott, David! Herr Wolff hatte recht, Sie sind viel zu gut.«

Sie sprach *gut* aus, als sei es etwas Negatives, und ließ ein schweres Seufzen folgen.

»Sie sind aber trotzdem festgenommen. Während Sie mit Wolff geplaudert haben, hat eine Spezialeinheit Ihr Haus durchsucht und belastendes Beweismaterial gefunden. Allein anhand dieses Materials würden Sie totsicher schuldiggesprochen. Fragen Sie nicht! Kein Wort aus Ihrem Mund! Sie schweigen und hören zu.«

Bettina hätte ihn fast wieder geschlagen, als er zu sprechen ansetzte, ihre Hand schwebte zwischen ihnen in der Luft. David schloss den Mund wieder.

»Sie werden meinen Anweisungen folgen, weil auch ich nur Befehlen folge. Verstanden?«

David nickte, weil ihm nichts anderes übrigblieb.

»Gut. Ich werde gleich gehen. Sobald ich durch diese Tür verschwunden bin, gehen Sie beide zu den Streifenwagen hinüber. Bevor Sie sie erreichen, schlagen Sie Andreas bewusstlos. Und Sie wehren sich nicht! Lassen Sie sich gefälligst von ihm schlagen, fallen Sie hin und strecken Sie die Arme und Beine in die Höhe und stellen Sie sich tot. Haben wir uns verstanden?«

Ein Nicken von Andreas, der nicht nur verwirrt, sondern vor allem eingeschüchtert wirkte.

»Danach flüchten Sie, Herr Hedock. Geben Sie sich Mühe, es auch wie eine Flucht aussehen zu lassen. Sie steigen in den Jeep dort drüben, der Schlüssel steckt. Sie finden im Handschuhfach eine Pistole und ein Handy. Fahren Sie an einen Ort, der Ihnen wichtig ist, darauf besteht Herr Wolff. Er muss Ihnen etwas bedeuten, für den Fall, dass Rosa Hartmann Informationen über Sie gesammelt hat. Jemand, der flüchtet, sucht immer ein Versteck auf, das er kennt und das ihm von Wert ist. Ein Ort, der menschenleer ist – unbedingt menschenleer! –, aber der Ihnen in irgendeiner Form wichtig ist, vielleicht weil

Sie dort zum ersten Mal an einer Frau rumgefummelt haben. So etwas. Verstanden? Nein, nicken Sie nicht, nicht schon wieder. Der Jeep ist verwanzt, am Handy ist das GPS aktiviert. Wenn Sie den Jeep verlassen, nehmen Sie das Handy mit und deaktivieren Sie auf keinen Fall das GPS.«

Die Staatsanwältin musterte David, und nun wurde das Stechende in ihrem Blick jäh von etwas geschwächt, das an Besorgnis erinnerte.

»Sobald Sie von diesem Gelände abgefahren sind«, sagte sie, »befinden Sie sich wahrscheinlich in Lebensgefahr. Rosa Hartmann wird Ihnen folgen, jedenfalls glaubt Wolff fest daran. Sie haben die Fotos gesehen. Sie wissen, was diese Frau mit Ihren Opfern anrichtet. Also passen Sie verdammt noch mal auf sich auf! Ich will nicht, dass Sie zur Zutat eines schmackhaften Mittagessens werden. Alles, was Sie tun müssen, ist diese Irre an den von Ihnen gewählten Ort zu führen und sie so lange zu beschäftigen und dabei zu überleben, bis Tizian Wolff zu Ihnen stößt. Ich soll Ihnen ausrichten, dass er schneller bei Ihnen sein wird, als seiner Schwester lieb sein kann. Alles andere wird er Ihnen später erklären.« Sie verstummte kurz, dann fügte sie hinzu: »Wenn es ein Später gibt.« Sie fing Andreas' entsetzten Blick auf und zuckte die Schultern. »Unterschätzen Sie diese Frau nicht! Sie schlägt in der Regel zu, *bevor* sie Fragen stellt.«

Bettina machte unvermittelt einen Schritt auf David zu und griff nach seiner Hand. Die Staatsanwältin hatte viel Kraft, und die wendete sie nun auf, um seine Hand zu quetschen.

»Diesmal sind Sie es, der zuerst zuschlägt. Versprechen Sie mir das.«

David nickte mit Nachdruck. Er lächelte sogar, obwohl er es nicht hätte tun sollen. Alles, woran er jetzt dachte, war dies: Er war kein Mörder und Marlies und Emil waren in Sicherheit.

Eine weitere Gewissheit überstrahlte die anderen beinahe: Tizian Wolff schenkte ihm so viel Vertrauen, war so überzeugt von David, dass er ihm diese bedeutsame Aufgabe übertrug.

Denn eines war David während Bettinas Monolog klargeworden:

Tizians irre Schwester verfügte über diese spezielle Fähigkeit, und der Sonderermittler hatte zu David gesagt, sie würde ihrem Bruder wehtun wollen. Sie würde nichts unversucht lassen, um ihm wehzutun. Diese Mitteilung hatte Tizian David gemacht, damit er jetzt die Zusammenhänge herstellen konnte.

Rosa Hartmann verwendete ihre Fähigkeit nicht nur, um Mördern bei ihren Gräueltaten zuzusehen. Sie beobachtete auch ihren Bruder. Sie hatte gesehen, was zwischen ihnen geschehen war, hatte den Gesichtsausdruck Tizians gesehen, den auch David gesehen hatte, als der Sonderermittler auf die Handschellen bestanden hatte: schlecht kaschierte Wut.

Er mag mich, schlussfolgerte David. Er mag mich so sehr, dass er stinkwütend ist, weil er mir das antun muss. Und das hat er seine Schwester sehen lassen, weil ich damit zum Köder werde.

Sie wird mich töten wollen, um ihm wehzutun.

Deshalb auch die inszenierte Flucht. Säße David in einer Zelle, käme Rosa Hartmann nicht an ihn heran.

David war so berauscht von diesen Erkenntnissen, dass er sich nicht die Frage stellte, die an dieser Stelle zwangsläufig hätte folgen müssen: Warum waren bei ihm Beweismittel gefunden worden? Was war mit dem anderen Fall, was war mit dem Augen-Ausstecher?

Tizian Wolff warf einen Blick auf die Uhr: kurz nach sieben.

Er hielt mit der Linken weiterhin das Lenkrad umklammert, mit der Rechten holte er das Handy aus der Hosentasche, das vibriert hatte. Ohne Vorwarnung warf er es seinem Beifahrer, Oliver Markl, in den Schoß.

»Lesen Sie mir die eingegangene Nachricht vor«, sagte er.

Oliver grunzte, nahm das Gerät in die Hand und las: »›Hedock ist unterwegs. Wehe, Sie sind nicht rechtzeitig bei ihm!‹.« Markl, der sich am Griff über dem Fenster festhielt, um bei Tizians schneller und wilder Fahrt durch die Stadt nicht hin- und hergeworfen zu werden, legte die Stirn in tiefe Falten. »Die Nachricht stammt von Hellron. Was soll das denn heißen? Hedock ist unterwegs? In die JVA etwa?«

Tizian erwiderte nichts. Seine Art zu antworten war, mit dem Fuß das Gaspedal weiter hinunterdrücken. Der BMW mit dem Automatikgetriebe, ein Zivilfahrzeug des Kommissariats, zog sofort an. Sie flogen nun mit hundertzwanzig Sachen über die Straße. Der Konvoi des Sondereinsatzkommandos, den sie hinter sich nachzogen, fiel zuerst etwas zurück, ehe er wieder aufschloss.

»Rufen Sie die Spyware auf«, sagte Tizian. »Sie finden sie auf dem Startbildschirm, die App mit dem großen roten Auge.«

»Spyware«, murmelte Markl und lachte rau.

Tizian schaute zu ihm hinüber, sah, dass er die richtige App erwischt hatte und konzentrierte sich wieder auf die Straße.

»Da ist ein blinkender roter Punkt«, sagte Markl. »Sieht so aus, als würde jemand der B8 folgen, stadtauswärts, in westlicher Richtung.«

Wieder hielt Tizian das Lenkrad mit der Linken fest, um mit der Rechten dem Kommissar das Handy aus der Hand zu nehmen. Er legte es in die Zwischenablage der Armatur und umgriff das Lenkrad wieder mit beiden Händen.

Bundesstraße 8, raus aus Regensburg, Richtung Westen. Wohin fährst du, David, wohin? Tizian kramte in seinen Erinnerungen. Was hatte der Kommissar ihm erzählt, welche Örtlichkeiten erwähnt? Tizian folgte dem Verlauf der B8 in Gedanken. Dann hatte er es: Er sei in der Nähe von Neumarkt in der Oberpfalz aufgewachsen, das hatte David gesagt, und dorthin gelangte man unter anderem über die B8. Dafür bräuchte er gut eine Stunde.

Das war gut. Zeit zu schinden, war genau das, was David machen sollte. Allerdings würde auch Tizian dorthin müssen. Er aber hatte zwei Vorteile: Er konnte die Autobahn nehmen und den 7er BMW G11 zur Höchstleistung antreiben. Der Wagen konnte auf 250 km/h beschleunigen. Damit konnte er womöglich an die zwanzig Minuten gutmachen.

Er durfte also nicht mehr als zwanzig Minuten für diese Sache hier verschwenden. Außerdem musste die Autobahn frei sein. *Wirklich* frei.

Tizian schnappte sich sein Handy, öffnete die Nachrichtenfunktion und aktivierte die Sprachaufnahme. »A3 Regensburg nach Neumarkt muss in der nächsten Stunde frei sein«, sprach er in das Gerät. »Wiederhole: A3 unverzüglich einseitig räumen! Rückfragen bitte ausschließlich an Loki von Schallern richten.«

Die Sprachnachricht schickte er an die Zentrale in München, die für derartige Angelegenheiten zuständig war. Wahrscheinlich würden sie behaupten, es gäbe akute Probleme mit der Asphaltschicht, weshalb die Sperrung nötig sei; wäre nicht das erste Mal, dass sie diesen Vorwand verwendeten.

»Was geht hier vor?«, fragte Markl und fluchte, als Tizian eine Kurve mit voller Geschwindigkeit nahm, sodass der Kommissar gegen die Tür gedrückt wurde. »Wie können Sie eine Autobahn von 70 Kilometern Strecke sperren lassen? Wohin fahren wir? Wer sind diese Leute in den Autos hinter uns? Und was meint Hellron, wenn sie sagt, Sie sollen rechtzeitig bei David sein? Raus mit der Sprache!«

Tizian warf dem Kommissar einen knappen Blick zu. »Wir fahren zum Täter, wohin sonst. Sie haben doch nicht wirklich geglaubt, David sei der Mörder? Sie sind doch sein Freund und sein Vorbild! Wenn nicht Sie zu ihm halten, wer dann? Jemand hat versucht, ihm die Tat unterzuschieben.«

Markl machte den Mund auf, aber Tizian ließ ihm keine Zeit zum Reden.

»Ich habe Sie nur mitgenommen, weil David in Ihnen – wie auch in mir – irgendetwas sieht. Irgendetwas Gutes unter all dem Scheiß, den Sie Ihren Charakter nennen. Ich gebe Ihnen eine Chance, dieses Gute hervorzuholen, indem Sie einmal in Ihrem erbärmlichen Leben das Richtige tun. Wenn wir also am Ziel ankommen und Ihnen klar wird, wer der Täter ist, warum er es getan hat und wie David darin verwickelt ist, dann werden Sie alles an Empathie, Großmütigkeit und Verantwortungsbewusstsein hervorkramen, was Sie können. Sie werden die Verhaftung übernehmen, sich um die Frau kümmern, weil sie jemanden braucht, der sich um sie kümmert und den sie kennt. Das sind Sie David schuldig. Ich werde das nicht tun können, weil ich *sofort* weiter muss. Sie werden die Sache nicht vermasseln, indem Sie sich feige verziehen oder die Verantwortung auf andere abwälzen. Sind wir uns einig?«

»Welche Frau?«

Tizian seufzte leise, gab noch mehr Gas und erklärte Oliver Markl, wer den Frauen diese Gräueltaten angetan hatte, und vor allem erklärte er, warum er es getan hatte. Danach saß Markl mit geballten Fäusten und jenem Gesichtsausdruck im Auto, der an einen Hund erinnerte, der die Fährte aufgenommen hat.

David passierte in dem Jeep die Ortschaft Etterzhausen, fuhr über die dortige Brücke über die Naab und sah immer wieder in den Rückspiegel.

Die Pistole, die im Handschuhfach untergebracht gewesen war, hatte er sich gesichert auf den Beifahrersitz gelegt, neben das Handy. Auf Letzterem hatte eine Sprachnachricht von Tizian Wolff auf ihn gewartet. Er hatte sie über den Lautsprecher abgespielt, während er aus Regensburg hinausgefahren war.

»David, sie kann uns sehen, aber nicht hören. Wenn Sie Kontakt zu mir aufnehmen müssen, tun Sie es nur mit einer Sprachnachricht und nur im äußersten Notfall. Sie könnte die Nummer sehen. Tita darf die Falle nicht wittern.«

Tizian machte eine Pause, seine Stimme senkte sich etwas.

»Ich muss Ihnen nicht sagen, wie gefährlich sie ist. Das hat sicher

Bettina schon erledigt, jedenfalls ließ sie mir gegenüber keine Gelegenheit verstreichen. Ich würde meiner Schwester gerne selbst eine Kugel durch ihr nicht vorhandenes Herz jagen, aber wenn es nicht anders geht, machen Sie es. Wenn Sie sie sehen, schießen Sie. Wenn Sie sie hören, schießen Sie in Richtung ihrer Stimme. Lassen Sie keine einzige Sekunde verstreichen, hören Sie? Und gehen Sie keinesfalls unter Menschen, auch wenn Ihnen vielleicht danach ist, auch wenn es vernünftig erscheint. Tita würde all diese Menschen opfern, um an Sie heranzukommen, und das ohne mit der Wimper zu zucken. Fahren Sie keine unnötigen Umwege, geben Sie auch nicht der Versuchung nach, an Ihrem Zielort vorbeizufahren oder ihn zu umkreisen. Das könnte Tita ebenfalls zum Zweifeln bringen, und wenn sie zweifelt, wird sie ihre Fähigkeit anwenden und nach mir suchen.«

Wieder eine Pause, diesmal länger. David hörte etwas, das nach einem Stuhlknarren klang, und er fragte sich, wann Tizian diese Nachricht aufgenommen hatte.

»Noch etwas«, sagte er, als David schon glaubte, es käme nichts mehr. »Ich weiß, wer der Augen-Ausschaber ist. Ich habe es vor wenigen Minuten herausgefunden und soeben die Bestätigung dafür bekommen. Während Sie jetzt im Auto sitzen und fahren, wohin immer Sie sich zu fahren entschieden haben, werde ich unterwegs zu dem Mörder sein. Das muss ich, damit Tita die Falle nicht riecht. Sollte sie mir mit ihrer Fähigkeit nachspionieren, wird sie mich genau dabei sehen, und anschließend folgt sie Ihnen. Währenddessen ist sie abgelenkt und kann mich nicht mehr beobachten, sodass ich Ihnen nachfahren kann. Verlassen Sie sich also darauf: Ich *werde* kommen. Ich lasse Sie nicht im Stich, David.«

Diesmal bestand die Unterbrechung in einem Räuspern und einem deutlich vernehmbaren Atemzug. Tizian zog tief Luft ein, ehe er seine nächsten Sätze sprach.

»Ich weiß, dass unverzeihlich ist, was ich Ihnen antue. Ich erwarte keine Vergebung. Suchen Sie keine Sekunde lang nach einer Ausrede für meine Tat, David, tun Sie's bloß nicht! Es gibt keine. Meine Ausbildung hat mir beigebracht, Menschen zu benutzen, zu manipulieren und zu Bauernopfern zu machen. Das ist keine Entschuldigung, aber vielleicht eine Erklärung. Ich will nur, dass Sie eines wissen: Hätte ich einen anderen Weg gesehen, damit ich meiner Schwester das Handwerk legen kann, hätte ich ihn tausendmal diesem hier vorgezogen. Ich … Es tut mir leid. David, es tut mir leid. Sollte Ihnen … *Gott!* Sollte Ihnen etwas passieren, werde ich alle Hebel zu jeder Zeit in Bewegung setzen, wenn Ihre Freundin oder Ihr Sohn Hilfe benötigen. Das sind große Hebel, David, große Hebel mit großer Wirkung. Aber Ihnen wird nichts geschehen, dafür werden Sie sorgen, richtig?«

Seine Stimme wurde zunehmend rauer, bis sie gegen Ende des letzten Satzes brach.

»Versprechen Sie mir, dass Ihnen nichts geschieht, David, versprechen Sie es mir! Ich will Ihnen ins Gesicht sehen und mich bei Ihnen entschuldigen, haben Sie das verstanden? Auch für das, was ich Ihnen jetzt gleich abverlangen werde, dafür, dass ich Sie in dem Glauben lassen werde, Sie seien nicht ganz richtig im Kopf. Also lassen Sie gefälligst nicht zu, dass meine Schwester mir wehtut!«

Damit hatte die Sprachnachricht geendet.

David sah wieder zu der Pistole, dann in den Rückspiegel. Ein schwarzer Peugeot war seit Regensburg hinter ihm, mit drei Wagen Abstand, und David wusste instinktiv, dass sie das war. Darin saß Tita Lupardus alias Rosa Hartmann.

Er richtete den Blick wieder auf die Straße und drosselte die Geschwindigkeit, als er das Ortsschild eines weiteren Dorfes passierte.

»Versprochen«, sagte er laut. »Heiliges Indianerehrenwort.«

3

Das zweigeschossige Haus war weiß verputzt, besaß dunkelbraune Schindeln auf dem Satteldach und einen Balkon aus fast gleichfarbigen Holzbrettern, der über die Hälfte der linken Seite verlief. Die Fensterrahmen waren ebenfalls hölzern. Alles in allem was das Haus gut in Schuss, aber an Form und vor allem an dem vielen Holz war abzulesen, dass es älteren Semesters war.

Im Garten davor wuchs eine Kiefer, die das Gebäude bereits überragte und den Blick zum Balkon von der Straße aus zum Teil verdeckte. Es gab keine Blumenbeete, zumindest nicht im vorderen Garten. Ein simpler Staketenzaun mit vom Wetter gezeichneten Latten grenzte das Grundstück ein.

Vor diesem Grundstück in der Stadt Neutraubling, östlich von Regensburg gelegen, brachte Tizian den BMW mit quietschenden Reifen zum Stehen. Hinter ihnen hielten die Busse der Sondereinheit, deren Türen ohne Umschweife aufgerissen wurden. Schwarz vermummte Gestalten sprangen heraus, einige liefen die Straße hinunter, andere hinauf; sie sperrten sie ab. Die restlichen Männer sprangen über den Zaun und rannten quer über den Rasen auf das Haus zu, um alle Eingänge zu sichern, ehe sie ins Haus eindringen würden. Andere huschten zu den Nachbarhäusern und zu jenen unmittelbar gegenüber, um die Anwohner davon abzuhalten, sich nach draußen zu bewegen oder neugierig an den Fenstern zu stehen.

Bei einem Einsatz dieser Art, bei einer *Sondereinheit* dieser Art musste stets sichergestellt werden, dass es keine Zuschauer gab. Der Tatverdächtige war kein Mensch von Tizians Schlag, niemand mit übernatürlicher Fähigkeit, aber diese Sondereinheit war genau für solche Fälle ausgebildet, und sie taten ihre Arbeit strikt nach Vorschrift.

Eine Minute war vergangen, seit sie gehalten hatten. Jetzt erst stieg Tizian aus, und Oliver tat es ihm nach. Dem schwarzen Kleinbus direkt hinter dem BMW entstieg nun eine Frau der Sondereinheit, die an die hintere Schiebetür trat und sie kommentarlos aufzog. Tizian und Oliver sahen hinein.

Linda Müller-Probst erwiderte ihre Blicke, schaute von einem zum anderen. »Was machen wir hier?«, fragte sie. »Warum, in Gottes Namen, wurde ich aus dem Labor mitten in einer Obduktion von diesen Leuten entführt? Wer *sind* diese Leute? Die reden nicht mit mir, haben keine meiner Fragen beantwortet. Was ist hier los?«

Wie am Tag zuvor, als sie sich auf dem Parkplatz Tizian in den Weg gestellt hatte, verfärbten sich ihre Wangen leicht rosa vor Wut, das Grün ihrer Augen blitzte. Ihr Blick war auf Tizian zur Ruhe gekommen, und das Äffchen fing mit seinem Theater an. Wie Tizian gehofft hatte.

»Sie wissen wirklich nichts«, sagte er, weil es das war, was er ihrer Wahrnehmung entnehmen konnte. Linda war vollkommen ratlos, sie hatte nicht den Anflug einer Idee, warum sie hier war. Tizian atmete erleichtert auf.

»Was weiß ich nicht?«, fragte Linda, und ihre Stimme wurde scharf.

Vom Haus drangen mehrere Detonationen herüber, zeitgleich, aber eindeutig von mehr als einer Sprengladung. Die Sondereinheit hatte die Eingänge aufgesprengt.

Linda schlug sich eine Hand vor den Mund und drehte den Kopf, um durch das Autofenster in Richtung der Geräusche zu schauen. »Was machen die denn da?«, hauchte sie. »Oh Gott, was soll das? Warum stürmen die unser Haus?«

Tizian sah auf die Uhr an seinem Smartphone. Er musste los. Sofort. Trotzdem blieb er stehen und fragte: »Wie lange wohnen Sie schon nicht mehr hier bei Ihrem Mann, Frau Müller-Probst? Wann hat er sich von Ihnen getrennt, weil er von Ihrer Affäre erfahren hat?«

Oliver Markl verschränkte die Arme und stierte die Frau an, als würde er sie jede Minute mit Haut und Haar auffressen wollen. Als könnte sie etwas dafür. Als sei sie verantwortlich für das, was ihr Mann getan hatte.

Linda traten Tränen in die Augen. Nicht, weil sie wusste, worauf all dies hinauslief, sondern weil sie zutiefst durcheinander und entsetzt war. Sie dachte an David, und hinter der Angst und Erschütterung fühlte Tizian die Liebe, die sie für den Kommissar empfand. Sie liebte ihn, liebte ihn seit ihrer ersten Begegnung, liebte ihn mehr als sie ihren Ehemann jemals geliebt hatte.

Das hatte sie ihrem Ehemann auch gesagt, vor – wann? Einem Monat, zwei Monaten? – etwa eineinhalb Monaten. Er hatte von der Affäre erfahren, und sie hatte ihn verlassen. Seitdem wartete sie den richtigen Augenblick ab, um David ihre Liebe zu gestehen und um eine ernste Beziehung zu bitten.

Da stehen wir jetzt, dachte Tizian bitter, und zerstören das Leben dieser Frau endgültig. Ich, David, der diese Liebe nicht erwidert, und Oliver Markl, den ich mit diesem zierlichen, sensiblen Mädchen alleine lassen werde, auf dass er ihr alles erklärt und sie in die Arme nimmt, sobald ihr Mann abgeführt wird und die Frauen, die er vielleicht noch gefangen hält, befreit sind.

Tizian erwiderte ihren tränennassen Blick. »Sie werden mich dafür hassen, dass ich sie herzerren habe lassen«, sagte er. »Das ist Ihr gutes Recht. Aber Sie müssen hinsehen, Frau Müller-Probst. In diesem ganzen Schmierentheater dreht sich alles ums Hinsehen. Wenn wir nicht hinsehen, uns die Realität mit all ihren Facetten nicht ansehen, leben wir nur in Lügen. Darum habe ich Sie herbringen lassen. Tun Sie sich selbst den Gefallen und sehen Sie hin.« Tizian drehte sich zu Oliver um. »Herr Markl wird Ihnen alles erklären und für Sie da sein.

Nicht wahr, Oliver?« Er schlug ihm eine Hand auf die Schulter und drückte sie fest. Seine Brauen hoben sich fragend – und warnend.

Markl nickte sofort und schüttelte die Hand ab. »Und ob. Für David.« Er stieg in den Bus und setzte sich neben Linda, nahm demonstrativ ihre Hand und sagte mit gesenkter Stimme: »Ihr Mann arbeitet als Systemadministrator bei uns im Kommissariat, nicht wahr, Linda? Und wozu hat er in seiner Tätigkeit Zugang? Zu den Personalakten aller Polizisten und Kommissare. Auch zu der von David. David war nach dem Tod seines Vaters für wenige Sitzungen beim Psychiater unserer Dienststelle, um mit seiner Trauer und Wut klarzukommen. Darum wusste Ihr Mann von Davids Kindheit, wusste von seinem Vater und den Problemen mit ihm. Na ja, und Ihr Mann hat eine Kleinigkeit falsch interpretiert.«

Olivers Blick fand kurz Tizian. Er wiederholte nun die Worte, die dieser auf der Fahrt zu ihm gesagt hatte.

»Ihr Mann wollte David die Taten anhängen. Aber hätte David wegen seiner Vergangenheit so etwas Abscheuliches getan, wäre er nicht auf starke, manipulative und befehlsgewohnte Frauen losgegangen, wie seine Mutter eine ist und wie jede Frau, der die Augen ausgeschabt und Stromschläge zugefügt wurden, es gewesen war. David sieht nämlich nicht, dass seine Mutter so ist. Er sieht sie verklärt, sieht sie idealisiert. Wenn David so etwas getan hätte, hätte er es Männern wie seinem Vater angetan, denn auch den sieht er verklärt. Ihm schiebt er die ganze Schuld zu.«

Markl senkte den Blick auf den Boden, hielt weiterhin Lindas Hand. Die Leiterin des Erkennungsdienstes weinte nun unverhohlen, starrte dabei Markl an, als hielte sie ihn für wahnsinnig.

»Hätte Ihr Mann es richtig machen wollen«, sagte Markl mit überraschend einfühlsamer Stimme, »hätte er Männer wie Davids Vater foltern müssen, nicht diese Frauen. Dann hätte er vielleicht Erfolg gehabt und David die Morde anhängen können. Außerdem hätte er das mit dem Strom nicht machen dürfen. Das war eine auffällige

Diskrepanz, das passt nicht zu David. Aber es passt zu Ihrem Mann, Linda. Er konnte einfach nicht widerstehen. Er war als kleiner Junge Zeuge, wie sein Großvater von einem Blitz erschlagen wurde, und anscheinend hat das schlimme psychische Wunden in ihm hinterlassen. Sie schwelten und nahmen abartige, wahnhafte Formen an, entwickelten sich zu einem unbändigen Trieb, wurden so mächtig, dass es nur noch einen Auslöser geben musste, bis er diese Fantasien auslebte. Wegen des Stroms und wegen dieser Fehlinterpretation der psychiatrischen Akten ist ihm Tizian auf die Schliche gekommen.«

Als sich beide umwandten, um Tizian anzusehen, blickten sie lediglich hinaus auf die leere Straße. Der Sonderermittler war längst fort.

Tizian Wolff passierte die Straßensperre und gab Gas. Ihm folgte einer der schwarzen Busse der Sondereinheit, in dem fünf schwer bewaffnete Männer saßen.

Ein Blick auf die Spyware verriet ihm, dass David in seinem Jeep bereits nah an Seubersdorf war. Er hatte eine Dreiviertelstunde Vorsprung, die Tizian jetzt möglichst aufholen musste. Immerhin war die A3 inzwischen so gut wie geräumt, zumindest hatte man ihm das via Kurznachricht wissen lassen.

Tizian lenkte den Wagen zur Neutraublinger Autobahnauffahrt, die ihn direkt auf die A3 bringen würde. Er kam an eine Kreuzung, deren Ampel für seine Spur Rot zeigte. Er setzte gerade zum Überholen der haltenden Autos an, als er einen Mann an dieser Ampel stehen sah. Tizian bremste abrupt ab, als dritter Wagen vor der Ampel, und starrte den Mann mit der Bäckereieinkaufstüte in der Hand ungläubig an.

Das war Lindas Ehemann. Das war der Augen-Ausschaber. Zweifel ausgeschlossen. Das war das Gesicht, das Tizian aus dem Dossier entgegengesehen hatte, das ihm sein Chef vergangene Nacht hatte zusammenstellen und zukommen lassen.

Dort stand Dieter Probst, seelenruhig, gerade fertig mit seinen zeitigen Einkäufen für ein leckeres Frühstück, nun auf dem Heimweg, darauf wartend, dass er die Straße überqueren konnte. Während in seinem Haus die Hölle los war.

Tizian spielte in Gedanken die Möglichkeiten durch, die er jetzt hatte, ohne den Folterer und Mörder aus den Augen zu lassen. Seine Hand tastete nach dem Smartphone auf dem Beifahrersitz, als der Kerl den Blick schweifen ließ und mit beängstigender Zielstrebigkeit auf Tizian richtete. Als hätte er es gespürt. Als ahnte er, dass sie hinter ihm her waren.

Wie so ziemlich alle Killer sah auch dieser völlig normal und harmlos aus. Er wirkte jünger als seine 26 Jahre, war gut gebaut, besaß dichtes schwarzes Haar und ein wohlgeschnittenes Gesicht. Kein Wunder, dass sich die neun Jahre ältere Linda mit ihrer tiefen Sehnsucht in ihn verguckt hatte. Das war ein Typ, der gut in eine gecastete Boygroup gepasst hätte.

Tizian drückte die Wahlwiederholung und hob das Handy ans Ohr. Im gleichen Moment zeichnete Erkenntnis das Gesicht von Probst. Er wusste Bescheid – weil Tizian aussah wie ein verdammter Zivilbulle, und weil er in einem Wagen saß, der regelrecht hinausbrüllte: Ich bin ein Zivilfahrzeug! Schaut mich an, in mir sitzt ein Bulle! Hinter mir fährt sogar ein Zivilbus her, bis oben hin angefüllt mit Bullen!

»Scheiße!«, schrie Tizian, als Probst unvermittelt die Einkaufstüte fallen ließ, kehrtmachte und davonrannte.

David Hedock beobachtete, wie Seubersdorf im Rückspiegel kleiner und kleiner wurde und hinter einer Kurve verschwand. Das nächste Kaff hieß Batzhausen, darauf steuerte er nun zu, und das nicht nur mit dem Jeep, sondern auch in den Erinnerungen.

Hier hatte eine Freundin von ihm gewohnt. Damals, als sie noch zu jung gewesen waren, um im anderen Geschlecht mehr als einen gewöhnlichen Spielkameraden zu sehen, waren sie unzertrennlich gewesen, Birgit und er. Im Schuppen von den Dachbalken hinunter ins Heu springen; durch die hohen Maisfelder laufen und so tun, als seien es Labyrinthe; bei den Pferdekoppeln Cowboy und Indianer spielen (er hatte natürlich den Cowboy gegeben); im Gebüsch hinter den Pferdeställen in einem alten rostigen Kupferkessel ein Gebräu aus gesammelten Beeren, Blumen und Gräsern anrühren, weil sie Hexenmeister waren; hinter dem Wohnhaus von Birgits Eltern im Garten zelten ...

Bis seine Familie nach Regensburg gezogen war. Er war gerade elf geworden, wenn er sich nicht täuschte. Danach hatte er Birgit nicht wiedergesehen. Wenn er ehrlich war, war fragwürdig, ob er sie überhaupt erkennen würde, stünde sie vor ihm.

Irgendwann sollte ich herkommen und auf der Pferderanch nach ihr fragen, dachte David. Vielleicht hat sie sie sogar von ihren Eltern übernommen, wer weiß.

Sein Blick glitt automatisch zum Rückspiegel, und im nächsten Moment seufzte er leise.

Was tat er da? Erinnerungen romantisieren, weil er vermutlich nicht mehr lange zu leben hatte, das tat er. Er fuhr durch eine Gegend, in der er seit Jahrzehnten nicht mehr gewesen war; niemand konnte ihm vorwerfen, dass Erinnerungen aufstiegen. Aber ihnen nachzuhängen und dabei nostalgisch zu werden, das musste er sich verbieten. Wenn er nur den Hauch einer Chance gegen Rosa-Tita haben wollte, musste er so einen Mist jetzt wirklich lassen!

Diesem Gedanken folgte ein zweiter: Was hatte er gerade über den Spiegel gesehen?

»Oh«, murmelte er und suchte die Straße hinter sich ab.

Nichts. Nicht einmal ein Traktor. Der schwarze Peugeot war weg.

Wann hatte er zuletzt nach hinten gesehen? Vor Seubersdorf? In Seubersdorf? Verdammt noch mal, er wusste es nicht mehr, war sich nicht mehr sicher. Da *war* ein schwarzes Auto in Seubersdorf hinter ihm gewesen, ja, aber wusste er mit Gewissheit, dass es ein Peugeot gewesen war? *Der* Peugeot? Scheiße, nein. Er hatte einfach angenommen, er wäre es gewesen, weil er nicht auf die Idee gekommen war, das Gefährt könnte verschwinden.

David warf einen Blick nach links über das dortige Feld, denn daran schloss ein schmaler asphaltierter Fahrweg an, ehe sich die schier endlose Weite der Äcker weiter dahinzog. Er sah nach rechts, hin zu einem Waldgebiet, in das geschotterte unbefestigte Wege führten, die nicht für den öffentlichen Verkehr zugelassen waren. Aber würde die Straßenverkehrsordnung jemanden wie Rosa-Tita abhalten?

Nun gab es zwei Möglichkeiten. Entweder war es nie Rosa-Tita gewesen, sondern jemand, der zufällig eine Weile in dieselbe Richtung wie David gefahren war. Das hieße, sie wäre nie hinter ihm her gewesen und Tizian hätte sich geirrt. Oder sie war es, hatte sich nun anders entschieden und war von der B8 heruntergefahren. Wenn das zutraf, waren sie alle geliefert. Es gab nur einen Grund, warum Tita-Rosa so vorgehen würde.

Sie wusste, dass sie in eine Falle gelockt werden sollte.

David beschloss, vom Schlimmsten auszugehen. Es war in dieser Situation nicht verkehrt, das zu tun. Besser, am Ende stellte sich alles als schwarzseherische Fehlspekulation heraus, als böse überrascht zu werden. Letzteres würde er mit dem Leben bezahlen.

Er hatte Tizian Wolff schließlich ein Versprechen gegeben.

Außerdem zweifelte David nicht an Tizian. Wenn er sagte, Rosa-Tita würde sich an Davids Fersen heften, dann tat sie das auch.

Was also könnte sie vorhaben? Was würde ich an ihrer Stelle machen?, fragte David sich. Er kannte die Antwort darauf.

David lenkte den Jeep bereits nach Batzhausen. Er hatte keinen Blick übrig für das Dorf, sah sich nicht einmal nach der Pferderanch um, als er auf ihrer Höhe über die Hauptstraße fuhr. Er dachte nur daran, dass es in dieser Gegend von unbefestigten und befestigten kleinen Nebenstraßen wimmelte. Sie waren überall, die Schleich- und Traktorenwege, führten von Seubersdorf in Schlangenlinien um die Bundesstraße herum, kreuzten sie, durchzogen die vielen Waldgebiete und Felder, zweigten ungezählte Male ab und wanden sich auch durch Dörfer wie Batzhausen.

Das war der Moment, in dem ihm hätte übel werden, in dem er zu zittern hätte anfangen müssen. Stattdessen geschah etwas, das er bisher nur ein einziges Mal erlebt hatte. Damals hatte er als frisch von der Akademie gekommener Kommissar mit einer Sondereinheit einen drogenabhängigen Mann hochgenommen, der am Tag zuvor eine Bank auszurauben versucht hatte. Das Heroin hatte das Gehirn des Typen derart aufgeweicht, dass er unter Halluzinationen litt. Was ein einfacher Einsatz hätte werden sollen, entwickelte sich zum Höllentrip, denn das Bruchhaus, in dem der Kerl lebte, war ein einziger Irrgarten. Es gab Stolperfallen aus Draht, die von oben Abfälle, Gesteinsbrocken und anderen Unrat herabfallen ließen und einem den Schädel einschlugen, Löcher in den morschen Dielen, die mit Planen, Müll und sogar mit Erde abgedeckt waren, sodass man sie nicht sah und in das Geschoss darunter zu stürzen drohte sowie Holzpfähle, die den Weg versperrten, aber die Decke über einem hielten, die einstürzte, sobald man die Pfähle wegnahm. Kurzum: die Hölle.

Sie brauchten eine Stunde, um überhaupt bis ins Innere vorzudringen. Dabei wurden fünf Männer schwer verletzt, und dem ersten, der ins Haus getreten war, war das Genick von einem uralten Couchtisch aus Massivholz gebrochen worden, als dieser wie aus dem Nichts auf ihn herabstürzte.

Der Drogenabhängige hauste in einem winzigen Raum im Obergeschoss und im hinteren Bereich des mehrstöckigen Hauses, und wie sich zeigte, hatte er sich auf dem Schwarzmarkt eine Pistole besorgt. Er ließ sich nicht ohne Gegenwehr verhaften. Am Ende mussten sie ihn erschießen, weil er nicht aufhörte, aus seinem mit mehreren

Möbelstücken verbarrikadierten Zimmer herauszuballern wie ein ... Geisteskranker eben.

Damals geriet David zum ersten Mal in Lebensgefahr. Er sah einen Kollegen sterben, sah sich wie ein Tier Fallstricken und -gruben gegenüber, und jemand schoss auf ihn.

Heute im Jeep stieg in ihm dasselbe Gefühl auf wie in jenem Bruchhaus, als die erste Kugel aus der Knarre des Junkies so nah an seinem Ohr vorbeigeflogen war, dass er sie durch die Luft hatte surren hören.

David fühlte eine Entschlossenheit, die Eiseskälte mit sich brachte. Kälte deshalb, weil er zu *allem* bereit war. *Zu allem.*

Mit der Kälte schärften sich seine Sinne, als friere sie alles andere ein, was unnötig war. Heute wie damals trat seine Intuition, der bloße Überlebenswille (und die Freude über den Nervenkitzel, aber das gewahrte David nicht) in den Vordergrund.

Er war am Ende von Batzhausen angekommen, als er aus dem Augenwinkel von links aus einer Gasse einen blauen Wagen auf sich zukommen sah. Ohne darüber nachzudenken, griff er mit der Rechten nach dem Handy auf dem Beifahrersitz und schob es sich in Windeseile in seine Tennissocke. Der rechte Fuß fand wieder das Gaspedal und drückte es voll hinunter, die Hand legte sich um den Pistolengriff in seinem Schoß.

David gab Vollgas, schätzte seine Chance, dem Aufprall zu entkommen, aber gering ein. Er behielt Recht.

Bevor er die Waffe heben und entsichern konnte, krachte der Wagen mit hundert Stundenkilometern in die Fahrerseite seines Jeeps.

Der rote blinkende Punkt der Spyware stand still.

Tizian bemerkte es in dem Moment, in dem er zurück in den BMW stieg. Er hatte bei der Autobahnauffahrt halten müssen, um das Absperrgitter zur Seite zu räumen. Das Ganze hatte nicht länger als eine

Minute gedauert, aber nun zählte jede einzelne davon, vor allem, weil er schon zu viel davon an Dieter Probst verloren hatte. Und nicht nur das. Tizian hatte auch seine Unterstützung zurücklassen müssen, hatte den Bus mit den Agenten der Sondereinheit hinter dem flüchtenden Augen-Ausschaber hergeschickt. Ersatz für die fünf Mann würde ausrücken, sie würden ihm Verstärkung schicken, aber einstweilen war Tizian auf sich alleine gestellt.

Deshalb nahm er zur Kenntnis, dass David gehalten hatte, ignorierte das Zusammenziehen seines Magens und das kurze Stocken seines Atems und war schon wieder unterwegs, bevor er die Autotür noch richtig zugezogen hatte. Erst, als er auf die A3 hinausgerast, dabei den Beschleunigungsstreifen geschnitten und auf der Mittellinie fahrend zweihundert Sachen erreicht hatte, nahm er das Smartphone in die Hand.

David hatte den Jeep bei Batzhausen angehalten. Bis dorthin brauchte Tizian an die dreißig Minuten. Als er das gewahrte, schlug er mit der Linken einmal gegen das Lenkrad. Er konnte nicht durchweg der Autobahn folgen, sondern musste eine kleine Strecke Landstraße fahren. Ein weiterer Schlag gegen das Lenkrad folgte.

Tizian hielt sich nicht lange mit der Frage auf, ob Batzhausen das Ziel des Kommissars gewesen war. Stattdessen holte er die GPS-Daten von Davids Handy auf den Bildschirm seines Smartphones.

Dieser rote blinkende Punkt bewegte sich, und das in einer Geschwindigkeit, die auf einen fahrbaren Untersatz schließen ließ.

»*Fuck!*«, schrie Tizian, dass die Fenster in den Rahmen zitterten.

Sie hatte ihn. Er wusste es. Er hatte es in dem Augenblick gewusst, als der Jeep nicht mehr gefahren war. Tita Lupardus, die Seziererin und Kannibalin, seine Schwester, hatte David Hedock in ihrer Gewalt.

David war nicht an seinem Zielort angekommen. Tita hatte ihn vorher abgepasst und in ihr Fahrzeug verfrachtet.

Tita kannte Tizians Plan. Sie hatte die Finte durchschaut. Und sie beobachtete ihn womöglich in diesem Augenblick mittels ihrer Fähigkeit.

»Nein, nein, nein«, murmelte Tizian, schloss die Spyware-App und öffnete seine Kontaktliste. Er rief bei der Zentrale in München an, wählte eine Durchwahl, die ihn ohne Umschweife mit einem Mitarbeiter in der IT-Abteilung verband.

»Wolff, habe die Ehre«, meldete sich der Mann nach zwei Sekunden. »Du rast über die geräumte A3 Richtung Niederlande, wie ich sehe. Wie kann ich dienen?«

Das war das Schöne an Daniel Weigert: Er war so sehr Nerd, dass er über jeden Anrufer alles Erdenkliche wusste, noch bevor sein Telefon richtig klingelte.

»Batzhausen in der Oberpfalz«, sagte Tizian. »Zoom dich über deine Satelliten rein und schau dir die Hauptstraße am nördlichen Ortsausgang an. Sag mir, dass es dort keinen Unfall gegeben hat.«

Drei Sekunden Stille. Dann: »Schwarzer Jeep von blauem Kombi gerammt. Sieht nicht gut aus. Leichen sehe ich keine auf der Straße rumliegen, falls das hilft.«

»Siehst du in nördlicher Richtung, weg von der Hauptstraße, ein Auto fahren?«

»Uno momento. Bingo, da ist was, abgesehen von einem Mähdrescher, aber den wirst du wohl kaum meinen. Schwarzer Wagen, Marke nicht zu identifizieren, Geschwindigkeit um die neunzig km/h. Hält auf einspuriger befestigter Straße auf ein Waldgebiet zu, erreicht es in circa zehn Minuten. Eher in sieben. Warte … Behältst du deine Geschwindigkeit von 244 bei, erreichst du das Waldgebiet in ungefähr dreiundzwanzig Minuten. Ein Team von sechzehn Mann in zwei Bussen folgt dir übrigens über die Autobahn.«

Das war gut, sehr gut, bedeutete es doch, sie hatten Dieter Probst dingfest gemacht. Wäre es nicht so, käme nur ein Wagen hinter Tizian her, denn so hatte seine Anweisung gelautet.

»Sie sind aber gerade erst losgefahren«, sagte Weigert. »Du wirst gute fünfzehn Minuten Vorsprung haben, dein Gefährt ist schneller als die ihren. Noch was?«

»Behalte das Waldgebiet im Auge. Sollte der schwarze Wagen sich davon entfernen, ruf mich sofort an. Und schick einen Hubschrauber los. Der soll gefälligst früher da sein als die verdammten Busse!«

»Wird gemacht.« Schon hatte er aufgelegt.

»Mal sehen, was der Bayerische Mistwagen hergibt«, murmelte Tizian und drückte das Gaspedal bis zum Anschlag durch. Der BMW machte einen Satz nach vorn und brachte es tatsächlich auf 251 Stundenkilometer.

Die Minuten strichen vorüber. Er hielt mit beiden Händen das Lenkrad fest, die Knöchel waren schneeweiß, alle Muskeln im Körper angespannt, der Blick aus den dunklen Augen stierend nach vorn auf die Straße gerichtet.

Wird David meine Schwester überleben?, fragte er sich mit einer Nüchternheit, die er von Momenten wie diesen kannte. Schuld daran war der Mantel aus Pragmatismus, den er sich in den Nachtstunden im übertragenen Sinne angezogen hatte. Es war der gleiche Mantel, der sich auch über David gesenkt und den dieser als Kälte definiert hatte.

Es war kein wärmender Mantel, ganz sicher nicht, obwohl Tizian genau das behauptet hätte, hätte man ihn gefragt: *Oh ja, er wärmt mich, wärmt, wärmt, wärmt Männer wie mich. Männer wie ich ziehen ihn an, weil er unser Inneres (*Spiegelkabinett*) vor fremden Blicken schützt. Oh, er ist so wohlig warm!*

Was hast du vor, Tita Lupardus? *Schwesterherz*?

Am Rande bemerkte er, dass er soeben an dem Nest namens Laaber vorbeischoss und es bis Parsberg, der nächsten größeren Stadt, nicht mehr weit war. Von dort aus war Batzhausen nur einen Katzensprung entfernt.

Was hast *du* vor, Titus Lupardus?, fragte eine Stimme, die seine eigene war und die doch ganz anders klang. Wofür wirst du dich entscheiden? Muss dein Chef das Kündigungsschreiben und den Haftbefehl für dich rausschicken, die er gestern gleich nach eurem Treffen aufgesetzt hat, oder kann er beides zerreißen? Oder nur eines davon? Den Haftbefehl vielleicht? Schnauzer *und* Hut, Titus? Hut *oder* Schnauzer? Nur Hut? Nur Schnauzer?

Tanz, Äffchen! Tanze und singe! Tanze deinen Boogie-Woogie durch das Spiegelkabinett der Fratzen!

Als sich Tizian mit der Hand den Schweiß von der Stirn wischte, merkte er, dass sie zitterte wie die von einem Vollzeitalkoholiker, der vor Stunden seine letzten Vorräte aufgebraucht hat. Er umgriff wieder das Lenkrad und spürte mit beängstigender Deutlichkeit das Etui mit den Spritzen in seiner linken Hosentasche.

Parsberg blieb hinter ihm zurück, er brauste daran vorbei.

Tizian ließ das Fenster herunterfahren, den Blick weiterhin nach vorn auf die Straße gerichtet. Hinauswerfen, sagte er sich. Wirf es hinaus. In Filmen und Büchern tun sie das an dieser Stelle. Sie entscheiden sich für das Richtige, sie alle. Eddie Dean in Stephen Kings Dunklem Turm-Epos hat dem Heroin tapfer widerstanden, Luke Skywalker der Dunklen Seite getrotzt …

Denk an die, die nicht widerstanden haben. Denk an Goethes Faust, der mit Mephisto einen Handel einging, an Oscar Wildes Dorian Gray und seinen Dämon in Gestalt von Henry Wottons Worten, oder an die tragische Figur des Enoch Thomson in der Serie *Boardwalk Empire*, der seiner Geldgier erlag …

Wirf den Scheiß hinaus! Mach es *jetzt*!

Diesmal wischte er sich mit dem Handrücken über die Stirn. Die Ausfahrt, die er nehmen musste, kam näher. Ein Blick auf das Handy verriet, dass David Hedocks Reise längst ein Ende gefunden hatte.

Vermutlich in dem von Weigert erwähnten Waldgebiet, immerhin hatte der IT-Mann nicht angerufen, um etwas anderes kundzutun.

»Ich bin in keinem Scheißfilm!«, sagte Tizian laut, ließ das Fenster wieder hinauf und drosselte die Geschwindigkeit, weil die Ausfahrt in Sichtweite kam.

Da klingelte jäh sein Handy. Der Anrufer war David, oder besser gesagt, von Davids Nummer aus wurde der Anruf abgesetzt.

Tizian hob ab. »Was hast du mit ihm gemacht?«

Seine Schwester klang vergnügt. »Komm her und sieh es dir selbst an, Bruderherz. Das ist ja der Sinn der Sache.«

»Wenn du ihm nur ein Haar …«

»Jaja«, unterbrach Tita. »Wehe dir. Und wenn. Dann. Hätte, wäre, werde ich!« Sie lachte laut auf. »Blablabla. Du hast zehn Minuten, Titus, denn dann hätte wäre werde ich – du weißt schon. Mit dem Unterschied, dass ich's auch wirklich mache.«

Sein Brustkorb war so eng, dass er kaum aus-, geschweige denn einatmen konnte. »Wo seid ihr?«, fragte er schroff.

»Du weißt ja bestimmt schon von dem Wäldchen bei *Batz*hausen, das haben dir deine Vögelchen sicher schon gezwitschert. Mal ehrlich, wer lässt sich solche Namen einfallen? Seubersdorf, Batzhausen, Undorf, Nittendorf …« Wieder ihr liebliches Lachen, das an Tizians ohnehin angeschlagenen Nerven zehrte.

Er schoss mit viel zu hohem Tempo in die Ausfahrt bei Velburg, und das mit nur einer Hand am Lenkrad. Wie sich herausstellte, besaß der Wagen gute Bremsen. Es gelang Tizian tatsächlich, die Kurve zu nehmen, ohne dabei von der Fahrbahn abzukommen und sich die Böschung hinunter zu überschlagen. Aber es war verdammt knapp.

Bei seinem Manöver ließ er das Smartphone in seinen Schoß fallen, weil er dafür beide Hände brauchte. Er hob es wieder ans Ohr, bremste dabei vor der hiesigen Absperrung und sprang aus dem Wagen.

»Haaaallooooo«, trällerte Tita aus dem Handy. »Bist du schon tot? Hast du dich totgefahren? Wehe! Das Privileg, dich zu töten, habe ich mir verdient! Ha-lliiiii-haa-lloooo!«

»Wohin?«, schrie Tizian, zerrte den rot-weißen Absperrzaun mit den orangen Warnleuchten auseinander, wobei er das Handy zwischen Schulter und Ohr einklemmte. »Sag mir einfach, wohin, und hör auf zu gackern wie eine verfluchte Bekloppte!«

Natürlich lachte sie, und das besonders herzhaft. »Ich *bin* bekloppt, Bruderherz! Hast du meine Krankenakte nicht gelesen? Solltest du! Liest sich spannend. Weißt du, was auch spannend ist? Rätselraten! Ich habe zufällig eins für dich. Wenn du das Rätsel lösen kannst, sage ich dir, wohin du musst. Hör zu.« Tita räusperte sich. »Was hat ein Kämpfer im Herzen, ein Weichei aber nicht? Was vernichtet dich, wenn du ihm zu nahe kommst, obwohl du nicht ohne es überleben kannst? Was verwandelt Ordnung in perfektes Chaos? Was ist das, Bruderherz?«

Feuer, dachte Tizian. »Fick dich ins Knie«, sagte er mit nüchterner Stimme, so als hätte er eine Floskel über das Wetter losgelassen. *Es könnte demnächst Regen geben.* Unterdessen war er zum BMW zurückgesprintet und zog die Tür hinter sich zu, stellte den Automatikschalthebel von N für den Leerlauf auf D fürs Fahren. Als er die Handbremse löste und Gas gab, drehten die Reifen durch.

»Falsch«, erwiderte Tita. Ihre Stimme wurde ernst, als sie weitersprach. »Feuer, mein Lieber. Feuer ist die Antwort. Komm zu dem kleinen Kapellchen am Waldrand, dann erfährst du mehr über diese Urgewalt.«

Bevor sie auflegte, flötete sie fröhlich: »Bi-his glei-heich!«

4

Um Punkt sieben Uhr achtundfünfzig an diesem Montagmorgen Ende März fuhr Tizian Wolff in Schrittgeschwindigkeit über die Kreuzung am Ortsende von Batzhausen, auf der sich ein Unfall ereignet hatte.

Ein schwarzer Jeep der Marke Range Rover mit getönten Scheiben stand auf der Bundesstraße. In die linke Flanke des Geländewagens war ein alter VW-Golf geprallt. Hintertür sowie Heck waren eingedellt, die Fahrertür stand weit offen. Der Golf war schlimmer dran. Seine Schnauze hatte sich bis zur Frontscheibe aufgewickelt, die vorderen Scheiben waren geborsten. Die Windschutzscheibe durchzog ein feines Gespinst aus Rissen und Löchern, und über dem Lenkrad war sie rot marmoriert. Blut. Noch mehr davon fand sich auf dem Armaturenbrett.

Drei Streifenpolizisten und ein Sanitäter standen um die beiden Autos herum. Die hinteren Flügeltüren des Krankenwagens, der rückwärts an den VW herangefahren war, waren geöffnet, sodass man jemanden darin auf der Trage liegen sehen konnte; jemanden, der rote Schuhe mit Absätzen trug. Ein weiterer Sanitäter war bei der Verletzten, beugte sich augenblicklich über sie. Der andere Sanitäter kam angelaufen, hatte seinen Plausch mit den Polizisten beendet, warf die Türen zu und kletterte ins Fahrerhäuschen. Kurz darauf blinkten die grellen Warnleuchten auf, die Sirene ging los, und der Krankenwagen schoss davon.

Tizian richtete den Blick wieder auf die Straße vor sich, auf der

der Verkehr nur schleppend voranging. Das lag nicht nur am Unfall, sondern auch an der gesperrten Autobahn. Montagmorgen, acht Uhr, es war Hauptverkehrszeit, und die beiden wohl wichtigsten Straßen in diesem Gebiet waren mehr oder weniger lahmgelegt.

In hundert Metern Entfernung zweigte von der B8 eine einspurige Straße ab, die zu einem Bauernhof führte und von dort aus weiter zu einem Wald.

Tizian passierte den Unfallort, ließ das Fenster zur Hälfte herunter und atmete tief die einströmende frische Luft ein. Die Finger klopften einen Tusch auf das Lenkrad, der auf Erlösung wartete. *Ba-drrrrrrrr ba-drrrrrrrr ba-drrrrrrrr ba-drrrrrrrr* … Das ersehnte *Tsch* ließ auf sich warten.

Er sah zu dem Bauernhof hinüber. Sah in der Entfernung am Waldrand die Kapelle. Blickte wieder auf die Straße. Setzte den Blinker, viel zu früh, aber was spielte das schon für eine Rolle?

Entscheidend war nicht, was er äußerlich machte. In seinem Kopf fand das Maßgebende statt: Dort herrschte Totenstille. Alle Stimmen schwiegen, alle Maschinerien standen auf Standby, sämtliche Gemütsbewegungen und sonstige Aufwallungen hatten sich schlafen gelegt.

Tizian Wolff war wirklich ein mieser Schüler gewesen, doch in einer Disziplin seiner Ausbildung zum Sonderermittler war er ungeschlagen: im Mentaltraining. Er lenkte den Fokus seiner Wahrnehmung so, wie andere die Objektive ihrer Kameras ausrichteten. Dazu musste er sich nicht einmal anstrengen, weil es ihm im Blut lag. Zeit seines Lebens – zeit seiner *Fähigkeit* – hatte er nichts anderes getan, als Wahrnehmungen zu studieren, zu sondieren, zu blockieren und Unwichtiges von Wichtigem zu trennen. Das erforderte unabwendbar eine gesteigerte Konzentrationsfähigkeit, und vor allem erforderte es innere Ruhe.

Und es führte zu einem Tizian, der flennend vor Erschöpfung auf Bettkanten herumsaß, wenn er nichts dagegen unternahm.

Er lenkte den BMW in den zum Bauernhof und Wald führenden

Weg. Sein Wagen war der einzige, der diesem Pfad folgte, und darum blieb er mitten darauf stehen. Er zog die Handbremse und griff in die Hosentasche, um das Etui mit den Spritzen herauszuholen.

5

Titas kleiner Bruder betrat die Kapelle durch die offen stehende Tür.

Er kam auf seinen langen Beinen hereingestakst wie ein Cowboy in einen Saloon, erst ein Schritt, dann noch einer, dann stehenbleiben, um die Lage zu checken, den Blick schweifen zu lassen und schließlich den Gegner ins Visier zu nehmen.

Sexy sieht er aus, dachte Tita. Auf eine niedliche Art sexy, so wie junge Burschen sexy aussehen, die sich vor Angst vor ihren Pimmeln in die Hosen scheißen, weil die plötzlich ein Eigenleben entwickeln.

Angezogen war er auch wie ein pubertierender Grünschnabel. Ausgelatschte Converse All Stars an den Füßen, ausgewaschene Jeans mit ausgebeulten Knien, Kapuzenpullover mit rissigem AC/DC-Aufdruck, schäbige Lederjacke, Dreitagebart. Die ungekämmten Haare waren jetzt zu einem kurzen Pferdeschwanz nach hinten gebunden (seine Einsatz-, seine *Kampf*frisur, wie Tita wusste), und mit dem einfallenden Sonnenlicht in seinem Rücken wirkten die feinen Löckchen, die sich über seinem Kopf kräuselten, wie ein Heiligenschein. Man hätte es auch als abstrakten Schlagschatten oder Mädchenkrone bezeichnen können, aber angesichts der Örtlichkeit und der Person gefiel Tita der Heiligenschein besser.

Sie hatte den metallenen Kronleuchter angeschaltet, der das Kappelchen sanft ausstrahlte, darum erfasste Titus die Sachlage innerhalb der ersten Sekunden, die er auf die hässlichen braunen Fliesen trat. Kein Anzeichen für eine Emotion war erkennbar, als er die leeren

Benzinkanister auf der schmalen Sitzbank an der Wand musterte. Kein Muskel in seinem Gesicht zuckte, als er den bewusstlosen, auf einen Stuhl gefesselten und geknebelten David ansah, der tropfnass war. Kein Ausdruck trat in seine nachtschwarzen Augen, als er den Blick auf die Pfütze unter dem Stuhl des Kommissars richtete und dem Hanfseil folgte, das von dort bis zu Titas Füßen verlief. Keine Bewegung verriet ihn, als er seine Schwester vor dem Altar oder das anschaute, was sie in ihren Händen hielt.

Doch damit hatte Tita auch nicht gerechnet. Darauf war ihr Bruder vorbereitet gewesen.

Worauf er nicht vorbereitet war, das waren die beiden Personen, die zu Titas Rechten genauso schön zurechtgemacht waren wie David, nur dass sie nicht ohnmächtig waren. Wie erwartet konnte Titus weder Mimik noch Gestik beherrschen, als sein Blick auf Frau und Herrn Wolff fiel.

Tita saugte jede seiner Regungen auf, die er in den nächsten Millisekunden zeigte.

Er verschoss ein komplettes Magazin an Emotionen. Es gab kaum ein Gefühl, das sich nicht deutlich in seiner Haltung und in seinem Gesicht abzeichnete. Von Angst über Bestürzung bis Hoffnung war alles dabei. Am Ende, als er mühevoll den Blick von seinen Adoptiveltern losriss und wieder auf Tita richtete, blieb ein einziger Ausdruck in seiner Miene zurück.

Hass. Blanker, purer Hass.

Sie sah ihn damit ringen. Sah das Flackern in seinen Augen, die Anspannung der Schultern, das kaum wahrnehmbare Vorneigen und Zurückzucken des Oberkörpers, als er sich im letzten Moment davon abhielt, loszustürmen. In seinen Pupillen spiegelte sich der Feuerschein der Fackel, die Tita neben sich hochhielt, aber das minderte nicht die Anmut und Ästhetik dessen, was sich darin abspielte, was das viel besungene Tor zur Seele just offenbarte. Das Gegenteil war der Fall. Die züngelnden Flammen im Tiefschwarz gaben dem Ganzen einen magischen Anstrich, eine raum- und zeitlose Kriegsbemalung gewissermaßen.

Titus Lupardus, ihr kleiner Bruder, der einzige Mensch, dem Tita Zuneigung entgegenbrachte, sie selbst nannte es Liebe, ballte die rechte Hand an der Seite, bevor er die Finger streckte und auf den Pistolengriff an seinem Gürtel legte, um die Waffe aus ihrem Holster zu ziehen. Mit langsamen, aber fließenden Bewegungen hob er die andere Hand, entsicherte die Waffe und richtete die Mündung zuerst auf den offenen Benzinkanister, den sie in der Linken hielt, dann auf Titas Kopf. Hatten seine Hände auf dem Weg hierher noch gezittert, so waren sie jetzt gänzlich ruhig.

»Sprich«, sagte er.

6

Die A3 war wirklich komplett geräumt. Auf ihrer Fahrseite kam ihnen nicht ein Auto entgegen. Oliver Markl konnte es kaum glauben.

»Wer zum Teufel seid ihr Leute?«, raunzte er und schaute dem Verkehrsschild nach, auf dem stand, dass sie soeben an der Ausfahrt nach Parsberg vorbeigekommen waren. »Wer kann eine ganze Autobahn sperren lassen, nur um so schnell wie möglich von A nach B zu kommen?«

Niemand antwortete. Die Männer – Brocken, das waren vor Muskeln strotzende *Brocken* – in ihren schwarzen Schutzkleidungen saßen wie leblos auf ihren Plätzen, starrten stur nach vorn, hielten die Maschinenpistolen entweder auf dem Schoß oder zwischen den Beinen. Selbst der Fahrer schien sich nur zu bewegen, wenn es das Führen des Kleinbusses unbedingt erforderte.

Oliver, der auf dem vorderen der beiden Rückbänke zwischen den Brocken eingezwängt saß, beugte sich etwas vor und warf einen Blick auf den Tacho. Hundertzwanzig.

»Geht das nicht schneller?«, keifte er, ohne sich zurückzulehnen. »Geben Sie Gas, Mann! Machen Sie schon! Die Karre gibt doch bestimmt mehr her! Eine Autobahn sperren lassen und dann von Schnecken überholt werden! Das gefällt mir!«

Eine Hand – eine Pranke – legte sich auf seine Schulter. Oliver drehte sich um und schaute in das Gesicht des Mannes neben ihm, der aufreizend ausdruckslos dreinschaute und nur den Kopf schüttelte.

Oliver wollte die Schulter wegnehmen, die Hand abschütteln, aber er konnte nicht ausweichen. Der Brocken tat ihm den Gefallen und zog sie freiwillig zurück, wandte den Blick dabei wieder ab.

»Hat man euch allen die Zungen rausgeschnitten? Oder beherrscht ihr meine Sprache nicht?«

Der Brocken sah ihn aus den Augenwinkeln knapp an. »Können Sie nicht eine Minute lang die Klappe halten?«, gab er zurück. »Ihre belanglose Nörgelei bringt uns nicht schneller ans Ziel.«

»Nein, aber der da könnte es, wenn er zur Abwechslung mal das Gaspedal benutzen würde!«

»Wir folgen nur unseren Anweisungen. Jetzt halten Sie den Mund, sonst setzen wir Sie hier auf der Autobahn aus wie einen ständig kläffenden Köter.«

»Scheiß auf die Anweisungen!«, fuhr Oliver den Mann an. »Es geht hier um meinen Kollegen! Um sein verfluchtes *Leben!* Wenn wir zu spät kommen, dann schwöre ich, dass ich euch allen die Scheißluft aus euren scheiß aufgeblasenen Muskeln lasse!«

Der Brocken seufzte sehr leise. Er richtete den nichtssagenden Blick auf den Rückspiegel, wartete, bis der Fahrer ihn erwiderte und nickte knapp. Das Fahrzeug nahm sofort an Geschwindigkeit auf.

»Geht doch«, murmelte Oliver.

»War das ein Dankeschön?«

»Lecken Sie mich am Arsch!«

»Beruhigen Sie sich«, sagte der Brocken. »Tizian Wolff ist bereits bei Ihrem Kollegen angekommen. Eine bessere Hilfe kann er nicht haben.«

Oliver maß den Mann aus dem Augenwinkel. »Wer sagt so was? Wolffs Mama? Ich traue dem Kerl genau so weit, wie ich spucken kann, und ich spucke nicht weit. Hedock ist ein leicht zu beeindruckender Mensch, das wird ihm irgendwann noch das Genick brechen. Mein Gott, wie weit ist es denn noch?«

Diesmal legte sich die Pranke auf Olivers Unterarm und hinderte ihn daran, sich vorzulehnen und erneut auf den Tacho zu schauen.

Der ausdruckslose Blick des Brockens war nicht länger ausdruckslos. Nun wurde er sehr ausdrucks*stark*, sehr durchdringend.

»Ich kenne Herrn Wolff, habe ihn im Einsatz erlebt«, sagte er. »Wenn ich sage, Wolff kommt mit der Sache klar, dann ist das so. Und jetzt bleiben Sie auf Ihrem Hintern sitzen, halten Sie Ihre Schnauze und machen Sie sie erst wieder auf, wenn Sie von mir die Erlaubnis bekommen. Ansonsten …« Er deutete zum Fenster hinaus, irgendwo in die Peripherie am Rande der Autobahn, ohne selbst hinzusehen. Seine nicht mehr ausdruckslose Miene ließ keinen Zweifel daran, dass er es ernst meinte.

Aber auch ohne diesen Blick hätte Oliver an dieser Stelle nicht weiter widersprochen. Es hatte ihn seine ganze Durchsetzungskraft gekostet, überhaupt mitgenommen zu werden. Wolff hatte ihn zum Einsatzleiter der Festnahme Probsts gemacht, und streng genommen verstieß er gerade gegen direkte Befehle. Zum ersten Mal in seinem Leben verstieß er bewusst dagegen.

Probst war von eben dem Brocken neben Oliver gefasst und zwei Frauen lebend aus seinem Keller befreit worden. Erledigt. Die Spurensicherung im Killerhaus war Routine, da brauchte man keinen Einsatzleiter, nicht unbedingt.

Die Frau, um die er sich hätte kümmern sollen, Linda Müller-Probst, hatte er in der Obhut eines Psychologen zurückgelassen. Diesem Befehl hätte er gehorcht, er wäre bei ihr geblieben, wenn ihn Lindas Geheule nicht so unsäglich wütend gemacht hätte. Dummes Weib! Ihretwegen war der Mann, den sie angeblich liebte, in Gefahr geraten, und sie hatte nichts Besseres zu tun als zu weinen, zu klagen und in Selbstmitleid zu versinken!

Darum hatte Oliver dem drängenden Bedürfnis, seinem Freund zu Hilfe zu eilen, nachgegeben. Darum gab er auch jetzt nach, wenngleich er keineswegs darauf vertraute, dass Tizian Wolff Davids Überleben so wichtig war wie ihm. Niemals.

Der Sonderermittler mochte von ihm halten, was er wollte. Was wusste der schon?! David Hedock war Olivers einziger Freund, und ihm war nur wichtig, was der von ihm hielt. Er könnte es nicht ertragen, wenn er David verlöre.

Oliver Markl ließ sich zurückfallen, verschränkte umständlich die Arme vor der Brust und schluckte den Fluch hinunter, der ihm auf den Lippen lag.

7

Tita Lupardus stand zwischen den beiden Seilenden. Eines führte zu Davids Stuhl, das andere zwischen die beiden, auf denen das Ehepaar Wolff saß.

»Sichere die Knarre und wirf sie rüber«, sagte sie. »Du weißt, was passiert, wenn du mich abknallst.«

Sie hob den Benzinkanister und die Fackel ein wenig in die Höhe und senkte demonstrativ den Blick auf den Boden zwischen den beiden Seilen.

»Wenn ich umfalle«, sagte sie, »fallen auch diese beiden Sachen. Das Benzin wird sich zwischen den Seilen ausbreiten, die bereits präpariert sind, und dein neuer Freund und deine lieben Eltern gehen in Flammen auf. Puff!«

Sie hob die Brauen, machte große Augen und tat so, als würde sie einer Stichflamme nachsehen, die gen Decke stieg. *Puff.*

Sie lächelte breiter. »Würde mir nicht gefallen. Würde nicht nur mich killen, sondern würde dich deine schönste Stunde in deinem kurzen Leben kosten. Der Augen-Ausschaber hat mich auf die Idee mit dem Feuer gebracht. Er hat Strom benutzt, der Trottel. Sehr zeitgemäß, aber auch sehr langweilig. Ein Blitzeinschlag mag eine Naturgewalt sein, okay, aber Strom aus der Dose?« Ein Kopfschütteln. »Feuer ist reizvoller. Es ist mächtiger, stattlicher, *fundamentaler*. Und einfacher zu haben als ein Blitzeinschlag.« Ihr Blick fiel wieder auf die Pistole. »Wirf sie rüber, Bruderherz. Du willst uns nicht alle auf einmal verlieren. Nein, das willst du nicht.«

Titus rührte sich nicht. Er stand nur da, richtete die Mündung auf sie und erwiderte ihren Blick.

Tita zuckte die Schultern, das Lächeln verflog. »Also gut. Behalte sie. Ist ja auch egal. Wie wär's mit einem weiteren Rätsel? Hast du schon erraten, was ich als nächstes von dir verlangen werde? Na, hast du's?«

Keine Antwort.

»Klar hast du. Du bist ein kluger Bursche. Klug, wenn es um Rätsel geht, nicht wahr, aber nicht klug, wenn es um dich selbst geht. Kriminalfälle löst du wie simple Algebra, deinen ach so dusseligen Gefühlen bist du jedoch hilflos ausgeliefert.« Sie nickte zu den Wolffs hinüber. »Wie lange hast du sie nicht mehr gesehen? Seit deiner Ausbildung? Elf Jahre, Titus! Elf ganze Jahre! Du hast es nicht geschafft, ihnen zu vergeben, dass sie dir die Adoption verheimlicht haben. Du gibst ihnen die Schuld daran, heute zu sein, wer du bist: ein verbitterter Mann, der seine Selbstverachtung und Einsamkeit richtiggehend ausdünstet. Du verabscheust deinen Job, deine Fähigkeit, deine Herkunft, mich und jeden, der dich für liebenswert hält. Du rennst durch die Welt, um Leute einzusperren, von denen du glaubst, dass sie wie du sind, nur damit du nicht in die Nähe deiner Heimat kommen musst. Und doch stehst du heute hier. Weil einen die Vergangenheit immer einholt, Titus.«

Bei diesen Worten fand sein Blick Monika und Manfred Wolff. Titus hatte sich wieder unter Kontrolle. Er sah sie an, aber er sah sie nicht anders an als seine Schwester. Was auch immer er fühlte, sie so vor sich zu haben, übergossen mit Benzin, Klebeband über den Mündern, die Mutter weinend, den Vater verzweifelt und mit Blut im Gesicht, das von der Platzwunde an seiner Stirn stammte – er ließ es sich nicht anmerken.

Die Überraschung, die die Anwesenheit seiner Adoptiveltern für ihn bedeutet hatte, hatte sich gelegt. Titus kehrte den harten Sonderermittler heraus, und selbst dies erzeugte in Tita ein erfrischendes

Hochgefühl. Nie hatte sie sich so lebendig gefühlt wie heute, nicht einmal, als sie zum ersten Mal Menschenfleisch gekostet hatte.

Widerwillig wandte sie ihre Aufmerksamkeit von ihm ab und dem Geräusch zu, das seit ein paar Sekunden danach schrie, bemerkt zu werden. Tita blickte an die Kuppeldecke der Kapelle hinauf, als käme es von dort.

»Deine Verstärkung rückt an«, kommentierte sie das Knattern des näherkommenden Helikopters. »Das bedeutet leider, dass wir die Sache hier etwas beschleunigen müssen. Also dann, Bruderherz, dies ist nun deine Gegenwart, in die dich die Summe deiner Entscheidungen geführt haben. Du stehst vor einer weiteren Entscheidung. Was wirst du wählen? Was soll brennen?«

Tita deutete mit der Fackel auf das Ehepaar Wolff.

»Nimmst du die Vergangenheit? Radierst du ihre Schrecken ein für alle Mal aus, schließt mit ihr ab und machst reinen Tisch? Oder …«

Die Fackel wanderte zu David, der noch immer bewusstlos in seinen Fesseln hing.

»Oder entscheidest du dich für die Zukunft, die in Gestalt dieses Mannes vor dir sitzt und die nichts als Ungewissheit und neuerliche Verletzungen mit sich bringt?«

Sie hob die angezeichneten Brauen, hielt die Fackel wieder über ihren kurzgeschorenen Kopf und sah Titus an.

»Du hast zehn Sekunden. Wähle, oder ich werde es für dich tun.«

8

Tizian roch das Benzin, als er noch drei Schritte von der Kapelle entfernt war. Er trat in das Dunkel des Heiligtums, das irgendjemandem etwas bedeuten musste, weil es außen wie innen gut gepflegt war.

Es dauerte nicht lange, bis er erkannte, was seine Schwester vorhatte. Sie musste es nicht erklären, musste kein Wort sagen, mit keiner Wimper zucken. Zu diesem Moment hatte Tizian nicht den Hauch eines Einfalls, was er tun konnte, nicht im Ansatz einen Plan. Er war leer, könnte man sagen, so leer wie die fünf Benzinkanister auf der Betbank längs der Bruchsteinmauer.

Als er seine Adoptiveltern erblickte, drohte ihm diese Leere abhandenzukommen. Einen schrecklichen Moment lang fühlte er eine innere Erschütterung, so als stürzten bei einem Erdbeben der Stärke sechs auf der Richterskala die Stützpfeiler eines Wolkenkratzers ein, in dessen höchster Etage er sich befand. Die Welt neigte sich, verschob sich, erzitterte. Sauber verschlossene und versiegelte Ventile von Hochdruckschleusen brachen auf, Fontänen aus siedend heißem Wasser schossen in den Himmel. Zurück ließen sie ein Gefühl, das sich säuerlich in Tizians Magen ausbreitete und seinen Hals hinaufkroch.

Aussichtslos war das Unterfangen, den Wolkenkratzer zu retten oder die Schleusen wieder zu verschließen. Ihm blieb nichts anderes übrig, als die Verwüstung zuzulassen und sie vorläufig zu ignorieren.

Das Erdbeben und seine Folgen blieben nicht unbemerkt. Titas Augen glänzten feucht, ihre Lippen standen leicht offen, ihre Wangen glühten. Niemals hatte er seine Schwester für so schön gehalten wie jetzt, nun, da der Wahnsinn in ihrem Blick und die von Grausamkeit gezeichneten Züge von kindlicher Freude und Begeisterung ersetzt und geglättet wurden.

Er ließ sie reden. Er hörte ihr zu. Er ließ es geschehen, dass sie über den Trümmerhaufen, den das Erdbeben verursacht hatte, Schwefel niedergehen ließ, Schwefel, Teer und Federn und sauren Regen.

Tizian kippte selbst eine Ladung Giftmüll darauf, indem er einem Impuls nachgab und seinen Eltern in die Augen blickte. Zuerst der Mutter, die ihm lautlos zurief: *Bring dich in Sicherheit! Flieh!* Dann dem Vater, der auf dieselbe Weise sagte: *Ich bin's, mein Sohn, ich bin immer noch derselbe. Nichts hat sich geändert.*

Eine Antwort blieb Tizian ihnen schuldig. Seine Augen und seine Miene schwiegen.

Den Hubschrauber hörte er lange vor seiner Schwester, die diesen zum Anlass nahm, um endlich zum Schluss zu kommen und ihre Forderung zu stellen.

Tita sagte: »Wähle, oder ich werde es für dich tun«, und Tizian wählte nur einen Sekundenbruchteil später.

Er senkte die Pistole, griff in die linke Hosentasche und holte das Etui heraus. Mit einer ausladenden Bewegung warf er es seiner Schwester vor die Füße. Bevor es zum Liegen kam, ging er los – ging direkt auf Tita los, in der Mitte zwischen seinen Eltern und David hindurch und blieb erst stehen, als er nur noch zwanzig Zentimeter von seiner Schwester entfernt war.

Ihr blieb keine Zeit zu reagieren, zumal sie noch nicht einmal richtig fertig gesprochen hatte. Sie wich nur mit dem Kopf zurück und hob die Fackel etwas höher, weiter weg von ihrem Bruder. Wie eine Katze vor einer plötzlich zischenden und hochzuckenden Blindschleiche zurückwich, so wich auch Tita vor ihm zurück.

»Meine Fähigkeit ist nicht lahmgelegt«, flüsterte Tizian mit gesenktem Kopf, damit er ihr in die Augen sehen konnte. »Was du mithilfe deiner Fähigkeit beobachtet hast, ehe ich in die Kapelle gekommen bin, war der Moment, in dem ich mir das *Gegenmittel* gespritzt habe. Das war alles nur Show, Tita. Nur für dich. Seit dem ersten Wort aus deinem Mund war ich du, war ich deine Wahrnehmung, *teilten* wir dieselbe Wahrnehmung.«

Tizian hob die freie linke Hand, in der rechten hielt er noch die Pistole, und zeigte ihr, wie sie zitterte. Sie zitterte so sehr, dass die offenen Metallknöpfe am Ärmel der Lederjacke klimperten. Ein leises, verzerrtes Grinsen legte sich auf seine Lippen.

»Ich bin auf Entzug. Ich bin schier *wahnsinnig*, so giere ich nach einem Schuss. Nur die Aussicht, dir den verdreckten, eiskalten Pfuhl, den du dein Herz nennst, aus deiner flachen Brust zu reißen, hat mich davon abgehalten.«

Ein leises Klicken ertönte. Er hatte die Waffe entsichert und presste seiner Schwester nun die Mündung zwischen ihren Brüsten an die Rippen, leicht nach oben in Richtung Herz gerichtet. Als Tita nach unten sah, packte er mit der Linken den Benzinkanister, entriss ihn ihrem Griff und ließ ihn zu Boden fallen. Das Benzin floss aus der Öffnung, tränkte ihrer beider Hosenbeine und Schuhe, breitete sich zwischen ihnen aus und drang bis zu den Seilenden vor.

Tizian rückte mit dem Gesicht näher an ihres heran. »Na los«, raunte er. »Lass die Fackel fallen. Jag uns alle in die Luft. Na los.«

Sie erwiderte den Blick. Tita Lupardus war zu keinen Gefühlen wie Angst oder zu Stressreaktionen fähig, das verhinderte ihre Persönlichkeitsstörung. Darum waren es Neugier und Unbehagen, die in ihren Augen schimmerten.

»*Na los!*«, brüllte Tizian. »*Mach es!*«

Er ließ ihr drei Atemzüge lang Zeit. Sie atmete dreimal ein und wieder aus, Tizian, dessen Herz raste, fünfmal. Dann ging seine Linke erneut nach oben, langsam, andächtig, vorsichtig. Weitere Sekunden verstrichen, die Tizian wie Stunden vorkamen. Schließlich umschloss er mit seiner Hand ihre, mit der sie die Fackel hielt. Packte fest zu. So fest, dass Tita ächzte.

»Du kannst es nicht«, sagte Tizian. »Das ist neu für dich. Du bist nicht gewohnt, dass sich die Menschen dir gegenüber so verhalten. Eigentlich sollte ich vor Angst und innerer Zerrissenheit da vorne am Eingang am Boden kauern und mich ins Koma heulen, korrekt? Das war es, was du erwartet hast. Du bist grausamer, schneller und skrupelloser als jeder, dem du je begegnet bist. Diese Konstellation, in der ich es bin, der schneller ist, ist für dich so fremd, dass du keinen blassen Schimmer hast, wie du damit umgehen sollst.«

Tizian grinste spöttisch, als er ihre Wahrnehmung teilte, als er ihre Erinnerung in Kombination mit einer Zukunftsprognose sah. Jene Kombination, die über dem Trümmerfeld wie der Pilz einer Atombombe gen Himmel stieg, das er mit seinen Worten in seiner Schwester verursacht hatte. Nun war auch sie Opfer einer inneren Erschütterung.

Am Rande hörte er den Helikopter, der über dem Wald kreiste, und er hörte Motorengeräusche, das Knirschen von Reifen auf Kies und das Zuschlagen einer Tür.

»Nein«, flüsterte Tizian als Antwort auf ihre Erinnerung und Prophezeiung. »Du irrst dich. Nicht töten zu können, ist keine Schwäche. Das ist eine Stärke. Aber ich schulde dir noch ein Andenken. Und ein Geständnis.«

Er brachte sein Gesicht noch näher an ihres heran.

»Ich liebe dich, kleine Schwester. Trotz allem bist du meine Schwester, und ich liebe dich.«

Sie machte den Mund auf, doch da war es schon zu spät.

Tizian drückte ab – und schlug Tita im selben Moment den Kopf gegen die Stirn.

9

Oliver Markl sprang hinter den sieben Brocken aus dem Bus. Er hatte als erster aussteigen wollen, hatte aber keine Chance. Die Männer schubsten ihn zur Seite, als sei er ein Fliegengewicht, pressten ihn in seinen Sitz und trampelten ihm über die Füße.

Sein Blick fand kaum die mickrige Kapelle, da tauchte auch schon Tizian Wolff auf. Er sprang aus dem Eingang wie von Furien gehetzt, den Pullover und die Jeans von Blut und etwas Dunklem getränkt – und mit einer Fackel in der Hand. Die Brocken rannten auf ihn zu, aber der Sonderermittler schien sie gar nicht zu sehen. Er warf die Fackel mit einer Kraft von sich, die man dem Typen äußerlich nicht ansah. Dabei stieß er einen animalischen Schrei aus. Die Fackel segelte davon, landete irgendwo außer Sichtweite im Unterholz. Einer der Brocken änderte sofort seinen Kurs und lief ihr hinterher.

»Wo ist Hedock?«, schrie Oliver und hetzte auf Wolff zu. »Ist das sein Blut an Ihnen? Wenn das sein Blut ist, dann …«

Wolff hörte und sah auch ihn nicht. Er sprintete zurück in die Kapelle, erreichte sie noch vor den Agenten der Sondereinheit und verschwand im Inneren. Oliver fluchte. Ein ohrenbetäubendes Geräusch, das er nun erst wahrnahm, lenkte ihn ab. Ein Hubschrauber setzte doch tatsächlich rechts von ihnen auf einem der Felder zur Landung an.

Eine gesperrte Autobahn, merkwürdige Brocken von Agenten, ein Helikopter. Was denn noch?!

Oliver fluchte noch einmal und legte einen Zahn zu, rannte den anderen hinterher und wollte gerade über die Bodenschwelle in die Kapelle hasten, als ihm Tizian Wolff entgegenkam.

Der Sonderermittler trug eine bewusstlose Frau mit Halbglatze in den Armen. Sie war über und über voller Blut, und Oliver sah auch, woher es stammte. Am linken Oberarm war ihr schwarzes, eng anliegendes Oberteil zerfetzt, darunter klaffte das Einschussloch einer Kugel. So viel Blut aus einer solchen Bagatellwunde? Wahrscheinlich war die Oberarmarterie verletzt.

»Aus dem Weg!«, rief Tizian, warf Oliver einen Blick zu, schien ihn aber nicht zu erkennen. Der Ermittler machte einen verzweifelten Eindruck, wie er da mit der Frau auf den Armen über den Kiesweg vor der Kapelle rannte, über den schmalen Graben auf das angrenzende Feld sprang und auf den Hubschrauber zulief. Er hatte offenkundig Angst davor, die Frau könnte sterben.

Oliver kämpfte die eigene Angst nieder und wappnete sich. Beherzt drehte er sich um, hob den Fuß – und wieder kam ihm jemand entgegen.

Diesmal war es einer der Brocken, der David Hedock aus der Kapelle führte. David blinzelte benommen ins Tageslicht, stank unbeschreiblich nach Benzin und hatte ein paar Schrammen und blaue Flecken im Gesicht, aber ansonsten schien er putzmunter.

»Oliver«, sagte er, blickte sich um, blinzelte, beobachtete, wie der Hubschrauber abhob und schaute seinen Kollegen wieder an. »Was ist passiert?«

Oliver Markl schlug die Hand des Brockens von Davids Arm, ignorierte den bösen Blick, den er dafür bekam und legte David stattdessen seinen Arm herum. Mit der anderen Hand hielt er Davids Ellbogen.

»Ich hab keinen Schimmer«, antwortete Oliver und führte David langsam und bedächtig in Richtung des schwarzen Busses, mit dem er gekommen war. »Ist auch scheißegal. Lass uns heimfahren. Du brauchst dringend ein Bad.«

EPILOG

Tizian Wolff setzte sich noch im Hubschrauber eine Spritze. Er begleitete seine Schwester ins Krankenhaus, sorgte für ausreichend Wachtposten, fünf Männer der Sondereinheit schienen ihm angemessen, und vergewisserte sich, dass Tita seinen Liebesbeweis überlebte. Ohne es zu wollen, hatte er mit seinem Schuss eine Schlagader erwischt, doch er war sich sicher, dass Tita die Geste gerade deshalb zu schätzen wissen würde.

Das Angebot, sich mit dem Hubschrauber nach Regensburg bringen zu lassen, schlug er aus. Stattdessen zog er den Reißverschluss seiner Lederjacke über dem blutigen Pullover zu, machte sich wie ein normaler Bürger auf den Weg zum Bahnhof und stieg in den nächsten Zug nach Regensburg. Er saß kaum, da vibrierte das Smartphone in seiner Hosentasche.

Gute Arbeit, lautete die Kurznachricht von seinem Chef, der Schwarz-Weiß-Karikatur namens Loki von Schallern.

Wo bleibt mein Fleißbildchen?, schrieb er zurück, lehnte den Kopf nach hinten gegen das Sitzpolster und war in der nächsten Sekunde eingeschlafen.

Am Tag darauf setzte sich Tizian eine weitere Spritze und bewegte sich nur einmal aus seinem Wohnmobil hinaus, um sich im nahegelegenen Supermarkt einen Kasten Bier, eine Flasche Whisky und etwas zu essen zu kaufen.

Das erste Bier öffnete er um halb zwölf Uhr mittags, das zweite um fünfzehn Uhr, den ersten Bissen nahm er gegen sechzehn Uhr zu sich. Dazwischen saß er am Schlagzeug und spielte sämtliche Ordner auf seinem MP3-Player durch, so lange, bis ihn das vierte Bier zu langsam machte, um noch im Takt bleiben zu können.

Gegen halb sieben Abends trat er in Jogginghose, Pullover und Sneakers nach draußen, um es sich auf der Wiese vor dem Wohnmobil gemütlich zu machen, zusammen mit dem Whisky. Er blieb auf der Treppe des Eingangs stehen, weil jemand auf ihn zukam.

David Hedock.

Der Mann, den er vorsätzlich seiner Bestie von Schwester ausgeliefert hatte. Der, dem der Augen-Ausschaber mehrfachen Mord hatte anhängen wollen. Mit dessen Frau dieser Mann eine Affäre gehabt hatte, und die jetzt – genauso wie David – mit den Konsequenzen leben musste. Der an diesem Tag von seiner Freundin Marlies verlassen worden war, als sie von seiner Affäre und dem Fall erfahren hatte.

Einen irren Moment lang erwägte Tizian, wieder hineinzulaufen und die Tür hinter sich zu verbarrikadieren. Er besann sich, riss sich zusammen und stieg die Stufen hinunter.

»Wie haben Sie mich gefunden?«, fragte er, als David an die fünf Meter herangekommen war und Tizian eine der äußeren Klappen des Wohnwagens öffnete, hinter denen sich jede Menge Stauraum verbarg. Diesem entnahm er einen Klapptisch und zwei Stühle.

»Du«, erwiderte David, trat zu ihm und nahm ihm die Stühle ab, um sie aufzustellen. Er fing Tizians fragenden Blick auf. »Ich bin der Ältere von uns, darum bin ich es, der das Du anbieten muss, das verlangen die Benimmregeln. Ist das da ein Glenfiddich?« Er deutete auf den Whisky, den Tizian in der Wiese abgestellt hatte.

»Yes, Sir, it is. Aber nur aus dem Supermarkt, keine dreihundert Euro teure Flasche also. Bier habe ich auch im Angebot, falls … *dir* das lieber ist.«

Tisch und Stühle waren aufgebaut. Sie standen sich gegenüber, musterten einander. Die Schrammen in Davids Gesicht, die vom Aufprallunfall herrührten, waren geringfügig; schlimmer die Hämatome an der Stirn, unter dem linken Auge und am Kiefer. Sie waren geschwollen und färbten sein blasses Gesicht unter den roten Haaren blau und lila. Überdies schien David ausgeschlafen, wenngleich in seinen ansonsten brillierenden blauen Augen ein Schatten lag.

Tizian selbst hatte alles andere als gut geschlafen. Schlaf hatte er nur im Zug auf der Heimfahrt gefunden. Die Nacht über war er abwechselnd aus Albträumen hochgeschreckt oder hatte mit offenen Augen im Bett gelegen und nach oben gestarrt, abgesehen von den Momenten, in denen er auf der Kante saß und im Dunkel seines Schlafzimmers nicht länger standhalten konnte. Er weinte, wie er als Jugendlicher geweint hatte; als besäße er keine Kraft mehr, es nicht zu tun.

Eine Wahrheit ohne Hut und falschen Schnauzer.

»Bist du reich?«, fragte David und nickte zum Wohnwagen hin.

Tizian lachte rau. »Nein. Ich verdiene nicht mehr als du. Das war ein Geschenk.«

»Ein großzügiges Geschenk, wie mir scheint.«

»Nicht großzügig genug. Ich hole Gläser.« Tizian drehte sich um und sprang die Stufen ins Innere hinein.

Als er wieder nach draußen kam, saß David auf einem der Stühle am Tisch, mit übergeschlagenen Beinen und mit Blick auf den Campingplatz hinaus. Tizian stellte die Tumbler ab, ließ sich in den freien Stuhl fallen, öffnete die Flasche und schenkte ihnen beiden ein. Eines der Gläser schob er kommentarlos zu David hinüber. Danach drehte er seinen Stuhl ebenfalls um, sodass auch er über die Wiese hinaussah.

Sie prosteten sich zu, indem sie die Gläser vor sich hochhielten, dabei vermieden es beide, einander anzusehen. David nippte an seinem Whisky, Tizian kippte ihn auf einmal hinunter und schenkte sich nach.

»Selbstbedienung«, sagte er lakonisch, woraufhin David leicht nickte.

Fünf Minuten vergingen. Schließlich fing David an, sich mit der Hand über einen der verschorften, nicht sehr tiefen Kratzer im Gesicht zu reiben und mit der Zunge über die Lippen zu fahren. Offenkundig suchte er nach Worten. Tizian warf ihm einen knappen Seitenblick zu, während er sich zum dritten Mal nachschenkte, den Whisky hinunterkippte, wieder nachschenkte.

Er wollte das Glas gerade an die Lippen führen, als David unvermittelt einen Arm ausstreckte und ihn abhielt.

»Langsam, Kumpel«, sagte er. »Ich bin hier, damit wir reden können. Bei deinem Durst geht das in zehn Minuten nicht mehr.«

Tizian schüttelte die Hand ab und trank. Er wischte sich den Mund am Handrücken ab und sah David an. »Genau deshalb saufe ich ja. Ich will's nicht hören. Oder es morgen wieder vergessen haben. Wie auch immer, läuft aufs gleiche raus.«

David nahm den Glenfiddich vom Tisch und stellte ihn neben seinem Stuhl auf den Boden, außerhalb von Tizians Reichweite. Er wandte sich zu ihm um und betrachtete ihn eingehend. »Hast du dieses Zeug intus? Du weißt schon, das deine …« Er sprach nicht fertig.

»Ja, habe ich. Keine Angst.«

»Dann weißt du ja gar nicht, was ich sagen will. Nein, hör zu!«

Tizian schloss den Mund wieder.

»Von mir aus quälst du dich, weil du mich in Lebensgefahr gebracht hast. Ist mir komischerweise egal. Aber eines verlange ich von dir, Tizian. Schieb nicht mir den Schwarzen Peter zu. Ich werfe dir nichts vor, ob dir das gefällt oder nicht. So bin ich eben. Wenn jemand das besser weiß als ich, dann bist das ja wohl du. Du hast in mir rumgewühlt wie in einem Sack Kartoffeln. Aber tu nicht so, als müsstest du mir deswegen aus dem Weg gehen. Wenn du mir aus dem Weg gehst, dann nur, weil *du* das so entscheidest. Ist das klar?«

Keine Antwort.

»Gut. Das nächste, was ich ansprechen muss, ist die E-Mail, die ich von deinem Chef bekommen habe.« Er nickte nachdrücklich, als Tizians Blick überrascht zu ihm zuckte. »Er hat mich darum ersucht, in seine Dienste zu treten. Ja, wirklich. Ich konnte es selbst nicht glauben. Wenn du willst, zeige ich dir die Mail. Dein Chef will, dass wir zwei zusammenarbeiten. Er hat geschrieben, ich solle dich genau zu dieser Zeit und an diesem Ort aufsuchen, um dir das zu erzählen, weil du – ich zitiere – jetzt weichgeklopft bist wie ein zähes Stück Krokodilhaut. Bei Bedarf soll ich mich mit dir zusammen besaufen, weil du nicht allein sein solltest. Weil auch ich nicht alleine sein sollte. Nicht nach allem, was passiert ist.« Er räusperte sich. »Das hat er geschrieben.«

Tizian sog tief Atem ein und wandte den Blick wieder ab. »Arschgeige«, murmelte er.

»Wir müssen das nicht heute entscheiden. *Du* musst es nicht jetzt entscheiden. Ich habe schon entschieden. Ich sage Ja. Es wäre mir eine Ehre, auch weiterhin mit dir zusammenarbeiten zu dürfen.«

Mit diesen Worten nahm David den Whisky wieder hoch, öffnete ihn und schenkte sich und Tizian nach. Er hob seinen Tumbler an.

»Auf den gelösten Fall«, sagte er und lächelte dabei leicht.

Tizian maß David. Schließlich stieß er mit ihm an.

»Ein Letztes noch. Ich bin von Batzhausen zusammen mit deinen Eltern nach Regensburg transportiert worden. Ich soll dir von ihnen etwas ausrichten.« Er redete schnell weiter, als hätte er Angst, ansonsten davon abgehalten zu werden, womöglich sogar mit Gewalt. »Sie vermissen dich. Sie hoffen, du kommst sie bald besuchen.«

Diesmal kam von Tizian gar nichts, er bewegte sich nicht einmal.

Zwei Minuten später sah er David an. »War's das? Kann ich mich endlich mit meinem neuen Kollegen so richtig besaufen?«

»Cheers«, lautete Davids Antwort.

Daraufhin stellte Tizian sein Glas ab, biss sich auf die Unterlippe und trommelte mit den Zeigefingern einen Tusch auf die Tischplatte. *Ba-drrrrrrrr* … Er grinste verschmitzt. »Achtung, gleich kommt's!«

Obwohl David keine Ahnung hatte, was das sollte, lachte er.

Ba-drrrrrrrr … Tizian riss die Hände hoch und ließ sie flach und geräuschvoll auf den Metalltisch fallen, dass dieser schepperte und Gläser und Flasche darauf wankten.

Ba-drrrrrrrr … tschschsch!

NACHWORT

Sie kennen das ja: Dieser Roman ist reine Fiktion. Ähnlichkeiten mit lebenden Personen sind rein zufällig. Genannte Ortschaften, Gebäude und Straßen existieren zum Großteil, könnten sich allerdings in der Realität etwas anders ausnehmen, weil ich es mir erlaubt habe, sie zugunsten des Romans kreativ abzuwandeln.

Gewidmet ist dieser Roman den beiden Frauen in meinem Leben, die manchmal Dinge tun und sagen, die mich glauben lassen, sie besäßen Tizians Fähigkeit: meiner Mutter Petra und meiner Schwester Natalie. Verliert diese Fähigkeit nicht, ihr beiden! Ich wüsste sonst nicht, ob ich weitere Romane zustande brächte.

Mein Dank geht an alle, die in meinem Leben Platz genommen haben und nicht mehr gehen wollen oder von mir daran gehindert werden. Ihr wisst Bescheid.

Besonderer Dank geht an die Schriftstellerin Regina Mengel, die Lektorin und Schriftstellerin Sandra Florean sowie an die Pathologin Sylvie Malinjoud. Ohne sie gäbe es den Roman in der Form, wie Sie in nun in Händen halten, nicht.

Namasté!

Kathrin Schobel

Don Sullivan

ISBN: 978-3947550-04-3

Hrsg. Sascha Eichelberg

Die P-Files

ISBN: 978-3947550-08-1